Glücksspieler

Amelie Fried

Glücksspieler

Roman

WILHELM HEYNE VERLAG
MÜNCHEN

Umwelthinweis:
Dieses Buch ist auf chlor- und säurefreiem Papier gedruckt.

Copyright © 2001 by
Wilhelm Heyne Verlag GmbH & Co. KG, München
Satz: Filmsatz Schröter GmbH, München
Druck und Bindung: Clausen & Bosse, Leck
Printed in Germany

ISBN 3-453-19612-0

Für Peter,
ohne den es dieses Buch nicht gäbe

Obwohl er tot war, schaffte es Monas Vater immer noch, ihr ein schlechtes Gewissen zu machen.

Das lag vielleicht daran, dass Mona eigentlich immer ein schlechtes Gewissen hatte. Oder daran, dass der Blumenschmuck, den sie für die Beisetzung bestellt hatte, so spärlich ausgefallen war. Vielleicht war der Grund dafür aber auch, dass sie in ihrem Inneren vergeblich nach einem Gefühl von Trauer suchte. Da war keine Trauer. Kein Schmerz. Nur ein Gefühl von Erleichterung, gepaart mit einer leichten Ratlosigkeit.

Der Sarg stand wenige Meter vor ihr in der Apsis der Friedhofskapelle, und für einen Moment hatte sie das Gefühl, ihr Vater blicke von irgendwoher missbilligend auf die eintreffenden Trauergäste. Niemand schien von seinem Weggang erschüttert zu sein. Einige weitläufige Verwandte hatten sich eingefunden, ein paar frühere Patienten, Vertreter ärztlicher Standesorganisationen, seine langjährigen Praxishelferinnen. Freunde hatte er wohl nicht gehabt, wie Mona ohne großes Erstaunen konstatierte. Da drüben entdeckte sie Willi, seinen alten Studienkollegen. Er würde die Trauerrede halten.

Wo Kim nur wieder blieb? Beunruhigt ließ Mona ihre Blicke über die halb gefüllten Stuhlreihen Richtung Eingang wandern. Sie sah ihre Schwester durch den Mittelgang eilen, die Jacke offen, die lockige Mähne unfrisiert, in Minirock und Stiefeln. Sie schob sich auf den freien Platz neben ihr. Mona bedachte sie mit einem strafenden Blick.

»Mach mich bloß nicht an!«, sagte Kim aggressiv.

»Ich hab keinen Ton gesagt«, gab Mona zurück. »Ich dachte nur, wenigstens zur Beerdigung deines Vaters könntest du mal pünktlich sein.«

»Davon hat er auch nichts mehr.«

Die Orgel setzte ein, die Trauergäste räusperten sich und setzten sich zurecht. Eine Sopranistin der städtischen Oper, die Mona für ein exorbitantes Honorar engagiert hatte, sang das Ave Maria. Die anschließende Predigt rauschte an Mona vorbei. Erst als Willi ans Rednerpult trat, kehrte ihre Aufmerksamkeit zurück.

Er hielt eine dieser grauenvoll verlogenen Reden, bei der jeder, der ihren Vater näher gekannt hatte, sich vor Peinlichkeit winden musste. Er rühmte die Verdienste des Verstorbenen als Arzt und Vater, sprach von seiner großen Menschlichkeit, seiner Fähigkeit, Freundschaften zu schließen und zu pflegen. »Mein Freund Herbert war einer der Besten«, schloss Willi mit brechender Stimme, »und die Besten gehen immer zu früh.«

Die Wahrheit war, dass die beiden als junge Ärzte einen katastrophalen Kunstfehler begangen und gemeinsam vertuscht hatten. Bei einer Leistenbruchoperation war der diabeteskranke Patient wegen eines Narkosefehlers ins Koma gefallen und später gestorben.

Ein letztes Mal erhob sich die Stimme der Sopranistin und füllte den hohen Raum. Gegen eine flüchtige Rührung kämpfte Mona an, indem sie den Minutenpreis der Künstlerin ausrechnete. Kim starrte unbeteiligt in die Luft.

Wieder meldete sich Monas schlechtes Gewissen. War es möglich, dass sie beide so wenig für ihren Vater empfanden? Als Kinder hatten sie um ihn gebuhlt, um seine Liebe rivalisiert. Kim, die acht Jahre Jüngere, mit dem unschuldigen Charme des Kleinkinds, Mona mit den Waffen der Heranwachsenden. Viel später, als sie erkannt hatten, dass keine von ihnen diesen Wettstreit würde gewinnen können, hatten sie sich von ihm abgewandt. In den letzten Jahren hatte Mona noch mal versucht, ihm näher zu kommen. Aber mit dem Alter war ihr Vater noch egozentrischer, unbelehrbarer und starrsinniger geworden. So war ihr Versuch nicht viel mehr gewesen als das verzweifelte Aufbäumen eines abgewiesenen Kindes; für Mona nur die letzte in einer langen Reihe von Demütigungen.

Die Trauergäste erhoben sich jetzt und folgten dem Sarg zur Grabstelle. Vor diesem Moment hatte Mona sich gefürchtet. Nicht nur, dass sie die Schaufel nehmen und Erde auf den Sarg werfen musste, eine Geste, die ihr schon im Kino immer die Tränen in die Augen trieb; nein, sie und Kim würden am Rande des Grabes stehen bleiben und die Kondolenzbezeugungen entgegennehmen müssen.

Sie setzte die Sonnenbrille auf, obwohl der Himmel bedeckt war. Ihre Hand zitterte leicht, als sie die Schaufel aus der Hand des Pfarrers entgegennahm. Entschlossen nahm sie etwas krümelige Erde und ließ sie auf den Sargdeckel fallen. Ein mitgereister Regenwurm wand sich aus dem Erdreich und suchte das Weite. Sie reichte die Schaufel weiter. Achtlos schippte Kim ein paar Kiesel mit, die polternd auf dem Sarg aufschlugen.

»Fahr zur Hölle«, murmelte sie, und Mona sah sie erschrocken an.

Kim gab die Schaufel dem nächsten Trauergast und

wandte sich zum Gehen. Mona erwischte sie gerade noch am Jackenärmel.

»Du bleibst hier!«, befahl sie. »Wenn ich mich schon sonst um alles allein kümmern musste.«

Kim blieb widerstrebend stehen, um all die Hände zu schütteln und die gemurmelten Tut-mir-so-Leids und Mein-herzliches-Beileids über sich ergehen zu lassen. Endlich waren die letzten Trauergäste gegangen. Aufatmend zog Kim ein Päckchen Zigaretten aus der Jackentasche und steckte sich eine an. Mona nahm die Sonnenbrille ab und rieb sich die Augen.

»Und jetzt?«, fragte sie erschöpft.

»Keine Ahnung.« Kim scharrte mit der Stiefelspitze im Kies.

»Eine Cola und eine Pizza mit allem«, bestellte Kim, als sie sich gesetzt hatten. Der Kellner nickte eilfertig und notierte die Bestellung, als handele es sich um ein sechsgängiges Menü.

»Für mich nur ein Wasser«, bat Mona und lächelte entschuldigend.

Die Tristesse des Lokals mit seinen Kunststoffmöbeln, den Strohblumensträußen und kitschigen Capri-Ansichten war nicht geeignet, die Stimmung zu heben. Mona fragte sich, was einen Italiener dazu hatte bewegen können, sein schönes, sonniges Land zu verlassen, um am Rande eines deutschen Großstadtfriedhofs eine Pizzeria zu eröffnen.

»Also, sag schon«, begann Kim und steckte sich die nächste Zigarette an, »springt was für mich raus?«

»Was meinst du?«

»Paps' Testament natürlich. Er wird doch was hinterlassen haben?«

Mona holte tief Luft. »Sag mal, schämst du dich gar nicht? Dein Vater ist noch keine halbe Stunde unter der Erde, und du redest schon wieder vom Geld?«

»Warum sagst du immer ›dein Vater‹«, äffte Kim gereizt ihre Schwester nach, »erstens war er auch dein Vater, und zweitens kann ich mir Sentimentalitäten bei meiner Finanzlage nicht leisten.«

»Lass uns nicht streiten«, bat Mona und legte ihr die Hand auf den Arm. »Erzähl mir doch erst mal, wie's dir geht.«

»Wie soll's mir schon gehen, wie immer eben.«

»Neuer Job? Neuer Freund?«

»Ach, hör doch auf, das interessiert dich doch gar nicht.«

»Natürlich interessiert es mich!«, sagte Mona gekränkt.

Kim ließ sich nicht vom Thema abbringen. »Komm schon, was ist mit Kohle? Ich sehe vor lauter Schulden kein Land mehr!«

Mona zuckte die Schultern. »Tut mir Leid, Kimmie, ich muss dich enttäuschen. Paps konnte, wie du weißt, mit Geld überhaupt nicht umgehen, und die letzten Jahre im Augustenstift haben alles aufgefressen. Am Schluss musste ich noch Geld zuschießen.«

Kim schlug mit der Faust auf den Tisch. »Verdammt!«, fluchte sie. »Das hat er mit Absicht getan, alles rauszuhauen, damit wir bloß nichts mehr kriegen!«

»Quatsch«, wehrte Mona ab, »darüber hat er gar nicht nachgedacht.«

Kim starrte finster vor sich hin. »Wann hast du ihn zum letzten Mal gesehen?«, fragte sie schließlich.

»Vorige Woche. Er hat mich kaum noch wahrgenommen. Sie hatten ihn mit Schmerzmitteln voll gepumpt und er hing am Tropf. Er sah ganz klein aus. Wenn ich daran denke, wie viel Angst wir früher vor ihm hatten.«

»Weißt du«, sagte Kim nach einer Pause nachdenklich, »seit ich den Sarg gesehen habe, denke ich, es war vielleicht doch ein Fehler, dass ich ihn nicht mehr besucht habe. Ich erinnere mich an ihn als gesunden Mann, und ich kann ihm einfach nicht verzeihen.«

Mona nickte. »Wenn du ihn zuletzt gesehen hättest, wär's vielleicht anders.«

»Kann sein. Hast du ihm verziehen?«

Mona folgte dem Rauch von Kims Zigarette mit den Augen.

»Ich weiß nicht. Wenn du so oft zurückgestoßen wirst, gibst du's irgendwann auf. Und wenn du jemanden nicht mehr liebst, ist es auch nicht mehr so wichtig.«

Kim schwieg einen Moment. Dann sagte sie: »Nachdem Mama weg war, warst du alles für ihn.«

»Du spinnst, Kim. Ich war ihm gleichgültig. Alle Menschen waren ihm gleichgültig. Die Einzige, die an ihn rankam, warst du. Du warst aufsässig, du hast ihn zum Wahnsinn getrieben, aber du hast wenigstens Gefühle bei ihm ausgelöst.«

Kim erhob mit einer heftigen Bewegung ihr Glas, als wolle sie die Erinnerung wegwischen.

»Auf dich, Paps!«, sagte sie mit aufgesetzter Fröhlichkeit. »Vielleicht bist du da drüben glücklicher, als du's hier warst.«

Sie stürzte sich auf die Pizza, die der Kellner in diesem Moment servierte, und aß gierig. Mona betrachtete sie aufmerksam.

»Soll ich Manfred fragen, ob er in der Firma was für dich tun kann?«, bot sie an.

Kim sah von ihrem Teller auf.

»Pah, damit ich den Flanellärschen Kaffee koche und mir den Hintern betatschen lasse?«

Einen Moment herrschte Schweigen, nur unterbrochen vom Klappern des Bestecks. Aufseufzend schob Kim den Teller von sich und griff nach den Zigaretten.

»Wie's mir geht, willst du wohl nicht wissen«, fragte Mona.

Kim nahm den ersten Zug und blies den Rauch in die Luft.

»Ehrlich gesagt, nein. Ich hab genug eigene Probleme.«

Sie stand auf, nahm ihre Zigaretten und die Jacke. »Ich muss los. Danke für die Einladung.«

Drei Minuten vor zwei schlüpfte Kim in ihre Schürze und befestigte das Kellnerinnen-Häubchen in ihrer Lockenmähne. Wie sie dieses Häubchen hasste! Es diskriminierte sie, stempelte sie ab, unterstrich unübersehbar die Kluft zwischen ihr und den Gästen des Flughafencafés vor Gate 21. Dabei hätte sie alles dafür gegeben, auf der anderen Seite des Tresens zu stehen, einen letzten Espresso zu schlürfen, um dann zu einem geschäftlichen Termin nach Hamburg, London oder Madrid zu fliegen. Der Neid fraß an ihr, wenn sie diese teuer gekleideten Tussis mit ihren Prada-Täschchen sah, die irgendeine glamouröse Tätigkeit wie Marketing, Public Relation oder Lifestyle-Beratung ausübten.

Kim war ein halbes Jahr vor dem Abitur von der Schule geflogen. Statt, wie ihr Vater es gewünscht hatte, ins Ausland zu gehen und Sprachen zu lernen, hatte sie eine Frisörlehre angefangen; später hatte sie Maskenbildnerin beim Film oder beim Fernsehen werden wollen. Mit einundzwanzig war sie schwanger geworden und hatte die Lehre abbrechen müssen. Und dann hatte sie nicht ein Kind gekriegt, sondern gleich zwei auf einmal.

Mona hatte es cleverer angestellt; sie hatte gerade so lange vorgegeben, Medizin zu studieren, bis Manfred aufgetaucht war, ein gut aussehender, ehrgeiziger BWL-Student, der gleich nach der Hochzeit eine Stelle in einem großen Medienkonzern erhalten hatte und seither die Karriereleiter unablässig nach oben kletterte. Das hatte Mona die Strapazen des Arztberufes erspart und ihr dennoch einen ständig steigenden Lebensstandard ermöglicht. Sie hatte nur ein Kind, und seit Tommy in England im Internat war, konnte Mona ungehemmt ihrer Lieblingstätigkeit nachgehen: dem Geldausgeben. Kim stellte sich immer wieder vor, wie angenehm es sein müsste, keine Geldsorgen zu haben; nur das Problem, welchen Wunsch man sich als Nächstes erfüllen soll. Sie hasste Mona für ihr sorgloses Leben.

Sie machte einen Scheißjob, um ihren zwei Mädchen einen anständigen Kindergarten, Schuhe mit Fußbett und später mal Geigenunterricht bezahlen zu können, sofern sie sich Geigenunterricht wünschen sollten, was Gott verhüten mochte. Dafür mussten ihre Kleinen mit Klamotten von H&M, Nudeln von Aldi und einer chronisch übermüdeten Mutter vorlieb nehmen.

Seufzend warf Kim einen Blick in den Spiegel überm Waschbecken und verließ die Personaltoilette. Normalerweise hatte sie die längere Morgenschicht von sechs bis zwölf; heute hatte sie wegen der Beisetzung mit ihrer Kollegin Jasmin getauscht. Das würde sie zwei Stundenlöhne kosten.

Franco, ihr cholerischer Chef, begann bei ihrem Anblick sofort zu brüllen.

»Kannse du nich komme pünktlich?«

»War bei 'ner Beerdigung«, antwortete sie Mitleid heischend, was seine Wirkung auf Franco völlig verfehlte.

»Solange nich deine eigene Beerdigung, is mir total egal!«

»Fick dich ins Knie«, murmelte Kim unhörbar und nahm ihren Platz hinter dem Tresen ein.

Zwei Männer nahmen auf den Barhockern vor ihr Platz. Sie unterbrachen ihr Gespräch nur, um die Bestellung aufzugeben; keiner von beiden schien Kim auch nur wahrzunehmen. Wütend knallte sie Bier und Kaffee auf den Tresen. Sie, Kim Morath, übersah man nicht! Sie wollte wahrgenommen werden, verdammt noch mal! Erstaunt sahen die zwei Typen hoch. Kim setzte ihr strahlendstes Lächeln auf.

»Einmal Bier, einmal Kaffee, bitteschön.«

Verwirrt bedankten sich die Kerle, vermutlich Vertreter, wie Kim mit geschultem Blick feststellte. Sie konnte anhand des Anzuges mit ziemlicher Sicherheit sagen, in welcher Branche jemand arbeitete, manchmal sogar, auf welcher Stufe der Karriereleiter. Sie konnte einen Armani-Anzug auf zehn Meter von einem Boss-Anzug unterscheiden, und die braunen oder auberginefarbenen C&A-Sakkos von Werkzeugmaschinenvertretern identifizierte sie durch die gesamte Abflughalle. Bei den Jungs hier lohnte keine weitere Mühe, so viel war klar.

Sie wandte sich der Espressomaschine zu. Kaffeebohnen mussten nachgefüllt werden, die Milchdüse war verklebt. Gut, dass Franco es noch nicht bemerkt hatte, sonst wäre der nächste Anfall fällig. Ihr Chef, obwohl Italiener, verfügte leider nicht im Geringsten über südländischen Charme. Er war pingelig und geizig, ständig schlecht gelaunt, und behandelte seine Angestellten wie Leibeigene. Kim hatte er besonders auf dem Kieker; vermutlich weil sie ihn mehrfach hatte abblitzen lassen. Seither beobachtete er mit Argusaugen jede längere Unterhaltung, die sie mit einem Gast führte.

Im Moment war nicht viel los; die Frankfurt-Maschine würde gleich landen, Berlin und Wien wurden gerade abgefertigt. Kim richtete ihre Konzentration auf die Milchdüse, ließ heißes Wasser über die Tülle laufen und polierte die Zuleitung aus Edelstahl. Sie war so vertieft, dass sie zusammenzuckte, als plötzlich eine Männerstimme vor ihr sagte: »Könnte ich bitte ein Glas Wasser haben?«

Sie sah auf und erstarrte. Ein Blick aus grünen, bernsteinfarben gesprenkelten Augen. Ein schön geschwungener Mund, der dem Gesicht einen empfindsamen Ausdruck gab. Dunkles Haar, nicht zu kurz. Ein Anzug der oberen Preisklasse, über dem Arm ein leichter Überzieher. Kein Laptop. Leute mit Laptop mussten noch selbst arbeiten. Leute ohne Laptop hatten es bereits geschafft, dass andere für sie arbeiteten.

Kim verwandelte sich kurzzeitig in die Heldin ihrer Lieblingsfernsehserie »Ally McBeal«; die Farbe fiel ihr aus dem Gesicht und ihre Zunge schnellte einen halben Meter vor, um den Hals dieses männlichen Prachtexemplars zu umschlingen.

»Ein Glas Mineralwasser, bitte«, wiederholte die Stimme, und Kim verwandelte sich wieder zurück.

»Ja, natürlich, entschuldigen Sie«, krächzte sie.

Sie schenkte ein großes Glas Mineralwasser ein und inspizierte unauffällig seine Schuhe. Schuhe waren das absolut Verräterischste an einem Menschen. Selbst, wenn jemand sich geschickt mit einem teuren Anzug tarnte, an den Schuhen erkannte man, wer er war. Am schlimmsten waren Slipper mit Troddeln. Das waren die Zuhälter. Slipper ohne Troddeln kamen am häufigsten vor, das waren die mittleren Angestellten und die Vertreter. Schwarze Schnürschuhe verrieten den Juristen oder Wirtschaftsmann, Turnschuhe und Stiefeletten den

Werbefuzzi. Braune Schuhe konnte man vergessen, das waren die Rentner.

Der Mann am Tresen trug absolut perfekte Schuhe. Modisch, aber nicht geckenhaft, solide, aber nicht spießig. Kim hätte ihm allein auf Grund der Schuhe ein polizeiliches Führungszeugnis ausgestellt.

Er drückte drei Aspirin aus einer Packung und trank mit schnellen Schlucken das Wasser nach. Mit einem gequälten Gesichtsausdruck rieb er sich die Augen; offenbar hatte er Kopfschmerzen.

Kim musste sich eingestehen, dass sie ihn anziehend fand. So sehr, dass ihr gewohntes Verhaltensrepertoire sie im Stich ließ. Normalerweise sendete ihr Körper wie von alleine die Signale aus, die einem Mann zeigten, dass er ihr gefiel. Jetzt wusste sie plötzlich nicht mehr wohin mit den Händen, den Armen, dem Blick.

Dass sie Männer dazu kriegen konnte, sie zu begehren, war die Grundlage ihres Selbstbewusstseins. Sie wusste, dass sie gut im Bett war. Sex machte ihr Spaß, weil er ihr das Gefühl gab, jemand zu sein. Jemand, der wahrgenommen wurde.

Der Mann bedankte sich und legte einen Zehnmarkschein auf den Tisch, was immerhin vier Mark Trinkgeld für Kim bedeutete. Als er sich schon zum Gehen wandte, fiel sein Blick auf ihr Namensschild.

»Sie sind Kim?«, fragte er und sah sie mit plötzlichem Interesse an.

Kim nickte verdattert. »Sie kennen mich?«

Er lächelte. »Sagen wir so, ich hab von Ihnen gehört.« Er zog ein Kärtchen aus der Innentasche seines Sakkos. »Vielleicht haben Sie Lust, mich anzurufen?«

Er schickte ihr einen viel sagenden Blick aus grün gesprenkelten Augen und ging. Kim sah ihm nach. Dann sah sie auf das Kärtchen: eine Handy-Nummer, kein Name.

Er hatte also von ihr gehört. Irgendeiner ihrer Stammkunden hatte sie weiterempfohlen. Geh doch in München mal zu Gate 21, hatte er gesagt, da bedient so 'ne geile Kleine, die besorgt's dir, wenn du ihr ein paar Scheine hinlegst.

Kim zog die Nase hoch. Dann ließ sie das Kärtchen in ihrer Schürzentasche verschwinden.

Die Trauer kam völlig unvermittelt. Mona hatte ihr Haus betreten, gedankenverloren die Einkaufstüten abgestellt, ihren Jil-Sander-Mantel an die Garderobe gehängt und Teewasser aufgestellt. Kein Schwarztee nach sechzehn Uhr, rief sie sich ins Gedächtnis, sonst schläfst du noch schlechter als sonst. Zitronengras-Ingwertee. Gut für Nerven und Verdauung.

Sie kontrollierte schnell, ob ihr Sohn eine E-Mail geschickt hatte. Das war die einzige Art, wie er kommunizierte. Einen normalen Brief würde er nie schreiben, und Telefonieren war aus dem Internat schwierig. Also hatten sie einen Computer aus Manfreds Firma im Haus aufgestellt und einen Internet-Anschluss eingerichtet.

Nein, keine neue Post. Zum Trost las sie seine letzte Nachricht vom Morgen noch mal.

hallo monamami, sei nicht traurig. wäre bei der beerdigung gerne dabei um dich zu trösten, aber du weisst ja, es geht nicht. loveyou tommy :-)

Mit der Tasse in der Hand wanderte sie ins Wohnzimmer, ließ den Blick über die indonesische Rattansitzgarnitur schweifen, über den niedrigen Couchtisch, den Teakholzschrank, die Palmen, die sie so liebte, und die sie an ihren Lebenstraum erinnerten: Besitzerin eines kleines Hotel zu sein, irgendwo im Süden.

Kurz nach dem Abi war sie einmal auf einer winzigen

Mittelmeerinsel gelandet, auf der es nichts gab außer ein paar bambusgedeckten Strandbars und kleinen Pensionen. Die Leute lebten vom Fischfang, von ein bisschen Landwirtschaft und den paar Touristen, hauptsächlich Hippies, die nächtliche Gitarrensessions am Strand veranstalteten. Diese Insel war in Monas Erinnerung das Paradies; wann immer sie sich aus ihrem Leben wegträumte, war es dieser Ort, nach dem sie sich sehnte. Irgendwann würde sie vielleicht dorthin zurückkehren.

Ihr Blick blieb an dem hübschen Servierwagen im Kolonialstil hängen, den sie erst kürzlich bei einer ihrer Shopping-Streifzüge entdeckt hatte. Sie hatte Fotos darauf drapiert. Fotos von Manfred und Tommy, von ihr und Kim als Kinder, von ihr im Studium, von Lilli und Lola. Und Fotos von ihrem Vater. Als er sie jetzt ansah, mal spöttisch lächelnd, mal mit seinem typisch skeptischen Ausdruck, brach sie in Tränen aus. Das war's dann also. Sie hatte niemanden mehr. Keine Großeltern, keine Mutter, keinen Vater. Sie war völlig allein. Bei diesem Gedanken schluchzte sie auf.

Sofort rief sie sich zur Vernunft. Allein? Lächerlich. Sie hatte einen Mann, einen Sohn, eine Schwester. Oh Gott, ja, und was für eine!

Sie schnaubte sich die Nase und kuschelte sich auf dem Rattansofa zusammen. Der süß-scharfe Geschmack des Ingwertees wirkte beruhigend.

Was für einen Auftritt Kim heute wieder hingelegt hatte. Mona verabscheute ihre Schnoddrigkeit, ihr scheinbar unerschütterliches Selbstbewusstsein, ihre Lecktmich-doch-alle-mal-Attitüde. Und sie würde was darum geben, wenn sie nur einen Bruchteil davon hätte. Noch mehr würde sie darum geben, wenn sie ein Sexleben hätte, wie Kim es zu haben vorgab.

Mona seufzte. Sie und Manfred führten eine gute Ehe, daran hatte sie keinen Zweifel. Aber es war das geschehen, was in Millionen anderer Ehen auch geschieht: Die Leidenschaft war verloren gegangen.

Sie waren ein perfektes Team für die Organisation des Alltags, für den gesellschaftlichen Auftritt. Sie strahlten nach außen den Nimbus des erfolgreichen Paares aus. Aber kaum waren sie alleine, breitete sich eine merkwürdige Lähmung zwischen ihnen aus, als wäre die Quelle versiegt, aus der sie gemeinsam Energie geschöpft hatten. Sie sprachen wenig, berührten sich selten, lebten jeder für sich wie in einer Luftblase. Sie stritten fast nie, führten keine Auseinandersetzungen oder Diskussionen, weder über das Fernsehprogramm noch über den Zustand ihrer Ehe. Sie waren einander abhanden gekommen.

Mona dachte an heute Morgen. Beim Frühstück, das sie üblicherweise schweigend einnahmen, hatte Manfred kurz die Zeitung sinken lassen. Ach übrigens, Darling, ich kann leider nicht mit zur Beisetzung kommen, es macht dir doch nichts aus? Nein, Darling, natürlich nicht. Kurzes Tätscheln der Hand. Ende.

Mona fragte sich, wann sie angefangen hatten, sich gegenseitig »Darling« zu nennen. Und, warum sie nicht irgendwann damit aufgehört hatten. War dieser Kosename nur noch eines jener Rituale, die in Ehen eingezogen werden wie Stahlträger, damit das morsche Gebäude nicht zusammenkracht?

Sie überlegte angestrengt, wann sie das letzte Mal zusammen geschlafen hatten. Es musste Wochen her sein. Sie fragte sich zum tausendsten Mal, wie etwas, das am Anfang ihrer Ehe so selbstverständlich gewesen war, plötzlich zum Problem hatte werden können. Bestimmt lag es an ihr. Männer hatten doch immer Lust. Und wenn sie mal keine hatten, genügten ein paar eindeutige Signale.

Früher hatte sie Spaß am Sex gehabt. Sie war leicht erregbar gewesen, keine von den Frauen, die ein stundenlanges Vorspiel brauchten. Manfred mochte das; oft hatten sie es zwischendurch schnell getrieben, in seiner Mittagspause, oder kurz bevor Gäste kamen, einmal sogar in der Toilette eines Sterne-Restaurants, zwischen Vorspeise und Hauptgang.

Mit dem Kind war alles anders geworden. In der Schwangerschaft hatte ihr der schiere Gedanke an eine intime Berührung Übelkeit verursacht. Als Tommy dann da war, gab es nur noch das Baby. Sie stillte über ein Jahr; in dieser Zeit zog Manfred sich fast völlig von ihr zurück. Die milchtropfende Brust war ihm unheimlich, der kleine Rivale schüchterte ihn ein. Er beklagte sich nicht, wurde nicht wütend, stellte keine Forderungen. Schweigend drehte er sich abends im Bett von ihr weg, murmelte einen Gutenachtgruß und schlief ein. Sie hätte sich zurückgesetzt fühlen können, aber in Wahrheit war sie froh. Nichts sollte die Intimität zwischen ihr und dem Kind stören.

Manfreds Beziehung zu seinem Sohn wurde in all den Jahren nie so intensiv wie die zwischen ihr und Tommy. Als Manfred so vehement dafür plädiert hatte, den Jungen nach England ins Internat zu schicken, konnte Mona sich des Verdachts nicht erwehren, dies sei die späte Rache dafür, dass Tommy ihm Mona entfremdet hatte.

Irgendwann jedenfalls stand Manfreds sexueller Frust wie ein Betonblock im Schlafzimmer; Mona konnte nicht mehr so tun, als nähme sie ihn nicht war.

Sie kaufte teure Seidenunterwäsche, las erotische Romane und versuchte, ihre verschüttete Leidenschaft wieder zu wecken. Sie ging sogar so weit, sich gemeinsam mit Manfred Sexvideos anzusehen, was ihr immer schon zuwider gewesen war.

Sie bat Manfred, gemeinsam mit ihr einen Sexualtherapeuten aufzusuchen.

Er brauste auf, wurde zum ersten Mal richtig wütend. Er wisse nicht, was er bei einem Seelenklempner zu suchen hätte, bei ihm sei schließlich alles in Ordnung. Wenn sie ein Problem habe, könne sie gern eine Therapie machen, er bezahle auch dafür.

Für eine Weile suchte sie tatsächlich eine Therapeutin auf. Sie erzählte viel aus ihrer Kindheit, von ihrem Vater, ihrer Schwester, und davon, dass ihre Mutter die Familie verlassen hatte, als sie dreizehn gewesen war. Auf ihr Problem mit dem Sex hatte das keine Auswirkungen. Als die Therapeutin darauf bestand, Manfred müsse mitkommen, brach sie die Sitzungen ab.

Seit das Problem gewissermaßen offiziell war, fiel es ihr zunehmend leichter, nicht mehr daran zu denken. Alle paar Wochen – vermutlich rund um den Eisprung – gelang es ihr, gerade genügend Lust aufzubringen, dass es zum Vollzug kam. Sie hoffte, Manfred würde sich damit zufrieden geben. Es gab keine Anhaltspunkte dafür, dass es nicht so wäre.

»Mit wem sprichst du, Darling?«, erklang Manfreds Stimme aus dem Hausflur. Mona schrak hoch. Sie hatte sich angewöhnt, vor sich hin zu murmeln, wenn sie alleine im Haus war. Manchmal sprach sie auch mit ihren Pflanzen; angeblich förderte das ihr Wachstum.

»Mit niemandem«, gab sie zurück.

Die Tür ging auf, Manfred betrat das Zimmer. Er küsste Mona im Vorbeigehen flüchtig auf die Wange und steuerte zur Hausbar. Unmerklich hatte sich ein weiteres Ritual in ihren Alltag eingeschlichen: das gemeinsame Trinken. Nach dem Büroalltag entspannte Manfred sich bei einem Whiskey, Mona trank meistens Wodka-Lemon. Zum Essen tranken sie Wein, später, vor dem Fernseher, nippten beide noch an einem Grappa oder einem Marc de Champagne.

Häufig waren sie auch eingeladen, besuchten Filmpremieren, Vernissagen oder andere gesellschaftliche Ereignisse, bei denen sie ebenfalls tranken wie alle anderen.

Der Alkohol entspannte Mona, legte einen angenehmen Schleier zwischen sie und die Welt. Auch Sex fiel ihr leichter, wenn sie getrunken hatte.

»Mixt du mir einen Drink?«, bat sie, »einen doppelten, bitte.«

Er kam mit zwei Gläsern und setzte sich neben sie auf die Couch. Er hatte die Krawatte abgelegt und den obersten Hemdknopf geöffnet. Obwohl er letztes Jahr vierzig geworden war, hatte er noch immer diese jungenhafte Ausstrahlung, die sie so an ihm mochte. Beim Sprechen bewegte sich sein Adamsapfel aufgeregt hoch und runter, seine Bewegungen waren schlaksig.

»Cheers«, sagte er und erhob sein Glas. »Wie war die Beerdigung?«

»Oh, ganz in Ordnung. Sie haben nicht genügend Blumen geliefert, aber die Kirche war immerhin halb voll, und Willis Rede war sehr ergreifend, wirklich.«

»Schön«, sagte er unbeteiligt.

»Kim hat sich wieder unmöglich benommen«, fuhr Mona schnell fort.

Sie hoffte, die Unterhaltung ginge ein bisschen weiter, nur ein paar Sätze lang, so dass sie das Gefühl haben könnte, er interessiere sich für das, was sie sagte.

»Kim? Ich wünschte, wir könnten ihr helfen.«

Mona runzelte die Stirn. »Sie will sich nicht helfen lassen. Hofft auf einen Prinzen, der in den Flughafen geritten kommt und sie befreit.«

»Na ja, hübsch genug ist sie ja.« Manfreds Blick wurde abwesend.

Wahrscheinlich stellt er sich vor, wie es wäre, mit Kim zu schlafen, dachte Mona. Sie legte ihm die Hand auf den Oberschenkel und lehnte ihren Kopf an seine Schulter. Er nahm ihre Hand herunter und stand auf.

»Entschuldige mich, bitte. Ich muss noch mal kurz telefonieren.«

Kims Wohnung war im dritten Stock eines unauffälligen, älteren Mietshauses, dessen unschätzbarer Vorteil seine zentrale Lage war. In der Nähe waren zahlreiche Geschäfte, vom türkischen Gemüseladen bis zum Antiquitätenshop, vom asiatischen Imbiss bis zur Edelboutique.

Kim stemmte, die Hände voller Einkaufstüten, mit der Schulter die Haustür auf. Eine Glühbirne im Treppenhaus verbreitete funzeliges Licht, aus den Wohnungen kamen gedämpfte Geräusche und Gerüche. Im ersten Stock hielt Kim an und läutete an einer Tür.

Von drinnen erklangen schlurfende Schritte, die Tür wurde einen Spalt geöffnet.

»Ich bin's, Frau Gerlach«, sagte Kim und wartete geduldig, bis die alte Dame die Sicherheitskette gelöst hatte und sie eintreten ließ. Langsam folgte sie der zierlichen, gebückt gehenden Frau in die Küche.

»Na, was haben'S mir Schönes gebracht heute?«, fragte Anna Gerlach mit ihrem altmodischen Münchner Akzent. »An Sellerie? Mei, wen soll ich denn damit beglücken in meinem Alter?« Sie lachte, ihre Augen blitzten. Sie war über achtzig.

Kim verstaute die Einkäufe. Ihr Blick ruhte für einen Moment auf dem verblichenen Foto eines jungen Mannes, das in einem Silberrahmen auf dem Küchenbüfett stand. Er hatte ein schmales Gesicht, sanfte dunkle Augen, einen ernsten Ausdruck.

»Bis bald, Frau Gerlach. Wenn sie mich brauchen, rufen Sie einfach an.«

Die alte Dame bedankte sich, und Kim verließ die Wohnung. Wie merkwürdig, schoss es ihr durch den Kopf, ich werde trauriger sein, wenn Frau Gerlach stirbt, als ich es heute Morgen am Grab meines Vaters war.

Sie stieg die zwei Stockwerke zu ihrer Wohnung hoch und schloss die Tür auf.

»Hallo, Miezen, wo seid ihr?«

Aus der Wohnküche drang verhaltenes Gekicher. Sie öffnete die Tür und seufzte. Chaos, wie erwartet. Der Küchentisch lag umgedreht auf dem Boden, mit einem darüber gelegten Tischtuch war eine Art Zelt daraus geworden. Sämtliche Töpfe und Pfannen waren aus den Schränken geräumt und standen auf dem Boden, die Küchenstühle bildeten ein Sperre quer durch den Raum, im Ausguss türmte sich schmutziges Geschirr.

»Berger, du Pottsau, hättest du nicht wenigstens abspülen können?«

»Ich bin Kinderfrau, nicht Putzfrau«, ertönte eine Stimme und der verstrubbelte Kopf eines ungefähr vierzigjährigen, korpulenten Mannes tauchte auf.

»Komm rein, Mama!«, rief eine Kinderstimme, und eine kleine Hand winkte unter dem Tischtuch hervor.

»Ich bin zu dick, dann sinkt euer Schiff«, wehrte Kim ab und begann, Ordnung zu schaffen.

»Dann muss Berger raus«, quäkte die Stimme, »der ist viel dicker!«

»Undankbare Brut«, sagte Berger und kroch aus dem Zelt-Schiff. Er richtete sich zu seiner vollen Größe von ungefähr einem Meter neunzig auf und dehnte sich.

»Hallo, Kim, alte Schlampe, wie war dein Tag?«, grinste er und fasste Kim spielerisch um die Hüften.
»Pfoten weg. Mein Tag war wie immer, nur dass ich obendrein zu 'ner Beerdigung durfte.«
Berger schlug sich mit der Hand an die Stirn. »Sorry, dein Alter. Hab ich ganz vergessen.«
»Schon okay«, winkte Kim ab. »Bleibst du zum Essen?«
»Keine Zeit, danke. Wichtige Geschäfte.«
Er zog eine kleine, selbst gedrehte Zigarette aus der Hemdentasche und steckte sie zwischen die vollen Lippen.
»Hey, zum Kiffen haust du ab in deine Wohnung, verstanden«, sagte Kim streng und schob ihn zur Tür.
»Morgen wie immer, okay?«
Berger nickte und zog ab.
Kim sah ihm nach. Diese Geschäfte kannte sie. Ein paar Gramm Dope wechselten den Besitzer, und Berger hatte wieder für ein paar Tage was zu essen. Er wohnte direkt gegenüber, in einer Eigentumswohnung, die seine Eltern vor Jahren in weiser Voraussicht für ihren Sohn gekauft hatten. Schon früh hatte sich abgezeichnet, dass Berger sich den Zwängen der Leistungsgesellschaft, wie er es nannte, nicht anpassen würde. Ein Architekturstudium hatte er hingeschmissen und stattdessen Lkws in den Iran überführt. Danach hatte er in Kneipen gejobbt, Autos repariert, einen Schrottplatz geleitet. Nun baute er Maschinen aus allen möglichen Fundstücken; Maschinen, die kein Mensch brauchte. Um sich was zu verdienen, hütete er Lilli und Lola.
Morgens um fünf, wenn Kim zur Arbeit ging, klopfte sie an Bergers Tür, erhielt ein tiefes, bärenhaftes Brummen zur Antwort und wusste, dass er gleich darauf schlaftrunken in ihre Wohnung torkelte, sich aufs Sofa

warf und bis zum Weckerklingeln weiterschlief. Dann machte er Frühstück für die Zwillinge und brachte sie in den Kindergarten. Auch wenn Kim nachmittags oder nachts zu tun hatte, sprang er ein.

Manchmal flogen die Fetzen zwischen ihnen, weil er plötzlich mehr Geld wollte. Oder er bekam Höhenflüge und glaubte, er könne seine Maschinen als moderne Kunst verkaufen. Er konnte ziemlich launisch und unberechenbar sein, aber aus irgendeinem Grund vertraute sie ihm. Sie hoffte nur, das Jugendamt würde nicht herausfinden, dass sie ihre Kinder einem asozialen Kiffer anvertraute.

»Na, Miezen, wie sieht's aus, habt ihr Kohldampf?«

»Jaaa!«, schrie es zweistimmig, und im nächsten Moment kletterten zwei identisch aussehende Mädchen von sechs Jahren aus dem Schiff. Beide hatten die wilde Lockenmähne ihrer Mutter geerbt, beide hatten zarte Sommersprossen auf dem Nasenrücken und einen ziemlich breiten Mund. Anfangs hatte sogar Kim Schwierigkeiten gehabt, die Zwillinge auseinander zu halten. Sie war nicht sicher, ob sie nicht in den ersten Lebenstagen mehrmals vertauscht worden waren, und Lola eigentlich Lilli war, und umgekehrt. Dann hatte sie ein winziges Muttermal bei Lola entdeckt, das bei Lilli fehlte. Und nach kurzer Zeit war es ohnehin kein Problem mehr für sie gewesen, die zwei zu unterscheiden. Sie legte großen Wert darauf, die Kinder unterschiedlich zu kleiden, um ihnen so viel Individualität wie möglich zuzugestehen. Schlimm genug, eine Schwester zu haben, fand sie. Noch schlimmer, wenn es eine Zwillingsschwester war.

»Also, ich habe Nudeln, Nudeln oder Nudeln. Was wollt ihr?«

Lilli wollte mit Ketchup, Lola ohne.

Sie stellte die Lebensmittel auf den Tisch und räumte

Butter und Milch in den Kühlschrank. Dann zerrte sie ihre Kellnerinnen-Schürze aus einer Tüte und feuerte sie Richtung Waschmaschine. Dabei fiel ein kleines Kärtchen mit einer Handy-Nummer heraus.

Kim stöhnte vor Lust. Der Typ vögelte derartig gut, dass sie am liebsten i h n bezahlen würde, statt Geld von ihm zu nehmen. Sie wusste, dass es Naturtalente auf dem Gebiet des Beischlafs gab, aber der hier war etwas Besonderes.

Seit über einer Stunde liebten sie sich und er zeigte keinerlei Anzeichen von Schwäche. Kim war schon dreimal gekommen, aber ihr Liebhaber schien alle Zeit der Welt zu haben.

Mit schlafwandlerischer Sicherheit tat er das Richtige im richtigen Moment, führte sie von Höhepunkt zu Höhepunkt und schien seinen Genuss in erster Linie aus ihrer Befriedigung zu ziehen.

»Gnade!«, japste sie, »ich kann nicht mehr.«

Amüsiert lächelte er sie an. » Schade, dass wir uns jetzt erst getroffen haben.«

Ja, schade, dachte Kim. Dein blöder Geschäftsfreund hätte dir den Tipp wirklich früher geben können. Zum Beispiel, als du noch keinen Ehering am Finger hattest.

Ihr Gast griff nach der halb vollen Champagnerflasche neben dem Bett und bot sie Kim an. Sie trank, als wäre es Limo. Er entwand ihr die Flasche.

»Hey, lass noch einen Schluck drin«, sagte er lachend und besprizte sie mit dem Rest. Dann leckte er die Flüssigkeit von ihrem Körper. Ihre Erregung kehrte zurück, sie zog ihn auf sich.

Sein Atem wurde unregelmäßig, er begann zu stöhnen. Kim schrieb es seiner wachsenden Lust zu. Als er plötzlich auf ihr zusammensackte und sich nicht mehr rührte, dauerte es einen Moment, bis sie begriff, dass etwas nicht in Ordnung war. Überhaupt nicht in Ordnung.

Sie wand sich unter seinem Körper hervor. Er fiel auf die Seite, stieß den Atem in unregelmäßigen Stößen aus und stöhnte leicht. Seine Augen waren verdreht.

»Oh nein, stirb jetzt bloß nicht!«, flehte Kim und wich entsetzt vom Bett zurück. Ein fremder Toter in der Wohnung war das Letzte, was sie brauchen konnte. Ganz abgesehen vom Stress mit der Polizei, der Ehefrau, ihrem Vermieter und dem Jugendamt.

»Kim«, flüsterte er. Sie näherte sich vorsichtig.

»Was ist los? Was soll ich tun?«

Keine Antwort.

»Ich rufe den Notarzt«, sagte sie entschieden.

»Bitte nicht!« Er hob abwehrend die Hand. Sie packte die Bettdecke, die herabgerutscht war, und deckte ihn damit zu.

»Kein Arzt? Warum denn nicht?«

»Bitte«, wiederholte er mit größter Anstrengung, dann sackte er wieder zusammen.

Und was dann? Ratlos ging Kim im Schlafzimmer auf und ab.

»Mama, wasch mafft der Mann?«, hörte sie eine Stimme hinter sich und fuhr herum. Lilli stand in der Tür, ihren Kuschelbären an die Backe gepresst, den Daumen im Mund.

»Och, der schläft nur«, sagte Kim und versuchte, sich ihre Aufregung nicht anmerken zu lassen.

»Und warum bifft du nackig?«

»Ich wollte auch gerade ins Bett gehen«, sagte Kim, der nichts Besseres einfiel.

»Ach fo.« Als wäre das eine Erklärung, drehte Lilli sich um und ging zurück in ihr Zimmer.

Kim wandte sich wieder ihrem Gast zu. Er schien weggetreten zu sein, vielleicht schlief er auch nur, Kim konnte es nicht beurteilen. Oh verdammt, warum hatte sie sich nur breitschlagen lassen, ihn zu sich nach Hause einzuladen! Wenn sie jetzt im Hotel wären, würde sie sich anziehen und abhauen. Von unterwegs würde sie den Notarzt alarmieren, und fertig. Normalerweise ging sie immer ins Hotel; wenn sie einen Kerl besser kannte auch schon mal in irgendeine Junggesellenbude. Aber noch nie hatte sie jemanden mit zu sich genommen.

Cool bleiben!, befahl sie sich selbst. Wen, zum Teufel, könnte sie um Hilfe bitten?

»Sie wird mich umbringen«, murmelte sie, während sie eine Telefonnummer wählte.

Mona saß auf dem Bett und sah konzentriert auf das Blutdruckmessgerät. Anschließend fühlte sie den Puls des Patienten, der bei Bewusstsein war und schon wieder sein unwiderstehliches Lächeln lächelte, wenn auch noch etwas verhalten.

»Kleiner Kollaps, nichts Ernstes«, sagte Mona. »Haben Sie immer so einen niedrigen Blutdruck?«

»Keine Ahnung, Frau Doktor.«

»Ich bin keine Frau Doktor, nur die Schwester von Kim«, gab Mona errötend zurück, »aber vier Semester Medizin reichen zum Blutdruckmessen. Hatten Sie heute besondere körperliche Belastungen?«

Wieder lächelte er. »Wenn Sie ihre Schwester als besondere körperliche Belastung bezeichnen würden, dann ja.«

»Sehr witzig.« Mona verzog keine Miene, Kim musste gegen ihren Willen grinsen.

»Medikamente?«

Der Mann überlegte. »Ja, ich hatte den ganzen Tag Kopfschmerzen und habe mehrere Aspirin genommen. Aber die sind doch harmlos.«

»Kommt darauf an, wie viele es waren.«

»Na, vielleicht zehn oder zwölf?«

Mona schauderte. »Sie müssen Magenwände aus Stahl haben. So viel Acetylsalicylsäure wirkt stark blutverdünnend und damit blutdrucksenkend. Bei zusätzlicher körperlicher Belastung …«, sie machte eine Kunstpause, »… kann das zu einer Kreislaufschwäche führen. Versuchen Sie mal aufzustehen!«

Folgsam richtete sich der Mann im Bett auf. Monas Blick fiel auf seinen Oberkörper. Er setzte sich auf den Bettrand, wollte aufstehen.

»Sie sind nackt«, sagte Mona, ohne den Blick von ihm zu wenden.

»Oh, Verzeihung«, gab er lächelnd zurück, wickelte züchtig die Decke um seine Lenden und stand auf. Schwankend blieb er einen Moment stehen.

»Dreht sich«, stellte er fest und setzte sich wieder.

»Tja, dann verbringen Sie die Nacht wohl besser hier«, sagte Mona betont sachlich. »Wenn Sie wollen, gebe ich Ihnen was, damit Sie schnell einschlafen.«

»Halt, Moment mal«, schaltete Kim sich jetzt ein, »ich werde wohl nicht gefragt?«

»Natürlich«, sagte ihr Gast, »wenn es Sie stört, werden wir eine andere Lösung finden.«

Kim registrierte traurig, dass er zum förmlichen »Sie« zurückgekehrt war. Sie war für ihn eben nur eine kleine Nutte, die man im Bett duzt und ansonsten auf Distanz hält.

»Ich könnte Sie nach Hause fahren«, hörte sie Mona sagen.

Das würde dir so passen, du frigide Ziege, dachte Kim und sagte schnell: »Nein, ist schon gut. Ich dachte nur, weil ich doch schon um fünf aus dem Haus muss ...«

»Das ist kein Problem«, sagte der Mann, »ich muss auch früh raus.«

Die Schwestern dachten ausnahmsweise das Gleiche. Sie stellten sich vor, wie er am Morgen in seine Wohnung schleicht, vorsichtig lauschend, ob jemand ihn hören könnte. Wie er leise das Schlafzimmer betritt und neben seiner Frau ins Bett schlüpft. Wie sie ihn später fragt, wann er heimgekommen sei, und er sie belügt.

»Na, dann«, sagte Mona, griff in ihre Tasche und holte ein Röhrchen heraus. »Die wirken schnell, und morgen sind Sie trotzdem fit.«

Nachdem er die Tabletten geschluckt hatte, verließen die Schwestern das Schlafzimmer.

Mona schwieg. Kim fühlte sich unbehaglich.

»Du wärst sicher eine gute Ärztin geworden«, sagte sie, um etwas Nettes zu sagen.

Mona schwieg weiter. Kim wurde ungeduldig.

»Was ist? Willst du mal wieder eine Grundsatzdebatte über meinen Lebenswandel führen?«

Mona blieb vor einer Reihe von Kinderzeichnungen stehen, die im Flur aufgehängt waren. Sie zeigten fröhliche kleine Mädchen auf grünen Wiesen, von einer lachenden Sonne beschienen; daneben Kühe, Pferde und Katzen. Lilli und Lola hatten ihre Namen auf die Bilder geschrieben.

Mona schluchzte auf und warf sich in Kims Arme. Erschrocken hielt Kim sie fest.

»Was ist mit dir?«

Mona konnte nicht antworten.

»Lass uns was trinken«, schlug Kim vor und bugsierte ihre Schwester in die Küche. Dort füllte sie zwei Gläser mit Wodka, den sie mit Zitronensaft und braunem Zucker vermischte.

»Caipiroschka für Arme«, lächelte sie, »komm, trink!«

Mona stürzte das halbe Glas auf einmal hinunter und holte tief Luft.

»Danke.«

Kim zündete sich eine Zigarette an und betrachtete die Schwester. Sie war eine hübsche Frau, aber sie wirkte verhärmt. Ihre Augen blickten verhangen, um den Mund hatten sich Falten eingegraben. Plötzlich sah Kim Mona vor sich, wie sie als junges Mädchen gewesen war, strahlend und voller Abenteuerlust. Sie hatte die Haare damals ganz kurz getragen, wodurch sie gleichzeitig knabenhaft und weiblich gewirkt hatte; mit ihren Rehaugen hatte sie ein bisschen wie Audrey Hepburn ausgesehen. Kim hatte sie angehimmelt, aber das Schicksal jüngerer Schwestern ist nun mal, im Weg zu sein. Immer war sie zu klein, immer wurde sie weggeschickt. Wenn sie allerdings Probleme hatte, Liebeskummer, oder Schulstress, war Mona für sie da und half ihr aus der Patsche.

Kim erinnerte sich an eine Auseinandersetzung mit ihrer Klassenlehrerin, die sie für einen kleinen Streich hart bestraft hatte, obwohl ein anderes Mädchen die Sache ausgeheckt hatte. Kim hatte den Namen der Missetäterin nicht preisgegeben, daraufhin musste sie fünfzigmal »Ich muss die Wahrheit sagen« schreiben. Mona, gerade sechzehn Jahre alt, war am nächsten Tag ins Lehrerzimmer gegangen und hatte die Lehrerin vor dem Kollegium zur Rede gestellt. Kim hatte an der Tür gelauscht. Nie hatte sie ihre Schwester mehr geliebt als in diesem Moment.

»Eigentlich war es heute Abend wie früher«, sagte

Kim nachdenklich. »Ich habe Scheiße gebaut, und du hast mich gerettet.«

Mona antwortete nicht. »Kann ich 'ne Zigarette haben?« Ohne die Antwort abzuwarten, griff sie nach dem Päckchen. Kim gab ihr Feuer und verkniff sich einen Kommentar.

»Weißt du, wie anstrengend es ist, immer die Vernünftige zu sein?«, fragte Mona und hustete. »Ich wäre auch gerne mal die Lebenslustige und Unvernünftige, aber du lässt mir keine Chance.«

Kim zuckte die Schultern. »Es ist nie zu spät, Schwesterherz.«

»War er gut?«, fragte Mona.

»Wer?«

»Na, Gregor. War er gut im Bett?«

Kims Augen weiteten sich vor Erstaunen. »Du kennst ihn?«

»Natürlich, du nicht?«

Kim schüttelte den Kopf.

Mona blickte sie ungläubig an. »Du schläfst mit einem Typen, von dem du nicht mal den Namen weißt?«

»Na, und?« Kim zuckte die Schultern. »Sag schon, wer ist er?«

»Er heißt Gregor von Olsen und ist verheiratet mit Helen Westheim, einer der reichsten Frauen Deutschlands. Hast du ihn noch nie im Fernsehen gesehen? Geht ständig in Talkshows, redet immer von Verantwortung, neuen Werten und so.«

Kim schlug sich mit der Hand gegen die Stirn. »Deshalb wollte er nicht ins Hotel! Und keinen Arzt. Stell dir mal die Schlagzeile vor: ›Moralapostel mit Hure erwischt!‹«

Mona zuckte zusammen.

»Sieht sie gut aus?«, fragte Kim neugierig.

»Wer?«

»Seine Frau, natürlich.«

Mona versuchte, sich zu erinnern. »Ich glaube, sie ist eher unscheinbar. Irgendwie ... unauffällig.«

»Gefällt er dir?«, erkundigte sich Kim.

Mona schüttelte abwehrend den Kopf. »Ich könnte nie mit jemandem schlafen, in den ich nicht verliebt bin.«

Kim prustete. »Mein Gott, Schwesterherz, in welchem Jahrhundert lebst du eigentlich? Sex ist eine Sache, Liebe eine andere.«

»Ich kann das nicht trennen.«

»Dann beklag dich nicht.«

Plötzlich packte Mona Kim am Arm und sah ihr in die Augen. »Vielleicht wäre ich völlig anders, wenn es dich nicht gäbe.«

»Ich kann nichts dafür, dass du frigide bist«, fuhr Kim sie an.

»Ich bin nicht frigide!«, schrie Mona, »ich mochte Sex, ich hatte immer einen Orgasmus.«

»Und seit wann hattest du keinen mehr?«

Mona schwieg.

Kim musterte sie. »Weißt du, langsam sieht man's dir an.«

»Sei nicht so herablassend«, brauste Mona auf. »Als ginge es dir so toll.«

»Mir geht's gut.«

»Sicher«, sagte Mona bitter. »Alle paar Tage einen anderen Typen, der sich nicht für dich interessiert, sondern nur für deinen Körper. Dann hab ich lieber keinen Sex.«

»Bitte, dann sind ja alle zufrieden«, sagte Kim spitz. »Aber für meinen Körper interessiert sich wenigstens jemand.«

Mona holte aus und schlug zu. Verblüfft starrte Kim sie an und hob langsam die Hand an ihre Wange.

»Raus«, sagte sie tonlos, »hau ab.«

Mona verließ fluchtartig die Wohnung. Grübelnd, den Kopf in die Hände gestützt, blieb Kim am Küchentisch zurück.

Es war immer das Gleiche, sobald sie sich sahen, gab es Streit. Sie waren einfach zu verschieden. Schmerzhaft erinnerten sie sich gegenseitig daran, was ihnen fehlte. Mit fast sadistischer Präzision legten sie den Finger in die Wunde der anderen, bis beide sich schlecht fühlten. Sie sollte Mona besser nicht mehr sehen, beschloss Kim. Von ihr konnte sie sowieso keine Lösung ihrer Probleme erwarten, höchstens neue Probleme.

Plötzlich kam ihr ein Gedanke. Sie sprang auf und wühlte in einer Kommode, bis sie eine Polaroidkamera zutage gefördert hatte, suchte weiter und fand einen Film, gleich darauf zog sie ein Selbstauslöserkabel hervor. Sie lud den Apparat, steckte das Kabel ein und schlich ins Schlafzimmer.

Gregor lag auf dem Rücken, Arme und Beine von sich gestreckt. Die Decke war halb herabgerutscht. Kim zupfte ein bisschen daran, bis sie ganz auf den Boden glitt. Versonnen betrachtete sie den feingliedrigen Mann, küsste ihn auf die Wange, flüsterte ihm ins Ohr – er rührte sich nicht. Sie postierte die Kamera gegenüber auf einem Regal. Dann schlüpfte sie aus ihrem Bademantel und legte sich nackt neben ihn.

Als Kim am nächsten Morgen aufstand, war Gregor verschwunden. Sie tappte schlaftrunken in die Küche, setzte die Kaffeemaschine in Gang und streckte sich. Sie hatte Kopfschmerzen und ein pelziges Gefühl im Mund. Auf dem Tisch standen der volle Aschenbecher und die verklebten Caipiroschka-für-Arme-Gläser; angeekelt stellte sie alles in die Spüle. Auf dem Tisch entdeckte sie einen Zettel.

»Danke für einen tollen Abend, eine Lebensrettung und eine Übernachtung!« hatte Gregor darauf geschrieben. Daneben lagen zwei Fünfhundertmarkscheine.

Gregors Frau Helen war so reich, dass allein die Zinsen ihres Vermögens sie jeden Tag um tausende von Mark reicher machten. Nicht verwunderlich also, dass Geld sie überhaupt nicht interessierte. Gregor vermutete, dass es eigentlich nur zwei Dinge gab, die ihr wirklich wichtig waren: ihre Kinder und ihr Bio-Gemüsebeet im Garten. Naja, und er natürlich, in seiner Funktion als Vater. Helen hatte in fünf Jahren vier Kinder geboren, war also ununterbrochen schwanger gewesen oder hatte gestillt; eine lebende Nähr- und Gebärstation. Das Muttersein erfüllte sie; sie war gewissermaßen süchtig nach dem Geruch saurer Milch und gefüllter Windeln, nach dem schmatzenden Geräusch saugender Babys und dem selbstvergessenen Brabbeln spielender Kinder.

Die Ehe mit Gregor war ein Geschäft. Ein ziemlich gutes Geschäft, wie er fand, und das für beide Seiten. Er war attraktiv, weltmännisch und gewinnend; er liebte den öffentlichen Auftritt und das Repräsentieren – Dinge, die Helen unangenehm waren. Er vertrat ihre Interessen im Konzern und schmückte sie mit seinem Namen.

Sie hatte das Geld. Und sie lieferte den Hintergrund für seine Selbstinszenierung: Mit Hingabe verkörperte er den verantwortungsvollen Staatsbürger, den umsichtigen Unternehmer und leidenschaftlichen Vater – er liebte dieses Bild von sich und ließ keine Gelegenheit aus, es zu verbreiten. Die Medien stürzten sich dankbar auf den attraktiven Gutmenschen, der zu jedem Thema etwas zu sagen hatte. So war Gregor eine Art Berufsmoralist und medialer Selbstdarsteller geworden; seine Tätigkeit in der Firma war eher repräsentativer Natur. Es hätte ihm auch nicht behagt, wenn er zu viel von seiner Zeit für Arbeit hätte opfern müssen, denn neben dem Gut-Sein liebte er alle Vergnügungen, die für Geld zu haben waren.

Heute Morgen hatten die Eheleute sich noch nicht gesehen, was nicht ungewöhnlich war, da sie getrennte Schlafzimmer hatten. »Das Ehebett ist der Tod jeder Erotik«, sagte Helen immer wieder; in Wahrheit war Gregor eines Nachts vor der ständigen Invasion der Kinder geflüchtet und in einen anderen Teil des Hauses gezogen. Es war nie darüber gesprochen worden, aber dabei geblieben. Helen war insgeheim erleichtert, da sie es angenehmer fand, ihr Bett mit einem Kind zu teilen als mit einem Mann. Und Gregor konnte auf diese Weise unbemerkt kommen und gehen.

Punkt acht klingelte es. Helen öffnete der Kinderfrau die Tür, im Arm ein Baby, einen Zweijährigen im Schlepptau. Die zwei größeren Kinder saßen im Esszimmer vor ihren Cornflakes und pantschten mit dem Löffel in der Milch herum.

Die Familie lebte in einer Villa, deren Innenausstattung in merkwürdigem Widerspruch zu ihrem Baustil stand. Zur modernen Architektur des Hauses hätten sachliche, funktionale Möbel gepasst. Helen hatte es aber gern gemütlich und so lagen Teppiche auf den Steinfliesen, die Sitzgruppe im Wohnzimmer bestand aus wuchtigen Polstermöbeln und an den Fenstern hingen schwere Vorhänge. Alles war teuer und von guter Qualität, aber ein bisschen bieder. Man spürte, dass Helen keinen besonderen Sinn für diese Dinge hatte.

Auch ihr Äußeres spiegelte diese Haltung wider. Sie kleidete sich praktisch, legte größeren Wert auf Bequemlichkeit als auf Wirkung. Ihre Frisur hatte sich seit ihrer Studienzeit nicht verändert; das lange Haar fiel, in der Mitte gescheitelt, über ihre Schultern. Zu Hause trug sie oft einen Zopf, der ihr ein mädchenhaftes Aussehen gab, zumal sie sich nicht schminkte. Gregor bedauerte, dass seine Frau nicht mehr aus sich machte. Es war, als versuchte sie, so wenig wie möglich aufzufallen. Manchmal kam es ihm vor, als wäre sie am liebsten unsichtbar, dabei war sie eine kluge und selbstbewusste Frau, die ihn oft mit ihrer analytischen Fähigkeit verblüffte. Ihre eigenartige Schüchternheit bezog sich auf das Körperliche, auf äußerlich sichtbare Zeichen von Weiblichkeit.

Gregor empfand seine Frau als stark und sehr mütterlich. Manchmal fühlte er sich wie ihr fünftes Kind, und obwohl er sich insgeheim dafür schämte, genoss er es, ihr Entscheidungen zu überlassen und sich aus der Verantwortung zu stehlen.

Kurz nach acht, nachdem er noch eine Weile gedöst und sich wohlig an die Liebesnacht mit Kim erinnert hatte, stand Gregor auf, duschte und zog sich an. Er war überrascht, wie gut er sich nach seinem Schwächeanfall fühlte. Was immer die schöne Frau Doktor, die keine Frau Doktor war, ihm gegeben hatte, er hatte tief und fest geschlafen. Gegen vier hatte die Weckfunktion seiner Uhr gepiept, er war aufgestanden und nach Hause gefahren. Sein kleines Abenteuer war glimpflich verlaufen; er hatte nicht den Eindruck gehabt, dass die Schwestern ihn erkannt hatten.

Wenig später betrat er die Küche, wo Helen der Köchin Anweisungen fürs Mittagessen gab.

»Morgen, Liebes.« Er küsste seine Frau rechts und links auf die Wange.

Sie erwiderte den Gruß und fuhr mit ihren Anweisungen fort.

»Bitte achten Sie diesmal auf die Soße. Lassen Sie das Eigelb weg wegen Janas Neurodermitis. Und der Tobi darf auf keinen Fall Erdbeeren essen, er hatte gestern einen Asthmaanfall! Übrigens Schatz, könntest du die Jana und den Philipp gleich in den Kindergarten bringen? Ich muss mit Lena zum Kinderarzt.«

»Natürlich, Schatz.« Gregor stöhnte innerlich.

Er liebte seine Kinder, er kümmerte sich gern um sie, aber der Waldorfkindergarten mit den in Wallegewänder gehüllten Müttern, den betulichen Kindergärtnerinnen, dem Geruch nach Batikwachs und Naturholzmöbeln löste heftige Fluchtinstinkte bei ihm aus.

Helens Hang zum Alternativen wurde immer stärker; seit einiger Zeit trugen die Kinder nur noch Kleidung aus unbehandelter Baumwolle, die Lebensmittel wurden aus dem Bioladen geliefert, das Gemüse kam aus dem Garten. Die Woche über wurde fleischlos gekocht, weshalb Gregor es vorzog, ins Restaurant zu gehen. Er sah Helens Hinwendung zum Wesentlichen, wie sie es nannte, mit Sorge. Immer häufiger nämlich deutete sie an, dass sie Mercedes-Cabrios, Golfclub-Mitgliedschaften und Karibik-Segeltörns nicht für wesentlich hielt. Er fürchtete, sie könnte ihm diese Vergnügungen eines Tages nicht mehr ermöglichen wollen.

»Ich bin heute mit Stevens verabredet«, teilte er Helen mit, »wir wollen noch mal über die Morgan-Fairchild-Fusion sprechen«. Er bemühte sich, seriös zu wirken; schließlich war seine Frau auch seine Arbeitgeberin und er legte Wert darauf, dass sie sein Engagement für die Firma würdigte.

»Ist gut, Lieber« antwortete sie zerstreut und küsste ihn flüchtig. »Wann kommst du heute Abend? Wir haben die Marquardts zum Essen.«

Seine Stimmung sank schlagartig. Die Marquardts waren ein grauenhaft langweiliges Paar; er war Dermatologe und behandelte Jana wegen ihrer Neurodermitis, sie war Ökotrophologin und hatte Helen die Panik vor gesundheitsschädlichen Rückständen in Lebensmitteln eingeredet.

»Was gibt's zu essen?«, fragte er ahnungsvoll.

Helen berichtete begeistert von einem neuen Rezept für Kressesamensuppe, das sie entdeckt habe. »Danach zaubert Elise uns Tomatencarpaccio mit Basilikumschaum, und zum Hauptgang eine Gemüselasagne.«

Elise, die Köchin, nickte errötend.

»Denkst du, der Parrina Riserva passt dazu?«, fuhr Helen fort, »oder soll ich lieber noch ein paar Flaschen von dem tollen Chianti aus dem Bioladen kommen lassen?«

»Oh, nein, der Parrina ist wundervoll«, sagte Gregor schnell. Der Wein würde sein einziger Lichtblick sein an diesem trostlosen Abend.

»Also, Kinder, anziehen, wir fahren los!«, rief er munter und sah zu, wie die Kinderfrau seine zwei Ältesten in ihren Anoraks verstaute.

»Nimm bitte den Voyager«, bat Helen, »ich will nicht, dass die Kinder im Cabrio fahren.«

Auch das noch. Er würde also den ganzen Tag mit der Familienkutsche rumfahren müssen statt mit seinem Sportwagen. Bevor er Einspruch erheben konnte, klingelte sein Handy.

»Guten Morgen«, ertönte Kims Stimme, die durch

den Alkohol- und Nikotinexzess der letzten Nacht ein noch stärkeres Timbre hatte. »Wie geht es Ihnen? Wieder fit?«

»Oh ja, danke, alles bestens!« Er entfernte sich unauffällig aus Helens Hörweite.

Kim räusperte sich. »Danke für ... na ja, ich meine, Sie waren sehr großzügig.«

»Nicht der Rede wert. Hören Sie, meine Liebe, ich bin auf dem Sprung. Darf ich Sie später zurückrufen?«

»Tut mir Leid«, bedauerte Kim, »später bin ich unterwegs und ich habe kein Handy. Ich müsste Sie ziemlich dringend sprechen, deshalb wollte ich vorschlagen ... können wir uns irgendwo treffen?«

In Gregor kämpften widerstreitende Empfindungen. Einerseits fand er Kim gerade ziemlich aufdringlich, andererseits regte sich sein Penis, sobald er nur an sie dachte. An ihre großen Brüste, ihre runden Hüften, ihr hemmungsloses Vergnügen am Sex – eine solche Frau sollte man sich warm halten.

»Also gut, vierzehn Uhr dreißig im ›Casino‹.«

Das war ein Café in der Nähe der Firma, er würde nach seinem Mittagessen mit Stevens schnell dort vorbeischauen. Kim bedankte sich wohlerzogen und legte auf. Verwirrt steckte er das Telefon in die Brusttasche. Was könnte sie von ihm wollen?

Mona öffnete die Augen. Ungläubig sah sie auf ihren Wecker. Elf Uhr! Seit Jahren hatte sie nicht mehr so lange geschlafen. Aber schließlich war es fast zwei gewesen, als sie nach Hause gekommen war.

Der Streit mit Kim fiel ihr ein. Sie schämte sich, dass sie die Beherrschung verloren hatte. Am liebsten hätte sie sich sofort entschuldigt, aber sie kannte Kim. Bei der würde sie sich eine Abfuhr einholen, die sich gewaschen hätte.

Mona konnte nicht aufhören, sich für ihre jüngere Schwester verantwortlich zu fühlen. Und Kim fühlte sich bevormundet. Sie waren beide gefangen in ihren Rollen, und jedes Treffen verfestigte das unselige Zusammenspiel. Wie oft sie schon beschlossen hatten, den Kontakt abzubrechen! Mal war es Mona gewesen, die sich zurückgezogen hatte, mal Kim. Ständig verletzten sie sich gegenseitig, als wollten sie dadurch voneinander loskommen. Aber die Erlebnisse ihrer Kindheit ketteten sie aneinander.

Kims neueste Masche war, Mona von den Zwillingen fern zu halten. Angeblich schade den Kindern der Kontakt, weil Monas oberflächliches Leben ein schlechtes Vorbild abgäbe. Dabei wusste Kim genau, dass Mona völlig vernarrt in die zwei kleinen Mädchen war und nichts lieber getan hätte, als sie zu beschenken und zu verwöhnen. Gerade jetzt, wo Tommy weg war, sehnte sie sich danach, jemanden zu bemuttern.

Nach einer flüchtigen Morgentoilette ging Mona barfuß und im Schlafanzug in die Küche. Sie hatte keine Termine heute. Keinen Frisör, keine Kosmetikerin, keine Maniküre, keine Innenarchitektin. Der Tag dehnte sich endlos vor ihr. Vielleicht könnte sie in die Stadt fahren und nach Stoff schauen. Sie ließ gerade die Küche umbauen und wollte die Kissen für die gemauerte Sitzbank im Türkiston der Fliesen beziehen lassen. Es war fast unmöglich, etwas Passendes zu finden.

Die Handwerker machten gerade ein paar Tage Pause, obwohl die Küche erst halb fertig war. Mit schlechtem Gewissen machte Mona sich eine Tasse Kaffee. Ihre Ärztin hatte ihr von Kaffee abgeraten: Er mache sie reizbar und nervös, und, was noch schlimmer sei, er beeinträchtige die Wirkung der homöopathischen Mittel, die sie gegen ihre Schlafstörungen nehme.

Abwesend blätterte sie in der Zeitung, die Manfred in Einzelteilen auf dem Tisch liegen gelassen hatte. Er selbst flippte aus, wenn die Zeitung nicht richtig zusammengefaltet war.

Es klingelte. Überrascht blickte sie auf und sah durchs Küchenfenster einen Lieferanten mit einem riesigen Blumenstrauß aufs Haus zukommen. Sie öffnete die Haustür, spürte den Blick des Boten auf ihrem Schlafanzug und hatte das Gefühl, sich entschuldigen zu müssen.

»Ich bin ein bisschen krank«, sagte sie verlegen und drückte ihm zehn Mark Trinkgeld in die Hand.

Blumen? Sie war verwirrt. War heute ihr Hochzeitstag? Ihr Geburtstag? Nein, nichts davon, außerdem wäre es das erste Mal, dass Manfred an ein solches Datum gedacht hätte. Wenn sie in all den Jahren mal ein Geschenk oder eine andere Aufmerksamkeit erhalten hatte, dann wusste sie, dass eine neue Sekretärin in seinem Vorzimmer saß.

Neugierig riss sie den Umschlag auf und las die Karte. »Danke für die Lebensrettung!« Keine Unterschrift, kein Name.

Woher hatte Gregor von Olsen ihre Adresse? Sie versuchte, sich zu erinnern. Ja, er wusste ihren Namen, er hatte nur ins Telefonbuch sehen müssen.

Mona war geschmeichelt. Wann hatte sie zuletzt Blumen von einem Mann bekommen, der nicht ein Geschäftsfreund von Manfred war oder ein Gast des Hauses? Sie konnte sich nicht erinnern. Wahrscheinlich war es vor ihrer Heirat gewesen.

Sie hatte viele Verehrer gehabt, war häufig eingeladen worden und ausgegangen. Sie war sehr attraktiv gewesen damals, als sie gemeinsam mit ihren Kommilitonen über Nerven, Muskeln und Knochen büffelte, die lateinischen Namen von Krankheiten auswendig lernte und überlegte, ob sie Chirurgin oder Neurologin werden sollte. Es hatte einige Bewerber um sie gegeben, aber sie hatte Instinkt bewiesen. Sie wollte nicht wissen, wie viele von ihnen heute arbeitslos waren oder sich auf unattraktiven Klinikposten herumschlugen. Manfreds Karriere in der Medienbranche war dagegen reibungslos verlaufen.

Ihr Blick fiel wieder auf die Blumen, sie schloss die Augen und sog ihren Duft ein.

Gregor hatte Stil. Er führte zwar offensichtlich ein Doppelleben, aber das gab es wohl öfter, als sie bislang vermutet hatte. Als sie sich sein viel sagendes Lächeln, den Blick aus seinen erstaunlich grünen Augen und den schlanken, gepflegten Körper in Erinnerung rief, ertappte sie sich bei dem Gedanken, dass sie gestern gern an Kims Stelle gewesen wäre. Je genauer sie sich ausmalte, was die beiden miteinander getrieben hatten, desto stärker wurde das Ziehen in ihrem Unterleib. Mit einem Stöhnen schob sie die Hand zwischen ihre Beine.

Es war schnell vorbei. Beschämt sah sie auf, hoffte, dass niemand durchs Küchenfenster gesehen hatte. Am Gästewaschbecken kühlte sie ihr Gesicht. Sie fühlte sich elend.

Kim war mittags nur kurz nach Hause gekommen, um sich umzuziehen und zu kontrollieren, ob Lilli und Lola wohlauf sind. Die Mädchen hockten in Bergers Wohnung inmitten von Fundsachen aller Art und bastelten »Kunstwerke«, wie sie ihre Schöpfungen selbstbewusst nannten. Die Wohnung glich einer Müllhalde; überall stapelten sich Holzstücke, Dosen, Flaschen, alte Schuhe, Stoffreste, Pappkartons, Farbeimer und elektrische Bauteile. Bergers besondere Vorliebe galt kleinen Spielereien wie einem Ventilator, der einen Busch Federn bewegte, oder einer Spielzeugeisenbahn, die ein paar winzige, gackernde Spielzeughühner jagte. Für Kinder war dieser Ort ein Paradies.

Kim steckte Berger einen Hunderter zu, den dieser verzückt betrachtete und küsste, bevor er ihn zusammenknüllte und in die Hosentasche schob.

»Geld macht nicht glücklich ...«, begann er, »aber es fühlt sich verdammt gut an«, ergänzte Kim und grinste.

Sie war spät dran. Mit offener Jacke lief sie die Straße entlang; in ihrer rechten Tasche fühlte sie die Polaroids. Je näher sie dem ›Casino‹ kam, desto langsamer ging sie. Du musst verrückt sein, dachte sie und blieb stehen. Dreh um und hau ab, bevor es zu spät ist. Noch während sie das dachte, setzten sich ihre Beine wieder in Bewegung. Schritt für Schritt gingen sie Richtung Café. Verdammt, der Typ hat Geld wie Heu. Der kann sich eine Nacht einen Tausender kosten lassen. Es wäre nur gerecht, wenn er ihr was abgäbe. Wie viel sollte sie verlangen? Sie hatte sich über eine genaue Summe noch keine Gedanken gemacht; insgeheim hoffte sie, er würde ihr ein Angebot machen.

Durch die Panoramascheiben des Cafés entdeckte sie ihn sofort. Er stand an der Bar und hatte einen Cappuccino vor sich stehen. Angeregt unterhielt er sich mit dem Barmann. Ihr Herz schlug heftig. Los, trau dich, feuerte sie sich selbst an. Das ist deine Chance. Keine Aldi-Nudeln mehr. Lola braucht Schuhe. Lilli einen Mantel. Schulsachen. Turnsachen. Fahrräder ... Sie holte tief Luft und trat ein.

Ein paar Männer sahen sich nach ihr um, ließen die

Blicke wohlgefällig über ihre Beine wandern, über ihren Hintern, ihre Taille, ihren Busen. Sie war daran gewöhnt, betrachtet zu werden. Normalerweise genoss sie es. Jetzt war es ihr unangenehm. Sie straffte die Schultern und ging lächelnd auf Gregor zu.

»Hallo«, sagte sie und umklammerte mit der Rechten die Fotos.

»Hallo«, gab er zurück und lächelte ebenfalls. »Auch einen Cappuccino?«

»Gern«, nickte sie und schluckte. Ihr Hals war trocken vor Aufregung.

Er winkte dem Barmann, der gleich darauf mit elegantem Schwung eine Tasse vor ihr abstellte, dass der Milchschaum zitterte.

»Na, wieder fit?«, fragte sie betont kess, und gleich darauf fiel ihr ein, dass sie das schon am Telefon gefragt hatte.

»Ja, alles in Ordnung, tut mir Leid, dass ich Ihnen Umstände gemacht habe.«

Kim wehrte ab. »Kein Problem! Meine Schwester war überglücklich, dass sie ihre medizinischen Kenntnisse mal an jemandem ausprobieren konnte.«

»Sie hat das sehr gut gemacht.«

»Ja, im Leute-Retten war sie immer schon gut«, sagte Kim und betrachtete seine Hände, vielleicht das Schönste an ihm. Sie waren warm und trocken, man sah ihnen an, dass sie streicheln, liebkosen und zupacken konnten. Sie waren gepflegt, hatten aber nicht das weibische Aussehen mancher Männerhände, auf die zu viel Pflege verwendet wurde.

Mit Händen hatte Kim das größte Problem, wenn sie mit Kunden zu tun hatte. Nicht mit dem Gesicht, nicht mit der Figur, nicht mit dem Penis. Nein, meistens waren es die Hände, von denen sie sich abgestoßen fühlte. Von langen, spinnenartigen Fingern. Von schmalen, weichlichen Händen. Viele Männerhände waren ungepflegt; die Nägel zu lang, die Nagelhaut eingerissen. Manche Männer schwitzten vor Aufregung in den Handinnenflächen. Es kostete Kim oft große Überwindung, sich berühren zu lassen.

Als Gregor die Tasse anhob, blitzte sein Ehering im Licht eines einfallenden Sonnenstrahls kurz auf. Schlagartig war Kim wieder auf dem Boden der Realität.

Sie hob den Blick. »Darf ich Sie was fragen?«

»Nur zu.« Er lächelte aufmunternd.

»Warum haben Sie mir Ihren Namen nicht gesagt?«

»Was hätte es für dich geändert, wenn ich es getan hätte?« Seine Stimme war freundlich, arglos. Und er war ins »du« zurückgefallen. Kim bemerkte es, wusste aber nicht, ob das ein gutes oder ein schlechtes Zeichen wäre.

»Na ja ... wäre irgendwie höflicher gewesen. Oder persönlicher.«

»Du hast Recht.« Er streckte die Hand aus. »Gregor.«

Kim ignorierte die Hand. »Von Olsen. Ich weiß.«

Jetzt war er verwirrt. »Sag mal, Kim, worauf willst du eigentlich hinaus?«

Sie zog die Hand aus der Jackentasche und legte eines der Fotos auf die Theke.

Er warf einen schnellen Blick darauf, nahm das Foto und steckte es ein. Dann legte er einen Zwanzigmarkschein neben die Cappuccino-Tassen.

»Komm.«

Er nahm sie am Arm und zog sie aus dem Lokal. Sie gingen nebeneinander die Straße entlang, erst nach einer längeren Pause sprach er wieder.

»Ich bin wirklich enttäuscht von dir, Kim.«

Es versetzte ihr einen Stich, aber sie schwieg. Jetzt ging es um Geld, nicht um Gefühle.

»Wenn zwei Menschen sich so nahe kommen wie wir, müssen sie sich vertrauen können, findest du nicht?«

»Du hast mir ja auch nicht vertraut«, bemerkte sie trotzig.

»Wie du siehst, hab ich allen Grund, vorsichtig zu sein. Du willst also Geld?«

»Ehrlich gesagt, ja«, sagte Kim und wurde plötzlich verlegen. »Ich bin in einer ziemlich beschissenen Lage, du hast 'ne Menge Kohle, ist doch eigentlich nur gerecht, oder?« Sie hob die Schultern und ließ sie hilflos fallen.

Sie waren bei einem Spielplatz angekommen, Gregor steuerte eine Parkbank an. Er setzte sich und nickte Kim auffordernd zu, es ihm gleich zu tun. Auf merkwürdige Weise fühlte er sich ihr verbunden. Ihr ungeschickter Erpressungsversuch rührte ihn. Er nahm ihre Hand und sah sie freundlich an.

»Kim, das Problem ist, ich habe nichts.«

Kim entzog ihm die Hand. »Wie, du hast nichts? Du bist mit einer der reichsten Frauen Deutschlands verheiratet!«

»Genau. Der Anzug hier ist von meiner Frau bezahlt. Das Auto draußen gehört meiner Frau. Ich wohne im Haus meiner Frau, in den Möbeln meiner Frau, sogar meine Kinder gehören wahrscheinlich meiner Frau; sicher hab ich irgendwann was unterschrieben.«

Kim war wie vor den Kopf geschlagen. Dass reiche Kerle sich schöne Frauen hielten, kannte sie. Aber musste sie ausgerechnet an einen Kerl geraten, der sich aushalten ließ? Da ging er hin, ihr Traum vom großen Geld. Sicher hätte er ihr was geben können, den Inhalt seiner Brieftasche oder das, was ein Geldautomat pro Tag ausspuckt. Aber diese Almosen waren nicht das, was sie wollte. Sie wollte mehr.

»Tut mir wirklich Leid, Kim«, sagte er mit ehrlichem

Bedauern und legte den Arm um sie. »Ich hab auch nur Glück gehabt.«

»Ich hätte auch gern mal Glück«, murmelte Kim bitter und wollte aufstehen. Gregor hielt sie zurück.

»Halt, warte, ich hab was für dich!«

Er griff in seine Aktentasche, die er neben der Parkbank abgestellt hatte, und holte ein kleines Päckchen heraus.«

»Was ist das?«, fragte sie misstrauisch.

»Ein Handy. Eine Frau wie du braucht unbedingt ein Handy, findest du nicht?« Er lächelte sie strahlend an.

Die Tränen schossen Kim in die Augen, ihr Gesicht brannte vor Scham. Sie wollte etwas erwidern, schaffte es aber nicht und lief weg.

Mona hatte sechzig Meter Bezugsstoff in mehreren Türkistönen gekauft, dazu mexikanische Zierkissen und einen sechsarmigen, silbernen Leuchter, der ihrer neuen Küche einen orientalischen Touch geben würde. Dann hatte sie der Versuchung nachgegeben, Lilli und Lola Geschenke zu kaufen. Im teuersten Kinderbekleidungshaus der Stadt hatte sie eine Auswahl erstanden und veranlasst, dass die Sachen direkt zu Kim geliefert würden. In der Spielzeugabteilung des Kaufhofs hatte sie Puppen, Puppenwagen und Puppenkleider gekauft, die ebenfalls gebracht werden sollten. Sie hoffte, dass Kim es nicht übers Herz bringen würde, sie den Mädchen vorzuenthalten.

Wie immer nach ihren Kaufanfällen fühlte Mona sich ausgepumpt und erregt zugleich. Sie steuerte ihren Wagen durch den Feierabendverkehr und überlegte, wie sie Manfred die horrenden Ausgaben der letzten Zeit erklären sollte. Manfred war großzügig, wirklich. Aber es gab einen Punkt, an dem auch er beginnen würde, nachzufragen. Mona hatte das Gefühl, diesen Punkt bald erreicht zu haben.

Was er wohl sagen würde, wenn sie ihm erklärte, dass sie mit einem anderen Mann schlafen wolle. Dass sehr wohl erotische Regungen in ihr seien. Dass sie vielleicht nicht alleine schuld sei am Debakel ihrer Ehe.

Debakel, würde er sagen, wovon sprichst du, Darling? Wir führen eine wunderbare Ehe. Ich liebe dich. Und dann würde er nach der Fernbedienung greifen und den Fernseher anmachen, um Teletext zu lesen. Stundenlang konnte er vor der Kiste sitzen und Teletext lesen. Er interessierte sich für jede einzelne Meldung, egal, ob es um den Nahostkonflikt ging, um innenpolitische Querelen, um Sportereignisse, Aktienkurse oder die Entdeckung eines neuen Eiweiß spaltenden Enzyms. Alles, alles interessierte ihn mehr als seine Frau.

Zu Hause hängte sie Manfreds Anzüge, die sie aus der Reinigung geholt hatte, in den Schrank. Dabei fiel ihr ein Sakko auf, das sie nicht kannte. Normalerweise ging sie zweimal im Jahr mit Manfred zum Einkaufen, denn wie die meisten Männer verabscheute er den Kleiderkauf. Ohne sie würde er nach zehn Minuten aufgeben, also begleitete sie ihn durch die Geschäfte, beriet und unterstützte ihn, bis seine Garderobe fürs kommende Halbjahr komplett war.

Sie nahm das Sakko aus dem Schrank und betrachtete es genauer. Nein, zu diesem Schnitt hätte sie ihm nie geraten, Zweireiher standen ihm nicht. Auch die kräftige blaue Farbe fand sie ungünstig. Eine leichte Unruhe ergriff von ihr Besitz, aber schnell beruhigte sie sich mit dem Gedanken, dass er vielleicht auf einer Geschäftsreise nicht genügend Kleidung dabei gehabt und etwas hätte kaufen müssen. Sofort meldete sich ihr schlechtes Gewissen. S i e packte seinen Koffer, wenn er verreiste, also hatte s i e nicht genügend eingepackt.

Sie griff in die Taschen des Sakkos. Das tat sie sonst nur, wenn sie die Sachen für die Reinigung vorbereitete und nach Münzen, abgerissenen Knöpfen oder vergessenen Kugelschreibern durchsuchte.

Sie fand nichts außer einem kleinen, zusammengefalteten Stück Papier. Sie wollte es schon achtlos in den Papierkorb werfen, da brachte irgendetwas sie dazu, das Papier auseinander zu falten. Es stand nicht viel drauf. Nur eine Telefonnummer. Kims Telefonnummer.

Mona bereitete das Abendessen zu, deckte den Tisch, stellte den Weißwein kalt, zündete die Kerzen an und zog sich um. Manfred erwartete das. Er hatte ein Recht darauf. Oder etwa nicht?

Sie hörte die Haustür. Dann die Spülung des Gästeklos. Das Rauschen des Wasserhahns. Sie drehte sich um, in diesem Moment stand Manfred in der Tür.

»Guten Abend, Darling«, sagte er. »Oh, von wem sind denn die Blumen?«

Überrascht deutete Manfred auf Gregors Strauß.

»Ja, stell dir vor«, sagte Mona, »die sind heute für mich abgegeben worden. Und ich habe keine Ahnung, von wem.«

»So, so, du hast also einen heimlichen Verehrer!« Scherzhaft drohte er ihr mit dem Zeigefinger.

Mona ging auf das Spiel ein. »Sieht fast so aus«, sagte sie lächelnd, »wie findest du das?«

Manfred legte den Arm um sie und zog sie an sich.

»Und was, wenn der heimliche Verehrer ich bin?«

Mona ließ sich ihre Verblüffung über seine Dreistigkeit nicht anmerken.

»Wie lieb von dir!«, sagte sie lächelnd.
»Keine Ursache, Darling.«
Er entkorkte die Weinflasche und schenkte die Gläser voll. Mona betrachtete sinnend den Strauß.
»Du weißt, dass Ehefrauen misstrauisch werden, wenn sie vom eigenen Mann Blumen kriegen«, sagte sie ruhig.
Er machte eine fahrige Bewegung, fast hätte er ein Glas umgestoßen.
»Misstrauisch? Wieso?«, fragte er und reichte ihr den Weißwein.
»Meistens haben sie ein schlechtes Gewissen.«
»Was für ein Unsinn, Darling. Cheers.«

Kim saß kettenrauchend vor dem Fernseher und sah schon die zweite Folge »Ally McBeal«. Der Videorekorder war eine Hinterlassenschaft von Artur, dem Erzeuger der Zwillinge. Sie hatte ihn schon seit ein paar Wochen nicht gesehen, aber man musste ständig damit rechnen, dass er auftauchte. In unregelmäßigen Abständen gefiel er sich in der Vaterrolle und schmückte sich gern für ein paar Stunden mit seinen niedlichen Töchtern. Seine Alimente aber zahlte er nur unregelmäßig, Kim und er stritten deshalb häufig.

Wenigstens den Rekorder hatte er ihr überlassen. Kim war froh darüber, denn »Ally McBeal« war das Einzige, was sie aufmunterte, wenn sie schlecht drauf war. Und heute Abend war sie superschlecht drauf.

Die Serie rund um eine junge, chaotische Anwältin, die sich ständig in die falschen Männer verliebt und mit einem Haufen ziemlich schräger Anwälte in einer Kanzlei zusammenarbeitet, war ihr Seelentrost, ihre moralische Aufrüstung in Krisenzeiten. Es war eine ungeheure Befriedigung für sie, dass es noch andere gab, die ihr Leben nicht in den Griff bekamen. Die toll aussahen und trotzdem bei den Kerlen immer danebengriffen. Die in jeden Fettnapf tappten, der im Weg stand. Die abends alleine nach Hause gingen, während rund um sie herum alle Welt verliebt war. Und eines ließ Kim triumphieren: Ally, die erfolgreiche Anwältin, wünschte sich dringend Kinder – sie, Kim, die erfolglose Kellnerin und Gelegenheitshure, hatte welche!

Gerade lief eine ihrer Lieblingsfolgen, in der Ally versucht, ihren Freund Greg für sich zurückzugewinnen, indem sie einen Callboy anheuert. Am Ende der Folge, als Greg endlich angebissen hat, stellt Ally fest, dass sie sich in den Callboy verliebt hat und Greg gar nicht mehr will.

Kim liebte besonders die surrealen Momente, wenn Ally durchs Büro flog, ein imaginäres Einhorn wahrnahm, ein sichtbares Loch im Bauch hatte oder ihre Kollegin mit einem Messer im Rücken dasitzen sah. Manchmal ging ihre Identifikation mit der Fernsehfigur so weit, dass sie ihr eigenes Leben wie einen Film betrachten konnte. Und das hatte angesichts ihres wenig glamourösen Alltags etwas sehr Tröstliches.

Die Abspannmusik setzte ein, Kim seufzte und steckte sich eine neue Zigarette an. Kaum war der Fernseher aus, kam die Wut zurück.

Was hatte sich Gregor nur gedacht? »Eine Frau wie du braucht unbedingt ein Handy.« Um immer verfügbar zu sein für Männer wie ihn?

Sie legte die Vonda-Shepard-CD ein, die sie neulich bei Karstadt geklaut hatte, und begann, in der Wohnung herumzugehen. Die Wände waren mit Ally-McBeal-Postern gepflastert. Kim betrachtete ihre wenigen Möbel, allesamt vom Sperrmüll oder aus zweiter Hand. Die klapprigen Küchenschränke, den uralten Herd, den Kühlschrank, dessen Tür nur mit einer dreifachen

Schicht Klebeband an ihrem Platz blieb, das angestoßene Geschirr, die verbogenen Töpfe und Pfannen, die noch aus ihrem Elternhaus stammten.

»I'll be searching everywhere, just to find someone to care ...«, sang Vonda Shepard.

Kim hasste diesen Geruch von Armut, der in ihren Kleidern hing, in den Vorhängen, dem Teppich, den Tapeten. Der sie verfolgte, und der auch ihre Kinder verfolgen würde, wenn sie nichts dagegen unternähme.

Der Abend übertraf Gregors schlimmste Befürchtungen. Die Marquardts lieferten endlose Hiobsbotschaften aus der Welt der Ernährungsgifte und Allergene, griffen aber beim Essen munter zu; Helen hingegen wurde immer blasser und stocherte nur noch verunsichert auf ihrem Teller herum. Gregor hielt sich an seinem Weinglas fest und versuchte abzuschalten, während die Unterhaltung sich um Nitrit im Salat, Blei in Blattgemüse und Schwermetalle in Eiern drehte. Die Themenbereiche BSE, Kalziummangel und freie Radikale waren bereits abgehakt. Erst als Frau Marquardt sich ihm zuwandte, auf sein Weinglas zeigte und zu einem Vortrag darüber ansetzte, dass Weine aus nicht-biologischem Anbau hochgradig pestizidverseucht seien, brach er sein Schweigen.

»Ich ziehe es vor, mein Leben zu genießen, statt mir Sorgen zu machen«, erklärte er seiner Tischnachbarin freundlich. »Morgen kann ich tot umfallen. Oder in fünf Jahren. Soll ich mir bis dahin jeden Genuss vermiesen lassen?«

»So kann man das nicht sehen«, widersprach Frau Marquardt.

»Doch, so kann man das sehen«, sagte Gregor entschieden.

»Aber du hast Verantwortung für deine Kinder«, mahnte Helen.

»Liebes, das Leben ist heute nicht gefährlicher als früher. Die Gefahren sind nur andere. Unsere Kinder werden überleben, genau wie die Generationen vor ihnen.«

Herr Marquardt wiegte sein Haupt. »So einfach ist das nicht«, dozierte er bedächtig. »Nehmen Sie die Allergien. Nahezu jedes dritte Kind leidet bereits an allergischen Erscheinungen. Wo soll das hinführen?«

Gregor, der fürchtete, er werde gleich selbst allergische Erscheinungen kriegen, bemühte sich, höflich zu bleiben.

»Nun, ich denke, mit den Krankheiten entwickelt sich der medizinische Fortschritt«, setzte er die Unterhaltung geduldig fort. »Früher starb man an einem Blinddarmdurchbruch. Heute kann man schon einige Krebsarten heilen.« Er stand auf. »Entschuldigen Sie mich bitte, ich hole noch etwas Wein.«

In der Küche lobte er Elise für das köstliche Abendessen – sie hatte wirklich das Beste aus den spärlichen Möglichkeiten gemacht – und griff nach einer Flasche Parrina. Er flüchtete für einen Moment in die Ruhe der Bibliothek, schenkte sich ein Glas ein und trank in vollen Zügen. Er träumte von einem blutigen Steak; am liebsten schwermetall- und hormonverseucht, jeder kleine Thrill wäre ihm lieber als dieser Totentanz drüben im Esszimmer. Und er träumte von Sex. Von Sex mit Kim, die ihm nicht aus dem Kopf ging. Er hätte ihr geben sollen, was er an Bargeld dabei gehabt hatte. Für ein Mädchen in diesen Verhältnissen wären ein paar tausend Mark schon eine Hilfe. Er würde sich etwas für sie einfallen lassen, versprach er sich selbst.

Von Kim wanderten seine Gedanken zu Mona. Sie

war nur oberflächlich kühl und abweisend. Aber unter der Oberfläche loderte es, das sagte ihm sein Instinkt. Er liebte es, diese Art Frauen aufzuwecken, und er hatte Talent dafür. Seine Phantasie begann auf Reisen zu gehen, aber er rief sich zur Ordnung. Dieser Abend musste durchgestanden werden, das gehörte zu seinem Job. Ja, seine Ehe war sein Job. Er erbrachte gewisse Leistungen und wurde dafür honoriert. Und wenn er einen Job machte, dann machte er ihn gut.

Er löschte das Licht und wollte die Bibliothek verlassen, als er draußen eine Bewegung wahrnahm. Merkwürdig, eigentlich konnte niemand unbemerkt den Garten betreten; das große Eisentor vor der Einfahrt war verschlossen, das ganze Grundstück mit einer Alarmanlage gesichert, die allerdings oft ausgestellt war. Vielleicht war vergessen worden, hinter den Gästen das Tor zu schließen. Er öffnete die große Glasschiebetür; angestrengt spähte er in die Dunkelheit. Niemand war zu sehen. Er wartete einen Moment, bis er überzeugt war, sich getäuscht zu haben, dann kehrte er zurück ins Speisezimmer.

Mit klopfendem Herzen blieb Kim hinter der großen Eiche stehen, bis Gregor die Bibliothek verlassen hatte. Sie war sehr verwundert gewesen, das Tor vor der Einfahrt angelehnt vorzufinden. Jetzt näherte sie sich vorsichtig dem Haus. Es war modern, im Bungalowstil erbaut. Kim war enttäuscht, sie hatte sich eine schöne, alte Villa vorgestellt, von Pflanzen umrankt, mit Sprossenfenstern und Erkern. Wenn sie reich wäre, würde sie nur in einem alten Haus leben, nicht in so einem Bunker.

Alle Fenster gingen bis zum Boden, bei den wenigsten waren die Vorhänge geschlossen, so dass Kim den besten Einblick hatte. Sie näherte sich dem hell erleuchteten Speisezimmer, in dem gerade der Nachtisch serviert wurde. Kim sah Gregor; die Frau neben ihm musste Helen Westheim sein. Kim nahm Helens gerade geschnittenes, sandfarbenes Kleid wahr und ihr fast gleichfarbiges, offenes Haar. Mein Gott, dachte Kim, wie könnte i c h aussehen, wenn ich Kohle hätte! Nur ein einziges der Designerteile, an denen sie in den Geschäften immer vorbeiging, als existierten sie nicht, und sie wäre tausendmal attraktiver als diese farblose Person.

Die beiden Gäste sahen so langweilig aus, dass Kim im gleichen Moment froh war, zu diesem Essen nicht eingeladen zu sein. Sie versuchte, zu erkennen, was es zum Nachtisch gab, aber es gelang ihr nicht. Dann schlich sie weiter, an der Küche vorbei, wo sie eine Köchin hantieren sah, bis zu den hinteren Räumen.

Plötzlich entdeckte sie ein offenes Fenster. Eine helle Gardine wehte im Nachtwind. Ohne zu überlegen, näherte sie sich, drückte sich an die Hauswand und schob sich stückweise heran. Sie zog die Gardine ein wenig zur Seite und warf einen Blick ins Zimmer. Es war ein Schlafzimmer. Eine Leselampe brannte, auf einem Stuhl lagen einige Kleidungsstücke, davor stand ein Paar Männerschuhe. Gregors Schuhe, wie Kim sofort erkannte. Das Bett war höchsten einen Meter zwanzig breit. Sollte das heißen, das Ehepaar hatte kein gemeinsames Schlafzimmer? Kims Herz machte einen kleinen Sprung. Halt, ermahnte sie sich erneut. Es geht um Geld. Nicht um Gefühle.

»Und was soll daran ungewöhnlich sein, dass ich die Telefonnummer meiner Schwägerin bei mir habe?« Manfred war völlig ruhig.

Mona saß, die Arme schützend um sich geschlungen,

im Bett. »Sie schläft mit jedem Mann, der ihr zu nahe kommt. Sie ist ein Männer verschlingendes Monster. Und du … du bist …«

»… ein sexuell frustrierter Ehemann, der sogar mit seiner Schwägerin ins Bett gehen würde, damit er überhaupt mal Sex hat. Ist es das, was du denkst?«

Mona nickte beschämt. Er schaffte es, sie so sehr zu verunsichern, dass sie sich dumm und kindisch vorkam. Trotzdem wollte sie eine Antwort.

»Warum hast du ihre Nummer auf einem Zettel in der Tasche eines Sakkos, das ich nicht kenne?«, beharrte sie.

»Egal, was ich dir jetzt antworte, du glaubst mir doch nicht«, sagte Manfred.

Du hast Recht, dachte Mona. Sie hatte ihn heute zum ersten Mal bei einer Lüge ertappt; plötzlich traute sie ihm nicht mehr.

»Versuch's wenigstens!«, flehte sie.

»Wie du meinst«, sagte Manfred eisig. »Variante eins: Ich wollte Kim anrufen und ihr kondolieren. Das Sakko hat mir die Abteilung zum Jubiläum geschenkt. Variante zwei: Unser gestriges Gespräch hat mich darin bestärkt, Kim helfen zu wollen. Ich habe ihre Nummer aufgeschrieben, um sie bei nächster Gelegenheit unserem Personalchef zu geben; wo das Sakko herkommt, weiß ich nicht. Vielleicht hab ich es irgendwo verwechselt. Variante drei: Einer unserer Geschäftspartner geht zu käuflichen Damen und hat fälschlicherweise vermutet, mir mit Kims Telefonnummer eine Freude zu machen. Das Sakko habe ich neulich in Düsseldorf gekauft, als mein Koffer zu spät ankam. Variante vier …«

»Käufliche Damen …?«, unterbrach ihn Mona verständnislos. »Wovon redest du bitte?«

Manfred hielt inne. »Willst du damit sagen, du weißt nicht, dass deine Schwester sich für Sex bezahlen lässt?«

Es dauerte ein paar Sekunden, bis Mona den Sinn seiner Worte erfasst hatte. Mechanisch schüttelte sie den Kopf. »Ich glaub dir kein Wort.«

Manfred zuckte ungerührt die Schultern. »Hab ich ja gleich gesagt. Wenn du mir nicht glaubst, ruf an und frag sie.«

»Hör auf!« Mona hielt sich die Ohren zu.

»Sei vernünftig, Darling. Du hast doch nicht im Ernst angenommen, sie und ihre Mädchen könnten von diesem Aushilfsjob am Flughafen leben?«

Nun, wenn Mona sich selbst gegenüber ehrlich war, musste sie zugeben, dass sie darüber noch nie nachgedacht hatte.

»Oh nein«, murmelte sie erstickt. Die Schuldgefühle schnürten ihr den Hals zu. Hätte sie das nicht verhindern können? Sie hätte Kim einfach zwingen müssen, ihre Hilfe anzunehmen. Sofort war ihr klar, dass dieser Gedanke blödsinnig war. Als könnte man Kim zu irgendetwas zwingen.

Sie sah auf. »Woher weißt du das überhaupt?«

»Keine Ahnung, jedenfalls weiß ich es schon lange.«

»Und, hast du sie auch bezahlt?« Mona erschrak über ihre eigenen Worte.

Manfreds Gesichtszüge erstarrten. Er machte eine kurze Handbewegung; für einen Moment dachte Mona, er würde sie schlagen. Aber er hatte sich in der Gewalt.

Leise sagte er: »Ich gehe ins Gästezimmer, gute Nacht.«

Damit griff er nach seinem Bettzeug und verließ das Schlafzimmer.

Zuerst war Mona froh darüber, mit ihren aufgewühlten Gefühlen allein zu sein. Dann stieg Zorn in ihr auf. Zorn auf sich selbst, ihre Schwäche, ihre Abhängigkeit. Auf Manfred, der sich jedem Gespräch entzog, sie mit ihren Empfindungen allein ließ, bis sie das Gefühl hatte, an ihrer Einsamkeit zu ersticken. Nur auf Kim war sie merkwürdigerweise nicht zornig.

Kim schlüpfte geräuschlos in ihre Wohnung zurück. Wie immer sah sie sofort im Kinderzimmer nach, ob die Miezen ruhig schliefen. Die Betten waren leer. Kim ging in ihr Schlafzimmer – manchmal wollten die Mädchen in ihrem Bett einschlafen, wenn sie nicht zu Hause war. Fast stolperte sie über einen am Boden liegenden Körper.

»Verdammt!«, fluchte sie leise. Als ihre Augen sich an das schummrige Licht gewöhnt hatten, erkannte sie Lilli, Lola und Berger, die nebeneinander auf dem Teppich lagen, Kissen und Decken kreuz und quer verstreut. Sie atmete auf.

Berger bewegte sich, richtete sich halb auf, hielt blinzelnd die Hand über die Augen.

»Hast du 'ne Zigarette?«, flüsterte er.

Kim winkte ihm, mit ihr in die Küche zu kommen. Gähnend folgte er ihr. Seine Haare waren verstrubbelt, die Augen gerötet. Sicher war er wieder vollgekifft bis zum Rand. Kim fragte sich, warum er sich immer zudröhnen musste. Schließlich führte er doch genau das Leben, das er führen wollte. Zumindest behauptete er das immer.

Sie hielt ihm schweigend die Zigarettenschachtel hin und steckte sich selbst eine an. Gleichzeitig bliesen sie den Rauch in die Luft. Kim griff hinter sich, öffnete den Kühlschrank und holte zwei Bier heraus. Berger brummte dankbar, bevor er die Flasche an den Mund setzte.

»Alles klar bei dir?«, erkundigte sich Kim, und Berger brummte noch mal.

»Die Miezen wollten Eskimo spielen«, erklärte er, als er das Bier abgesetzt hatte.

»Schon okay.« Kim winkte ab. Solange Lilli und Lola

wohlauf und fröhlich waren, war ihr völlig egal, was Berger für Spiele mit ihnen veranstaltete.

»Bei dir auch alles klar?«

Kim nickte gedankenverloren. Der Kontrast zwischen ihrer popeligen Wohnung und dem luxuriösen Zuhause von Gregor und Helen machte ihr zu schaffen. Aber darüber konnte sie mit Berger nicht sprechen. Berger verachtete Leute mit Geld. Für ihn waren das angepasste Arschlöcher. Kein Thema für ihn. Er verweigerte sich einfach. Dafür besaß er nichts, außer der Wohnung, in der er lebte. Aber er war frei, auch von Neidgefühlen oder Besitzgier.

»Hast 'n so wichtiges gemacht, heute Abend?«, wollte er wissen.

Kim zuckte die Schultern. »Nichts Besonderes.«

»Warum springst du denn nicht mal mit mir in die Kiste, wenn du's mit jedem beliebigen Kerl machst?«

»Ich war mit niemandem in der Kiste«, wehrte Kim ab. »Und mit dir schlafe ich nicht, weil ... weil man mit seinem Bruder nicht ins Bett geht.«

»Bin nicht dein Bruder«, stellte Berger fest und ließ die Hälfte des Bieres in seine Kehle laufen.

»Mit seinem besten Freund schläft man auch nicht.«

»Aber mit seiner Kinderfrau könnte man doch mal vögeln, findest du nicht?«, grinste Berger und zwinkerte Kim fröhlich zu.

»Hör auf«, gab Kim lächelnd zurück. »Du weißt, ich liebe dich. Aber Sex und Liebe haben einfach nichts miteinander zu tun in meinem Leben, verstehst du?«

»Nee, versteh ich nicht«, brummte Berger und leerte die Flasche. »Ich glaube, du verwechselst 'n paar Sachen miteinander. Du glaubst, wenn die Kerle mit dir ins Bett gehen, finden sie dich toll. Aber die interessieren sich 'nen Scheißdreck für dich.«

Kim schwieg.

Berger griff sich eine neue Flasche. »Du suchst doch in Wahrheit einen, der dich liebt.«

»Ich suche einen, der Kohle hat. Ich hab's satt, mir den Arsch aufzureißen.«

»Na, dann viel Glück. Sag mir Bescheid, wenn du ihn gefunden hast.« Plötzlich sah Berger verletzt aus. »Ich hau ab.«

Er erhob sich und ging Richtung Wohnungstür. Wie ein großer, tapsiger Bär, dachte Kim.

»Hey, Alter«, rief sie flüsternd hinter ihm her.

»Was?« Berger drehte sich um.

»Nichts. Schlaf gut.«

Berger brummte noch mal, dann war er fort.

hab totalen stress, monamami. bin beim petting mit eileen erwischt worden, brief vom schulleiter kommt. sag bitte pa nichts! tommy:-((

Mona lächelte. Sein Interesse an Mädchen war neu; solange er zu Hause war, hatte Mona nichts in dieser Richtung bemerkt. Er hatte es vorgezogen, mit seinen Freunden Musik zu machen, Fußball zu spielen, Snowboard zu fahren. Mädchen waren »nervig« und »lästig« gewesen. Tommy war das, was Mädchen »süß« nannten, und wurde sehr umschwärmt. Er hatte Augen mit langen Wimpern, »Sternchenaugen«, wie Mona sie bei sich nannte. Sein Blick war immer ein bisschen verträumt, sein Lächeln eine bezaubernde Mischung aus Schüchternheit und Schalk. Mona war selbst so verliebt in ihren Sohn, dass sie jedes Mädchen verstand, das ihn wollte. Sie wollte nur nicht, dass irgendeine wirklich bei ihm landete.

Mach dir keine Sorgen, schrieb sie zurück, *wird schon*

nicht so schlimm werden. Erzähl mir von Eileen, wie sieht sie aus? Ist sie nett? In Liebe, Monamami.

Anschließend löschte sie die beiden Mails, damit Manfred sie nicht lesen konnte.

Mona starrte vor sich hin. Alles in ihrem Leben schien sich um Sex zu drehen, obwohl sie keinen hatte. Vielleicht gerade deshalb.

Sie dachte an Kim, die für Geld mit Männern schlief. Und sie dachte an Gregor.

Sie fand selbst, dass sie ein bisschen häufig an Gregor dachte, aber sie konnte nichts dagegen tun. Gelegentlich malte sie sich aus, wie es wäre, ihn wieder zu sehen. Sie sah sich mit ihm an einem Ort, der nicht näher bestimmt war, aber Ruhe und Geborgenheit ausstrahlte. Sie waren allein. Sie unterhielten sich, lachten. Irgendwann griff Gregor in ihr Haar und zog ihren Kopf sanft, aber entschieden nach hinten, um sie zu küssen. Diese Vorstellung erregte sie so, dass sie sich sofort verbot, weiter zu phantasieren.

Seufzend wollte sie den Computer ausschalten, als ihr Blick auf ein Angebot des Internet-Providers fiel: »*Chatroom: Wir um 30 – Klick dich ein!*«

Sie hatte noch nie im Internet gechattet, aber vielleicht war es ja besser, als mit ihren Topfpflanzen zu reden. Sie klickte auf den Zutrittsbutton, ein Fenster öffnete sich. Lauter kurze Mitteilungen erscheinen nacheinander auf dem Bildschirm, jede von einem anderen Absender und in einer anderen Farbe oder Schriftart, damit die Unterscheidung leichter war.

Mona folgte staunend der Unterhaltung.

sander2: *das ist doch blödsinn, andi, hast du's jemals erlebt?*

kekko29: *was redet ihr hier bloß ...*

andiman: *klar hab ichs erlebt, sandi, du etwa nicht?*

pillhuhn: *big, big love, wat?*
kekko29: *... alles nur bullshit*
andiman: *nur kein neid, wer hat der hat*
sander2: *lol*
Lol?
Zaghaft tippte sie ein: *Hallo, ich bin's, Mona. Kann ich mitreden?* und klickte auf den Sendebutton. Bruchteile von Sekunden später erschien ihr Satz im Chat-Fenster.

Gleich darauf las sie: pillhuhn: *hallo mona, ob du kannst, weiß ich nicht :-)*

Sie schrieb zurück: *Was heisst lol?*

Pillhuhn schrieb, dass sie wohl Anfängerin sein müsse, aber okay, er wolle mal nicht so sein: lol heiße »lots of laughter«.

Sander2 meldete sich mit: *wie siehst du aus, mona?*

Und Mona, mutig geworden, antwortete: *Gut, warum?*

Jetzt reagierten alle Teilnehmer des Chatrooms nacheinander auf ihr Einsteigen und binnen Minuten war Mona verstrickt in eine Diskussion zum Thema *Gehören Liebe und Sex zusammen oder ist das altmodischer Quatsch?*

Mit glühenden Wangen tippte sie ihre Sätze ein, versuchte, immer schneller und unmittelbarer zu reagieren, oder mit einzelnen Teilnehmern direkt ins Gespräch zu kommen, indem sie ein Kürzel des Namens voranstellte. Sie merkte nicht, wie die Zeit verging. Das erste Mal seit langem hatte sie das Gefühl, sich gut zu unterhalten. Als sie Manfred nach Hause kommen hörte, schaltete sie den Computer schnell aus, als hätte sie etwas Verbotenes getan.

Kim gähnte verstohlen, während sie die Kaffeemaschine der Flughafenbar anwarf. Den ersten Milchkaffee genehmigte sie sich selbst, den zweiten schob sie Jasmin zu, mit der sie heute Schicht hatte.

»Kommt der Chef?«, erkundigte sie sich bei ihrer Kollegin.

»Kannste einen drauf lassen.« Die zierliche Türkin verdrehte die Augen. »Der hat doch Schiss, wir räumen die Kasse aus, wenn er mal 'n Tag nicht da ist.«

»Wie geht's deiner Mutter?« Kim schenkte sich heiße Milch nach.

»Ist noch im Krankenhaus. Jetzt hat se noch 'nen Infekt gekriegt.«

»Immer dasselbe. Aus dem Krankenhaus kommst du kränker raus, als du reingegangen bist«, stellte Kim fest. Sie dachte an ihren Vater. »Oder du gehst gleich hopps.«

»Na, du munterst einen ja echt auf«, sagte Jasmin und verzog das Gesicht.

In der Küche rumpelte es. Der Duft von frischem Brot breitete sich aus; Kim quittierte die Lieferung, griff in einen der Plastikkörbe und nahm sich eine Breze.

Die Abflughalle war voller Geschäftsleute, die Gesichter grau vor Müdigkeit. Ein paar bunt gekleidete Urlauber warteten auf ihren Flug nach Teneriffa, Mallorca oder in die Dominikanische Republik. Die philippinischen Klofrauen schoben ihre Wagen mit Putzzeug umher, die pakistanischen Reinigungsmänner ihre Kehr- und Wischmaschinen.

Sie warfen Kim scheue Blicke zu und lächelten, Kim lächelte freundlich zurück.

Die ersten Kunden bestellten Kaffee und Wiener Würstchen, manche der Männer brauchten ein Bier, um den Kater vom Vorabend zu vertreiben. Es war Viertel nach sechs.

Kim zupfte ihr weit ausgeschnittenes T-Shirt über dem Busen zurecht und schob den Bund ihres Minirocks ein bisschen höher, so dass er fast unter dem Saum der Schürze verschwand. Sofort richteten die Männer ihre Blicke auf sie.

Die funktionieren doch alle gleich, dachte sie voller Verachtung. Man hält ihnen die Titten unter die Nase, wackelt ein bisschen mit dem Po, und schon haben sie nichts anderes im Sinn, als ihr Ding in einen reinzustecken. Danach fühlen sie sich wie tolle Hechte und machen einem aus Dankbarkeit ein Geschenk.

Es wurde lebhafter, mehrere Maschinen starteten und landeten in kurzem Abstand, und Kim war vollauf beschäftigt. Keiner ihrer Stammkunden ließ sich heute Morgen blicken, auch sonst erregte niemand ihre Aufmerksamkeit. Immer wieder wanderten ihre Gedanken zu Gregor, zu dem Haus, das so beiläufig wirkte und in Wahrheit so viel Reichtum enthielt, zu Helen, die äußerlich so unscheinbar war, aber über große Stärken verfügen musste.

Kim war zu dem Schluss gekommen, dass Gregor nicht nur wegen des Geldes mit seiner Frau zusammen war. So viel Selbstverleugnung traute sie ihm einfach nicht zu.

Franco ließ auf sich warten. Gegen zehn, als es etwas ruhiger geworden war, zog Kim sich zu einer Zigarettenpause in die Küche zurück und überließ Jasmin den Service. Sie hockte sich auf den einzig freien Stuhl, einen weiteren Milchkaffee vor sich, die Beine in den hohen Lederstiefeln auf dem Resopaltisch, wo sie sonst die Sandwiches belegte.

»Was hasse du wieder gemacht, dummer Kerl?«, ertönte Francos Stimme vor dem Liefereingang; Kim wusste sofort, dass der Reinigungs-Paki den Boden zu feucht gewischt hatte, es war ein Streit, der seit Wochen andauerte. Schnell nahm sie die Beine vom Tisch, bevor die Tür aufflog und Franco, bepackt mit Kartons aus dem Großmarkt, hereinstampfte.

»Machte immer Überschwemmung, diese blöde Ausländer«, schimpfte er weiter.

»Bist doch selber 'n Ausländer«, sagte Kim und drückte ihre Zigarette aus. »Warte, ich helf dir.«

Sie nahm ihm einen Teil der Kartons ab.

»Was ist los? Warum bisse du so nett?«, fragte Franco misstrauisch.

»Ich bin immer nett«, gab Kim lächelnd zurück.

»Ja, zu andere Männer«, brummte Franco. »Wenn ich dich einmal erwische, wie du Kunde aufgabelst in deine Arbeitszeit, fliege du raus, verstande?«

Kim ging auf diese Drohung nicht ein. »Lass uns in dein Büro gehen«, bat sie, »ich will was mit dir besprechen.«

»Willse du mehr Geld? Kannse du vergessen.«

»Geh mit mir ins Büro, dann wirst du schon sehen, was ich will.« Kim verlieh ihrer Stimme das gewisse Timbre.

Franco warf ihr einen ungläubigen Blick zu. Dann winkte er unwirsch und ging voran in den kleinen, fensterlosen Raum, in dem er seine Buchhaltung und die Bestellungen machte.

Das Büro enthielt einen Schreibtisch mit Computer, Telefon und Fax, einen Stuhl, einen Schrank und ein Kanapee, auf dem Franco gelegentlich Mittagsruhe hielt. Seit Kim unter den Geschirrtüchern einen Stapel Pornohefte gefunden hatte, wusste sie, womit er sich dabei beschäftigte. An einer Wand hing ein Kruzifix, darunter ein Bild des Papstes. Neben dem Computer ein goldgerahmtes Familienfoto. Franco war Süditaliener; klein und stämmig, mit einem eckigen Kopf und glühenden dunklen Augen. Seine Frau Margherita hasste Deutschland; sie sprach auch nach zwanzig Jahren noch nicht Deutsch und kochte die ganze Zeit; die drei Söhne hatten alle einen Schulabschluss gemacht und gingen geregelten Tätigkeiten nach. Eigentlich hätte Franco stolz sein können, auf das, was er geschafft hatte, aber er war unzufrieden.

»Bleibse du immer Bürger zweiter Klasse in diese Land«, beklagte er sich oft. »Außerdem is Wetter scheiße.«

Kim steuerte das Kanapee an, setzte sich und stellte züchtig die Beine nebeneinander, nicht ohne dafür zu sorgen, dass ihr Rocksaum möglichst weit nach oben rutschte.

Franco ließ sich in breitbeiniger Chef-Manier ihr gegenüber auf seinem Drehstuhl nieder und verschränkte die Hände hinter dem Kopf.

»Also, was is los?«

»Setz dich neben mich«, lächelte Kim.

Francos Blick wurde lauernd. Was wollte die kleine Schlampe, die bisher alle seine Annäherungsversuche zurückgewiesen hatte? Er traute der Sache nicht. Aber er konnte der Versuchung auch nicht widerstehen. Zögernd ließ er sich neben Kim nieder, die ihr Bein gegen seines presste.

»Schau, Franco«, sagte sie mit sanfter Stimme, »jetzt arbeiten wir schon so lange zusammen und kennen uns eigentlich kaum. Ist doch schade, oder?«

»Willse du mich verarschen?«

»Spinnst du, ich mag dich doch. Okay, du bist manchmal ein ziemlicher Stinkstiefel, aber dahinter verbirgt sich doch ein ganz gefühlvoller Mann, hab ich recht?«

Franco widersprach nicht. Er starrte auf Kims Busen,

der sich ihm verführerisch entgegenwölbte. Ihre Hand wanderte seinen Oberschenkel entlang und blieb liegen. Sein Atem wurde schwer.

»Isse das deine Ernst?«

»Klar ist das mein Ernst.«

Mit einer schnellen Bewegung zog sie das T-Shirt über den Kopf. Sie trug einen BH mit leichter Push-up-Funktion, der ihren ohnehin üppigen Busen nach oben drückte.

Sie zog Francos Kopf zwischen ihre Brüste, wo er stöhnend versank, und begann, durch den Stoff seiner Hose hindurch sein Glied zu massieren.

Der kleine Italiener verlor fast sofort die Beherrschung. Er begann, sich die Kleider herunterzureißen, murmelte obszönes Zeug und war halb von Sinnen vor Gier.

Plötzlich stand Kim auf, schlüpfte in ihr T-Shirt und sagte kühl: »Den Rest kriegst du ein andermal. Aber nur, wenn du mir das hier unterschreibst.«

Sie zog einen vorbereiteten Zettel heraus, auf dem er ihr eine Stundenlohnerhöhung von 15 auf 20 Mark zusicherte.

In Francos Gesicht malten sich Verblüffung und Ärger. Er riss ihr das Blatt aus der Hand und jaulte auf. »Fünfe Mark mehr, du musse verrückt sein!«

»Aber nein, du bist verrückt nach mir! Unterschreib!«

Mit einem Schmerzenslaut kritzelte Franco seine Unterschrift auf das Papier. Dann sank er auf die Knie und rang die Hände, wobei sein Blick abwechselnd auf das Kruzifix, den Papst und das Bild seiner Frau fiel.

»Dio mio, aiutami!«, flehte er.

Kim musste grinsen. Sie faltete das Papier zusammen und steckte es in die Schürzentasche. Wenig später stand sie wieder hinter dem Café-Tresen.

Seit Tagen war Gregor, ganz gegen seine Gewohnheit, unruhig und reizbar.

Er fürchtete, Kim könnte auf die Idee kommen, sich mit Helen in Verbindung zu setzen, und gegen seinen Willen plagten ihn Schuldgefühle.

Er war Ehemann. Er war Vater. Er hatte Verantwortung, auch gesellschaftlich.

Sein Wort galt etwas, die Leute glaubten ihm und hörten ihm zu. Er wollte ein verantwortungsvoller Mensch sein. Aber sein Bedürfnis nach Vergnügen, nach flirrender Ablenkung, war ebenso stark. Am stärksten war sein Bedürfnis nach Sex. Dabei fühlte er sich am lebendigsten. Eins mit sich und der Welt, stärker als der Tod. Ohne dieses Gefühl konnte er nicht leben.

Erste Zweifel an seinem Arrangement mit Helen hatten begonnen, ihn zu quälen. War der Preis zu hoch? Immer häufiger fühlte er sich eingeengt, hatte Schwierigkeiten mit der Rolle, die ihm zugedacht war. Helens zunehmende Lustfeindlichkeit ängstigte und verärgerte ihn. Geld war schließlich dazu da, sich das Leben angenehm zu gestalten, den Genuss zu erhöhen. Helen aber tat alles, ihm jeden Genuss zu vergällen. Ihre Unterhaltungen über dieses Thema drehten sich im Kreis.

»Warum steckst du die Kinder in diese scheußlichen Baumwollsäcke?«, hatte er kürzlich gefragt.

Helen hatte ihn erstaunt angesehen, mit dem kühlen Blick ihrer grauen Augen, den sie immer bekam, wenn sie Kritik witterte.

»Lieber, du weißt doch, dass die Kinder empfindlich sind. Ich will ihnen die Schadstoffe in der herkömmlichen Kleidung ersparen.«

»Meinst du nicht, der ästhetische Schaden, den sie erleiden, ist größer? Es gibt hübsche Kinderkleidung, warum musst du sie so verunstalten?«

Helen machte eine unwillige Bewegung. »Es kommt nicht auf Äußerlichkeiten an.«

»Das sind keine Äußerlichkeiten, das hat etwas mit der Ausbildung von gutem Geschmack zu tun«, hielt Gregor dagegen.

»Ach was«, wehrte Helen ungeduldig ab, »man muss sich dem Konsumterror entziehen. Je früher die Kinder davon unabhängig werden, desto besser.«

»Kleidung ist wichtig für die Bildung von Individualität«, beharrte Gregor. »Sollen sie sich wie Kartoffelsäcke fühlen?«

»Eine starke Persönlichkeit definiert sich nicht über Kleidung. Dieser Markenfetischismus ist doch kriminell, den werde ich ihnen nicht anerziehen!«

Seufzend gab Gregor irgendwann auf; gegen Helen kam er einfach nicht an. Sie konnte unglaublich stur sein, wenn sie von etwas überzeugt war. Und von diesem Wesentlichkeitstrip war sie nicht nur überzeugt, er wurde allmählich regelrecht zu einer Religion.

Gregor fühlte sich manchmal wie gefangen und ertappte sich beim Ausmalen von Ausbruchsszenarien. Natürlich erwog er deren Realisierung nicht ernsthaft. Er rüttelte nur in Gedanken zaghaft an den Gitterstäben seines Gefängnisses.

Als Helen die Tür öffnete, musste Kim an ihre Handarbeitslehrerin in der Grundschule denken. Helen musterte sie kühl und fragte höflich: »Bitte sehr?«

Einen Moment überfiel Kim ein Gefühl von Angst, dann hatte sie sich wieder gefasst. Sie hatte nichts zu verlieren. Gregor war nicht im Haus, sie hatte abgewartet, bis er weggefahren war.

»Ich muss mit Ihnen sprechen, es dauert nicht lange«,

sagte sie und hielt dem Blick der anderen selbstbewusst stand.

»Das ist jetzt nicht sehr günstig. Um was geht es denn?«

»Darf ich reinkommen?«, fragte Kim und drückte sich, ohne die Antwort abzuwarten, an Helen vorbei in die Eingangshalle.

»Was fällt ihnen ein?« Helen war empört.

Statt einer Antwort hielt Kim ihr eines der Fotos unter die Nase. Helen begriff blitzschnell.

»Folgen Sie mir«, sagte sie, und ging voraus in die Bibliothek.

Beeindruckt von der Größe des Raumes, der Menge der Bücher und den teuren Möbeln sah Kim sich um. Helen bot ihr einen Platz an. Fehlt nur noch der Drink aus der Hausbar, dachte Kim und musste innerlich grinsen.

»Sie wollen also Geld?«, kam Helen ohne Umschweife zum Kern der Sache.

»Sie haben es erraten.«

»Und wieso glauben Sie, dass ich Ihnen welches geben werde?«

»Weil Ihr Mann angeblich keines hat.«

Helen lachte grimmig auf. »Bei dem haben Sie's also auch schon versucht?«

»Ohne Erfolg, leider.«

Helen ging nervös auf und ab und dachte nach. Kim nutzte die Gelegenheit, sie aus der Nähe zu betrachten. Keine schlechte Figur, dachte sie anerkennend, dafür dass sie vier Kinder geboren hat. Komisch, dass sie sich in solche Säcke hüllt. Ein klares Gesicht, dichtes Haar; mit ein bisschen Make-up und einem guten Haarschnitt könnte man was aus ihr machen. Kim juckte es in den Fingern, es war schließlich ihr Beruf gewesen, unscheinbaren Frauen zu mehr Glanz zu verhelfen. Aber deshalb war sie nicht hier.

Jetzt baute Helen sich vor ihr auf, was nachteilig für Kim war, die dadurch zu ihr aufschauen musste.

»Ich möchte Sie was fragen.«

Kim sah sie auffordernd an.

»Hat er sie bezahlt? Ich meine, sind Sie seine Geliebte oder sind sie ...«

»... eine Professionelle, meinen Sie? Was macht das für einen Unterschied? Wenn die Fotos in der Zeitung sind, ist das Einzige, was die Leute interessiert, dass die Frau darauf nicht *Sie* sind.«

Kim sah, wie Helen zusammenzuckte und ihre Augen sich verengten. Dann straffte sie die Schultern und blickte Kim kühl an.

»Ich will Ihnen mal was sagen. Ich habe vier kleine Kinder und entsprechend wenig Lust auf Sex. Wenn mein Mann sich hie und da Entspannung holt, ist das durchaus in meinem Sinne. Ich finde es in Ordnung, dass es Frauen wie Sie gibt. Aber ich sehe nicht ein, weshalb ich Sie zum zweiten Mal bezahlen soll.«

»Und woher wissen Sie jetzt plötzlich, dass Ihr Mann mich bezahlt hat?«

Helens Augen schleuderten Blitze. »Weil mein Mann Geschmack hat. Hätte er eine Geliebte, sähe sie anders aus.«

Kim schluckte. Sie stand auf .

»Wie Sie wollen«, sagte sie gepresst, »dann gehe ich eben zur ›Abendzeitung‹. Die zahlen bestimmt.«

»Viel Glück«, sagte Helen kalt. »Wissen Sie, was der große Vorteil von Reichtum ist? Dass man einflussreiche Leute kennt, Chefredakteure zum Beispiel. Und dass diese Leute kein Interesse daran haben, einem zu schaden, weil man auch ihren Verleger kennt und sie am nächsten Tag ihren Job los wären. Diese Fotos werden Ihnen nichts einbringen außer einer Menge Ärger, das garantiere ich Ihnen.«

Mit einer eindeutigen Bewegung forderte sie Kim zum Gehen auf.

Als sie die Eingangshalle durchquerten, hörte Kim fröhliche Kinderstimmen aus einem der angrenzenden Räume. Helen sagte im Weggehen: »Ich nehme an, Sie finden alleine raus.«

Ihre Stimme klang völlig ruhig, nicht im Geringsten erschüttert.

Als die Tür ins Schloss gefallen war, wich die Anspannung aus Helens Körper.

Sie ging ins Spielzimmer, hockte sich auf den Boden und stapelte immer wieder von neuem Bauklötze aufeinander, die von den zwei Kleinen kreischend vor Vergnügen umgeworfen wurden.

Schon als Kind war sie von ihren Mitschülern erpresst worden.

»Gib mir Geld, sonst petze ich, dass du einen Krimi unter der Bank liegen hast.« »Wenn du mir Geld gibst, küsse ich dich.« »Du willst mitspielen? Was zahlst du dafür?«

Zu Geburtstagen wurde sie eingeladen, weil sich die Mitschüler ein besonders kostbares Geschenk erhofften. Zu ihren eigenen Einladungen kamen nur wenige Kinder, weil die Eltern sich schämten, dass sie keine teuren Geschenke machen konnten.

Nie konnte sie sicher sein, ob ein Kind nett zu ihr war, weil es sie mochte oder weil es sich etwas von der Freundschaft mit ihr versprach. Die Lehrer waren besonders streng zu ihr, weil keiner sich vorwerfen lassen wollte, er bevorzuge das Kind reicher Leute. Sie durfte keinen Schritt alleine tun, wurde von Leibwächtern zur Schule gebracht und abgeholt. Die Tatsache, reich zu sein, war wie eine Behinderung.

Während des Studiums war sie endlich freier. Sie hatte den Mädchennamen ihrer Mutter angenommen und fühlte sich als Gleiche unter Gleichen. Sie bemühte sich, nicht aufzufallen, sich wie ein Chamäleon zu verhalten, das seine Gestalt der jeweiligen Umgebung anpasst. Sie war so unauffällig, dass sie fast zu verschwinden drohte. Sie schminkte sich nicht, sprach mit leiser Stimme, spielte sich niemals in den Vordergrund. Viele ihrer Kommilitonen nahmen sie nicht einmal wahr, keiner von ihnen wusste, wer sie war.

Durchs ungeliebte Wirtschaftsstudium, zu dem ihre Eltern sie gezwungen hatten, quälte sie sich redlich. Viel lieber hätte sie Anthropologie oder Psychologie studiert; selbst Kindergärtnerin wäre sie lieber geworden.

Ihr Vater hatte in wenigen Jahren durch den Aufbau von Beteiligungsgesellschaften eines der größten Vermögen der Nachkriegszeit angehäuft; er hatte einen untrüglichen Instinkt für wirtschaftliche Entwicklungen und gute Geschäfte. Nichts wünschte er sehnlicher, als dass die einzige Tochter sein Lebenswerk fortführte.

Ihre glücklichste Zeit erlebte Helen, als sie nach dem Studium zwei Jahre in Amerika lebte. Sie machte ein Praktikum in einem der Unternehmen ihres Vaters, daneben nahm sie sich Zeit zum Reisen.

Auf dem Rückflug nach Deutschland, mitten hinein in eine ungewisse Zukunft und in den absehbaren Konflikt mit ihrem Vater, lernte sie Gregor kennen.

Er erschien ihr wie die Lösung all ihrer Probleme. Er würde im Unternehmen das leisten, was der Vater von ihr erwartete. Er wäre der attraktive Ehemann und Vater, den man in ihren Kreisen von ihr erwartete. Er würde sie bei all dem unterstützen, was sie so verabscheute: Öffentlichkeit, Gesellschaften, Auftritte. Vielleicht würde ihr sogar der Sex mit ihm gefallen; bislang hatte sie nicht den Eindruck gehabt, dass Männer ihr das gaben, wonach sie sich sehnte.

Gregor ahnte damals nicht, welchen Goldfisch er an der Angel hatte. Ihm gefiel die auf den ersten Blick farblose, bei näherem Hinsehen kluge und interessante Frau. Sie sprach seinen Spieltrieb an, seine Lust am Verführen und Erwecken.

Der sechsstündige Flug von New York nach Frankfurt reichte aus, um seinen Charme umfassend zur Geltung zu bringen. Als sie sich nach der Ankunft trennten, war Helen bereits entflammt.

Manfred stand am Fuß der Treppe und ließ ungeduldig den Autoschlüssel kreisen.
»Bist du fertig, Darling?«
Mona ging die Stufen herab auf ihn zu. Sie trug ein schwarzes, eng geschnittenes Kleid mit schmalen Ärmeln, um den Hals ein Band aus Perlen, an den Füßen elegante Samtpumps, ging betont langsam und war sich ihrer Wirkung bewusst.
»Du siehst toll aus«, sagte Manfred bewundernd.
Mona dachte plötzlich, dass es ihr nicht mehr genügte, wenn ihr eigener Mann sie schön fand. Sie wollte auch von anderen bewundert werden, spürte eine heftige, kindische Sehnsucht nach Bewunderung.
Lange Zeit war es ihr am wichtigsten gewesen, Manfred zu gefallen. Sie wusste, dass sie genau die Frau war, nach der er gesucht hatte; noch heute erinnerte sie sich an den triumphierenden Ausdruck in seinem Gesicht, als sie seinen Heiratsantrag angenommen hatte. Für einen kurzen, erschrockenen Moment war sie sich vorgekommen wie ein erbeutetes Tier.
Zu Beginn ihrer Ehe war Manfred nicht müde geworden, ihr zu versichern, dass sie alles verkörpere, was ein Mann sich wünschen könnte. Er war stolz auf sie gewesen, hatte es geliebt, sie seinen Freunden und Be-

kannten vorzustellen und sich in deren Bewunderung zu sonnen. Er hatte ihr Geschenke gemacht, jeden ihrer Wünsche erfüllt.

Trotzdem war Mona nicht glücklich gewesen. Sie hatte das Gefühl gehabt, er meine gar nicht sie, er meine nur das, was sie nach Außen darstellte. Sie hatte sich mit der Zeit immer mehr in sich zurückgezogen.

Zum Glück war dann Tommy gekommen.

Irgendwann hatte Manfred sich beschwert: Sie sei so schwierig geworden. Zu sehr auf sich selbst und das Baby fixiert. Sie nehme gar keinen Anteil mehr an seinem Leben, seinem beruflichen Aufstieg, seinen Erfolgen.

Mona spürte, dass ihm etwas fehlte, aber sie wusste nicht, wie sie es ihm geben sollte. Ihr fehlte selbst so viel. Sie ahnte dunkel, dass bereits eine verhängnisvolle Entwicklung in Gang gekommen war, die sie nicht mehr aufhalten konnte.

Ihr Auseinanderdriften war nicht ohne Wirkung auf Manfred geblieben; manchmal wirkte er voller Hass, manchmal schien er verzweifelt, meist spürte Mona nur Kälte, getarnt durch Höflichkeit.

Sie war am Fuß der Treppe angekommen. Plötzlich riss Manfred sie an sich und hielt sie fest, als wolle er alle Verletzungen der letzten Jahre vergessen machen.

»Du bist so schön«, murmelte er.

»Danke« sagte Mona unbeteiligt. »Das Kleid ist neu.«

Sie waren auf dem Weg zu einer Medienpreisverleihung, einem dieser gesellschaftlichen Ereignisse, aus denen ihr soziales Leben bestand. Ganz selten nur hatten sie Gäste zu Hause, enge Freunde gab es keine. Nur einen Haufen Bekannte, meist Kollegen von Manfred, die man auf Buchpräsentationen, Filmpremieren und Partys traf. Die Gespräche blieben oberflächlich, der schöne Schein zählte.

Dass Mona sich zwischen all den Menschen oft so alleine fühlte, als sei sie in der Arktis ausgesetzt, bemerkte niemand. Es hätte auch keinen interessiert.
Der Streit neulich zwischen ihr und Manfred war schweigend zu den Akten gelegt worden. Keiner von beiden war noch mal darauf zurückgekommen. Manfred nicht, weil er grundsätzlich jedem Streit aus dem Weg ging. Mona nicht, weil sie in Wahrheit nicht wissen wollte, was es mit dem Sakko und Kims Telefonnummer auf sich hatte. Den Dingen auf den Grund zu gehen würde bedeuten, mit den möglichen Folgen leben zu müssen. Dafür fühlte sie sich nicht stark genug. Sie spürte, dass das Gebäude ihrer Ehe einen Riss erlitten hatte. Wenn sie zu heftig rüttelte, bestünde Einsturzgefahr.

Das Theater war hell erleuchtet, ein roter Teppich und Absperrgitter wiesen den Gästen den Weg durch das Spalier der Schaulustigen, die hofften, das eine oder andere bekannte Gesicht zu entdecken. Mona hakte sich bei Manfred ein, gemeinsam schritten sie auf die große Treppe zu. Sie spürte die Blicke der Leute auf sich und wusste, dass man Manfred und sie für ein attraktives, glückliches Paar hielt. Gegen diese Ausstrahlung war eben nichts zu machen.
Sie kam sich ein bisschen albern vor auf dem roten Teppich; schließlich war sie weder eine berühmte Schauspielerin oder Moderatorin, noch gehörte sie zum Konzern. Sie war nur eine unbedeutende Ehefrau, deren einziger Verdienst darin bestand, das nicht unbeträchtliche Gehalt ihres Mannes dem Kreislauf der Wirtschaft wieder zuzuführen.
Im Foyer gab es das übliche Begrüßungsritual. Küsschen links, Küsschen rechts, gut siehst du aus, darf ich Ihnen meine Frau vorstellen, angenehm, ganz meiner-

seits. Mona erwartete sehnsüchtig den Beginn der Verleihungszeremonie. Für mindestens zwei Stunden würde sie nicht sprechen müssen, könnte ihren Gedanken nachhängen, sich in der Welt ihrer Phantasie aufhalten.

Diese Welt war seit kurzem stark bevölkert; die unsichtbaren Gesprächspartner ihrer Internet-Runden waren ihr schnell vertraut geworden. Jeden Tag verbrachte sie mehrere Stunden am Computer; neugierig schaltete sie ihn schon morgens ein, um zu sehen, ob sie von einem der Teilnehmer Post bekommen hatte. Besonders die kurzen Mitteilungen von sander2, voller Humor, aber auch voller erotischer Anspielungen, erwartete sie ungeduldig. Sie wusste nicht, wer sich dahinter verbarg, und sie hatte bisher auch keinen Versuch unternommen, es herauszufinden. Der Reiz der Anonymität war so stark, dass sie nicht riskieren wollte, mit zu viel ernüchternder Realität konfrontiert zu werden.

Die Veranstaltung zog sich, wie die meisten Preisverleihungen, quälend in die Länge. Manfred scharrte gelangweilt mit den Füßen; Mona studierte das Rückendekolletee der Dame vor ihr. Wenn ich so faltige Haut hätte, würde ich nie ein ausgeschnittenes Kleid tragen, dachte sie. Sie schämte sich, wenn sie sah, dass Frauen sich Männern zuliebe aufreizend kleideten. Sie dachte an Kim. Deren Röcke waren immer zu kurz, die Absätze zu hoch, die Ausschnitte zu tief. Mona litt bei ihrem Anblick, hätte ihre Schwester am liebsten bedeckt, vor den Blicken der anderen beschützt.

Sie selbst kleidete sich teuer, aber niemals aufreizend. Sie fand, ein Mann habe die Verpflichtung, ihre Weiblichkeit hinter der zurückhaltenden Fassade zu entdecken.

Die Preise für die beste Fotoreportage, den besten Modeteil einer Zeitschrift, die originellste Kolumne, das innovativste Layout waren vergeben. Nun sollte eine Fernsehdokumentation über das Schicksal eines autistischen Jungen prämiert werden. Der Moderator sagte ein paar erklärende Worte, dann begrüßte er den Laudator.

Gregor von Olsen betrat die Bühne. Mit federnden Schritten legte er den Weg zum Rednerpult zurück. Alles an seiner Körpersprache verriet, dass es ihn mit Lust erfüllte, vor Publikum aufzutreten. Er legte seinen Notizzettel ab, räusperte sich, trank einen Schluck Wasser. Dann warf er einen langen Blick ins Publikum, als wollte er jedem einzelnen zur Begrüßung in die Augen sehen. Um seinen Mund spielte ein Lächeln. Mona bekam einen trockenen Hals.

»Meine Damen und Herren, ich bin stolz und glücklich, die Laudatio auf unseren nächsten Preisträger zu halten. Dieser wunderbare Film über ein Kind, dem die Welt verschlossen ist, weil es keine Nähe ertragen kann, hat mich zutiefst berührt. Ich bin selbst Vater von vier Kindern und weiß um das Glück, Kinder heranwachsen zu sehen. Welch ein Glück, wenn es gesunde Kinder sind. Welch eine Herausforderung, wenn es anders ist. Dieser Herausforderung hat sich auch unser Preisträger in beispielhafter Weise gestellt. Zart und sensibel hat er sich dem Wesen des kleinen Jungen genähert, geduldig und liebevoll jeden noch so kleinen Entwicklungsschritt dokumentiert ...«

Mona lauschte ergriffen. So viel Gefühl hätte sie diesem Mann nie zugetraut. Ihrer Erfahrung nach neigten schöne Männer dazu, die Entwicklung ihrer Seele zu vernachlässigen. Selbst der Intellekt kam bei vielen ein wenig zu kurz, weil die physische Attraktivität für ein erfolgreiches Leben ausreichte. Bei Gregor war sie sicher gewesen, dass er sich auf seine äußerliche Anziehung verließ. Nun deuteten seine Worte etwas ganz Anderes, Unerwartetes an.

Als der Festakt vorbei war, strömte das Publikum auf die Gänge und in den Saal, wo ein gigantisches Büffet aufgebaut war. Manfred griff sofort nach zwei Gläsern mit Wein, die auf großen Tabletts durch die Menge getragen wurden.

Mona entschuldigte sich, um zur Toilette zu gehen. Manfred nickte ihr zu und lehnte sich mit dem Rücken an einen Bartresen. Sie wusste, dass er an diesem Platz ausharren, ein Glas nach dem anderen leeren und mit den Leuten plaudern würde. Am Ende des Abends würde er sagen: »Siehst du, bei diesen Partys muss man nur an einer Stelle bleiben, irgendwann kommt sowieso jeder vorbei.«

Mona frischte ihr Make-up auf, wusch sich die Hände und tupfte einige Tropfen Parfüm auf die Handgelenke und in den Nacken. Sie verließ den Waschraum und warf einen Blick in den großen Spiegel neben der Tür, in dem sie sich ganz sehen konnte. Sie zuckte zusammen. Jemand lächelte ihrem Spiegelbild zu.

»Wie schön, Sie wieder zu sehen, Frau Doktor«, sagte Gregor.

Mona fuhr herum. Gregor nahm ihre Hand und führte sie zu seinen Lippen. Dabei blickte er ihr in die Augen.

»Oh, guten Abend«, brachte Mona jetzt heraus, »sind Sie wieder ganz in Ordnung?«

»Pssst«, machte er und legte einen Finger auf die Lippen, »Sie werden doch unser kleines Geheimnis nicht verraten?«

»Ihr Geheimnis«, sagte Mona trocken. »Ist Ihre Frau auch da?«

In seinem Gesicht zuckte ein Muskel. »Nein, sie ist bedauerlicherweise verhindert«, sagte er. »Sind Sie in Begleitung?«

»Da drüben ist mein Mann, soll ich Sie vorstellen?«

»Mit Vergnügen«, erwiderte Gregor, machte aber keine Anstalten, sich in Manfreds Richtung zu bewegen. Stattdessen fasste er Mona am Arm und dirigierte sie unauffällig ein paar Schritte in die andere Richtung. Mona ließ es geschehen.

»Ein sehr schöne Rede haben Sie gehalten«, sagte sie.

»Danke. Der Film ist wirklich wunderbar, haben Sie ihn gesehen?«

»Leider nein.«

Sie waren aus Manfreds Blickwinkel herausgetreten und standen jetzt in einer Nische neben einer gewaltigen, künstlichen Palme.

»Ich habe an Sie gedacht«, sagte Gregor.

Mona wartete auf eine weitere Erklärung, aber es kam keine.

»Ach ja?« sagte sie und ärgerte sich, dass es so schnippisch klang.

»Unsere Begegnung hat ja unter etwas ... pikanten Bedingungen stattgefunden. Ich hoffe, Sie haben keinen falschen Eindruck von mir bekommen.«

»Einen Eindruck habe ich bekommen, ob er falsch war, weiß ich nicht.«

Er lächelte. »Sind Sie wirklich so cool, wie Sie tun?«

Mona lächelte zurück. »Finden Sie's raus.«

»Das würde ich gern«, sagte er. Sein Blick war eine Liebkosung.

Mona spürte, wie ihr der Schweiß auf die Oberlippe trat, wie immer, wenn sie nervös war. Mit einer schnellen Bewegung strich sie sich das Haar aus dem Gesicht.

Jetzt wäre der Moment, sich zu verabschieden. Stattdessen blieb sie stehen, schweigend, regungslos. Eine Ewigkeit.

Dann hob sie den Kopf, suchte Gregors Blick, hielt ihn fest und flüsterte: »M.Morath at aol.com.«

Sie drehte auf dem Absatz um und kehrte zu Manfred zurück.

»Wo steckst du denn, Darling?« Manfred streckte die Hand aus. »Darf ich dir Herrn Kamphausen vorstellen, du weißt schon, wir arbeiten gemeinsam an dem Multimedia-Projekt.«

Mona lächelte höflich, ließ sich in eine Konversation über die Qualität der Veranstaltung verwickeln und bemühte sich, ihrem heftig klopfenden Herzen keine Beachtung zu schenken.

Als sie gegen Mitternacht das Theater verließen und über den roten Teppich zum Taxistand gingen, sagte Manfred zufrieden: »Siehst du, bei diesen Partys muss man nur an einer Stelle bleiben, irgendwann kommt sowieso jeder vorbei.«

Kim starrte auf die vier riesigen Kartons, die der Postbote fluchend in den dritten Stock geschleppt hatte.

»Was ist das?«, fragte sie.

»Woher soll ich das wissen«, knurrte der Postbote. »Unterschreiben. Hier.«

Lilli und Lola tanzten aufgeregt um die Kisten herum.

»Sind die für uns? Haben wir Geburtstag? Ist bald Weihnachten?«, tönte es durcheinander.

»Ruhe!« befahl Kim. Sie studierte die Adressaufkleber. »Lilli und Lola Morath. Das ist tatsächlich für euch. Aber von wem? Haben wir vielleicht ein Preisausschreiben gewonnen?«

»Au ja!«, rief Lola, »dürfen wir jetzt auspacken?«

Mit ihren Bastelscheren zerschnitten die Mädchen das Packband und klappten die Kartons auf. Stück für Stück förderten sie Puppen, Puppenwagen und Kleidungsstücke zutage, begleitet von Schreien des Entzückens.

Kim sah ratlos zu. Sie entdeckte einen Umschlag, riss ihn auf und überflog die Karte.

»Mona«, murmelte sie grimmig.

Laut sagte sie: »Miezen, tut mir furchtbar Leid, aber hier handelt es sich um einen Irrtum. Die Sachen sind aus Versehen hier gelandet, wir müssen sie leider zurückgeben.«

Ungläubiges Entsetzen breitete sich auf den Gesichtern der beiden kleinen Mädchen aus. Gleichzeitig begannen sie zu weinen. Lilli schrie und stampfte wütend auf den Boden, Lola schluchzte nur leise und verzweifelt vor sich hin.

Kim schossen ebenfalls Tränen in die Augen.

»Verdammt!« fluchte sie und überlegte fieberhaft, was sie tun sollte. So leicht wollte sie es Mona nicht machen. Sie ließ sich auf einen Stuhl fallen und griff nach einer Zigarette.

Was würde Ally tun? Sie würde die Kartons die Treppe runterschmeißen. Und vermutlich hinterherfallen. Wenn sie sich aufregte, war sie immer ziemlich schusselig. Aber Ally hatte auch keine Kinder, die sie mit tränenfeuchten Augen ansahen und für die schrecklichste Rabenmutter der Welt halten würden, wenn sie diese Herrlichkeiten wieder hergeben müssten.

»Wer hat uns das alles geschickt?«, fragte Lola und schniefte.

Kim seufzte. »Tante Mona.«

»Aber das ist doch lieb von ihr!«

»Ja, es ist lieb von ihr.«

In Lillis Gesicht malte sich Hoffnung. »Dann dürfen wir die Sachen behalten?«

Kim gab auf. »Ja, ihr dürft.«

Mit einem Freudenschrei stürzten sich die Mädchen auf die Geschenke.

»Das wirst du mir büßen«, knurrte Kim und zerknüllte die Karte.

Ein Schwall roter, langer Haare ergoss sich über Gregors Gesicht.

»Hey, Süßer«, ertönte eine verschlafene Frauenstimme, »es ist Zeit, mach dich vom Acker.«

Gregor öffnete die Augen. Er brauchte einen Moment, um sich zu orientieren. Die geschmacklose Tapete, der große Spiegel über dem Bett, der Frisiertisch mit dem haarigen rosa Hocker davor, das alles schien ihm fremd. Dann erkannte er, wo er war.

Er setzte sich auf. Die rothaarige Frau stand jetzt nackt vor dem Waschbecken und wusch sich mit einem Waschlappen. Unter den Armen, zwischen den Beinen, im Gesicht. Sie schrubbte mit einer ausgefransten Zahnbürste über ihre Zähne und gurgelte mit Mundwasser.

»Bisschen viel erwischt?«, fragte sie, ohne sich umzudrehen. »Hab dich schlafen lassen. Bist eh so großzügig, das hol ich mit drei anderen nicht rein.«

Gregor griff nach seiner Kleidung, die vor dem Bett auf dem Boden lag. Er zog einen Tausendmarkschein aus der Brieftasche und legte ihn aufs Kopfkissen.

Dann zog er sich an, drückte den nackten, weißen Leib der Frau an sich und flüsterte: »Auf bald.«

Er verließ den grauen Betonblock und ging einen gepflasterten Weg entlang. Tief atmete er die kühle, neblige Morgenluft ein und hoffte, dass die Kopfschmerzen aufhören würden. Die Mischung aus Koks und Alkohol bekam ihm nicht. War zwischen ihm und Linda überhaupt was gelaufen oder war er vorher eingeschlafen? Egal. Sie hatte ihn immer so gut bedient, dass es in Ordnung war, wenn er sie einmal zu viel bezahlt hatte.

Er hatte den Taxistand erreicht. Sein Auto hatte er irgendwo stehen lassen, später würde er sich hoffentlich erinnern, wo.

Sieben Uhr. Wenn er jetzt nach Hause führe und sich etwas frisch machte, könnte er so tun, als sei er gerade aufgestanden. Ein bisschen früh für seine Verhältnisse, aber vielleicht würde Helen das beeindrucken. Er würde ihr etwas von wichtigen Terminen erzählen, die er heute in der Firma wahrnehmen müsste. Glücklicherweise fragte sie ihn nie nach Details seiner Tätigkeit, so blieb es ihm erspart, sie allzu plump zu belügen.

Der Taxifahrer war über seiner BILD-Zeitung eingenickt, Gregor musste ihn wachrütteln. Der Fahrer schenkte Kaffee aus einer Thermoskanne in einen Plastikbecher und bot ihn Gregor an. Der lehnte höflich ab und bat stattdessen, das Fenster öffnen zu dürfen. Die abgestandene Geruchsmischung aus Schweiß, Benzin, kaltem Zigarettenrauch und Kaffee verursachte ihm Übelkeit.

»Haben Sie eine Kopfschmerztablette?«, fragte er, und der Fahrer reichte ihm einen Streifen Kautabletten. Der Geschmack brachte ihn fast zum Erbrechen.

Er betrat das Haus durch den separaten Eingang und flüchtete aufatmend ins Bad. Dort trank er drei Zahnputzgläser voll Wasser, duschte heiß und kalt, rasierte sich und verwendete Augentropfen gegen die gerötete Bindehaut. Dann zog er sich an und ging in die Küche.

»Guten Morgen, mein Schatz.«

Er beugte sich zu Helen, sie wich seinem Kuss aus.

»So früh?«, sagte sie und setzte mit unverhohlenem

Spott hinzu, »du kannst es wohl kaum erwarten, zur Arbeit zu kommen, was?«

»Ich habe eine Reihe Termine ...«, begann Gregor geschäftig, aber Helen unterbrach ihn.

»Ich will mit dir reden. Ich warte in der Bibliothek auf dich.«

Gregor schlürfte im Stehen seinen Tee und überlegte, worüber Helen mit ihm sprechen wollte. Wenig später ging er zu ihr.

Helen warf einen Stoß Papier auf den niedrigen Lesetisch.

»Das sind Rechnungen aus den letzten drei Monaten.«

Sie griff nach einigen der Blätter und las vor. »Golfclub-Jahresmitgliedschaft, Spezialfelgen für den Mercedes, Handy mit Internet-Anschluss, vier Anzüge, sechs Hemden, Anzahlung für eine Woche Segeltörn in der Karibik, Weinhandlung, zwei Nächte Hotel Adlon, Parkhotel, diverse First-Class-Tickets, drei Paar handgenähte Schuhe, Cashmerepullis ...«

Gregor hörte zu, eine Augenbraue leicht angehoben, als wollte er fragen, was das zu bedeuten hätte.

»... weißt du, welches bescheidene Sümmchen da zusammengekommen ist?«

Gregor verneinte.

»Annähernd hunderttausend Mark.«

»Und wo ist das Problem? Wenn ich über dein Vermögen recht informiert bin, verdienst du das innerhalb von ein paar Tagen durch Nichtstun. Im Schlaf, sozusagen.«

Helen knallte die Rechnungen auf den Tisch. »Darum geht es nicht, das weißt du genau.«

»Worum geht es dann?«

»Ich finde es einfach unmoralisch, so mit Geld um sich

zu werfen. Es ist billig, primitiv, eines kultivierten Menschen unwürdig.«

Gregor lag es auf der Zunge, zu fragen, ob es eines kultivierten Menschen würdig sei, sich in formlose Zelte zu hüllen, den Speiseplan der Familie auf das Niveau einer alternativen Imbissbude herunterzuziehen, den Kindern alles zu verbieten, was Spaß macht, und seinem Ehemann die Lust am Leben zu vergällen.

Er holte tief Luft und sagte ruhig: »Ich habe den Eindruck, du möchtest deinen Teil unserer Abmachung nicht mehr einhalten.«

»Abmachung?«, rief Helen empört, »wir sind verheiratet! Ich möchte mit einem Menschen unter einem Dach leben, der sich wie eine reife Persönlichkeit verhält, nicht wie ein verzogener, kleiner Junge.«

»Wenn die Firma mir ein angemessenes Gehalt bezahlen würde, könnte ich für diese Dinge selbst aufkommen.«

»Was betrachtest du als angemessen? Du kriegst zweihundertfünfzigtausend Mark dafür, dass du den Frühstücksdirektor machst. Ist das nicht angemessen?«

»Erstens sehe ich meine Tätigkeit mit diesem Begriff nicht richtig charakterisiert«, sagte Gregor, »und zweitens verdienen Leute in vergleichbaren Positionen das Drei- bis Vierfache.«

»Du bist wirklich maßlos«, sagte Helen kalt. »Übrigens nicht nur, wenn's um Geld geht.«

»Was soll das heißen?«

Helen wies auf einen der Sessel. »Hier hat vor ein paar Tagen eine junge Dame gesessen, die gewisse Fotos zum Kauf angeboten hat.«

Gregor schluckte.

»Und?«, fragte er vorsichtig.

»Wenn du dein Triebleben schon so wenig im Griff

hast, dann erwarte ich, dass du wenigstens diskret vorgehst. Ich möchte in meinem eigenen Haus nicht von irgendwelchen ... Damen behelligt werden, die von mir verlangen, für dein Vergnügen und unseren guten Ruf zu bezahlen.«

Gregor überlegte, ob er sich rechtfertigen sollte. Es gäbe vieles dazu zu sagen, aber aus Erfahrung wusste er, dass diese Diskussionen zu nichts führten. Er stand auf und nahm die überraschte Helen in den Arm.

»Es tut mir Leid, Schatz, ich wollte dir nicht wehtun. Du weißt, ich liebe dich ... aber ich bin ein Mann mit gewissen Bedürfnissen ...«

Helen schmiegte sich aufseufzend an ihn. Die Härte war plötzlich von ihr abgefallen.

»Bitte, erspare mir in Zukunft solche ... Demütigungen.«

Er berührte mit den Lippen sanft den Mund seiner Frau. Wie viel sie Kim wohl gezahlt hatte?

Sie haben Post. Der nüchterne Schriftzug auf ihrem Computer-Bildschirm löste ein angenehmes Kribbeln bei Mona aus. Sie klickte den kleinen Briefkasten an und entdeckte zu ihrer Freude vier neue Mails in ihrer Box. Vier Menschen hatten an sie gedacht, hatten sich Zeit für eine Nachricht an sie genommen.

Die erste Mail war von Wally, einer Frau, die sie bei einer Chat-Runde kennen gelernt hatte. Sie schrieben sich alle paar Tage kleine Briefchen, erzählten sich gegenseitig aus ihrem Alltag, von ihren Kümmernissen und Träumen. Wally hatte drei Kinder, war die typische gestresste Hausfrau und Mutter, die sich mit Chatten und Mailen tröstete.

Hallo, Mona, weiß nicht, wie's dir geht, aber mir geht's

wie diesem Typen aus Asterix und Obelix, der immer Angst hat, der Himmel könnte ihm auf den Kopf fallen. Die zwei Kleinen sind krank, die Große hat sich einen Zahn rausgeschlagen, die Waschmaschine ist kaputt gegangen und Jupp ist auf Dienstreise. Und gestern Nacht saß meine Freundin Sanne hier auf dem Sofa und hat mir wegen Liebeskummer die Ohren vollgeheult, und ich hörte mich immer sagen: »*Willste noch ein Schnittchen?*« *oder* »*Das wird schon wieder, Sanne, glaub mir.*« *Um zwei Uhr früh stand dann ihr Typ vor der Tür, sie haben 'ne Runde geknutscht und alles war wieder gut. Außer, dass ich um sechs raus musste. Weißte, manchmal ist das Leben auch bloß 'ne Daily Soap. Küsschen, Wally.*

Mona lächelte, schrieb ein paar Zeilen zurück und nahm sich vor, vielleicht mal mit Wally zu telefonieren.

Die nächste Nachricht war von sander2. Ihm gegenüber hatte sie sich als allein erziehende Mutter ausgegeben, die als Kellnerin jobbt und in ihrer Freizeit einen Striptease-Kurs besucht. Es hatte ihr diebisches Vergnügen bereitet, Stück für Stück diese fremde Identität anzunehmen; sie dachte sich immer neue Einzelheiten aus, die ihre Erzählung glaubwürdig erscheinen ließen. Natürlich war ihr klar geworden, dass sie sich Kims Leben vorstellte. Dass sie versuchte, Kims Perspektive einzunehmen, ihre schnoddrige und unsentimentale Art, die Dinge zu sehen. Das machte das Spiel noch aufregender.

Ciao, bella, schrieb sander2, *wie war's gestern im Kurs? Langsam müsst Ihr doch über die Theorie raus sein, oder nicht? Was ziehst du an, wenn du vorhast, dich auszuziehen? Ich stehe drauf, wenn Frauen Männersachen tragen. Und noch mehr steh ich drauf, wenn sie die Sachen wieder ausziehn. Darf man bei eurem Kurs zusehen? Wenn nicht, muss ich mir's weiter vorstellen, und dann wird's bestimmt viel unanständiger als in Wirklichkeit, ist doch immer so mit der Phantasie, was? C.u. (das heißt »see you«, klar?)*

Die dritte Mail war von Tommy. Die Petting-Affäre war glimpflich abgegangen, jetzt plagten ihn Schulprobleme.

hallo, monamami, wie gehts? ich wusste nicht, dass englisch immer schwieriger wird, je länger mans lernt, ist echt voll stressig. mr. murdoch (ist ungefähr son typ wie mr. bean) quält uns mit shakespeare im original. bei euch alles klar? grüsse an paps. bye bye ;-)) tom

Tom? Ein weiterer Schritt Richtung Erwachsenwerden, vermutete Mona. Oder es steckte wieder ein Mädchen dahinter. »Wieso nennst du dich Tommy, ist doch kindisch! Nenn dich Tom, das klingt viel cooler«, hörte Mona eine Mädchenstimme sagen. »Halt die Klappe«, wollte sie zurückrufen, »Tommy ist Tommy, und fertig!«

Sie klickte auf »Beantworten« und schrieb:

Hallo, Schätzchen, bist du's überhaupt? Tom klingt natürlich cooler, aber für mich bleibst du Tommy, okay? Ja, Englisch ist leider schrecklich schwierig, und Shakespeare natürlich erst recht. Aber doch auch wunderschön, findest du nicht? Versuch, seine Stücke wie das Drehbuch zu einem Film von heute zu lesen, und du wirst sehen, wie modern er ist. Halt durch, Baby, ich umarme dich, Monamami.

Tommy hasste es, wenn sie ihn Baby nannte. Aber er war eben ihr Baby. O Gott, wie sie ihn vermisste!

Der vierte Brief. Sie hatte sofort gesehen, von wem er war, hatte sich aber vorgemacht, es sei irgendein Brief. Kein Grund, ihn vor den anderen zu lesen. Mona klickte auf »Öffnen«.

Liebe Frau Doktor, unser Wiedersehen hat mich ver-

wirrt zurückgelassen. Wer verbirgt sich hinter der Mauer aus Höflichkeit und Ironie? Sind Sie's? Und wer sind Sie? Und warum interessiert mich das? Sagen Sie's mir. Ihr G.v.O.

Verwirrt war er also. Und nun legte er es darauf an, sie zu verwirren. Vermutlich war es ihm schon gelungen.

Sie ließ den Brief unbeantwortet. Und dachte den restlichen Tag darüber nach, ob sie ihn beantworten sollte.

»Du willst gar nicht wirklich glücklich sein, Ally. Du tust alles, um es zu verhindern. Du hast einfach kein Talent zum Glücklichsein.«

Kim starrte in den Fernseher. John hatte Recht. In der allerersten Folge hatte Ally noch gesagt: »Ich bin froh, dass ich nicht glücklich bin. Wenn's einem schlecht geht, hat man eine Menge, worauf man sich freuen kann.«

Jetzt waren über dreißig Folgen gelaufen, und Ally war dem Glück kein Stück näher gekommen. Daraus konnte man nur schließen, dass es das Glück nicht gab, jedenfalls nicht das Glück, das sie sich vorstellte.

In Kims Vorstellung war Glück jemand, der für sie sorgte. War das wirklich so viel verlangt? Okay, es war viel verlangt. Immerhin hatte sie zwei gesunde Kinder, einen funktionierende Videorekorder, keine Gewichtsprobleme und genug Geld für Zigaretten. Vielleicht müsste sie nur ihre Ansprüche etwas herunterschrauben, und schon wäre das Glück nicht mehr so weit entfernt.

Das Telefon klingelte.

»Essen ist fertig«, klang es aus dem Hörer.

Kim stoppte die Kassette und schaltete den Fernseher aus. Dann lief sie die Treppe hinunter in den ersten Stock, wo Frau Gerlach mit den Miezen Dampfnudeln gemacht hatte.

»Mmmh, das riecht ja traumhaft!«, sagte Kim, als sie die Küche betrat.

»Ich habe die Vanillesoße gemacht«, schrie Lilli.

»Und ich hab den Tisch gedeckt«, rief Lola.

»Ihr seid super.«

Zu viert setzten sie sich um den kleinen Küchentisch. Kim tauchte große Stücke Dampfnudel in die Soße. Überrascht stellte sie fest, dass sie in diesem Moment ziemlich glücklich war.

»Wer ist das eigentlich?«, fragte Kim und deutete auf das Foto des jungen Mannes im Silberrahmen. »Ihr Sohn?«

»Das ist Kurt.« Der Blick der alten Dame wurde abwesend. »Der Mann, den ich mein ganzes Leben geliebt habe.«

»Waren Sie verheiratet?«, fragte Kim neugierig.

Frau Gerlach schüttelte den Kopf. Plötzlich lachte sie auf.

»Kurt hat Dampfnudeln auch so gern mögen«, erzählte sie, »so haben wir uns überhaupt kennen gelernt. Eine Freundin hat ihn mitgebracht, und als er meine Dampfnudeln probiert hat, hat er gesagt: ›In eine Frau, die so was kann, muss man sich einfach verlieben.‹«

»Und Sie?«, fragte Kim mampfend, »was haben Sie gesagt?«

»Mei, ich bin furchtbar rot geworden. Aber gefreut hab ich mich doch. Später sind uns die Dampfnudeln fast zum Verhängnis geworden.«

Kim hielt mit dem Kauen inne. »Warum denn das?«

Frau Gerlach warf einen Blick auf Lilli und Lola, aber die beiden waren so vertieft in ihre eigene Unterhaltung, dass sie nicht zuhörten.

»Es war im Krieg. Kurt war desertiert, wir mussten uns verstecken. Mal da, mal dort, in leer stehenden Häusern, bei Freunden. Wo wir mal bei einem Freund im Dachkammerl gewohnt haben, da ist der Hausmeister gekommen, ein furchtbarer Kerl, ein fanatischer Nazi, und hat rumgeschnüffelt. Wir hatten einen kleinen Gasherd im Kammerl stehen, auf dem hab ich gekocht, und dann hat die Vanillesoße so gut gerochen, und der Kerl wollt gar nicht mehr gehen, weil er gehofft hat, unsere Freunde laden ihn ein. Und hätte er nur einen Schritt in die Küche gemacht, dann hätte er gemerkt, dass der Geruch von oben drüber kam. Und dann wär's aus gewesen für uns.«

Kim hatte die Gabel sinken lassen und starrte Frau Gerlach an.

»Das haben Sie mir noch nie erzählt!«

»Sie haben mich nie gefragt.«

»Und ... wie lange haben Sie so gelebt?«, wollte Kim wissen.

»Fast zwei Jahre. Wir haben viel Glück gehabt. Und gute Freunde.«

Kim hörte mit großen Augen zu.

»Was ist aus Kurt geworden?« fragte sie nach einer Pause. Leise, als fürchte sie die Antwort.

»Kurz vor Kriegsende ist er einer Militärpatrouille in die Arme gelaufen ...« Frau Gerlach brach ab.

»Und dann?« fragte Kim atemlos.

»Kind, es ist doch bekannt, was sie damals mit Deserteuren gemacht haben ...«

Kim ergriff die zarte, zerbrechliche Hand der alten Dame und hielt sie fest. Eine ganze Weile sprach niemand; auch die Mädchen waren verstummt und sahen mit großen Augen auf die beiden Frauen.

»Und sie haben nie mehr einen anderen Mann geliebt?«, fragte Kim leise.

»Nie mehr.«

Kim vergaß, weiter zu essen. Nach einer weiteren Pause fragte sie: »Glauben Sie, man braucht so was wie ein Talent zum Glücklichsein?«

Frau Gerlach lächelte, dass die Fältchen in ihrem Gesicht tanzten.

»Das mit dem Glück, das ist so eine Sache. Alle Welt rennt ihm hinterher, kein Wunder, dass es wegläuft!«

»Waren Sie denn glücklich damals mit Kurt, obwohl alles so schrecklich war?«

»Und wie! Vielleicht gerade, weil's schrecklich war. Hätten wir ein normales Leben führen können, heiraten, Kinder kriegen, irgendwo zusammen leben, wer weiß, wie lang es gut gegangen wäre.«

Kim leckte gedankenverloren ein bisschen Soße von ihrem Löffel. »Das größte Glück ist also das, was man jeden Moment verlieren kann.« Sie wurde verlegen. »Oh Gott, was für'n Gesülze!«

Frau Gerlach nahm ihre Hand und drückte sie. »Nein, Sie haben ganz Recht. Wir denken viel zu selten darüber nach, wie schnell das Glück vorbei sein kann.«

Kim dehnte sich. »Ich muss eine rauchen. Ich geh auf den Balkon, okay?«

Tief zog sie den Rauch ihrer Zigarette ein und schaute auf die nächtliche Straße. Es war ein milder Abend, zahlreiche Spaziergänger und Kneipenbesucher waren unterwegs.

Alle diese Menschen sind auf der Suche, dachte Kim. Ich kenne niemanden, der mit seinem Leben zufrieden ist. Berger tut so, aber er macht sich was vor. Mona ist total frustriert, Franco genauso, selbst der reiche Gregor muss mit anderen Frauen vögeln, und was die ach so perfekte Helen treibt, will ich lieber gar nicht wissen. Vielleicht ist diese ganze Sucherei nach dem Glück ein Riesenbeschiss. Der reine Terror. Ständig fühlt man sich als der letzte Versager, nur weil man es nicht geregelt kriegt mit dem Glücklichsein. Vielleicht sollte man besser lernen, damit klarzukommen, dass man n i c h t glücklich ist.

Sie schnippte die Kippe über die Brüstung und duckte sich schnell, weil die Glut haarscharf am Kopf eines Passanten vorbeisauste, der empört nach oben sah.

Wieder in der Wohnung ging Kim zu Frau Gerlach und nahm die alte Dame vorsichtig in den Arm.

»Ich wär gern mehr so wie Sie«, sagte sie. »Danke für alles.«

Die Handwerker in der Küche machten einen höllischen Lärm, aber Mona ließ sich dadurch nicht stören. Sie kochte Kaffee für den Maurer, holte aus dem Keller Bier für die Fliesenleger, bestrich Brötchen für alle und fühlte sich dabei, als schwebte sie auf kleinen Wölkchen. Alles erschien ihr leicht, das Leben erstrahlte in einem völlig neuen Licht.

Liebster Gregor, alles, was ich erlebe, hat plötzlich mit uns zu tun. Eine Zeile in einem Buch, ein Lied im Radio, ein im Vorübergehen aufgeschnappter Satz ... alles erzählt unsere Geschichte. Eine Geschichte, die ich vor kurzer Zeit nicht für möglich gehalten hätte ...

Sie hatte begonnen, die Möbel umzustellen. Sinnend stand sie im Wohnzimmer und sah zu, wie der aufgewirbelte Staub im Sonnenlicht tanzte.

»Würden Sie mir noch mal helfen?« Sie lachte den Maurer an, der zum dritten Mal seine Kelle weglegte und gutmütig grinsend dabei half, das Sofa auf die andere Seite des Raumes zu schieben.

Liebste Mona, »Die Unendlichkeit tritt aus dem Glückszufall hervor, den du geleugnet hast.« (Mallarmé) Es berührt mich, zu sehen, welch wunderbare Frau hinter der Fassade zum Vorschein kommt. Warum bloß hast du dich so lange versteckt?

Mona nahm die Fotos vom Servierwagen, eines nach dem anderen, und betrachtete sie eingehend. Sie blieb merkwürdig kühl. Nach einem kurzen Moment des Zögerns legte sie die Bilder in eine Schublade. Mit einem weichen Staubtuch fuhr sie über die Stelle, wo sie gestanden hatten. Dann rollte sie den Servierwagen ans Fenster und stellte eine Pflanze darauf.

Liebster Gregor, weißt du, dass ich schon fast tot war? Lebendig begraben unter einem Berg von Dingen, die mir versichern sollten, dass ich existiere. Plötzlich fühle ich mich ganz frei. Ich brauche nichts mehr. Fast nichts ...

Mona öffnete die Terrassentür. Frische, klare Luft strömte herein. Sie beobachtete zwei Amseln, die sich um einen Regenwurm stritten. Vom Nachbargrundstück kam das Geräusch eines Rasenmähers; streberhaft, vorwurfsvoll. Ihr Rasen stand viel zu hoch, längst hätte sie den Gärtner bestellen sollen.

In manchen Momenten war Mona erstaunt über sich selbst. Niemals hätte sie den Mut gehabt, im persönlichen Gespräch oder am Telefon so offen von sich zu sprechen. Nur am Computer, diesem unpersönlichen Ding, dessen Botschaften so unverbindlich schienen, wagte sie es.

Es war, als hätte sich eine Schleuse geöffnet; sie schrieb sich Gefühle aus vielen Jahren von der Seele, halb für sich, halb für Gregor. Und er schrieb zurück, voller Poesie und Zärtlichkeit. Mona fühlte sich erkannt und verstanden; nie hatte ein Mann so tief in ihr Inneres geblickt.

Sie hatten sich in der ganzen Zeit nicht gesehen, nicht miteinander telefoniert. Nun hatte er geschrieben, dass er sich ein Wiedersehen wünsche.

Ich weiß, es ist ein Wagnis. Wir sind uns so nahe gekommen, so unendlich nah. Näher könnten wir uns selbst in einer Umarmung nicht sein. Trotzdem ist da eine Sehnsucht in mir, den Kosmos unserer Empfindungen zu erweitern um ein kleines Stück Wirklichkeit. Um einen Blick, eine Berührung, ein gemeinsames Erlebnis.

Mona war innerlich zerrissen. Sie sehnte sich nach Gregor, sie hatte das Gefühl, ihr halbes Leben auf einen Mann wie ihn gewartet zu haben. Aber sie hatte Angst. Davor, dass ein Wiedersehen den zauberhaften Schwebezustand zwischen ihnen beenden könnte, dass die Wirklichkeit der Phantasie nicht standhalten würde.

Ich weiß nicht, ob ich mich aus dem geschützten Raum herauswage, in dem wir uns bisher bewegt haben. Was, wenn wir uns gegenüberstehen und kein Wort herausbringen? Was, wenn unsere Empfindungen uns überrollen? Ich habe Angst, etwas zu zerstören.

Die Handwerker hatten Feierabend gemacht, Mona versuchte, den schlimmsten Dreck zu beseitigen. Es war eigentlich sinnlos, am nächsten Tag würden sie weitermachen und alles erneut verschmutzen. Es war ihr egal. Wenn sie sich mit irgendetwas beschäftigte, war es leichter, Gregors Bild vor ihrem inneren Auge entstehen zu lassen. Putzen, Bügeln, Kochen, Spülen; je banaler die Tätigkeit, desto besser.

Ihre anderen E-Mail-Partner hatte sie sträflich vernachlässigte; sander2 hatte schon aufgegeben. Nur mit Wally korrespondierte sie weiterhin; dieser Kontakt war immer wichtiger für Mona geworden, die noch nie eine Freundin gehabt hatte.

Hast du Jupp schon mal betrogen? hatte Mona sie kürzlich gefragt, und umgehend war die Antwort gekommen: *Sigismund, ick hör dir trappsen. Du bist im Begriff, Manfred zu betrügen, wenn ich deine Frage richtig deute. Und jetzt willst du von mir wissen, ob ich das in Ordnung finde, stimmt's? Ich sag nur so viel: Man bereut im Leben meistens die Gelegenheiten, die man ungenutzt hat verstreichen lassen. Was heißt außerdem betrügen? Betrug findet im Kopf statt. Wenn du nur an die Möglichkeit denkst, ist es so, als hättest du's schon getan. Viel Spaß ...*

Mona hatte sich ertappt gefühlt und sofort schreckliche Schuldgefühle bekommen. Trotzdem kreisten ihre Gedanken ununterbrochen um Gregors Bitte nach einem Treffen.

Sie ging kaum mehr aus dem Haus, hatte ihre Einkaufstrips aufgegeben. Zweimal hatte sie Manfred abends alleine zu Einladungen gehen lassen, was ihn sehr gekränkt hatte.

Die Lüge mit den Blumen, die ungeklärte Herkunft des Sakkos, der Zettel mit Kims Telefonnummer, der heftige Streit; all das hatte Mona von Manfred entfernt. Wenn er abends heimkam, war sie manchmal erschrocken über sein Auftauchen. So, als hätte sie ihn nicht mehr erwartet. Sie war überrascht, wie fremd er ihr geworden war.

Wally hatte Recht. Mona fühlte sich, als hätte sie Manfred längst betrogen. Was sich zwischen ihr und Gregor abspielte, war viel intimer als der Austausch von Körperflüssigkeiten. Sie schenkten sich gegenseitig ihre Seelen, jeden Tag ein Stück mehr. Unaufhaltsam verwoben sie ihr Denken und Fühlen miteinander. Die körperliche Liebe schien nur eine logische Konsequenz davon zu sein.

Sie ging zum Computer, öffnete das E-Mail-Programm und schrieb.

Sag mir wann. Ich sage dir wo. Mona.

Gregor klappte lächelnd seinen Laptop zu. *Sag mir wann. Ich sage dir wo. Mona.*

Was für eine Frau! Monas Briefe erzählten von Einsamkeit, von erstarrten Gefühlen, erkalteter Lust. Ein paar Worte, wenige einfühlsame Sätze von ihm hatten genügt, die ersten Funken zu schlagen. Diese Frau war voll verdrängter Leidenschaft.

Zufrieden lehnte er sich in seinem ledernen Bürostuhl zurück und legte die Beine auf den Schreibtisch. Elf Stockwerke unter ihm lag die Stadt. Aus seinem Fenster hatte er einen phantastischen Blick. Fast wie New York, sagte er sich in den Momenten, in denen er sich in ein anderes Leben wünschte.

Die Tür ging auf, seine Sekretärin kam herein, ein kleines Tablett mit Teegeschirr in den Händen. Sie stellte es vor Gregor ab, der lässig seine Beine vom Tisch nahm.

»Danke, Shirin.«

Shirin lächelte. »Gern geschehen. Nehmen Sie nachher an der Besprechung teil?«

»Ich denke, schon. Ich sollte auf dem Laufenden über Morgan-Fairchild bleiben, finden Sie nicht?

»Natürlich. Hier sind die Unterlagen.« Sie griff in den Aktenschrank und zog einen Ordner heraus, dann schenkte sie ihm ein weiteres Lächeln und ging zurück ins Vorzimmer.

Gregor sah ihr sinnend nach. Shirin stammte aus dem Iran, war intelligent und ehrgeizig. In kurzer Zeit hatte sie sich unentbehrlich gemacht; sie war zuverlässig und absolut diskret. Außerdem war sie bildschön. Sie würde nicht lange Sekretärin bleiben, da war Gregor ganz sicher.

Er überflog ein paar Seiten, dazu trank er Tee. Es ging um die Fusion zweier Biotechnikunternehmen; die Frage war, ob Helens Unternehmen, das Aktien an Morgan hielt, mit einsteigen oder verkaufen sollte.

Gregor konnte sich in kürzester Zeit in ein Thema einarbeiten und sich für eine Weile engagieren, dann verlor er das Interesse. Es gelang ihm einfach nicht, die weltweiten Sandkastenspiel der Manager ernst zu nehmen, obwohl ihm klar war, dass es um viel ging. »Wettpinkeln« nannte er bei sich die Konferenzen und Besprechungen, in deren Verlauf sich männliches Machtgehabe, hierarchisches Auftrumpfen und Alphatier-Kämpfe abwechselten.

Er betrachtete seinen Job, ähnlich wie seine Ehe, als eine der Rollen, die er im Leben zu spielen hatte. Mühelos konnte er von einer Rolle in die nächste schlüpfen und er spielte jede mit voller Überzeugung. Niemand in seiner Umgebung zweifelte daran, dass er all das war, was er darstellte. Aber die einzige Rolle, in der er sich authentisch fühlte, war die des Verführers.

Die verdammte S-Bahn rührte sich nicht vom Fleck. Sie stand mitten auf der Strecke zwischen Feldern und Wiesen, die nächste Haltestelle mindestens zwei Kilometer entfernt. Kim lief wie ein gefangenes Tier im Wagen auf und ab, sah immer wieder aus dem Fenster, rüttelte am Türgriff.

»Was ist denn bloß los?«, sagte sie ungehalten und sah die anderen Fahrgäste herausfordernd an.

Murmeln, Schulterzucken, verlegenes Hüsteln. Niemand sagte etwas. Kim warf sich auf ihren Platz. Schon zwanzig vor eins. Der Kindergarten würde schließen, bevor sie dort war. Endlich setzte die Bahn sich ruckend in Bewegung.

Außer Atem erreichte Kim fünf Minuten nach dem Ende der Öffnungszeit ihr Ziel. Zwei der Kindergärtnerinnen waren noch beim Aufräumen. Aufatmend stürmte Kim in den Gruppenraum.

»Tut mir Leid, S-Bahn-Panne. Wo sind die Miezen?«

Die zuständige Kindergärtnerin sah sie verständnislos an.

»Lilli und Lola? Die sind doch von ihrem Vater abgeholt worden.«

»Wie bitte?« Kim verstand nicht. »Meinen Sie Berger, den Typen, der sie manchmal holt?«

»Nein, ich meine den Vater der Mädchen ... wie heißt er noch?«

»Artur Noll«, sagte Kim und sank auf einen Stuhl.

»Ja, genau. Er kam schon gegen zwölf. Die Mädchen haben sich sehr gefreut.«

Das konnte Kim sich denken. Immer, wenn er mal auftauchte, stopfte er sie mit Süßigkeiten voll, ging mit ihnen ins Kino und kaufte ihnen jeden Scheiß, um den sie ihn anbettelten. Danach waren die beiden tagelang unausstehlich.

»Danke«, sagte Kim grimmig und verließ das Gebäude.

Wie sie Artur kannte, würde er Lilli und Lola heute Abend viel zu spät nach Hause bringen, die Mädchen würden völlig überdreht sein und die halbe Nacht nicht schlafen. In Kim stieg heftiger Zorn hoch.

Draußen steckte sie sich sofort eine Zigarette an. Ein Mann im blauen Kittel fegte den Innenhof. Er sah auf und fixierte Kim.

»Rauchen verboten.«

»Sie können mich mal«, gab Kim zurück und ging weiter.

Der Mann erhob drohend seinen Besen. »Wenn ich sage, Rauchen verboten, dann meine ich Rauchen verboten!«

Kim blieb stehen und fixierte ihn mit einem angewiderten Blick. Am liebsten hätte sie ihre Zigarette auf seinem blauen Spießerkittel ausgedrückt. Oder ihm den Besen auf den Kopf gehauen.

Sie ging einen Schritt auf ihn zu, zog ein letztes Mal an der Zigarette und ließ sie mit provozierender Geste vor dem Hausmeister auf den Boden fallen.

»Sie!« Der Mann holte mit dem Besen aus.

Reflexartig zog Kim ein Bein in die Höhe und trat ihm in die Eier. Stöhnend krümmte er sich.

Kim drehte sich um und rannte weg. Sie hoffte inständig, dass niemand sie beobachtet hatte.

Zu Hause stürzte sie sich auf ihren Haushalt. Sie saugte die Wohnung, wischte Staub, spülte Geschirr und überzog die Betten. Zweimal lief sie in den Keller und füllte die altersschwache Gemeinschaftswaschmaschine, die ewig für jeden Waschgang brauchte. Kim war voll mit einer Wut, die ihr Energie verlieh, und mit jedem Handgriff anschwoll statt nachzulassen.

Als sie fertig war, trank sie Kaffee, rauchte und wartete. Sie hatte das Gefühl, noch nie so intensiv gewartet und so sinnlos Zeit verschwendet zu haben. Sie rauchte, bis ihr schlecht wurde. Gegen die Übelkeit trank sie Wodka. Es war schon dunkel, als es an der Tür klingelte.

Sie öffnete, die Mädchen stürmten herein, bepackt mit Geschenken und Süßigkeiten. Beide redeten gleichzeitig auf sie ein, so dass sie kein Wort verstand. Artur lehnte lässig im Türrahmen und grinste. Kim wollte die Tür wortlos zuschlagen, aber er fing sie ab.

»Hallo, Süße. Lass mich kurz rein, will mit dir reden.«

»Aber ich nicht mit dir.«

Kim machte einen neuen Versuch, die Tür zu schließen, Artur schlüpfte in die Wohnung.

»Hau ab.« Kims Stimme wurde drohend.

»Stell dich nicht an, es geht um die Miezen.«

»Zahl endlich, vorher will ich nichts wissen.«

»Genau darüber will ich ja mit dir reden.«

Kim verschränkte die Arme und rührte sich nicht von der Stelle.

Artur sah auf eine unseriöse Art gut aus; er trug das lockige Haar kurz geschnitten und mit modischen Koteletten wie ein englischer Popstar. Er hatte dunkle, leicht hervorstehende Augen und einen schmalen Oberlippenbart. Sein Anzug war eng geschnitten und kariert, dazu trug er ein schwarzes Hemd. Die Sonnenbrille hing zwischen den obersten zwei Hemdknöpfen. Genau der Typ, der den ganzen Sommer im Eiscafé und in der Disco rumhing, immer einen coolen Spruch auf den Lippen und eine Schar kichernder Mädchen im Schlepptau. Kim spürte einen Stich der Eifersucht. Artur konnte umwerfend charmant sein und im Bett war er selbstvergessen und leidenschaftlich.

»Hör zu, Kim«, sagte er mit ernstem Gesicht, »ich habe euch beobachtet …«

»… du hast was?«, fiel Kim ihm ins Wort.

»Ich habe euch beobachtet«, wiederholte er. »Es sind schließlich auch meine Kinder, ich will wissen, ob's ihnen gut geht.«

»Den Miezen geht's prächtig. Also, was willst du?«

»Ich finde nicht, dass es ihnen prächtig geht. Du bist den halben Tag weg, und meistens auch in der Nacht, und dann hängen sie mit diesem halbdebilen Affen herum, diesem Berger …«

»… sag mal, spinnst du?«, explodierte Kim. »Wenn

hier einer ein halbdebiler Affe ist, dann du! Berger kümmert sich an einem Tag mehr um die Miezen als du in einem Jahr. Wenn du hier so eine Scheiße verzapfst, kannst du sofort abhauen!«

»Berger säuft, er kifft, er bringt nichts zustande. Ich will nicht, dass meine Kinder bei so 'nem Loser herumhängen.«

Kim schnappte nach Luft. »Dann zahl den verdammten Unterhalt, du Arschloch! Dann muss ich nicht so viel arbeiten und kann mich mehr um die beiden kümmern.«

»Ich hätte da 'ne andere Idee«, sagte Artur ruhig. »Ich werd mal mit dem Jugendamt reden. Die werden sich bestimmt dafür interessieren, in welchen Verhältnissen die Kinder leben.«

»Was soll das heißen? Welche Verhältnisse?«

»Hab ich doch schon gesagt: Dass sie 'nen Dealer als Kindermädchen haben. Und dass ihre Mutter auf den Strich geht.«

Kim starrte ihn an, dann schlug sie mit den Fäusten auf ihn ein.

»Du Schwein!«, schrie sie, »du verdammtes Schwein!«

Mona stand gedankenverloren vor ihrem Kleiderschrank.

Was ziehst du an, wenn du vorhast, dich auszuziehen?

Schwarzer Slip, schwarzer BH, schwarze Seidenstrumpfhose. Keine komplizierten Verschlüsse, keine Bluse mit tausend Knöpfen. Kleid? Wenn man das ausgezogen hat, ist man gleich so ... ausgezogen. Lieber Hose und Pulli. Körperbetont, aber nicht eng. Damit Hände unter den Pullover gleiten können.

Mona starrte ihr Gesicht im Spiegel an. Ehebrecherin.

Sie brach in Gelächter aus, gleich darauf in Tränen. Verdammt, die ganze Schminkerei umsonst, alles von vorn. Die verschmierte Wimperntusche weg, neuer Puder, neues Rouge.

Fünfzehn Jahre. Wie fühlen sich wohl die Hände eines anderen an? Verlernt man die Regeln, wenn man das Spiel so lange nicht gespielt hat? Die Vorstellung, sich unter den Blicken eines Fremden auszuziehen. Ist mein Körper noch der, den ich gekannt habe? Vielleicht gehört er gar nicht mehr mir, reagiert nicht mehr, wie ich es gewohnt war. Vielleicht bin ich nicht nur meinem Mann fremd geworden, sondern auch mir selbst.

Nein, ich schaffe es nicht. Diese Aufregung, all die Erwartungen, Ängste, Hoffnungen … das ist zu viel, das ertrag ich nicht. Außerdem, wo soll das alles hinführen? Was, wenn Manfred davon erfährt?

Mechanisch ging Mona zum Computer, startete das Programm und begann, alle E-Mails zu löschen, die sie von Gregor erhalten und an ihn geschrieben hatte.

Plötzlich ertönte ein Signalton, der Schriftzug »Sie haben Post« erschien.

Mona öffnete die Nachricht.

Nur noch drei Stunden. Mein Herz fliegt dir entgegen.
G.

Das idyllische Anwesen mit dem kleinen Holzhaus lag direkt am See, geschützt von hohen Bäumen. Rundum gab es ein paar andere Wochenendhäuser, der nächste Ort war zwei Kilometer entfernt. Manfred hatte es vor Jahren günstig von einem Geschäftspartner erworben, so günstig, dass Verwandte des Verkäufers einen Prozess angestrengt hatten. Es dauerte lange, bis der Ärger um das Haus ausgestanden war. Seit es ihm aber niemand mehr streitig machte, hatte Manfred das Interesse daran weitgehend verloren.

Anfangs hatten Mona und Manfred gelegentlich die Wochenenden dort verbracht, aber bald merkten sie, dass ihre Sprachlosigkeit in der Stille noch bedrückender wurde, und so gaben sie es auf. Manfred betrachtete das Anwesen als Spekulationsobjekt, das er eines Tages Gewinn bringend veräußern würde.

Mona hatte das Häuschen mit viel Liebe möbliert und fuhr regelmäßig hin, um nach dem Rechten zu sehen. Einmal war eingebrochen worden, ein andermal hatten sich Siebenschläfer unter dem Dach eingenistet. Immer gab es etwas zu tun und Mona kümmerte sich um alles. Sie bedauerte, dass der Ort nicht genutzt wurde, aber alleine wollte sie auch nicht dort sein.

Mit leisem Knirschen kam ihr Wagen auf dem Kies in der Einfahrt zum Stehen. Sie stieg aus und ging um das Haus herum zum Steg. Leichter Dunst lag über dem See, das Wasser kräuselte sich, kleine Wellen schwappten gegen das Ufer. Mona holte tief Luft. Wie dumm von ihr, nicht öfter hier raus zu kommen. Es war ruhig, die Luft war frisch, die Hektik der Stadt und die Last ihres Alltags schienen weit weg.

Über dem Eingang hing eine altmodische gusseiserne Lampe. Mit einem Griff kontrollierte Mona, ob der Ersatzschlüssel an seinem Platz war. Sie betrat das Haus, öffnete da und dort ein Fenster, schüttelte ein Kissen auf, entfernte ein bisschen Staub von den Möbeln. Sie überprüfte das Bett; die Wäsche war frisch, die Überdecke sauber. Es war ein besonders schönes, antikes Eisenbett mit einem Himmel aus weißer Gaze; als Mona es gekauft hatte, hatten sie allerhand romantische Phantasien bewegt. Es war die Zeit, in der die Lust sie verlassen, in der sie sich nach Zuwendung und Nähe von Manfred gesehnt hatte, und danach, dass er ihr die Zuversicht geben würde, alles werde bald wieder wie früher sein. In Wahrheit hatten sie nur wenige Male in diesem Bett geschlafen, und keine von Monas Hoffnungen hatte sich erfüllt.

Mona dachte an all die Schilderungen betrogener Ehepartner, die es als besonders skandalös empfanden, wenn der Betrug an bestimmten Orten stattgefunden hatte; im Lieblingshotel, im gemeinsamen Haus, im Ehebett. Die Betrogenen beharrten auf diesen Details, als bewiesen sie die besondere Schwere des Verrats. Dieses Haus aber barg keine Erinnerungen, die es wert gewesen wären, geschützt zu werden.

Mona holte aus dem Auto einen Korb mit Getränken, Obst und ein paar Leckereien aus dem italienischen Feinkostladen. Sie arrangierte alles auf Teller und deckte den Tisch für zwei.

Sie konzentrierte sich ganz auf die einfachen Handgriffe, hatte ihren Kopf ausgeschaltet, störende Gedanken verbannt. So bewahrte sie scheinbar die Gelassenheit, während sie das Liebesnest für sich und einen Mann bereitete, den sie im Leben erst zweimal gesehen hatte. Sie war bereit, ihren Mann zu betrügen; nein, sie war dazu entschlossen. Sie spürte in sich die Gewissheit, dass sie längst eine Grenze überschritten hatte. Es gab kein Zurück.

Sie hörte ein Auto kommen. Eine heiße Welle durchflutete sie, Schweiß trat auf ihre Oberlippe. Sie schloss die Augen, atmete tief durch. Dann ging sie zur Haustür.

Kim stand blass und übernächtigt hinter dem Tresen. Mechanisch verrichtete sie ihre Arbeit. Sie war mit den Gedanken weit weg.

Die Begegnung mit Artur hatte sie so durcheinander gebracht, dass sie die Nacht über schlaflos im Bett gelegen hatte. Gegen Mitternacht hatte einer ihrer Stammkunden angerufen und sie angefleht, sie möge zu ihm ins Hotel kommen. Kim hatte versucht abzuwiegeln, aber er hatte nicht locker gelassen und immer mehr geboten. Bei fünfhundert hatte sie nachgegeben und sich in ein Taxi geworfen.

Sie musste sich die Leidensgeschichte eines Mannes anhören, der gerade von seiner Frau verlassen worden war. Ungläubig und fassungslos wiederholte er immer wieder: »Und dann ist sie einfach gegangen. Raus zur Tür, und weg war sie.«

Er hatte schon reichlich getrunken, Kim versuchte erfolglos, ihn zu beruhigen. Endlich zog er sie an sich und begann unter Tränen, sie zu entkleiden. Dabei murmelte er ununterbrochen den Namen seiner Frau. Die Nummer war kurz und schmerzlos; er kam, bevor er in ihr war, und schlief sofort danach ein.

Kim hatte sich angezogen, seine Brieftasche durchgeblättert, der Versuchung widerstanden, das ganze Geld zu nehmen, und war gegen zwei zu Hause gewesen.

»Dieser Milchkaffee schmeckt wie Spülwasser«, ertönte eine gereizte Frauenstimme, »außerdem ist er lauwarm.«

Kim sah auf. Vor ihr stand eine dieser Frauen, die glaubten, die Welt drehe sich nur um sie. Verachtung im Blick, heruntergezogene Mundwinkel, die ganze Haltung ein einziger Anspruch. Das lange Haar künstlich blondiert, die Sonnenbrille in die Stirn geschoben, Kellybag unter dem Arm, dicke Brillis an den Fingern.

»Ach, ja?«, gab Kim desinteressiert zurück, »lassen Sie ihn einfach stehen.«

»Ich habe ihn bezahlt.«

Kim zuckte die Schultern. »Und?«

»Sagen Sie mal, Sie wollen wohl nicht verstehen?« Die Stimme wurde schrill. »Dieser Milchkaffee ist ungenießbar und ich will mein Geld zurück.«

Kim dreht sich Richtung Küche. »Franco! Reklamation.«

Franco war immer noch stinksauer auf Kim, die natürlich nicht mit ihm ins Bett gegangen war. Mit grimmigem Gesichtsausdruck kam er aus der Küche geschossen.

»Was isse hier los?«

»Dieser Milchkaffee ist eine Zumutung«, giftete die Blondine, »und ihre Angestellte ist es auch.«

»Ich?« Kim war empört. »Ich habe überhaupt nichts getan!«

»Sie waren patzig und unverschämt.«

»Wie, bitte? Sie haben sie wohl nicht mehr alle!«

»Da hören Sie's!«, schrie die Dame Franco an und zeigte mit einem spitzen, rot lackierten Fingernagel auf Kim.

»Ich habe überhaupt nichts getan!«, wiederholte Kim, jetzt ebenfalls schreiend, »was wollen Sie überhaupt, Sie arrogante Zicke?«

Sämtliche Gäste des Cafés verfolgten gespannt die Szene, Franco versuchte vergeblich, beide zu beschwichtigen.

»Zicke?«, schrie die Blonde, »lernen Sie erst mal, dass Bedienung von ›dienen‹ kommt, nicht von ›verdienen‹!«

Die ständigen Demütigungen der letzten Jahre standen Kim plötzlich vor Augen; die mit heimlicher Verachtung gemischte Geilheit der Männer, die offene Herablassung der Frauen, die Abfuhr, die Helen ihr erteilt hatte, ihr ewiges Scheitern im Kampf um Anerkennung und Glück.

Mit einer schnellen Bewegung griff sie nach der Tasse und schleuderte der Frau den Milchkaffe ins Gesicht. Die hellbraune Flüssigkeit lief über ihre verzerrten Züge, sie schnappte nach Luft und brüllte: »Hilfe, einen Arzt, ich bin verbrüht!«

Einige Gäste sprangen von den Tischchen auf und eilten zur Bar, Franco pumpte aufgeregt mit den Armen und schrie etwas auf Italienisch.

Kim sagte: »Ach nee, ich dachte, der Kaffee sei nur lauwarm!«

Franco gab es auf, sich im allgemeinen Tumult Gehör verschaffen zu wollen.

Er packte Kim am Arm und riss sie vom Tresen weg. Sein Gesicht verfärbte sich rot, als er brüllte: »Du bisse gefeuert! Capito? Gefeuert!«

Kim raffte ihre Sachen zusammen und lief davon, den tobenden Franco, die zeternde Kundin und die gaffenden Gäste hinter sich lassend. Sie durchquerte den Flughafen im Laufschritt, vorbei an den Abfertigungsschaltern, die Rolltreppe hinunter bis in den Zentralbereich. Gerade fuhr die S-Bahn ein. Mit klopfendem Herzen ließ sie sich auf einen Sitz fallen.

Sie versuchte, sich zu beruhigen und ihre Gedanken zu ordnen.

Das hatte ihr gerade noch gefehlt. Zu allem Stress, den sie ohnehin schon hatte, war sie nun auch noch ihren Job los. Und damit hatte sie auch ihre zweite Einnahmequelle eingebüßt. Nur ein paar ausgewählte Stammkunden hatten ihre Telefonnummer; die anderen waren Laufkundschaft, die beim Abflug oder nach der Ankunft bei ihr vorbeikamen, um ein Treffen auszumachen. Kein Job am Flughafen, keine Kunden. Eigentlich konnte sie sich gleich die Kugel geben.

Sie war eine Stunde zu früh in der Stadt, die Kinder

konnte sie jetzt noch nicht abholen. Ziellos lief Kim herum und dachte nach.

Artur bildete sich also ein, die Miezen sollten bei ihm wohnen. Bei ihm und seiner neuen Tussi, die offenbar Gefallen am Wir-sind-eine-Familie-Spiel gefunden hatte. Klar, bevor Artur ihr ein Kind machte, nahm er besser Lilli und Lola zu sich. Die waren aus dem nervigen Babyalter raus, würden bald den halben Tag in der Schule sitzen und waren auch sonst unproblematisch, weil sie sich gegenseitig zum Spielen hatten. Als Kim sich erinnerte, wie Artur den besorgten Vater hatte raushängen lassen, kochte die Wut erneut in ihr hoch.

Jahrelang hatte er sich einen Scheißdreck um die Miezen gekümmert. Er war nicht ins Krankenhaus gekommen, als Kim nach der Geburt eine Infektion bekommen und zwei Wochen hatte liegen müssen. Er hatte ihr nicht geholfen, als sie in eine billigere Wohnung umziehen musste. Er hatte nie pünktlich gezahlt, nicht mal, als sie das Jugendamt auf ihn angesetzt hatte. Und wenn er bezahlt hatte, kam er meist nach ein paar Tagen bei ihr an und wollte Geld zurück. Einmal, als er betrunken gewesen war, hatte er sie geschlagen. Das war ihm danach so peinlich gewesen, dass er ihr einen Brilli schenken wollte. Sie hatte den Ring zum Fenster rausgefeuert. Daraufhin war er eine ganze Weile gar nicht aufgetaucht; Kim hatte schon gehofft, er hätte das Interesse endgültig verloren. Aber dann hatte er plötzlich sein Herz für die Miezen entdeckt. Er kam regelmäßiger, verwöhnte sie jedes Mal bis zum Abwinken, und inzwischen waren die Mädchen schon so weit, dass sie nach ihm fragten. Ihnen zuliebe hatte Kim den Kontakt geduldet; sie wollte sich später nicht vorwerfen lassen, sie hätte ihnen den Vater vorenthalten.

Irgendwann war eine neue Freundin aufgetaucht, deren Namen Kim sich nicht gemerkt hatte, weil sich das normalerweise nicht lohnte. Aber diese war immer noch da, schon seit ein paar Monaten. Und sie fand die Miezen »süß«, wie Artur ihr genüsslich hingerieben hatte. In Kim hatte sich alles gesträubt. Sie wollte nicht, dass jemand ihre Kinder anfasste. Dass sie nach fremden Menschen rochen, wenn sie zu ihr nach Hause zurückkamen.

Wenn Artur sich einbildete, dass sie ihm die Mädchen überließe, hatte er sich gewaltig geirrt. Was hatte er schon in der Hand? Er hatte sie mit Männern gesehen, na und. Wie wollte er beweisen, dass sie Geld annahm? Und wenn schon, war das vielleicht strafbar? Sie versuchte, sich selbst Mut zu machen, und fühlte sich nur wie ein Kind, das im Wald pfeift.

Sie hatte Angst. Angst vor Artur, der beängstigend zäh sein konnte, wenn er sich etwas in den Kopf gesetzt hatte. Angst vor den Leuten vom Jugendamt, die eine anonyme, bedrohliche Macht waren. Sie hatte von Fällen gehört, in denen Müttern einfach die Kinder weggenommen worden waren, weil sie angeblich nicht für sie sorgen konnten. Vielleicht würde nicht Artur die Miezen bekommen, aber dann würden sie in einem Heim landen. Man würde ihr den Kontakt verbieten. Die Kinder würden sie vergessen. Irgendwann würde man sie zur Adoption freigeben. Kim krümmte sich innerlich bei dieser Vorstellung.

Sie ging eine belebte Geschäftsstraße entlang. Die Leute wirkten sorglos. Sie trugen Einkaufstüten und ihr Leben war einfach.

Kim überlegte, was sie tun sollte. Als Erstes musste Berger für eine Weile verschwinden. Der Zustand seiner Wohnung würde bei einer Jugendamts-Tussi einen verheerenden Eindruck machen. In irgendeiner Akte war sicher vermerkt, dass er mal mit Dope erwischt worden war. Und dass ein Mann zwei kleine Mädchen beaufsichtigte, würden die Behördenspießer sowieso nicht gut finden.

Sie betrachtete die Auslage eines Haute-Couture-Ladens, wo ein Kleid zweitausend Mark kostete und ein Mantel das Dreifache. Sie zählte zusammen, dass sie von dem, was die Klamotten in diesem einen Schaufenster kosteten, ein halbes Jahr leben könnte. Am liebsten hätte sie einen Ziegelstein in die Scheibe geschmettert. Stattdessen ging sie in ein Pralinengeschäft und kaufte Schokonüsse für die Miezen, hundert Gramm für sechs Mark. Darauf kam es nun auch nicht mehr an.

Mona war verwirrt. Was hatte sie nur falsch gemacht?

Gregor war aus dem Wagen gestiegen und mit strahlendem Lächeln auf sie zugekommen. Er hatte ihr einen Strauß gelber Rosen überreicht und sie links und rechts auf die Wange geküsst. Er hatte artige Komplimente über das Häuschen und seine Einrichtung gemacht und dann vorgeschlagen, den Imbiss draußen zu nehmen, auf dem Steg.

Dort saßen sie jetzt, auf zwei Campingstühlen einander gegenüber, einen hölzernen Melkschemel als Tisch zwischen sich. Sie unterhielten sich über Filme und Bücher, eine Konversation, wie Mona sie mit jedem beliebigen Gesprächspartner auf jeder beliebigen Party hätte führen können.

Sie glühte innerlich vor Scham. Hatte sie sich alles nur eingebildet? War Gregor an ihr als Frau gar nicht interessiert?

In Gedanken überflog sie noch einmal seine Briefe. Er hatte viel geschrieben von der Ähnlichkeit ihrer Wahrnehmungen, der Nähe ihrer Seelen – womöglich hatte sie alles andere nur hineininterpretiert? Nein, er hatte auch von Sehnsucht geschrieben, von Verlangen. Warum tat er jetzt so, als hätte es diese Briefe nie gegeben, als wären sie gute Bekannte, die sich zu einem zwanglosen Plauderstündchen verabredet hatten? Ihr Magen war so zusammengekrampft, dass sie kaum einen Bissen hinunterbrachte. Ihre Wangen waren gerötet, sie spürte die Hitze in ihrem Gesicht. Sie hörte sich reden und lachen, scheinbar gelöst, in Wahrheit unter Hochspannung stehend.

Gregor trug eine helle Baumwollhose und ein blaues Hemd, dessen Ärmel er leger nach oben gerollt hatte. Seine leicht gebräunten Hände und die für einen Mann schmalen Gelenke bewegten sich, wenn er sprach. Mona starrte auf diese Hände, wollte endlich von ihnen berührt werden.

»Was hast du gesagt?« Sie schreckte hoch.

»Ob wir nicht ein paar Schritte gehen sollten«, wiederholte Gregor lächelnd.

»Oh ja, gern.« Mona sprang auf, in der Hoffnung, ihre innere Anspannung durch Bewegung lösen zu können.

Sie verließen den Garten durch ein seitliches Tor und erreichten den Uferweg, der zwischen Schilf und Weiden am Wasser entlangführte. Mona ging an Gregors linker Seite, seiner Herzseite. Sie spürte den unwiderstehlichen Wunsch, ihren Körper an seinen zu lehnen, aber sie wagte es nicht. Endlich nahm er das Sakko ab, das er sich über die Schultern gehängt hatte, klemmte es unter den rechten Arm und legte den linken um Monas Schultern. Die lang ersehnte Berührung traf Mona wie ein elektrischer Schlag. Sie verstummte mitten im Satz, ging schweigend neben im her, innerlich flehend, er möge ihr den Arm nicht wieder entziehen.

Gregor setzte das Gespräch fort. Ihre Antworten wurden einsilbig. Plötzlich blieb er mitten auf dem Weg stehen, zog Mona an sich und hielt sie fest. Schweigend verharrten sie in der Umarmung. Mona spürte einen leichten Schwindel. Die Wärme seines Körpers, sein Duft, der Druck seiner Hände auf ihrem Rücken, alles fremd und doch vertraut. Sie wandten die Gesichter einander zu. Mona schloss die Augen und lehnte den Kopf an seine Schulter. Er war kleiner als Manfred, nicht viel größer als sie. Endlich spürte sie seine Lippen. Auf ihrer Schläfe, ihrer Wange, ihrem Hals. Sie hob den Kopf. Sein Mund auf ihrem Mund. Unendlich sanfte Berührung. In ihrem Inneren zersprang etwas.

Gregor hatte das Häuschen am See verlassen und befand sich auf dem Rückweg in die Stadt. »Talk to me like lovers do ...« sangen die Eurythmics im Autoradio und Gregor war voller zärtlicher Gefühle. Er kam sich vor wie ein Vierzehnjähriger, der zum ersten Mal ein Mädchen geküsst hat. So zart, so keusch, so unschuldig war dieser erste Kuss zwischen ihm und Mona gewesen, dass es ihn rührte. Und es war beim Küssen geblieben.
Nach ihrem Briefwechsel wäre zu erwarten gewesen, dass sie unverzüglich miteinander ins Bett gingen. Gerade deshalb hatte er darauf verzichtet. Er wusste, dass genau diese Verzögerung Monas Verlangen noch steigern würde.
Er liebte die Finten der Verführung; die scheinbare Annäherung, den überraschenden Rückzug, das Schüren von Sehnsucht, die Verzögerung ihrer Erfüllung. Dieses Spiel beherrschte er meisterhaft und Mona war, ohne es zu wissen, die ideale Mitspielerin. Sie hatte, ganz anders als ihre Schwester, nichts Abgebrühtes. Sie war offen und arglos. Es gab nicht viele Frauen, die so viel

unschuldige Bereitschaft mitbrachten; die meisten waren abgeklärter, illusionsloser.

Mona war wie eine überreife Frucht, sie würde ihm entgegenfließen.

Je näher er der Stadt kam, desto näher rückte sein anderes Leben. Beim Gedanken an Helen wurde ihm unbehaglich. Die Auseinandersetzungen mit ihr wurden immer schärfer, die Fremdheit zwischen ihnen wuchs.

Er hatte den Entschluss gefasst, seine Situation zu verändern.

Das abgeschiedene Häuschen am See hatte seine Phantasie angeregt. Langsam formte sich in seinem Kopf ein Plan.

Mona war allein im Haus zurückgeblieben. Gedankenverloren arrangierte sie die Rosen, die Gregor mitgebracht hatte, in einer Vase.

Sie hatte gegen die plötzliche Stille das Radio eingeschaltet.

»Talk to me like lovers do ...« sang sie leise mit und machte ein paar Tanzschritte. Sie fühlte sich seltsam leicht, nahm die Welt wie durch einen Schleier wahr.

Sie hatte es getan. Sie hatte sich mit einem anderen Mann getroffen. Sie hatte ihn geküsst. Sie hatte sich küssen lassen. Sie hatte seine Hände über ihren Rücken streichen lassen, über ihre Taille, bis sie auf ihren Hüften liegen geblieben waren. Sie hatte sich gegen diesen fremden Männerkörper gedrängt, hatte seine Umrisse wahrgenommen, seine Wärme gespürt. Das Gefühl, etwas Unglaubliches, Skandalöses, nicht wieder gut zu Machendes angerichtet zu haben, nahm von ihr Besitz.

Auf der anderen Seite war da ein ungeheures Glücksgefühl, ein Lachen in ihrer Seele, das immer stärker wurde. Sie fühlte sich wie nach einer langen Krankheit, sie fühlte sich zum ersten Mal wieder lebendig.

Dabei war alles anders verlaufen, als sie es sich ausgemalt hatte. Er hatte sie nicht in seine Arme gerissen, mit leidenschaftlichen Küssen bedeckt und auf dem Weg zum Bett entkleidet. Aber sie war bezaubert gewesen von seiner Zurückhaltung, seiner Zartheit. Sie hatte an ihren ersten Kuss denken müssen, den sie bekommen hatte, als sie dreizehn war. Wochenlang hatte sie von dem Jungen geträumt, der sie im Schulbus nie zu bemerken schien. Und eines Tages, als er wie zufällig neben ihr herging, war er plötzlich stehen geblieben, hatte sich zu ihr gedreht und sie geküsst.

Die keuschen Zärtlichkeiten, die sie und Gregor heute getauscht hatten, waren wie eine sanfte Brise gewesen, die die Glut in ihrem Inneren weiter angefacht hatten. Wenn sie jetzt an Gregor dachte, kam es ihr vor, als hätte sie nie in ihrem Leben einen Mann mehr begehrt.

Kim hatte sich nie gefragt, welche Rolle Berger in ihrem Leben eigentlich spielte.

Er war einfach da, bärengleich und gutmütig, ein Teil ihres Alltags, den sie als selbstverständlich hinnahm.

Zum ersten Mal war sie ihm begegnet, als sie kurz nach ihrem Einzug mit den zwei Babys im Arm heulend im Treppenhaus gesessen hatte. Ihre Wohnungstür war zugefallen, der Schlüssel lag drinnen. Die Miezen plärrten um die Wette, Kim war, vom ewigen Alleinsein und vom monatelangen Schlafmangel zermürbt, am Ende ihrer Nerven.

Als sie sich gerade darauf eingerichtet hatte, den Rest ihres Lebens auf den Stufen zu verbringen, kamen schwere Schritte die Treppe hoch. Ein Typ in abgerissenen Jeans, Wanderstiefeln und Armeejacke, eine Ché-Guevara-Kappe auf den verstrubbelten Haaren, blieb vor ihr stehen. Er stellte einen Karton voller Maschinenteile ab, nahm die selbst gedrehte Zigarette aus dem Mund und musterte Kim in aller Ruhe, als müsse er sich erst ein Bild machen, bevor er etwas sagen würde.

Zu Kims Überraschung hörten die Babys plötzlich auf zu schreien; mit großen Augen bestaunten sie den Fremden. Der grinste.

»Haben noch nicht oft 'nen Kerl gesehen, was?«

»Was soll denn das heißen?«, fragte Kim angriffslustig. Wofür hielt sie dieser Penner? Für eine benachteiligte, allein erziehende Mutter, die keinen mehr abkriegte?

»Brauchste Hilfe?« Er kratzte sich am Kopf.

»Nee, danke, ich sitz hier zum Vergnügen rum«, gab Kim patzig zurück.

»Na, dann.«

Er schloss seine Wohnungstür auf und packte den Karton.

Kaum war er verschwunden, fingen die Babys wieder an zu schreien. Kim stand auf, die Kinder immer noch im Arm, und blieb unschlüssig auf dem Treppenabsatz stehen. Schließlich gab sie sich einen Ruck und drückte mit dem Ellbogen auf seine Klingel. Er öffnete.

»Hast du 'nen Dietrich?«

»Irgendwo bestimmt«, sagte er und zuckte die Schultern. »Komm rein.«

Er nahm ihr Lilli und Lola ab und setzte beide auf den Boden. Dann griff er nach einem batteriebetriebenen Plüschlöwen, schaltete ihn an und stellte ihn so hin, das er sich auf die Babys zu bewegte, die vor lauter Überraschung aufgehört hatten zu schreien.

Im nächsten Moment hielt Kim eine Tasse Kaffee in der Hand. Staunend sah sie sich um. Diese Wohnung war der größte Verhau, den sie jemals in ihrem Leben gesehen hatte.

»Wohnst du hier?«, fragte sie ungläubig.

»Ja, klar«, sagte er.

»Und was machst du mit dem ganzen Plunder?«

»Welcher Plunder?« Erstaunt sah er sich um, als würden nicht überall Radkappen, Kolben, Holzlatten, Gummireifen und Metallschrott herumliegen. »Das ist kein Plunder, das ist alles zu was nütze.«

»Und zu was?«

»Kybernetik.«

»Kyber ... was?«

»Na ja, die Lehre von der Bewegung. Alles hängt mit allem zusammen, ein Rad bewegt das nächste, die Gesetzmäßigkeiten des Lebens eben.«

»Ah ja.«

Kim trank schweigend. Der Typ hatte offenbar selbst ein Rad ab.

»Also, haste jetzt 'nen Dietrich?«

Er wühlte in irgendeiner Schublade und förderte eine Reihe von Werkzeugen zutage. Gleich darauf war ihre Wohnungstür offen.

»Danke«, sagte Kim erleichtert und griff nach ihrer Einkaufstasche. Als sie Lilli und Lola von dem Spielzeugtier wegziehen wollte, sträubten sich beide heftig.

»Lass sie doch«, sagte der Typ, »mich stören sie nicht.«

Er setzte dem Löwen seine Ché-Guevare-Kappe auf. Das Tier verschwand fast darunter; es sah aus, als bewegte sich die Kappe von alleine. Kim musste lächeln.

»Aber die ganzen Sachen hier ...«, sie brach ab und machte eine Handbewegung in die Runde.

Berger nickte beruhigend. »Ich pass schon auf, dass nichts passiert.«

Kim atmete tief durch. Es war das erste Mal in all den Monaten, dass sie das Gefühl hatte, nicht allein auf der Welt zu sein.

Diese Begegnung lag fast fünf Jahre zurück.

Jetzt standen Kim und Berger in Kims Küche und brüllten sich an.

»Sag mal, willst du nicht kapieren, was ich dir sage, oder bist du wirklich zu blöd?«, schrie Kim verzweifelt.

»Natürlich kapier ich es«, wütete Berger, »du schickst mich in die Wüste, weil ich nicht gesellschaftsfähig bin.

Weil ich nicht so'n gut funktionierender Erfolgsfuzzi bin.«

Kim schlug mit der flachen Hand auf den Küchentisch, dass der Aschenbecher hochsprang. »Das ist doch Quatsch! Darum geht es doch überhaupt nicht!«

Lilli und Lola folgten bestürzt dem Streit zwischen Berger und ihrer Mutter.

»Hört auf!«, flehte Lola mit zitternder Unterlippe. »Nicht zanken!«

»Verdammt, Berger, jetzt hör mir mal zu!«, sagte Kim und zwang sich zur Ruhe. »Ich will nur, dass du dich für 'ne Weile unsichtbar machst. Du kennst Artur nicht!«

»Artur interessiert mich überhaupt nicht. Und dich sollte er auch nicht interessieren.«

»Verdammt, der will …«, sie brach ab und schob die Zwillinge aus dem Zimmer. »Geht spielen, bitte«, flehte sie.

»Der will mir die Kinder wegnehmen«, fuhr sie mit gepresster Stimme fort. »Der versucht, mich beim Jugendamt schlecht zu machen. Und wenn die merken …«

»… dass der Typ, der deine Kinder betreut, nicht so'n glattes Arschloch ist wie er, dann hast du 'n Problem, oder was?«

»Ja, genau«, gab Kim kleinlaut zu.

»Du bist eine Opportunistin«, sagte Berger verächtlich. »Du gehst immer den Weg des geringsten Widerstandes, anstatt um das zu kämpfen, was du richtig findest.«

Kim schnappte nach Luft. »Und du denkst, wenn man nur stur genug ist, lösen sich die Probleme von alleine.«

Berger warf seine Zigarette in den Aschenbecher und wollte gehen. Kim griff nach seinem Arm.

»Bleib da, bitte!«

Berger schüttelte ihre Hand ab. »Und tschüss.«

Er verließ die Küche, wuschelte Lilli und Lola, die vor der Tür gelauscht hatten, durchs Haar und ließ die Wohnungstür geräuschvoll ins Schloss fallen.

»Dann hau doch ab, Blödmann!« Hilflos schrie Kim hinter ihm her.

Lilli und Lola fingen an zu weinen.

Kim ballte die Fäuste.

»Ruhe, Miezen«, sagte sie und nahm die weinenden Kinder in den Arm. »Der beruhigt sich schon. Berger ist eben ... sensibel.«

»Was heißt sensibel?« schluchzte Lola.

»Dass er 'n Weichei ist«, erklärte Lilli schniefend.

Kim verteilte Taschentücher an die Mädchen und schnaubte sich selbst die Nase. Sollte er doch zum Teufel gehen, der sture Kerl. Sie brauchte niemanden. Niemanden, mit dem sie abends ein Bier trinken und ihre Einsamkeit teilen konnte. Niemanden, mit dem sie über die Sprüche der Miezen lachen konnte. Niemanden, mit dem sie »Ally McBeal« ansehen konnte, obwohl er fand, dass die Probleme dieser dekadenten Amis mit ihm und seinem Leben nichts zu tun hatten.

Sein einziger Vorteil war wirklich, dass man mit ihm rumsitzen und schweigen konnte, ohne dass es peinlich wurde. Er zwang einen nicht dazu, ständig kluge Sachen abzusondern. Könnte sein, dass er ihr fehlen würde, der Blödmann.

Aber das konnte sie nun auch nicht ändern.

Manfred wunderte sich über seine Frau. Sie hatte sich verändert, war nicht mehr so depressiv. Sie war heiter, ja aufgekratzt, wirkte dabei aber irgendwie abwesend. Sie gab deutlich weniger Geld aus als früher, und wenn, dann fast ausschließlich für Kleidung und Kosmetik.

Neulich war sie beim Frisör gewesen und hatte sich das halblange Haar abschneiden lassen. Sie trug jetzt einen fransigen Kurzhaarschnitt, der sie jünger und frecher aussehen ließ. Manfred gefiel die neue Frisur nicht, er mochte Mona lieber damenhaft.

Am meisten aber überraschte ihn, dass sie wieder mit ihm geschlafen hatte.

Vor kurzem hatte sie ihn mit einem Blick erwartet, den er lange nicht an ihr gesehen hatte. Sie zog ihn, kaum hatte er seinen Mantel auf den Bügel gehängt, ins Schlafzimmer, schlüpfte aus Pullover und Hose und stand in schwarzer Spitzenwäsche vor ihm. Er war so überrumpelt gewesen, dass erst mal nichts ging. Aber statt sich, wie sonst in diesem Fall, mit einer Mischung aus Verachtung und Erleichterung von ihm abzuwenden, hatte sie sich liebevoll und geduldig um ihn bemüht. Sie war fast wie früher gewesen, sinnlich und leidenschaftlich. Er konnte sein Glück kaum fassen.

Später lagen sie noch eine Weile nebeneinander. Sie fragte ihn, wie sein Tag gewesen sei. Sie hatte gekocht, sie hatten eine Flasche Wein zusammen getrunken und noch mal miteinander geschlafen.

Wenn es nicht so abwegig gewesen wäre – Manfred hätte glatt auf den Gedanken kommen können, Mona habe eine Affäre.

So kam er zu dem Schluss, der Knoten habe sich endlich gelöst und Mona sei wieder so, wie er sie sich seit Jahren gewünscht hatte. Man muss eben nur lange genug warten, dachte er zufrieden, dann kommen die meisten Dinge von alleine in Ordnung.

Gregor streckte sich auf dem Fußboden aus und schloss die Augen. Tapsende, kleine Kinderfüße näherten sich, hielten inne, wurden wieder schneller. Sein Körper spannte sich. Im nächsten Moment stürzten sich seine zwei Jüngsten auf ihn, kletterten auf seinen Bauch, zerrten an seinem Pullover, kitzelten ihn mit unbeholfenen Kinderhänden.

Gregor lachte, packte den Zweijährigen, stemmte ihn hoch in die Luft und ließ ihn über seinem Kopf schweben. Der Junge jauchzte vor Vergnügen; seine kleine Schwester quengelte eifersüchtig vor sich hin. Gregor setzte Tobi ab und nahm Lena hoch. Sofort lachte sie glucksend und streckte die Ärmchen aus. Zu dritt rollten sie auf dem Boden umher, die Motorengeräusche, die ihr Vater produzierte, wurden von den Kleinen mit begeisterten »Auto, Auto«-Rufen quittiert.

Gregor mochte die Balgerei mit den kleinen Kindern, er fand es erholsam, nicht reden, keine intellektuelle Leistung erbringen zu müssen. Den ganzen Tag musste er sich erwachsen verhalten, Entscheidungen treffen, Probleme lösen. Schon Jana, die Vierjährige, löcherte ihn mit Fragen. Für die Babys war er einfach ein Spielgerät, das Geräusche machen konnte, sie kitzelte und zum Lachen brachte.

Helen betrat, von Gregor unbemerkt, den Raum. Lange hatte sie die zunehmende Entfremdung zwischen ihnen nicht wahrhaben wollen, aber nun konnte sie die Augen davor nicht mehr verschließen. Es war zu auffallend, wie alle Lebenslust von Gregor abgefallen war. Nur, wenn er mit den Kindern zusammen war, schien er sich wohl zu fühlen; in Helens Anwesenheit verstummte er und zog sich gekränkt in sich selbst zurück.

Helen litt darunter, dass er kein Verständnis für sie hatte. Sie ärgerte sich aber auch über sein Verhalten, das sie kindlich und unreif fand. Die Welt war nun mal kein großer Abenteuerspielplatz und sie fühlte sich zu erwachsen für einen Partner, der sie um jeden Preis so sehen wollte. Sie hoffte, er würde irgendwann zur Vernunft kommen.

Helen verließ den Raum, ohne von Gregor bemerkt worden zu sein, und schloss leise die Tür.

Später, als er in der Bibliothek vor seinem Laptop saß, klopfte sie schüchtern an.

»Gregor, Lieber, darf ich dich einen Moment stören?«

Gregor sah auf, er wirkte gehetzt. »Gleich, Helen. Gib mir fünf Minuten.«

»In Ordnung. Soll ich dir was zu trinken bringen?«

»Oh ja, gern. Einen Schluck vom Parrina, wenn noch welcher da ist.«

Helen ging in die Küche, schenkte zwei Gläser Rotwein ein und stellte sie auf ein Tablett. Sie sah kurz nach den schlafenden Kindern, dann trug sie die Gläser in die Bibliothek, wo Gregor gerade den Computer zuklappte.

»Danke, Liebes«, sagte er förmlich und nahm sein Glas. Sie wollte mit ihm anstoßen, aber er hatte schon den ersten Schluck getrunken.

»Gregor, ich mache mir Sorgen«, begann Helen. »Du machst einen unglücklichen Eindruck. Und ich …«, ihre Stimme zitterte, »… ich wünsche mir doch, dass du glücklich bist.«

Gregor, der die Arme abweisend verschränkt gehalten hatte, änderte seine Haltung. Er beugte sich näher zu seiner Frau, sein Gesicht entspannte sich etwas.

»Das ist schön vor dir, Helen.«

»Du bist so weit weg«, klagte Helen, »ich habe keine Ahnung, was in dir vorgeht.«

Gregor straffte die Schultern. »Nun ja, über das Thema Geld haben wir ja schon gesprochen, aber da sehe ich im Moment keine Lösung. Und was mich sonst noch bewegt ... weißt du, mit gewissen Dingen möchte ich dich nicht belasten.«

»Was für Dinge?«

»Bitte, Liebes, frag nicht weiter. Du hast immer gesagt, ein Mann sei auch dazu da, seine Frau zu beschützen.«

»Ja, aber wenn dich etwas belastet, möchte ich es wissen.«

Gregor seufzte tief.

»Also gut, wenn du darauf bestehst.«

Er nahm einen tiefen Schluck Wein, dann drehte er das Glas in seinen Händen.

»Ich habe das Gefühl ... beobachtet zu werden. Ein paar Mal sind mir Autos aufgefallen. Es ist nichts Konkretes, mehr so ein Gefühl. Aber ich mache mir Sorgen um die Kinder.«

Helen sah ihn erschrocken an. Immer wieder hatten sie überlegt, ob die Kinder Personenschutz haben sollten oder nicht. Schließlich hatten sie es verworfen. Helens Kindheit war durch die Angst ihrer Eltern ebenso überschattet gewesen wie durch die ständige Präsenz von Leibwächtern. Dieses Schicksal wollte sie ihren Kindern ersparen. Sie hoffte, ein unauffälliger Lebensstil sei der beste Schutz.

»Vielleicht bilde ich es mir ja auch nur ein«, fuhr Gregor fort, »und am besten hätte ich dir nichts davon erzählt ...«

»Nein, es ist gut, dass du's mir gesagt hast«, versicherte Helen. »Glaubst du, wir müssen was unternehmen?«

Gregor hob unschlüssig die Schultern. »Ein bisschen aufmerksamer sein, vielleicht. In der Schule Bescheid geben. Das Tor besser verschließen und die Alarmanlage wenigstens nachts einschalten.«

Helen verzog das Gesicht. Der Alarm ging schon los, wenn nur eine Katze durchs Gebüsch lief. Nach mehrmaligem Fehlalarm hatten sie die Anlage meistens ausgeschaltet gelassen.

»Du hast Recht«, sagte sie, »ich lasse die Anlage überholen. Und das andere ... das kriegen wir irgendwie hin, denkst du nicht?«

Gregor drückte die Hand seiner Frau und schenkte ihr einen tiefen Blick.

»Da bin ich ganz sicher.«

Mona befand sich in einem Zustand dauernder körperlicher Erregung. Jeder Gedanke an Gregor löste eine schier unerträgliche Sehnsucht in ihr aus. Sie hatten sich noch dreimal getroffen. Beim zweiten Mal hatten sie miteinander geschlafen. Mona hatte den intensivsten Orgasmus ihres Lebens gehabt; hinterher war sie weinend zusammengebrochen. Über eine Stunde hatte Gregor sie gestreichelt und getröstet, ihr zärtliche Worte ins Ohr geflüstert. Seither gab es keinen andern Gedanken mehr in Monas Kopf als den an das nächste Wiedersehen.

Ihr Sohn hatte sich schon beschwert.

hallo monamami, lebst du noch? ich hör gar nichts mehr von dir. soll ich in den ferien überhaupt heimkommen? gruss und kuss, tom.

Ihr erster Gedanke war: Nein, komm bitte nicht, sonst kann ich Gregor nicht mehr unbemerkt treffen. Im nächsten Augenblick schämte sie sich.

Sei nicht böse, Baby, schrieb sie zurück, *ich hatte so viel zu tun. Natürlich sollst du kommen, wir freuen uns schon wahnsinnig auf dich! Bis bald, Monamami.*

Das Holzhaus am See war zu einem magischen Ort geworden. Sobald Mona es betrat, versank alles um sie herum. Es war der Raum, in dem sie und Gregor geschützt waren vor der Welt. Hier erlebten sie sich, hier teilten sie alles, hier war ihre Liebe zu Hause. Noch immer schrieben sie sich täglich, aber die Mitteilungen waren kürzer, dienten nur dazu, die Verbindung bis zum nächsten Treffen aufrecht zu erhalten.

Endlich war es wieder so weit. Voll freudiger Erwartung fuhr Mona auf der Landstraße Richtung See. Rund dreißig Minuten brauchte sie von Haustür zu Haustür; einmal hatte sie die Strecke in achtundzwanzig Minuten geschafft. Sie kannte allmählich jede Abzweigung, jeden Baum, jeden Stein.

Ihre Gedanken eilten ihr voraus, in ihrer Phantasie lag sie bereits in Gregors Armen. Sie küsste ihn, schmiegte sich in seine Hände, genoss seine Liebkosungen, spürte ihre wachsende Erregung, nahm ihn mit einem Seufzer der Erleichterung in sich auf, kam zum Höhepunkt.

Als sie ihr Ziel erreicht hatte, stand sein Wagen schon in der Einfahrt. Ihr Herz machte einen Sprung. So eilig hatte er es, sie zu sehen!

Sie lief zum Steg, wo er sie erwartete. Er kam nicht, wie sonst, mit ausgebreiteten Armen auf sie zu. Er stand da und sah ihr entgegen, einen bedrückten Ausdruck im Gesicht.

Mona lief auf ihn zu, warf sich in seine Arme und fragte atemlos: »Was ist mit dir?«

»Nichts«, sagte Gregor und drückte sie an sich. »Ich bin so froh, dich zu sehen.«

»Oh Gott, und ich erst«, seufzte Mona.

Sie hielten sich einen Moment fest, dann gingen sie Arm in Arm ins Haus.

Ihr Liebesspiel war sanft, weniger wild als das Mal zuvor; es schien erfüllt von Melancholie.

»Was ist mit dir?«, fragte Mona wieder.

Gregor rieb mit den Händen sein Gesicht.

»Ich habe ein paar Probleme. Nichts, was dich belasten sollte, Liebes.«

»Aber es belastet mich, wenn du traurig bist. Sag mir, was los ist.«

Er küsste sie, verließ das Bett und verschwand im Bad. Mona blieb verwirrt zurück. Eine dumpfe Angst, alles könnte so schnell vorbei sein, wie es begonnen hatte, ergriff sie.

Als Gregor wieder kam, sah sie ihn ernst an.

»Hör zu, ich wirke im Moment vielleicht wie ein verliebtes, kleines Mädchen, aber ich bin erwachsen. Und wenn ich irgendwas tun kann, um dir zu helfen, dann sag's mir, bitte.«

Gregor setzte sich auf den Bettrand. Er zeichnete mit dem Finger die Kontur von Monas Schulter nach, strich über ihren Arm und nahm schließlich ihre Hand. Dabei sah er ihr in die Augen, nachdenklich und voller Zärtlichkeit.

»Also, gut«, sagte er zögernd. »Vielleicht kannst du mir tatsächlich helfen.«

Kim hatte die Nummer 61. Zwei Stunden saß sie nun schon auf ihrem grünen Plastikstuhl und wartete inmitten einer Menge anderer Leute, die ebenfalls Zettel mit Nummern erhalten hatten. Es waren hauptsächlich Männer, die meisten über fünfzig. Mehr Chancen, vom Blitz erschlagen zu werden, als einen anständigen Job zu finden.

Endlich wurde ihre Nummer aufgerufen. Kim sprang auf und stürmte in den frei gewordenen Raum.

»Können Sie nicht anklopfen?« Eine Frau mit blondierter Hochfrisur und künstlicher Perlenkette starrte sie missmutig an.

»'tschuldigung.« Kim setzte sich und legte ihre Unterlagen auf den Tisch.

»Also, ich brauche was für halbtags. Kellnern, Verkaufen oder so was. Ich bin allein erziehend, kann nur bis mittags.«

Die Frau blätterte in einem dünnen Ordner und schüttelte ununterbrochen leicht den Kopf.

»Nachmittags, Café Janner«, sagte sie und sah auf.

»Geht nicht, hab keinen für die Kinder.«

»Oder hier, eine Putzstelle. Zweimal vormittags.«

»Das reicht nicht.« Kim stand auf und ging zur Tür. »Vergessen sie's.«

»Wenn Sie sich nirgendwo vorstellen, wird das Arbeitslosengeld gestrichen«, rief die Frau ihr nach.

Draußen knüllte Kim den Zettel mit ihrer Nummer zusammen und warf ihn in den Papierkorb. Sie sah auf die Uhr. Scheiße. Wenn sie pünktlich zum Kindergarten kommen wollte, hatte sie nur eine Chance: ein Taxi. Würde mindestens dreißig Mark kosten. Es half nichts. Und eine alte Frau giftete ihr hinterher: »Aus dem Arbeitsamt kommen, aber Taxi fahren!«

Sie war trotzdem zu spät dran, als sie den Kindergarten erreichte. Eine Tür öffnete sich, Frau Vogelsang, die Leiterin, trat auf den Flur.

»Frau Morath, gut, dass ich Sie treffe. Hätten Sie einen Moment Zeit?«

Überrascht drehte Kim sich um. Sie gab den Miezen ein Zeichen zu warten und betrat das Büro. Frau Vogelsang war eine freudlos wirkende Endvierzigerin mit einer Brille und heruntergezogenen Mundwinkeln.

»Ich habe ein Problem«, begann sie und verschränkte die Hände. »Unser Hausmeister ist kürzlich von einer jungen Frau tätlich angegriffen worden. Der Beschreibung nach kann es sich nur um Sie gehandelt haben.«

Kim setzte eine Miene ungläubigen Erstaunens auf. »Wie, bitte?«, sagte sie, »das ist ja wohl völliger Blödsinn.«

»Das werden wir gleich sehen.« Frau Vogelsang wählte eine Telefonnummer, wenig später betrat der Hausmeister den Raum.

»Das ist sie, ganz klar«, sagte er und zeigte mit dem Finger auf Kim. »Rauchen verboten, habe ich ihr gesagt. Sie hat die Zigarette auf meinen Schuh geworfen. Und dann hat sie getreten, ich will ja nicht sagen, wohin. Das war Körperverletzung, ganz klar.«

»Danke«, sagte die Leiterin und nickte dem Mann zu, der daraufhin schimpfend das Zimmer verließ.

Frau Vogelsang musterte Kim streng. »Ich werde mir Gedanken darüber machen müssen, ob wir Lilli und Lola unter diesen Umständen behalten können«, sagte sie in schulmeisterlichem Tonfall.

Kim sprang auf und sagte: »Wissen Sie was, Sie vertrocknete Kindergartentante, Sie können mich mal. In Ihrem Scheißladen will ich meine Kinder sowieso nicht lassen.«

Türen knallend verließ sie das Büro, nahm jede ihrer Töchter an eine Hand und sagte grimmig: »So, Miezen, und wir machen jetzt einen drauf!«

Im nächsten McDonald's forderte sie Lilli und Lola auf, alles zu bestellen, was sie wollten. Wenig später war der Tisch übersät mit Pommestüten, Colabechern und Hamburger-Schachteln.

»Hafft du Arbeit gefunden?«, fragte Lola mampfend.

»Noch nicht, Süße. Dauert aber sicher nicht mehr lange.«

»Kriegen wir dann jeden Tag Pommes?«

»Worauf du einen lassen kannst«, gab Kim zurück und unterdrückte die Tränen, die unaufhaltsam in ihr hochstiegen.

Oh, nein, sie war keine Opportunistin. Sie ging nicht den Weg des geringsten Widerstandes. Im Gegenteil, sie nahm immer den direkten Weg ins Schlamassel.

Shirin Ranghezi hatte genaue Vorstellungen von ihrer Zukunft. Sie würde noch eine Weile Sekretärin bei Gregor von Olsen bleiben und nebenher ihre Fortbildungskurse besuchen. Danach würde sie sich in der Personalabteilung bewerben. Und irgendwann wäre sie vielleicht die Assistentin eines Vorstandes. Oder seine Frau.

Shirin, aus einer streng moslemischen Familie stammend, hatte die Regeln der westlichen Kultur früh begriffen: Man musste als Frau entweder besser sein als ein Mann oder sich den besten Mann schnappen.

Sie hängte ihre Jacke in den Schrank, setzte Teewasser auf und schaltete den Computer ein. Auf ihrem Schreibtisch lag der aufgeschlagene Kalender mit allen Terminen des Tages. Sie erwartete Gregor frühestens gegen Mittag. Gestern war er in Köln gewesen. Er hatte dort übernachtet und würde aller Erfahrung nach nicht vor acht starten. Komischerweise war er mit dem Auto gefahren; sonst flog er lieber.

Sie kam gut aus mit ihrem Chef. Er schätzte ihre Arbeit und er schätzte ihre Persönlichkeit. Shirin genoss das leichte erotische Knistern zwischen ihnen, war aber intelligent genug, sich davon keine Vorteile zu versprechen. Gregor galt in der Firma als absolut korrekt; noch nie war er einer weiblichen Mitarbeiterin zu nahe getreten. Die Frauen himmelten ihn aus der Ferne an, aber keine hätte es gewagt, auch nur mit ihm zu flirten.

Es kursierten die wildesten Gerüchte über Helen, die zwar selten in die Firma kam, aber allseits ob ihrer Härte gefürchtet war.

Shirin hatte ihrer ersten Begegnung mit Helen besorgt entgegengesehen; sie war es gewohnt, dass Frauen mit ihr rivalisierten, sie als Bedrohung empfanden.

Helen hatte, selbstverständlich ohne anzuklopfen, das Vorzimmer betreten.

Sie hatte Shirin mit ihren kühlen grauen Augen gemustert und in Sekundenschnelle eingeschätzt. Dann hatte sie die Hand ausgestreckt. Ein fester Händedruck, ein kleines, fast verschwörerisches Lächeln.

»Helen Westheim. Mein Mann hat mir von Ihnen erzählt. Ich bin Ihnen dankbar für ihre hervorragende Arbeit.«

Shirin war überrascht und erleichtert gewesen. Helen hatte es ganz offensichtlich nicht nötig, sich mit anderen Frauen zu messen. Ihre Klasse stand außer Frage.

In diesem Moment hatte sie Shirin für sich erobert. Im Lauf der Zeit hatten die Frauen sich immer mehr schätzen gelernt.

Shirin gab ihr Passwort ein und klickte die elektronische Mailbox an.

Sie holte sich eine Tasse Tee und begann zu lesen. Manche Mails beantwortete sie sofort, andere leitete sie weiter oder druckte sie aus, um sie mit Anmerkungen zu versehen.

Gegen zehn klingelte das Telefon.

»Guten Morgen, Shirin, ich bin's, Helen. Wie war der Film?«

Shirin brauchte eine Sekunde, um zu verstehen. Richtig, vor zwei Tagen hatte sie Helen erzählt, dass sie vorhatte, ins Kino zu gehen.

»Oh, ganz gut. Aber jetzt kriegt George Clooney auch

schon langsam ein Doppelkinn; man weiß gar nicht mehr, für wen man noch schwärmen soll!«

»Sagen Sie, Shirin, hat Gregor sich schon bei Ihnen gemeldet?« Helens Stimme klang besorgt.

»Ich nehme an, er ist auf der Autobahn. Hat er sein Handy nicht an?«, fragte Shirin überrascht.

»Nein, komischerweise nicht. Wenn er sich meldet, sagen Sie ihm bitte, dass er mich anrufen möchte, ja?«

Shirin versprach es, fragte nach dem Befinden der Kinder und legte auf.

Inzwischen waren neue E-Mails eingegangen, darunter eine von Gregor, wie sie an seinem Absender »GvOlsen« erkannte. Sie klickte die Nachricht an und las. Was war das denn? Sie runzelte die Stirn, las noch einmal.

We have your boss. Wait for new messages. No police.

Sie warf den Kopf zurück und lachte. Dann klickte sie auf »Beantworten«.

Morgen, Chef. Sehr lustig! Helen bittet um Ihren Rückruf. Sollten Sie nicht auf der Autobahn sein? Bis später, Shirin.

Sie schickte die Nachricht ab und verließ die Mailbox.

Den ganzen Morgen über dachte Shirin nicht mehr an Gregor. Nach der Mittagspause aber begann sie sich Sorgen zu machen. Er hatte nicht angerufen und alle ihre Versuche, ihn auf dem Handy zu erreichen, waren gescheitert.

Sie öffnete ein weiteres Mal ihre Mailbox; vielleicht hatte er noch was Vernünftiges geschrieben. Sechs neue Briefe, darunter tatsächlich eine Nachricht mit seinem Absender.

No joke. We have kidnapped your boss. Wait for new messages. No police.

Shirin hatte das Gefühl, ihr Magen krampfe sich zu einem Klumpen zusammen.

Sie griff nach dem Telefon.

»Helen? Ich glaube, wir haben ein Problem.«

Mona setzte sich auf einen der Barhocker des Flughafencafés und bestellte Kaffee. Eine zierliche, junge Türkin bediente sie. »Jasmin« las Mona auf ihrem Namensschild. Das musste die Kollegin sein, von der Kim erzählt hatte.

Mona hatte nichts mehr von ihrer Schwester gehört. Nicht mal für die Geschenke hatte sie sich bedankt. Ob sie noch sauer war wegen der Ohrfeige? Plötzlich wurde Mona bewusst, dass sie seit Wochen mit nichts anderem beschäftigt gewesen war als mit Gregor. Sie hatte Kim regelrecht vergessen.

Sie streckte sich und winkte Jasmin, die lächelnd zu ihr kam.

»Ja, bitte?«

»Sagen Sie, würden Sie Kim von mir grüßen? Ich bin Mona, ihre Schwester.«

Jasmin sah verwirrt aus.

»Kim? Die arbeitet gar nicht mehr hier.«

Mona war überrascht. »Aber, warum denn nicht?«

Jasmin sah sich kurz um, Franco war nicht zu sehen.

»Sie hatte Streit mit einem Gast«, flüsterte sie schnell. »Sie hat der Frau Kaffee ins Gesicht geschüttet.«

Mona schüttelte den Kopf. Das sah Kim ähnlich!

»Und jetzt? Wissen Sie, was sie macht?«

Jasmin zuckte bedauernd die Schultern. »Keine Ahnung, tut mir Leid.«

Mona bedankte sich. Das klang so, als würde Kim mal wieder in der Scheiße stecken. Warum brachte sie sich nur ständig selbst in Schwierigkeiten? Und warum hatte Mona immer das Gefühl, sie müsste sie dort rausholen?

Sie drehte sich mit dem Hocker um hundertachtzig Grad und betrachtete das Treiben vor Gate 21. Die Schrift auf der Anzeigentafel sprang um. Die Maschine war gelandet.

Mona bezahlte. Sie stellte sich vor den Ausgang und wippte ungeduldig von einem Fuß auf den anderen. Da! Durch das Trennglas konnte sie Tommy am Gepäckband stehen sehen. Es schien Ewigkeiten zu dauern, bis er seinen Koffer heruntergewuchtet hatte und auf sie zukam; ein schlanker, hoch gewachsener Junge in weiten Hosen, Turnschuhen und Batikshirt, das Haar unfrisiert.

»Tommy-Baby«, rief Mona und lief ihm entgegen.

Tommy errötete. »Du sollst mich nicht Baby nennen«, raunte er ihr ins Ohr, als sie ihn umarmte.

»Mein Gott, bist du gewachsen«, staunte Mona und hielt ihn ein Stück von sich weg. Er überragte sie um einen halben Kopf.

Arm in Arm gingen sie zum Auto. Mona fragte ihn nach seinen Fortschritten in der Schule, nach dem Englisch-Unterricht, nach dem Mädchen, mit dem er beim Knutschen erwischt worden war. Er war nicht besonders mitteilsam, aber das war wohl normal in diesem Alter.

»Krieg ich jetzt eigentlich ein Handy?«, fragte er schließlich, und Mona versprach es seufzend.

Aufatmend ließ Gregor sich in die Kissen sinken. Er war die ganze Nacht gefahren, hatte sein Gepäck ausgeladen, das Auto weggebracht und war auf Umwegen zum Haus am See zurückgekehrt. Er hatte den ersten Kontakt zu Shirin hergestellt und wusste, dass die Nachricht von seiner Entführung Helen in diesen Minuten erreichen müsste. Er war sicher, zu wissen, wie sie sich verhalten würde. Er kannte seine Frau sehr genau.

Er faltete die Hände hinter dem Kopf und schloss die Augen.

Es war ihm nicht leicht gefallen, diesen Weg zu gehen. Aber er meinte, er hätte keine Wahl. Das Leben war zu kurz, um sich mit Gewissensbissen aufzuhalten. Manchmal musste man einfach handeln. Wenn alles überstanden wäre, würde es für alle Seiten das Beste sein.

Wohlig seufzend malte er sich aus, wie angenehm es wäre, Helen keine Rechenschaft über seine Ausgaben mehr ablegen zu müssen. Seine plötzliche Genügsamkeit würde er mit innerer Läuterung während der Entführung begründen. Er hätte begriffen, dass es Wichtigeres im Leben gäbe als Luxus. Die Atmosphäre zwischen ihm und Helen würde sich wieder entspannen, das Leben wieder leicht werden.

»Jetzt legt mal 'nen Zahn zu, ihr Schnecken!«

Genervt drehte Kim sich um und wartete auf Lilli und Lola, die lustlos die Uferstraße entlangzockelten.

»Du hast gesagt, wir machen einen tollen Ausflug...«, nölte Lilli, »... und jetzt machen wir bloß einen doofen Spaziergang«, ergänzte ihre Schwester.

»Jetzt wartet's doch mal ab!«

»Können wir baden?«

»Ja.«

»Kriegen wir ein Eis?«

»Später.«

»Wie weit ist es noch?«

»Nicht mehr weit.«

Kim war nur zweimal hier draußen gewesen. Einmal hatte Mona ihr stolz das neu erworbene Häuschen vorgeführt, worauf Kim spöttisch bemerkt hatte, in dieser romantischen Umgebung würde Monas Eheleben sicher einen großartigen Aufschwung erleben. Das zweite Mal war sie heimlich mit einem Kunden hier gewesen, weil sie wegen der Messe kein Hotelzimmer gefunden hatten.

Endlich hatten sie das Grundstück erreicht. Der Wind rauschte in den hohen Bäumen, das Häuschen lag versteckt zwischen Büschen und Schilf. Sie würde einfach einen entspannten Tag mit den Miezen hier verleben; sie könnten schwimmen, in der Sonne liegen, und so tun, als gäbe es keine Geldsorgen, keinen Artur, kein Jugendamt und keine drohende Anzeige wegen versuchter Körperverletzung.

Dass Mona auftauchen würde, war unwahrscheinlich. Sie hatte sich mehrfach darüber beklagt, dass Manfred sich für das Haus nicht mehr interessierte, sie aber alleine hier draußen Angst hätte.

Kim atmete tief durch. Der Druck auf ihrer Brust wurde ein wenig schwächer.

»Sind wir jetzt da?« Die Mädchen sahen sie erwartungsvoll an.

Kim nickte. »Hübsch, was?«

»Wer wohnt hier?«

»Es gehört Tante Mona«, sagte Kim beiläufig, »sie hat erlaubt, dass wir uns hier ausbreiten.«

Die Mädchen stürmten mit ihren Badesachen Richtung Seeufer; Kim näherte sich dem Haus. Sie streckte sich, um die gusseiserne Lampe zu erreichen. Kein Schlüssel.

Probehalber drückte sie den Türgriff hinunter. Die Tür war offen.

Überrascht rief Kim: »Mona, bist du da?«

Quatsch, es stand kein Auto draußen, also war Mona auch nicht hier. Niemals würde sie mit dem Bus fahren und zwei Kilometer aus dem Ort hierher laufen.

Kim betrat das Wohnzimmer. Irgendjemand musste aber hier sein, einige Kleidungsstücke lagen herum, benutztes Frühstücksgeschirr stand auf dem Tisch, daneben ein aufgeklappter Laptop.

Kim trat an den Tisch. Der Laptop war an ein Handy angeschlossen, daneben ein Akku in einem Ladegerät. Das zweite Gerät kannte Kim nicht, es sah aus wie ein kleiner Fotokopierer. Ein Shell-Atlas von Deutschland, ein Ordner mit der Aufschrift »Cornelius, 1978«. Neben dem Tisch stand ein Karton, in dem alles Mögliche durcheinander lag; Kim sah Verbandszeug, eine Polaroid-Kamera, einige Filme.

Plötzlich ertönte ein akustisches Signal. Auf dem Bildschirm des Laptops erschien der Schriftzug *Sie haben Post.*

Kim konnte der Neugier nicht widerstehen und klickte die Mailbox an. Der Text erschien.

Wir verlangen die Beantwortung folgender Fragen:

*1) Welche Gravur trägt der Ehering von Frau Westheim?
2) An welchem Tag wurde jüngstes Kind geboren und alle Vornamen 3) Unter welcher Hautkrankheit leidet ältestes Kind?
Außerdem Hinweis auf Größenordnung/Währung der Summe und Lieferfrist. H.W.*

Kim starrte auf die Schrift. Von draußen nahm sie halb bewusst die Stimmen und das Lachen der Mädchen war. Die Gedanken in ihrem Kopf rasten durcheinander. Sie wagte kaum zu denken, was sie dachte.

Ein Geräusch ließ sie aufblicken. Sie stieß einen überraschten Schrei aus.

»Was machst du denn hier?«

Gregor fuhr sich mit der Hand durch die Haare und gähnte.

»Ich war oben, muss eingeschlafen sein. Und was machst du hier?«

»Ähm ... ich bin mit meinen Kindern hier, wir wollten baden ...«

»Weiß Mona davon?«

»Na ja ... ich dachte, sie hat sicher nichts dagegen. Weiß sie, dass du hier bist?«

Gregor ignorierte die Frage. Er hatte die Nachricht auf dem Bildschirm entdeckt. Erbost sah er Kim an. »Sag mal, wie kommst du dazu ...?«

Kim machte eine hilflose Bewegung mit den Armen.

»Tut mir Leid, ist so über mich gekommen. Ich glaub nicht, dass es was Wichtiges ist.« Ihre Stimme zitterte verräterisch.

Schnell trat er zum Tisch und überflog den Brief. Dann fixierte er Kim.

»Setz dich«, befahl er und drückte sie auf einen Stuhl. Er setzte sich ihr genau gegenüber, so dass ihre Knie sich fast berührten.

»Du magst eine Menge Fehler haben, Kim, aber du bist nicht blöd. Sag mir, wofür du diese Nachricht hältst.«

»Ich habe keine Ahnung«, stammelte Kim, »vielleicht … ein Brief vom Arzt, wegen der Hautkrankheit?«

»Versuch nicht, mich zu verarschen«, sagte Gregor ungewohnt grob und packte sie am Arm. Kim bemerkte, dass er regelrecht in Panik war, und plötzlich witterte sie ihre Chance.

Sie lehnte sich auf ihrem Stuhl zurück und sah ihn herausfordernd an.

»Okay, Gregor, wir wissen also beide, dass ich es richtig verstanden habe.«

»Sieht so aus«, sagte er. »Und was machen wir jetzt?«

»Du könntest mich umbringen und in den See werfen«, schlug Kim vor.

Gregor ging auf ihren Scherz nicht ein. Plötzlich bekam Kim Angst. Sie kannte den Mann kaum, wusste nicht, wozu er fähig war. Aufrecht sitzend drückte sie ihren Rücken gegen die Stuhllehne.

Gregor sprang plötzlich auf und ging hin und her, als hielte er die Anspannung nicht mehr aus. »Also, was schlägst du vor?«

Sie lächelte entwaffnend. »Ich bin käuflich, wie du weißt.«

»Oh, ich erinnere mich«, sagte er mit einer Mischung aus Spott und Verachtung.

Kim hatte plötzlich das untrügliche Gefühl, dass sie heute einen verdammt guten Tag hatte.

»Also, wie viel?«, fragte Gregor schließlich und blieb vor ihr stehen. Kim sah ihm an, dass er sie am liebsten erwürgt hätte.

»Die Hälfte«, sagte sie, wie aus der Pistole geschossen. »Und ein bisschen was gleich, ich bin nämlich total pleite.«

Schweigend griff Gregor nach seiner Brieftasche und zog einen Tausendmarkschein heraus. Mit blitzenden Augen steckte Kim ihn ein.

Draußen fuhr ein Auto vor. Schritte auf dem Kies, die Haustür ging auf.

Im Türrahmen erschien Mona. »Gregor?«

Sie entdeckte Kim und starrte sie entgeistert an.

Kim sah lächelnd zu Gregor. »Na gut, dann eben ein Drittel.«

Helen erlaubte sich keine unnötigen Emotionen. Äußerlich gefasst hatte sie die Nachricht aufgenommen, dass Gregor sich offenbar in der Hand von Entführern befand; jetzt versuchte sie, kühl zu analysieren, was zu tun wäre.

Sie hatte sich mit Shirin in Gregors Büro zurückgezogen. Seine Termine für die folgenden Tage hatten sie wegen Krankheit abgesagt.

»Und Sie sind sicher, dass Sie keine Polizei wollen?«, fragte Shirin zum wiederholten Mal.

»Ganz sicher. Wir haben völlig unterschiedliche Interessen. Die Polizei will die Entführer schnappen und das Lösegeld sicherstellen. Ich will meinen Mann retten.«

»Aber ... aber wir müssen doch irgendwas tun!«, sagte Shirin aufgeregt.

Helen seufzte. »Wir tun das Schwierigste überhaupt: Wir warten ab und erfüllen alle Forderungen. Damit hat Gregor die besten Chancen.«

»Sollten wir nicht wenigstens bestimmte Leute im Unternehmen informieren?«

»Auf keinen Fall!«, sagte Helen heftig. »Kein Wort zu irgendjemandem. Die Leute quatschen alle zu viel. Die Gefahr ist zu groß, dass etwas an die Öffentlichkeit dringt. Wenn die Presse Wind davon bekommt, ist es aus.«

Shirin nickte. Sie schenkte Tee nach.

»Wenn ich irgendwas für Sie tun kann, Helen, sagen Sie es mir bitte, okay?«

Helen drückte kurz ihre Hand. »Danke, Shirin, Sie sind mir eine große Hilfe.«

Sie griff nach einem Blatt mit Notizen.

»Klusmann in Köln sagt also, Gregor sei bis gegen Mitternacht auf dem Empfang gewesen. Im Hotel sagte man mir, er habe das Zimmer im Voraus bezahlt, mit der Begründung, er wolle morgens früh starten und sich nicht mit dem Auschecken aufhalten. Dann scheint er schlafen gegangen zu sein, das können wir aber nicht mit Gewissheit sagen. Er könnte ebenso gut das Hotel wieder verlassen haben. Er kann auch ein paar Stunden geschlafen haben und dann abgefahren sein.«

Shirin grübelte vor sich hin. »Woher wussten die, dass er seinen Laptop dabeihaben würde?«

»Was meinen Sie?«

»Die E-Mails tragen seine Absenderkennung. Haben die damit rechnen können, dass er seinen Computer dabei haben würde? Wie hätten sie sonst Kontakt aufgenommen?«

Helen zuckte die Schultern. »Die hätten schon einen Weg gefunden. Ich glaube nicht, dass das wichtig ist.«

Shirin dachte nach, plötzlich sagte sie: »Ich habe eine Idee.«

Sie griff nach dem Telefon, wählte eine Nummer und schaltete den Lautsprecher ein. Helen verstand kaum etwas von dem, was gesprochen wurde, außer dass es um die Rückverfolgung von E-Mails ging. Und dass der Mann am anderen Ende der Leitung Shirin bedrängte, mit ihm auszugehen.

Shirin legte auf.

»Dieser grässliche Kerl! Haben Sie alles verstanden?«

Helen schüttelte den Kopf.

»Also, man kann unter bestimmten Umständen herausfinden, von wo aus eine Mail verschickt wurde, allerdings gibt es Tricks. Die Entführer können verschiedene Anschlüsse benutzen. Sie können ein ausländisches Handy benutzen oder eine manipulierte Karte. Sie können sich in fremde Rechner einhacken und die Mails maskieren. Es gibt viele Möglichkeiten.«

»Das heißt also, er kann überall sein«, stellte Helen fest, »und wenn überhaupt, kann es nur die Polizei herausfinden.«

»Sieht so aus«, bestätigte Shirin.

Helen schüttelte energisch den Kopf. »Keine Polizei«, wiederholte sie. »Nicht, solange Gregor lebt.«

Shirin fragte sich, warum Helen auf diesem Punkt so beharrte.

»Warum versuchen wir dann die ganze Zeit, herauszufinden, wie es passiert sein könnte und wo Gregor möglicherweise ist?«

Helen machte eine fahrige Bewegung. »Es … es wäre einfacher, wenn ich mir ungefähr vorstellen könnte, wie es abgelaufen ist und wo sie ihn festhalten. Sonst entgleitet er mir, löst sich irgendwie auf …« Sie unterbrach sich. Dann fuhr sie fort: »Und später, ich meine, wenn alles vorbei ist, können wir der Polizei vielleicht ein paar Hinweise liefern.«

Shirin sah Helen mitfühlend an. Sie wollte ihr wirklich gern helfen. Aber sie konnte nichts tun, nur da sein.

»Wieso schreiben die in Englisch?«, überlegte Helen weiter. »Die verstehen doch unsere Antworten, haben nicht verlangt, dass wir in Englisch schreiben.« Sie machte eine resignierte Bewegung. »Ist auch egal. Bringt uns alles nicht weiter. Wie lange warten wir jetzt schon?«

»Wir haben die Mail um dreizehn Uhr dreißig abgeschickt. Jetzt ist es fast sechzehn Uhr.«

Helen stand auf.

»Ich treffe gleich Lehmbrock; zufällig hatten wir einen Termin für heute. Ich denke, ihn werden wir irgendwann einweihen müssen.«

Lehmbrock war Helens langjähriger Vermögensverwalter und Leiter einer exklusiven Privatbank. Ohne ihn würde es kaum möglich sein, eine größere Summe zu organisieren.

Shirin begleitete Helen zur Tür.

»Ich sorge dafür, dass der Computer noch heute bei Ihnen zu Hause installiert wird. Ansonsten bleiben wir über Handy in Verbindung.«

Helen nickte. Plötzlich wirkte sie sehr schutzbedürftig. Ohne Nachzudenken folgte Shirin einem Impuls und drückte sie an sich.

»Wir schaffen das schon«, flüsterte sie.

Helen lächelte sie dankbar an.

Mona lenkte ihr BMW-Cabrio so schwungvoll in die Kurve, dass die Zwillinge auf dem Rücksitz umherpurzelten.

»Schneller, Tante Mona«, feuerte Lilli sie an.

»Nein, nicht so schnell«, jammerte Lola ängstlich.

»Ich bin echt beeindruckt von deiner Dreistigkeit«, sagte Mona.

Kim lachte auf. »Das sagst ausgerechnet du!«

Sie versuchte, sich trotz des Fahrtwindes eine Zigarette anzuzünden, was ihr nicht gelang. »Was ist nur aus meiner anständigen, hochmoralischen Schwester geworden? Eine kriminelle Betrügerin!«

»Ich habe ihm nur das Haus zur Verfügung gestellt.«

»Und du kaufst für ihn ein, kochst für ihn ... und vögelst mit ihm.«

Entnervt gab Kim auf und steckte die Zigarette in die Packung zurück.

»In deinem Kopf gibt's nichts anderes als Sex, was?«, sagte Mona angriffslustig.

Kim sah ihre Schwester spöttisch von der Seite an. »Gib zu, dass er ein Ass im Bett ist.«

Mona schluckte, heftige Eifersucht kochte in ihr hoch. Sie ignorierte Kims Bemerkung.

»Und wie stellst du dir das jetzt vor?« fauchte sie, »du klinkst dich einfach ein, oder was?«

»Ich kann euch auch hochgehen lassen, wenn dir das lieber ist«, sagte Kim lässig. »Irgendwas springt in jedem Fall für mich raus.«

Wütend sah Mona zu ihr rüber. »Weißt du, manchmal möchte ich dir am liebsten eine knallen!«

»So, wie neulich?«

Mona schwieg und umklammerte das Lenkrad.

Kim wusste, dass ihre Schwester ein schlechtes Gewissen hatte, und sie genoss es. Man konnte Mona so leicht aus der Fassung bringen. Als Kind hatte sie sich oft bei ihrem Vater über Mona beklagt, und jedes Mal hatte die Schwester sich unter Tränen bei ihr entschuldigt. Das hatte Kim ein prickelndes Gefühl der Macht gegeben.

Sie warf einen Blick in den Rückspiegel. Die Zwillinge waren in eines ihrer Spiele vertieft, deren Regeln für Außenstehende undurchschaubar waren. Abwechselnd zeigten sie sich einen oder mehrere Finger, sagten irgendetwas in einer Phantasiesprache dazu und lachten sich anschließend darüber kaputt.

»Übrigens, danke für den Puppenkram«, sagte Kim beiläufig. »Ich nehme an, das war deine Entschuldigung.«

Mona biss sich auf die Lippen.

»Kriegen wir jetzt endlich ein Eis?«, ertönte es von hinten.

»Gleich, Mädels«, sagte Mona und sah in den Rückspiegel. Ihr Lächeln wirkte angestrengt.

»Warum machst du das überhaupt für Gregor?«, wollte Kim wissen. »Geld brauchst du doch nun wirklich keines.«

Mona gab keine Antwort.

»Sag nicht, dass du in ihn verliebt bist«, sagte Kim grinsend. »So dämlich kannst du einfach nicht sein.«

»Versprich mir, dass du ihn in Ruhe lässt«, sagte Mona heftig.

Kim grinste weiter. »Warum sollte ich?«

»Bitte, versprich es mir!«, rief Mona. Ihre Stimme klang schrill.

Gregor nahm Anlauf und machte einen Kopfsprung vom Steg ins Wasser. Er fühlte sich so frei wie seit Jahren nicht. Es war ein herrliches Gefühl, einfach verschwunden zu sein, für niemanden erreichbar. Er war entschlossen, diese Tage zu genießen wie einen Urlaub; sein Aufenthaltsort bot schließlich die besten Voraussetzungen dafür.

Er hatte ein präzises Szenario ausgearbeitet. Jeden Schritt, den er in den kommenden Tagen tun würde, hatte er im Kopf. Kims unerwartetes Auftauchen hatte ihn zwar kurz aus dem Konzept gebracht, aber er war sicher, die beste Lösung gefunden zu haben. Kim war nur an einem interessiert, an Geld. Dafür war sie bereit, so ziemlich alles zu tun. Bei Mona lag die Sache anders. Sie hatte offensichtlich kein Interesse an der pekuniären Seite des Projektes. Ihr ging es darum, in seiner Nähe zu sein. Dafür war s i e bereit, so ziemlich alles zu tun.

Der Gedanke an die beiden Frauen erregte ihn. Mona war die Hingebungsvolle, deren Phantasie imstande war, ganze Universen zu erschaffen, sie war romantisch, verspielt, nachdenklich und melancholisch. Und Kim war die Sinnliche, bei der Sex gleichbedeutend mit Kampf war, sie war eins mit ihrem Körper und besaß einen Hauch Vulgarität, der ihn ungemein stimulierte.

Die beiden Schwestern hätten verschiedener nicht sein können; gemeinsam verschmolzen sie zu einer Art Idealfrau. Er stellte sich vor, wie es wäre, mit beiden gleichzeitig Sex zu haben. Leider war die Aussicht, dass aus dieser Phantasie Wirklichkeit werden würde, nicht besonders groß.

Er schwamm fast bis zur Mitte des Sees, legte sich dort auf den Rücken und sah in den Abendhimmel. Die Sonne war im Begriff, unterzugehen, tauchte alles in ein unwirkliches, rosafarbenes Licht. Eine große Ruhe erfasste ihn. Er hatte das Gefühl, Teil eines Ganzen zu sein, ein winziges Rädchen im Lauf der Welt, das sich genau am richtigen Platz befand.

Gemächlich schwamm er ans Ufer, trocknete sich ab und schlüpfte in seine Kleider.

Im Haus bereitete er sich ein Abendessen aus den Vorräten zu, die Mona für ihn besorgt hatte. Er öffnete eine Flasche Barolo und füllte den Wein vorsichtig in eine Karaffe.

Nach dem Essen sah er eine Weile fern, dann griff er nach einem Buch. Fast zwei Stunden las er in einem amerikanischen Roman über das Abenteuer des Kletterns.

»In der Wand« hieß das Buch, von James Salter. Fasziniert ließ Gregor sich in die merkwürdig autistische Welt dieser Männer hineinziehen, für die ein Berg zur Obsession werden kann, stärker als die Leidenschaft zu einer Frau oder zum Leben überhaupt.

Gegen Mitternacht erhob er sich, setzte sich an den Computer und bereitete alles für die Übertragung einer E-Mail mit Anhang vor. Aus der Mappe mit der Aufschrift »Cornelius, 1978« nahm er einen Zeitungsausschnitt, den er lange betrachtete. Dann legte er ihn auf den Scanner.

Als Helen endlich alleine war, verlor sie ihre mühsam bewahrte Fassung.

Aufschluchzend warf sie sich aufs Bett.

Sie quälte sich mit Selbstvorwürfen. Sie hätte eben doch gleich etwas unternehmen sollen, nachdem Gregor ihr berichtet hatte, er fühle sich beobachtet. Sie hätte ihm einen Bodyguard zur Seite stellen müssen; stattdessen hatte sie die Angst verdrängt und gehofft, er habe sich das Ganze nur eingebildet.

Jetzt fühlte sie sich schuldig; gleichzeitig sagte ihr die Vernunft, dass es keinen hundertprozentigen Schutz gebe. Sie fragte sich, wann und wo die Entführer zugeschlagen hatten. Wenn es noch in Köln gewesen war, befand Gregor sich vielleicht längst außer Landes, in Holland oder Belgien.

Sie stand auf und ging in ihr Arbeitszimmer, wo Shirin einen Computer mit Internetanschluss hatte installieren lassen. Helen hatte sich immer gegen diese Technik gewehrt, nun hatte sie keine Wahl. Shirin hatte dafür gesorgt, dass alle eingehenden Mails an sie weitergeleitet wurden.

Keine neue Nachricht. Gegen sechs am Abend war die letzte Post gekommen; die Entführer hatten alle ihre Fragen korrekt beantwortet. Das sprach zumindest sehr dafür, dass sie Gregor wirklich festhielten, wenn es auch kein eindeutiges Lebenszeichen war. Sie hatte zurückgeschrieben, dass sie ein solches Zeichen verlangte.

Eine Lösegeldforderung gab es noch immer nicht; Helen fragte sich, wie hoch sie ausfallen würde. Eigentlich war es ihr gleichgültig; sie hätte jede Summe für Gregors Leben bezahlt. Aber sie fürchtete, nicht genügend Bargeld auftreiben zu können, ohne dass es auffallen würde.

Lehmbrock, der alte Freund und Vertraute ihrer Familie, hatte sie lange schweigend angesehen, als sie ihn gefragt hatte, in welcher Zeit er eine größere Summe zur Verfügung stellen könne.

»Wie geht's Gregor und den Kindern?«, hatte er sich scheinbar beiläufig erkundigt, während er aufgestanden und zum Tresor gegangen war.

Er hatte die Tür geöffnet und Helen einen Blick auf die Bündel von Geldscheinen werfen lassen, die darin lagerten. Da wusste sie, dass er verstanden hatte.

Unruhig wanderte sie durchs Haus. Immer wieder spähte sie in die Kinderzimmer, als fürchtete sie, die Entführer könnten sich auch noch der Kinder bemächtigen.

Kurz vor Mitternacht nahm sie erschöpft ein Schlafmittel, um wenigstens für ein paar Stunden Ruhe zu finden.

Am nächsten Morgen fand sie eine Nachricht vor, schaffte es aber nicht, den Anhang zu öffnen. Sie fuhr sofort in die Firma. Shirin hatte das Foto bereits ausdrucken lassen. Es zeigte einen ungefähr zwölfjährigen Jungen, der, an Armen und Beinen gefesselt, verkrümmt am Boden lag.

»Wer ist das?«, fragte Shirin, »warum schicken sie uns das?«

»Das ist mein Cousin Cornelius«, sagte Helen düster. »Er ist als Kind entführt worden.«

»Oh, mein Gott. Ist er ...?«

»Man hat ihn umgebracht.«

Shirin schwieg bestürzt.

Helen nahm das zweite Blatt Papier und las vor. »No police. We want 6 Million Swiss Francs. Used bills. Wait for new message.«

»Sechs Millionen Franken!« Shirin stieß schockiert die Luft aus. »Die langen aber ganz schön hin. Hat man ... ich meine, wurde damals bei Ihrem Cousin eigentlich die Polizei eingeschaltet?«

»Die stand sozusagen daneben, als die Kidnapper Cornelius erschossen haben«, sagte Helen bitter.

»Hat man sie geschnappt?«

»Einen von ihnen. Er war nur ein Handlanger. Die eigentlichen Drahtzieher sind entkommen.«

Shirin kniff die Augen zusammen und überlegte. »Wie lange ist das her?«

Helen begriff sofort. »Es ist zweiundzwanzig Jahre her. Ich glaube nicht, dass es dieselben sind.«

»Woher wollen Sie das wissen?« fragte Shirin aufgeregt. »Die können irgendwo im Ausland gelebt haben. Und jetzt sind sie zurückgekommen und tun es ein zweites Mal. Bei einer Familie, die schon einmal erlebt hat, dass die Polizei machtlos ist. Wo sie fast sicher sein können, dass man sie ungestört operieren lässt.«

»Und wenn schon«, gab Helen zurück. »Wir wissen nicht, wer damals dahinter gesteckt hat, und wir wissen es heute nicht. Es hilft uns nicht weiter.«

Helen rieb sich die Augen. Sie sah grau aus; erschöpft und voller Angst.

Bislang hatte Shirin das Jammern reicher Menschen darüber, was für eine Belastung Reichtum sein kann, als albern und lächerlich empfunden. Plötzlich verstand sie es besser.

»Was wollen wir zurückschreiben?«, fragte sie und berührte Helen, die in Gedanken versunken vor sich hin starrte, sanft am Arm.

»Ähm ... wir sollten schreiben, dass wir uns bemühen, das Geld aufzutreiben. Dass es ein paar Tage dauern wird. Und dass wir ein eindeutiges Lebenszeichen von Gregor wollen.«

Shirin hatte sich Stichworte notiert und tippte jetzt den Text. Helen las ihn durch und schlug eine Änderung vor; schließlich schickten sie die Nachricht ab.

Helen gab sie sich einen Ruck und stand auf. »Ich muss nach Hause, zu den Kindern.«

»Ich könnte mir frei nehmen und mitkommen, wenn Sie wollen«, bot Shirin an.

Helen zögerte einen Moment. Es schien, als würde sie das Angebot gern annehmen. Dann überlegte sie es sich offenbar anders.

»Ist schon gut, danke, Shirin.«

Es kam, wie Kim es erwartet hatte: Frau Vogelsang hatte das Jugendamt über Kims Verhalten informiert und Kim war zu einem Gespräch gebeten worden. Nun saß sie in einem Besprechungszimmer, die ordentlich gekämmten und angezogenen Miezen neben sich, und versuchte, nicht wie eine asoziale, cholerische Mutter zu wirken, die unschuldigen Hausmeistern in die Eier tritt.

Vor ihr saßen zwei Beraterinnen, die ihr abwechselnd Fragen stellten.

»Good cop, bad cop«, flüsterte Ally McBeal, die in Kims Hörweite Stellung bezogen hatte, »lass dich nicht einschüchtern!«

Kim nickte folgsam.

Zunächst ging es um die Kowalsky-Sache. Kim, die inzwischen sicher war, dass es keine Zeugen gab, bestritt standhaft, sich dem Hausmeister auch nur genähert, geschweige denn ihn getreten zu haben. Sie wusste, dass man ihr das Gegenteil nicht würde beweisen können, also kam es nur darauf an, die Nerven zu behalten.

Die beiden Beraterinnen merkten, dass sie nicht weiterkamen und gingen deshalb dazu über, Lilli und Lola zu befragen. Über den Kindergarten, darüber, was sie in der Freizeit gern taten, was ihre Mutter für sie kochte, welche Spiele sie spielten.

Die Miezen machten ihre Sache hervorragend. Bereitwillig gaben sie Auskunft, waren selbstbewusst und fröhlich. Dass diese Kinder gestört wären, würde keiner behaupten können, dachte Kim stolz.

»Und wer ist dieser Berger?« fragte die eine und sah kurz in ihre Unterlagen.

Bei Kim schrillten die Alarmglocken.

»Ein sehr freundlicher Nachbar, der gelegentlich nach den Mädchen sieht.«

Ally nickte ihr aufmunternd zu.

Immer so nah wie möglich an der Wahrheit bleiben, das war eine gute Strategie. Nicht alles zu sagen, hieß noch lange nicht, zu lügen.

Nun bissen die Damen sich fest. Wie alt dieser Berger sei, was er beruflich mache, ob er Kims Freund sei, wie gut sie ihn kenne, warum er sich um die Zwillinge kümmere, was er mit ihnen unternehme, wie oft er sie betreue.

Kim bemühte sich, ruhig und möglichst wahrheitsgetreu zu antworten.

Endlich ließen sie von dem Thema ab; Kim konnte nicht einschätzen, ob ihre Darstellung Bergers als eine Art Mutter Theresa überzeugend gewesen war.

Anschließend ging es um Artur. Wie viel Kontakt die Kinder zu ihm hätten, wie die Beziehung zwischen Kim und ihm sei, ob die Unterhaltszahlungen pünktlich eingingen.

Ally machte ihr ein Zeichen. Sie fuchtelte mit den Händen und fletschte die Zähne. Kim verstand.

»Das mit dem Unterhalt klappt überhaupt nicht«, klagte sie. »Artur taucht nur ganz unregelmäßig auf, dann verwöhnt er die Mädchen schrecklich und ist wieder verschwunden. Jetzt hat er 'ne neue Freundin und die zwei bilden sich ein, sie müssten Lilli und Lola zu sich nehmen. Geht so was denn überhaupt?«

»So einfach ist das nicht«, sagte die jüngere der beiden Beraterinnen. »Sie haben das Sorgerecht und solange keine konkrete Gefährdung der Kinder vorliegt, haben Sie nichts zu befürchten.«

»Die Tanja ist aber total nett«, sagte Lilli plötzlich ungefragt.

»Der Artur auch«, sekundierte Lola.

»Ja, weil sie euch mit Eis und Süßigkeiten und Geschenken vollstopfen bis zum Abwinken«, fuhr Kim sie an.

Die zwei Frauen tauschten einen Blick.

»Stimmt nicht!«, protestierte Lola. »Die spielen auch ganz lieb mit uns.«

»So, was denn?« Die Beratertante machte ein sanftes Gesicht.

»Na, so Spiele am Computer, wo man total viel lernt ...«

»... und fernsehen dürfen wir da auch. Aber nur Tierfilme.«

Kim schnaubte. Von wegen Tierfilme! Artur liebte Ballerspiele und Actionfilme; nichts anderes würde die Kinder bei ihm zu sehen kriegen.

Kim war schon im Begriff, eine wütende Attacke gegen Artur und seine Freundin zu reiten, da schickte Ally ihr einen warnenden Blick. Kim schluckte kurz und schwieg.

»Was würdet ihr euch denn von eurer Mama wünschen?«, fragte eine der beiden Beraterinnen und die andere guckte auffordernd.

Lilli und Lola sahen sich an.

»Ein Fahrrad«, sagten sie wie aus einem Munde.

Kim verdrehte die Augen.

Die Frauen erklärten, dass es jetzt nicht um Geschenke gehe, sondern um Sachen, die Mama tun oder nicht tun solle.

»Ich wünsche mir, dass sie ... dass sie mehr Zeit für uns hat«, sagte Lola zögernd.

»Dass sie nachts nicht so oft weggeht.«

»Dass sie nicht mehr raucht.«

»Und keinen Caipi-für-Arme mehr trinkt.«

»Dass sie nicht mehr mit Berger streitet.«

»Und mit Artur auch nicht.«

»Und mit Tante Mona auch nicht.«

»Dass wir wieder in den Kindergarten dürfen.«

Kim versank in ihrem Stuhl.

Ally sah besorgt aus.

Die Beraterinnen sahen auch besorgt aus.

Endlich war Kim mit den Mädchen draußen.

»Sagt mal, seid ihr vom wilden Affen gebissen?«, fuhr sie ihre Töchter an. »Wie könnt ihr so 'nen Scheiß über mich erzählen?«

Die Mädchen sahen sie verständnislos an.

»Wir haben nur gesagt, was wahr ist«, verteidigte sich Lilli.

»Du hast gesagt, wir sollen ehrlich sein«, erinnerte sie Lola.

»Dann findet ihr mich also ehrlich so beschissen?«, fragte Kim bestürzt.
»Nein, du bist schon in Ordnung«, erklärte Lilli. »Aber Artur und Tanja sind auch nett. Und du sollst dich mit Berger vertragen. Sonst erzählen wir beim nächsten Mal echt schlimme Sachen über dich!«

Kim saß hinter ihrer angelehnten Wohnungstür auf der Lauer. Seit ihrem Streit hatte Berger es geschafft, ihr aus dem Weg zu gehen. Die Zwillinge hatten ein paar Mal an seiner Tür geklingelt, aber er hatte nicht reagiert. Kim war schon der Gedanke gekommen, er könnte verreist sein, aber dafür hatte er eigentlich kein Geld. Dann war sie plötzlich überzeugt, er hätte sich etwas angetan. Auch diesen Gedanken verwarf sie wieder. Dass sie nicht wusste, was mit ihm los war, ließ ihr aber keine Ruhe. Heute Nacht hatte sie sich vorgenommen, ihn abzufangen.

»Here's a photo I've been looking for«, sang Vonda Shepard, »it's a picture of the boy next door. And I loved him more than words can say, never knew it 'til he moved away.«

Kim saß am Boden, den Rücken an die Wand gelehnt, einen Aschenbecher und ein Glas Caipi-für-Arme neben sich. Vorhin hatte der Postbote ein Einschreiben gebracht. Es war eine Vorladung. Die blonde Zicke vom Flughafen hatte sie tatsächlich angezeigt. Kim hatte den Brief in eine Schublade geworfen und sich mit zittrigen Fingern eine Zigarette angezündet. Wie sich ein Gerichtsverfahren wegen versuchter Körperverletzung im Kampf um die Miezen auswirken würde, konnte sie sich lebhaft vorstellen. Sie hoffte nur, dass Artur keinen Wind von der Sache bekäme.

Über ihrer Aufregung vergaß Kim fast, dass sie im Begriff war, das Geschäft ihres Lebens zu machen. Wenn Helen das »Lösegeld« zahlte, wäre sie die meisten ihrer Sorgen los. Aber aus irgendeinem Grund misstraute sie der Sache. Sie konnte sich nicht vorstellen, dass es so einfach sein sollte, ein Vermögen zu ergaunern.

»This is crazy now«, sang Vonda.

Allerdings, das war es. Es war komplett verrückt, bei einer inszenierten Entführung mitzumachen, bei der einiges mehr auf dem Spiel stand als eine Geldbuße. Aber was sollte sie tun? Du hast keine Chance, also nutze sie, dachte Kim. Vielleicht hatte sie ja einmal, ein einziges Mal Glück im Leben.

Warum Gregor dieses Risiko auf sich nahm, konnte sie nicht begreifen. Der hatte doch alles, was man sich wünschen konnte. Aber offenbar konnte er den Hals nicht voll kriegen. Sah so aus, als wären die Menschen immer unzufrieden mit dem, was sie hatten. Die armen Schweine genauso wie die reichen Bonzen.

Am interessantesten fand Kim die Frage, warum Mona bei der Sache mitmachte. Sie war der moralischste Mensch, den man sich vorstellen konnte; wahrscheinlich war sie in ihrem ganzen Leben noch nicht mal schwarz mit der U-Bahn gefahren. Und trotzdem hatte sie sich zu Gregors Komplizin machen lassen. Und zu seiner Geliebten.

Die ist auch nicht besser, dachte Kim bitter. Hat einen Mann, ein Kind, eine Villa, jede Menge Kohle – nun muss es auch noch ein Liebhaber sein. Aber sie würde schon sehen, wo das endete. Gregor würde sie fallen lassen wie eine heiße Kartoffel, wenn er sie nicht mehr brauchte, da war Kim sicher.

Plötzlich tat Mona ihr fast Leid. Immer tat sie Dinge für andere, nur um geliebt zu werden. Und immer wurde sie verletzt. Sie selbst hatte Mona oft genug zurückgestoßen; ihr Vater hatte es getan, Manfred ebenso, und irgendwann würde auch Tommy sich ihr entwinden. Es war Monas Schicksal, für ihre Liebe bestraft zu werden.

Kim seufzte und sah auf die Uhr. Schon eins. Wo dieser Blödmann nur blieb? Seit zwei Stunden war niemand mehr die Treppe raufgekommen. Wenn Kim sicher sein wollte, ihn nicht zu verpassen, würde sie sich zum Schlafen vor seine Türe legen müssen.

Sie stand auf, suchte den größten Bogen Malpapier in der Wohnung und schrieb mit dickem, roten Filzstift: »Berger! Es geht um Leben und Tod! Weck mich, wenn du heimkommst, egal wann! Kim.«

Dieses Plakat pinnte sie an seine Tür, dann ging sie ins Bett.

Sie musste sich eingestehen, dass er ihr fehlte. Sein Humor, seine Geradlinigkeit, sein unbeirrbarer Glaube an das, was gut und richtig ist. Berger war der einzige Mensch, bei dem Kim immer das Gefühl hatte, dass er sie durchschaute und trotzdem mochte.

Um drei Uhr morgens fand Berger das Plakat. Nachdenklich blieb er davor stehen. Wie immer brauchte er etwas Zeit, um sich eine Meinung zu bilden. Deshalb ließ er es erst mal hängen und ging in seine Wohnung.

Dort hatte sich einiges verändert. Nicht, dass es weniger voll gewesen wäre. Aber es herrschte nicht mehr das undurchdringliche Chaos von früher. Ordentlich aufgereiht standen Kisten voller Material und Werkzeug nebeneinander, die meisten waren beschriftet, so dass man auf einen Blick sehen konnte, was drin war.

Berger hatte viele Tage damit zugebracht, diese Ordnung herzustellen. Er hatte damit begonnen, nachdem er sich mit Kim gestritten hatte. Während er einen Gegenstand nach dem anderen in die Hand genommen, geprüft und aufgeräumt hatte, waren ihm viele Gedanken durch den Kopf gegangen. Er hatte über Kim nachgedacht, über sich und über sein Leben. Er hatte sich gefragt, was Kim ihm bedeutete und was er ihr bedeutete. Warum er die Rolle des Beschützers und großen Bruders in ihrem Leben spielte, und ob er lieber eine andere Rolle darin spielen wollte.

Er hatte über seine Eltern nachgedacht, über ihre Enttäuschung, als er das Studium geschmissen hatte. Über seine kleinen Drogengeschäfte, übers Kiffen und über die Leute, die er bisher für seine Freunde gehalten hatte. Als er die letzte Kiste beschriftet hatte, wusste er, dass sich etwas in seinem Leben ändern musste.

Er nahm eine Flasche Milch aus dem Kühlschrank und setzte sie an den Mund. Dann nahm er einen Filzstift, ging in den Hausflur und schrieb etwas auf das Plakat.

Als Kim am nächsten Morgen aus der Wohnung kam, hing es an ihrer Tür.

Die Worte »... um Leben und Tod« waren durchgestrichen, jetzt stand da: »Es geht immer nur um dich.« Und darunter: »Lass mich in Ruhe.«

Mit einem Ruck riss Kim das Plakat runter und zerknüllte es. Sie bemerkte nicht, wie sich Bergers Wohnungstür leise schloss.

Gregor lag mit gefesselten Armen und Beinen auf dem Boden. Sein Körper war gekrümmt, auf seiner Wange prangte eine riesige Platzwunde.

»Jetzt halt schon still«, befahl Kim und tupfte noch etwas künstliches Blut in die Wunde aus Theaterschminke. Anschließend verstärkte sie den Bluterguss unter seinem Auge.

Mona kontrollierte die Wirkung durch den Sucher der Polaroid-Camera, die auf ein Stativ montiert war und einen genau festgelegten Bildausschnitt zeigte. Um den Holzfußboden nicht aufs Bild zu bringen, hatten sie Steinfliesen aus dem Baumarkt ausgelegt. Es sah aus, als läge Gregor auf dem Boden eines Kellers.

»Sehr gut«, sagte Mona und sah immer wieder durch den Sucher. »Mach den Bluterguss nicht zu dunkel; die Wunde ist noch frisch, das passt sonst nicht.«

»Okay«, sagte Kim und nahm etwas Farbe weg. Dann ging sie zur Seite, warf einen zufriedenen Blick auf ihr Werk und sagte: »Fertig.«

Mona legte die aktuelle Ausgabe der «Süddeutschen Zeitung« neben Gregors Gesicht und machte eine Probeaufnahme.

»Du musst trotz allem lebendig aussehen«, ermahnte sie ihn. »Das soll ein Lebenszeichen sein, nicht der Beweis dafür, dass die Entführer dich schon alle gemacht haben.«

Gregor bewegte sich und stöhnte. »Wie lange dauert's denn noch?«

Mona rieb das Polaroid an ihren Jeans.

»Willst du, dass es echt aussieht, oder nicht?«

Kim schnaubte ungeduldig. »Ich verstehe sowieso nicht, warum sich das alles so hinzieht. Warum zahlt Helen nicht einfach, und fertig?«

»Weil niemand so viel Geld bezahlt, ohne eine Gegenleistung zu bekommen«, sagte Gregor scharf. »Natürlich will Helen einen Beweis dafür, dass ich noch lebe.«

Kims Ungeduld ging ihm auf die Nerven. Schlimm genug, dass sie sich in die Sache hineingedrängt hatte. Nun sollte sie wenigstens die Klappe halten.

Mona wedelte mit dem Foto hin und her, bis es sich entwickelt hatte. Gespannt betrachtete sie es. Gregor wirkte so Mitleid erregend, dass ihr fast die Tränen kamen.

»Zeig her!« Kim drängte sich neben ihre Schwester.

»Arme Helen«, sagte sie spöttisch, »wenn sie das gesehen hat, wird sie ganz schnell zahlen.«

Gregor machte eine unwillige Bewegung. »Lass das gefälligst, Kim! Du sprichst immerhin von meiner Frau. Glaub bloß nicht, dass es mir Spaß macht, ihr das alles zuzumuten.«

»Aber du tust es«, erwiderte Kim.

»Und du machst dabei mit.«

Kim zog es vor, das Gespräch nicht fortzusetzen. Und nicht zum ersten Mal fragte sie sich, ob Gregor der tolle Typ war, für den sie ihn anfangs gehalten hatte. Sie merkte, dass sie begonnen hatte, ihn zu verachten.

»Sieht jedenfalls ziemlich echt aus«, sagte sie nach einem weiteren Blick auf das Foto.

»Ja, ja«, sagte Mona abwesend.

»Zeig endlich her!«, bat Gregor, der durch die Fesseln nicht in der Lage war, sich aufzusetzen.

Mona ging in die Knie und hielt ihm das Bild hin.

Sie spürte die Wärme seines Körpers, schloss die Augen und atmete seinen Duft ein. Sie war allmählich selbst beunruhigt darüber, wie bereitwillig sie alles tat, was dieser Mann von ihr verlangte.

»Was ist Gregor eigentlich für ein Chef?«, wollte Helen wissen und sah zu Shirin, die am Steuer ihres fünfzehn Jahre alten Mini Coopers saß und Richtung Süden aus der Stadt herausfuhr.

»Oh, er ist wunderbar! Freundlich, großzügig, aufmerksam; ich könnte mir niemand besseren vorstellen.«

»Komisch, das klingt, als würden Sie einen Ehemann beschreiben oder einen Liebhaber. Nicht einen Vorgesetzten.«

»Oh, bitte verstehen Sie das nicht falsch«, sagte Shirin erschrocken, »unser Verhältnis ist absolut sachlich.«

»Das bezweifle ich nicht«, sagte Helen. »Haben Sie einen Freund?«

»Nein, ich … ich konzentriere mich im Moment auf den Beruf. Ich möchte etwas erreichen.«

»Das werden Sie«, versicherte Helen. Sie deutete auf ein Straßenschild.

»Da vorne links, Richtung Seehausen. Dort muss ein großer Parkplatz sein, in der Nähe der Anlegestelle.«

Mit einer weiteren Nachricht war Helen aufgefordert worden, Gregors Auto abzuholen. Zu ihrer Überraschung war eine Stelle angegeben worden, die keine halbe Stunde von ihrem Haus entfernt lag. Sie hielt es für einen Trick. Bestimmt wollte man sie mit der Vorstellung, ihr Mann würde nur wenige Kilometer von zu Hause festgehalten werden, mürbe machen.

»Ich habe übrigens ein bisschen recherchiert«, sagte Shirin. »Die Entführer Ihres Cousins haben ihre Briefe damals auch in Englisch geschrieben. Vielleicht wollen Sie doch irgendwann die Polizei einschalten, ich meine, wenn alles vorbei ist. Dann könnte das ein Hinweis sein.«

Helen war beeindruckt. »Sie sind wirklich erstaunlich, Shirin. Gregor kann sich glücklich schätzen.« Und nach einer Pause fragte sie plötzlich: »Sind Sie wirklich nicht in ihn verliebt?«

Shirin sah sie entgeistert an. »Wie kommen Sie denn darauf?«

»Na ja, Gregor hat eine starke Ausstrahlung auf Frauen.«

»Ich sage Ihnen die Wahrheit, Helen«, antwortete Shirin mit fester Stimme, »natürlich ist Gregor sehr attraktiv. Aber mal abgesehen davon, dass er ein verheirateter Mann mit vier Kindern ist, hat er eine Eigenschaft, die mir nicht gefällt.«

»Ach ja?«, fragte Helen überrascht, »welche?«

»Ich weiß nicht, wie ich das erklären soll«, sagte Shirin zögernd. »Er ist … nun ja, ein Spieler. Er nimmt nichts richtig ernst. Verstehen Sie, er erfüllt seine Aufgaben, er macht alles perfekt, aber ich habe das Gefühl, die Dinge bedeuten ihm nichts.«

Helen schwieg.

»Ich glaube, wir sind da.« Shirin bog auf den großen Parkplatz in der Nähe des Seeufers ein, der an diesem Wochentag nur etwa zu einem Drittel besetzt war. Sie fuhr die Reihen der Autos entlang, beide spähten nach Gregors Wagen.

»Da«, sagte Helen.

Wenige Meter vor ihnen stand Gregors silbernes Mercedes-Cabrio, unauffällig geparkt zwischen anderen Autos. Shirin stellte den Mini ab und sie stiegen aus. Helen nestelte den Ersatzschlüssel aus ihrer Handtasche, sie spürte, wie Angst in ihr hochkroch. Sie drückte auf die Fernbedienung des Schlüssels, die Blinklichter leuchteten kurz auf.

»Könnten Sie bitte … in den Kofferraum sehen?«, bat sie und Shirin näherte sich zögernd dem Heck des Wagens. Sie hielt den Atem an und öffnete die Klappe.

»Alles in Ordnung«, hörte Helen sie sagen.

Helen öffnete die Fahrertür und stieg ein. Im selben Augenblick sah sie den Umschlag. Sie nahm ihn vorsichtig in die Hand und drehte ihn hin und her. Ein neutraler, verschlossener Umschlag aus bräunlichem Papier ohne Beschriftung.

»Sehen Sie mal.«

Shirin näherte sich neugierig. Helen riss den Umschlag auf, griff hinein und zog ein Polaroid-Foto heraus. Die Frauen beugten sich über das Bild.

»Oh, nein«, sagte Helen entsetzt.

Mona schloss die Augen und hoffte verzweifelt, es wäre bald vorbei. Manfred lag auf ihr, wütend bewegte er sich in ihr auf und ab.

Sie hatte ein paar Mal mit ihm geschlafen, weil sie sich so sehr nach Gregor gesehnt hatte. Aber inzwischen war ihr Widerwillen zurückgekehrt, heftiger noch als vorher. Sie konnte Manfreds Berührung kaum noch ertragen.

An diesem Abend hatten sie einen heftigen Streit gehabt. Manfred hatte ihr vorgeworfen, sie kastriere ihn, nehme ihm seine Männlichkeit. Seit Jahren sei er gezwungen, seine Sexualität zu unterdrücken, sicher würde er Hodenkrebs bekommen oder eine andere Krankheit, die ihn von innen auffressen würde. Er mache Karriere, verdiene eine Menge Geld, schaffe ihr eine gesellschaftliche Position. Und sie verweigere sich ihm, entziehe ihm ihre Liebe, lasse ihn am ausgestreckten Arm verhungern.

Aus Mitleid und schlechtem Gewissen hatte sie nachgegeben. Er hatte sich auf sie gestürzt, wütend und verletzt, war brutal in sie eingedrungen. Sie hatte aufgeschrien, was seine Wut noch verstärkt hatte.

»Ja, du sollst schreien!«, hatte er hervorgestoßen. »Aus Lust sollst du schreien, du sollst mir zeigen, dass du eine Frau bist!«

Mit wilden Stößen marterte er sie nun, weit davon entfernt, Erlösung zu finden.

Eine Welle von Übelkeit überspülte sie, riss ihren Oberkörper zur Seite. Sie erbrach sich auf den graublauen Teppichboden des Schlafzimmers.

Ungläubig hielt Manfred inne. Sein Gesicht war schweißnass, die Haare hingen ihm wirr in die Stirn. Mona spürte, wie seine Erektion erstarb. Er zog sich zurück, stand auf und verließ ohne ein Wort das Zimmer.

Sie blieb bewegungslos liegen, den bitteren Geschmack von Galle im Mund.

Unten hörte sie ein Klirren. Erschrocken richtete sie sich auf. Sie hörte Manfred fluchen.

Sie warf ihren Bademantel über und lief die Treppe hinunter. Manfred stand, nur mit der Unterhose bekleidet, im Wohnzimmer. Seine rechte Hand war blutüberströmt, am Boden lagen die Scherben eines Glases. In der linken hielt er eine Flasche Cognac, aus der er in großen Schlucken trank.

Zögernd näherte sich Mona. »Tut mir Leid«, murmelte sie erstickt.

Die zwei Frauen lagen eng umschlungen da. Helens nackte Schultern zuckten, die Tränen liefen ihr übers Gesicht. Shirin streichelte ihr Haar, küsste immer wieder eine Träne von ihrer Wange und lauschte dem schmerzlich-schönen Gesang von Aimée Mann. »It's not going to stop ... it's not going to stop ... so just give up.«

»Ich wusste es nicht«, schluchzte Helen.

»Was?«

»Dass ... es so schön sein kann.«

Erschüttert barg Helen ihr Gesicht in Shirins Armbeuge. Was gerade geschehen war, hatte sie überwältigt.

Langsam löste sie sich aus der Umarmung, setzte sich auf und betrachtete staunend die Frau in ihrem Bett. Shirins Schönheit versetzte ihr einen Stich. Sie schämte sich ihres Körpers, der die Spuren von vier Schwangerschaften und Geburten trug. Als könnte Shirin spüren, was sie dachte, sagte sie: »Du bist schön.«

Helen strich sich verlegen die Haare aus dem Gesicht. Ihre Haut war gerötet, ihre Lippen geschwollen vom Küssen und vom Weinen, ihre Augen strahlten.

Sie hat sich verliebt, dachte Shirin, halb triumphierend, halb erschrocken.

Überraschend hatte Helen abends bei ihr angerufen und gefragt, ob sie zu ihr kommen könne. Immer wieder hatte Shirin es in den letzten Tagen angeboten, immer wieder hatte Helen abgelehnt, als müsse sie sich beweisen, dass sie es alleine schaffte.

Zwanzig Minuten später hatte Helen ihr die Tür geöffnet; sie trug einen weichen Hausanzug und lief auf bloßen Füßen durch das große Haus, in dem sie ganz verloren wirkte. Sie führte Shirin in die Wohnhalle, in der ein Kaminfeuer brannte, und bot ihr Wein und Knabberzeug an. Die ganze Zeit war sie fahrig und nervös. Shirin betrachtete sie aufmerksam; sie war sich nicht ganz sicher, was von ihr erwartet wurde. Endlich ließ Helen sich neben sie auf das voluminöse Sofa fallen und zog die Füße unter sich.

»Ich weiß, es ist ungewöhnlich, aber ich ... unser Gespräch von heute Nachmittag lässt mich nicht los.«

Shirin überlegte, worüber sie gesprochen hatten. Der Fund des Fotos hatte alles andere überlagert; verstört hatten sich beide über das Bild gebeugt und sich einen Moment gefragt, ob Gregor schon tot wäre oder noch lebte. Nein, es schien eindeutig, dass er lebte; seine Augen blickten in die Kamera.

»Sie haben gesagt, dass Sie Gregor für einen Spieler halten«, fuhr Helen fort. »Diese Formulierung hat sich in meinem Kopf festgefressen, ich weiß auch nicht, warum. Ich möchte genauer wissen, was Sie damit meinen.«

»Das ist ... schwer zu erklären ...« Shirin suchte nach Worten. »Sie kennen doch das Gefühl, Dinge zu tun, aber mit dem Kopf nicht wirklich bei der Sache zu sein.«

Helen nickte.

»Naja, und Gregor ist eigentlich nie wirklich bei der Sache. Er tut Dinge, er tut sie scheinbar ernsthaft, sogar mit einer übertriebenen Ernsthaftigkeit, die verrät, dass er in Wahrheit mit seinen Gedanken ganz woanders ist. Er ist da, und doch nicht da.«

»Aber warum nennen Sie ihn einen Spieler? Er geht bei all dem doch kein Risiko ein?«

»Weil er immer nur so tut, als ob. Er verhält sich so, wie es erwartet wird, aber er ist innerlich völlig unbeteiligt. Das Leben ist eine Art Brettspiel für ihn, bei dem er möglichst geschickt seine Züge macht, und versucht, andere dazu zu bekommen, ebenfalls Züge zu machen, die ihm nutzen.«

Shirin erschrak über ihre eigenen Worte. Sie fürchtete, Helen könnte wütend werden, wenn sie solche wenig schmeichelhaften Dinge über Gregor sagte.

Aber Helen nickte nur nachdenklich. Genauso war es. Shirin hatte das ausgedrückt, was Helen immer schon empfunden hatte.

Sie schwieg einen Moment. Dann fragte sie zögernd: »Halten Sie es für möglich, dass ... Gregor gar nicht entführt worden ist?«

Shirin starrte sie entgeistert an. »Sie meinen ...«

»Genau.«

Shirin schüttelte den Kopf, erst zögernd, dann immer heftiger. »Nein, das traue ich ihm nicht zu. Das würde er Ihnen nicht antun.«

Noch während sie sprach, merkte Shirin, dass sie nicht ehrlich war. Sie traute Gregor sehr wohl zu, dass er seine eigene Entführung inszenierte; es würde sogar genau zu ihm passen. Aber das konnte sie seiner Frau auf keinen Fall sagen.

Impulsiv legte sie den Arm um Helen und zog sie an sich.

»So was dürfen Sie nicht denken! Das ist der Stress, die Anspannung, da kommen solche Gedanken, aber das ist absurd.«

Helens Körper, der erst ganz steif in ihrem Arm war, entspannte sich.

»Sie haben Recht. Es ist völlig irrsinnig. Aber es ist nicht die Angst um ihn, die mich so was denken lässt. Es ist … je länger er fort ist, desto klarer sehe ich ihn. Wir sind kein glückliches Ehepaar. Wir sind ein vernünftiges Ehepaar. Das ist nicht so schlecht, wissen Sie! Die Leidenschaft ist nicht unbedingt die beste Basis für eine Verbindung. Aber manchmal denke ich, es war doch ein Fehler …«

Als würde sie dieses Bekenntnis unendlich erleichtern, ließ sie ihren Kopf an Shirins Schulter sinken, schmiegte sich in ihre Armbeuge und zog die Füße noch näher an den Körper.

»Ach, Shirin«, seufzte sie plötzlich, »wenn Sie wüssten.«

Wie auf eine geheime Verabredung hin wandten die beiden Frauen ihre Gesichter einander zu und begannen, sich zu küssen. Vorsichtig berührten sich ihre geschlossenen Lippen, wurden weicher, öffneten sich, saugten sich aneinander fest. Helen spürte ein Verlangen, das sie noch nicht kannte, und war entschlossen, diesem Gefühl nachzugeben.

Nun hockte sie auf ihrem Ehebett, in dem sie bislang so wenig Lust erlebt hatte, und betrachtete die Frau, die ihr endlich die Augen über sich geöffnet hatte.

Nervös strich sie mit der Hand über die Bettdecke.

»Könntest du …«, Helen brach ab.

»Was denn?« Shirin lächelte ihr zu.

»Könntest du für ein paar Tage hier einziehen? Ich meine, nur bis alles vorbei ist. Ich steh' das sonst nicht durch.«

Da war es wieder, das schutzbedürftige, kleine Mädchen hinter der Fassade der coolen Klassefrau. Shirin breitete die Arme aus, Helen ließ sich hineinsinken.

»Natürlich kann ich.«

Erleichtert schloss Helen die Augen und seufzte. Sie hatte keine Ahnung, wo das alles hinführen sollte. Sie wusste nur, dass sie in ihrem Leben keinen glücklicheren Moment erlebt hatte, abgesehen vielleicht von der Geburt ihrer Kinder.

Gregor war bester Dinge. Helen hatte genau so reagiert, wie er es vorausgesehen hatte. Er hatte gewusst, dass er sich auf sie verlassen konnte. Sie hatte nicht versucht, das Lösegeld herunterzuhandeln. Dabei war es auch für sie keine Kleinigkeit, so viel Bargeld unauffällig zu beschaffen. Auch nicht diese Summe, die durchaus im Bereich des Realistischen lag. Er wollte das Unternehmen schließlich nicht durch übergroße Gier gefährden.

Er hatte ihr eine Frist von drei Tagen für die Beschaffung eingeräumt. Die Übergabe des Geldes würde, wie bei jeder Entführung, der heikelste Moment sein. Es gab eine Menge Risiken; neugierige Passanten, unglückliche

Zufälle, schlechtes Timing. Selbst wenn Helen keine Polizei eingeschaltet hatte, bestand doch die Gefahr, dass jemand anderer Verdacht schöpfte. Lehmbrock zum Beispiel, der, wie Gregor wusste, das Geld beschaffen würde. Ganz sicher wäre er mit Helens Strategie nicht einverstanden. Wer weiß, auf welche Ideen der Mann käme.

In Gregors Kopf entstand bereits ein Plan für den letzten und gefährlichsten Teil des Unternehmens. Gelegentlich aufwallende Schuldgefühle versuchte er zu verdrängen. Er ahnte, was er Helen antat. Aber er war in gewisser Weise davon überzeugt, in höherer Mission zu handeln. Hätte er diesen Schritt nicht getan, würde er sie verlassen müssen. Seine Kinder würden den Vater verlieren, seine Frau den Ehemann, er selbst seine gesellschaftliche Reputation. Der Schaden wäre ungleich größer.

Was die Anteile von Kim und Mona betraf, hatte er vorgesorgt. Sie gingen davon aus, dass er lediglich ein Lösegeld von zwei Millionen Franken verlangt hatte; alle diesbezüglichen E-Mails hatte er nachträglich geändert. Mona war überrascht gewesen über die geringe Summe. Er hatte ihr erklärt, dass er nur bei einem so vergleichsweise kleinen Betrag sicher sein könne, dass die Sache ohne Polizei über die Bühne ginge. Trotz ihrer Frage hatte er nach wie vor das Gefühl, Mona sei gar nicht am Geld interessiert.

Kim hatte er klar gemacht, dass e r zwar einen Haufen Ärger, s i e aber keinen Pfennig bekommen würde, wenn die Sache aufflöge. Daraufhin hatten sie sich auf ein Viertel geeinigt. Das konnte er angesichts der wahren Summe verkraften und er tröstete sich damit, dass es eine gute Tat war.

»Wieso eigentlich Schweizer Franken?«, hatte sie noch gefragt.

»Ich kann dir ja deinen Anteil in Euro auszahlen«, hatte er spöttisch geantwortet.

Er legte sich aufs Sofa und schloss die Augen. Nur noch ein paar Tage …

Langsam driftete er in das Reich zwischen Wachen und Träumen, in dem alles möglich war.

Er wunderte sich nicht, als er plötzlich eine Hand in seinem Schritt spürte. Kim war aufgetaucht, als wäre sie eine Figur aus einem Traum. Sie beugte sich über ihn, er öffnete die Augen nur einen Spalt und zog sie an sich.

Ihre Körper harmonierten sofort wieder miteinander, auf diese direkte, schamlose Art, die Gregor schon in der ersten Nacht so entzückt hatte. Diesmal war sie die Dominierende, bestimmte die Richtung und das Tempo, und er ließ sich fallen, vertraute sich ihr an. Anders als bei Mona spürte er nicht das Gefühl, verantwortlich zu sein. Er musste nicht die Kontrolle behalten, durfte hineinsinken in die dunklen Bereiche, in denen das Denken keine Rolle mehr spielt.

Mit einem animalischen Schrei kam Kim zum Höhepunkt. Sie warf ihren Oberkörper zurück, eine gewaltige Eruption, die langsam verebbte. Sie kam wieder zu sich, öffnete die Augen und lächelte ihn an; zufrieden, ein bisschen spöttisch.

Ihr Blick fiel aus dem Fenster. Ihre Züge erstarrten, ihre Augen weiteten sich. Eine Gestalt verschwand zwischen den Büschen.

»Was ist?« Gregor richtete sich erschrocken auf.

Kim war blass geworden. »Nichts. Ich dachte, ich hätte jemanden gesehen. Ich muss mich geirrt haben.«

Sie löste sich von ihm, griff nach ihrer Jacke, die vor dem Sofa auf dem Boden lag, und angelte die Zigaretten aus der Tasche. Hastig zog sie ein paar Mal, bis sie sich beruhigt hatte.

»Schläfst du auch mit Mona?«, fragte sie unvermittelt.

Gregor lachte. »Was glaubst du?«
»Natürlich schläfst du mit ihr.«
»Stört es dich?«
Kim zuckte die Schultern. »Warum sollte es?«
»Warum fragst du dann?«
Kim verstummte und rauchte weiter.
Sie erinnerte sich an früher.
Mona und ihr Vater, die am Tisch sitzen und wie Erwachsene miteinander sprechen. Die kleine Kim, die daneben sitzt und sich ausgeschlossen fühlt. Die beginnt, mit den Füßen gegen den Tisch zu treten, um Aufmerksamkeit zu erregen. Die zurechtgewiesen wird. Erst von der Schwester, dann vom Vater. Erst nachsichtig, dann drohend. Die nicht aufhören kann, zu provozieren, bis die Großen die Beherrschung verlieren. Die heulend und schreiend in ihr Zimmer läuft und sich aufs Bett wirft. Die alle hasst. Und sich von allen gehasst fühlt.

»Ich dachte, Mona sei frigide«, sagte Kim.
»Das dachte sie auch«, gab Gregor zurück.
»Du musst ja 'n toller Hecht sein.«
Er lächelte. Kim ärgerte sich über seine Selbstgefälligkeit. »Hast du eigentlich kein schlechtes Gewissen?«
»Wieso sollte ich?«
»Na, hör mal, du betrügst deine Frau, inszenierst deine eigene Entführung, schläfst mit meiner verheirateten Schwester, schläfst mit mir ... und das alles nur ... zum Spaß!«

Gregor sah sie verständnislos an. »Aus welchem anderen Grund sollte ich es tun?«

»Sag mal, merkst du nicht, dass Mona dich liebt? Die würde sich umbringen deinetwegen, und für dich ... ist das alles nur ein Spiel.«

»Und woher weißt du das?«

Kim kniff die Augen zusammen. »Weil du ... genau so bist wie ich. Weil dir die Gefühle anderer scheißegal sind.«

»Das mag eine treffende Selbstbeschreibung sein«, sagte Gregor kühl, »aber mit mir hat das nichts zu tun.«

Kim stand auf, suchte ihre Kleider zusammen und ging ins Bad. Kaum war sie angezogen, hörte sie draußen ein Auto. Gregor schaffte es gerade noch, seine Hose zuzuknöpfen, bevor die Tür aufsprang und Mona hereinstürmte. Sie lief auf ihn zu und warf sich schluchzend in seine Arme.

Kim, die aus dem Bad zurück war, blieb an der Tür stehen und räusperte sich.

Mona fuhr herum. Sie sah Kim an, dann Gregor. Ihr Blick fiel auf das zerwühlte Sofa.

»Ich habe Gregor die Lebensmittel gebracht«, sagte Kim schnell. »Ich dachte, du könntest heute nicht?«

Mona hatte am Morgen angerufen und ihre Schwester gebeten, die Einkäufe für Gregor zu erledigen. Kim hatte die Miezen mit schlechtem Gewissen bei Frau Gerlach abgeladen und versprochen, bald zurück zu sein. Sie sah auf die Uhr.

»Ich muss los.«

»Ist gut«, sagte Mona, »ich fahr dich zurück.«

Kim sah sie überrascht an. »Du bist doch gerade erst gekommen!«

Gregor legte den Arm um Mona. »Was ist mit dir?«

Sie drückte sich kurz an ihn. »Ich wollte nur sehen, ob ... es dir gut geht.«

Sie putzte sich die Nase mit einem Papiertaschentuch, dann berührte sie mit den Fingern vorsichtig die Blüten der gelben Rosen, die Gregor bei seinem ersten Besuch mitgebracht hatte. Sie hatte den Strauß zum Trocknen aufgehängt, die Blüten sahen aus wie auf einem alten Gemälde.

Mona drehte sich zu Kim um.

»Kommst du?«

Kim nickte und die Schwestern verließen das Haus.

Schweigend gingen sie über den Kies zum Auto. Der Himmel hatte sich zugezogen, es sah nach Regen aus. Mona schloss das Verdeck.

Ein paar Minuten fuhren sie schweigend.

Plötzlich sagte Mona: »Erinnerst du dich an meinen dreizehnten Geburtstag? Papa hat mir diese Perlenkette geschenkt, die mit den winzigen Süßwasserperlen, weißt du noch? Ich hatte sie mir ewig gewünscht.«

Kim zuckte die Schultern. »Kann sein. Weiß ich nicht mehr.«

»Es war das Schönste, das ich je im Leben geschenkt bekommen habe. Du hast so lange gejammert, bis ich dir die Kette geliehen habe. Du hast sie eine Weile stolz getragen, dann warst du plötzlich verschwunden. Wir haben dich im ganzen Haus gesucht. Schließlich fanden wir dich unter dem Bett. Du hattest die Kette zerschnitten.«

Kim schwieg.

»Oder die Sache mit deinem Asthma. Du hast es immer bekommen, wenn dir was nicht gepasst hat. Einmal, als ich Fieber hatte, durfte ich in Papas Bett schlafen. Du warst so eifersüchtig, dass du Atemnot bekommen hast. Natürlich musste ich zurück in mein Bett.«

»Und warum erzählst du mir das jetzt?«, fragte Kim ungehalten.

Es hatte zu regnen begonnen. Mona hatte, ohne es zu bemerken, stark beschleunigt. In einer Kurve verlor sie um ein Haar die Kontrolle über den Wagen.

»Bist du wahnsinnig?« Mit schreckgeweiteten Augen sah Kim zu ihr hinüber.

Mona umklammerte das Lenkrad, dass ihre Knöchel weiß hervortraten.

»Lass deine Finger von Gregor, sonst ...«

»Was sonst?«, fragte Kim herausfordernd.

»Sonst wird es dir Leid tun.«

Kim erschrak über den Ausdruck in Monas Gesicht.

Als Kim die Miezen abholen wollte, erwartete sie eine Überraschung. An Frau Gerlachs Küchentisch saß Artur, nippte an einer Tasse und grinste ihr entgegen.

»Was machst du denn hier?« Kim blickte finster.

Frau Gerlach sah verunsichert zwischen ihnen hin und her. »Ich hoffe, ich hab nichts falsch gemacht?«

»Nein, schon gut«, beruhigte sie Kim.

»Ein charmanter junger Mann«, stellte die alte Dame aufgekratzt fest, »wir haben uns sehr nett unterhalten, gell, Herr Artur?«

»Woher wusstest du überhaupt, dass die Miezen hier sind?«, fragte Kim misstrauisch.

Artur hob eine Augenbraue. »Ich weiß vieles.«

»Ich muss sowieso mit dir reden«, sagte Kim, »können wir nach oben gehen?«

Bereitwillig erhob sich Artur und sie gingen gemeinsam in Kims Wohnung.

Langsam ließ er seinen Blick über die »Ally McBeal«-Poster schweifen.

»Was findest du bloß an diesem Scheiß?«

»Das verstehst du nicht. Hör zu, ich geh im Moment nicht arbeiten, und außer Frau Gerlach passt niemand sonst auf die Miezen auf. Berger hab ich abgeschafft. Ich hab Aussicht auf 'nen gut bezahlten Job. Ich habe keine ... Kunden mehr. Lässt du mich und die Miezen jetzt endlich in Ruhe?«

Artur zündete sich eine Zigarette an und wanderte von Poster zu Poster, als befände er sich in einer Kunstausstellung. Kim folgte ihm mit den Blicken.

»Außerdem hatte ich ein Gespräch mit den Sozialtussis«, fuhr sie fort. »Ich hab das Sorgerecht für die Miezen und niemand kann sie mir wegnehmen.«

»Außer, wenn 'ne Gefährdung für die Kinder besteht, ich weiß«, sagte Artur gelangweilt, als habe er sich bis zum Überdruss mit den entsprechenden Vorschriften beschäftigt. »Die ist viel zu dünn«, er zeigte auf ein Foto von Ally. »Gut, dass du nicht so dünn bist.«

Er machte eine geschmeidige Bewegung. Plötzlich hielt er Kim im Arm.

»Es war doch immer geil mit uns, stimmt's?«, fragte er mit rauer Stimme.

»Hör auf mit dem Scheiß«, sagte Kim gereizt und entwand sich seiner Umarmung.

»Was willst du überhaupt mit den Miezen? Du bist ständig auf der Piste, hast nie Kohle, ständig neue Weiber ...«

»... von wegen«, unterbrach Artur. »Tanja und ich heiraten. Und zu 'ner richtigen Familie gehören eben Kinder.«

Kim schnappte nach Luft. »Dann mach ihr doch welche!«

»Tanja hat keinen Bock auf den ganzen Stress mit der Schwangerschaft und dem Stillen. Will sich die Figur nicht ruinieren.« Er grinste. »Wäre auch echt schade drum.«

»Du bist und bleibst ein Arschloch«, sagte Kim verächtlich. »Das mit den Miezen kannst du dir abschminken.«

Artur machte eine wegwerfende Bewegung. »Abwarten, Schätzchen. War das eigentlich Gregor von Olsen, den du heute Morgen gevögelt hast?«

Kim erstarrte. Für einen Moment war sie sprachlos. »Dann warst das wirklich du?«, brachte sie schließlich heraus. »Sag mal, spinnst du jetzt völlig?«

»Schätzchen, ich hab dir erklärt, dass ich wissen will, was die Mutter meiner Kinder so treibt. Also fahre ich dir gelegentlich nach. Heute war's endlich mal interessant.«

Kim schluckte. Wie sie Artur kannte, würde er versuchen, aus dieser Entdeckung Kapital zu schlagen.

»Was willst du jetzt machen?«, fragte sie vorsichtig.

Artur nahm seine Wanderung wieder auf. »Da gibt es verschiedene Möglichkeiten. Ich könnte zum Beispiel Olsen fragen, was es ihm wert ist, wenn seine Frau nichts davon erfährt.«

Kim lachte höhnisch auf. »Viel Spaß. Da beißt du auf Granit, das kann ich dir versprechen.«

»Na, dann eben bei seiner Frau. Das ist doch diese Westheim, hab ich Recht?«

Kim wurde flau. Wenn Artur auf die Idee käme, Helen aufzusuchen, würden sie alle miteinander auffliegen.

»Die Westheim weiß, dass ihr Mann sie bescheißt«, sagte Kim wegwerfend. »Und sie weiß auch, wie sie verhindern kann, dass es an die Öffentlichkeit kommt. Weißt du, Artur, auf die tolle Idee bin ich schon vor dir gekommen. Kannst du total vergessen. Da musst du dir schon was Besseres einfallen lassen.«

Artur sah Kim überrascht an. »Schade eigentlich, dass es mit uns nichts geworden ist«, sagte er mit echtem Bedauern, »wir wären ein klasse Paar. Bonnie and Clyde.«

Das morgendliche Familienfrühstück wurde für Mona immer mehr zur Tortur.

Zu Beginn von Tommys Aufenthalt hatten sie sich noch alle drei bemüht, dem Bild einer intakten Familie gerecht zu werden; inzwischen gelang es ihnen kaum noch, die Fassade aufrecht zu erhalten.

Manfred saß düster und in sich gekehrt am Tisch und las Zeitung, Tommy tippte schweigend SMS-Botschaften in sein neues Handy, Mona grübelte vor sich hin. Wenn gesprochen wurde, dann in einem Tonfall übertriebener Höflichkeit, der die Spannung zwischen ihnen nur notdürftig kaschierte.

Mona hatte keine Ahnung, was Tommy den ganzen Tag trieb, brachte aber auch nicht genügend Energie auf, sich darum zu kümmern. Ihr Denken und Fühlen kreiste ausschließlich um Gregor, sie kam sich vor, als wäre sie nur noch Gast in ihrem eigenen Leben.

Zwischen Manfred und Tommy herrschte die übliche Distanz; es war offensichtlich, dass der Vater sich nicht für seinen Sohn interessierte, auch wenn er versuchte, den gegenteiligen Endruck zu erwecken. Und Tommy schien im Grunde froh zu sein, dass er seine Ruhe hatte.

»Was ist das denn?«, sagte Manfred plötzlich und

breitete die Zeitung auf dem Tisch aus. »Bist das etwa du, Tom?«

Tommy und Mona streckten gleichzeitig die Köpfe über die Zeitung. Manfred wies auf einen Bericht über jugendliche S-Bahn-Surfer, die sich einen Spaß daraus machten, zwischen den Waggons oder auf den Trittbrettern zu stehen, während die S-Bahn durch den Untergrund rast. Auf einem Foto waren drei Jugendliche zu sehen, einer von ihnen hatte tatsächlich Ähnlichkeit mit Tommy.

»Glaub' ich nicht«, sagte Tommy.

»Was soll das heißen, du glaubst es nicht?« Manfreds Stimme klang gereizt. »Du wirst doch wohl wissen, ob du bei diesem gefährlichen Unfug mitgemacht hast oder nicht.«

»Klar weiß ich es.«

»Würdest du es mir dann freundlicherweise mitteilen?«

Tommy tat so, als müsse er überlegen. »Nein«, sagte er schließlich.

Manfreds Gesicht verfärbte sich. Er war Aufsässigkeit von seinem Sohn nicht gewöhnt.

»Sag mal, was ist denn in dich gefahren?«, fragte Mona und sah Tommy erschrocken an. »Kannst du nicht einfach eine vernünftige Antwort geben?«

Tommy stand auf, betrachtete stumm seine Eltern, und verließ ohne ein weiteres Wort den Raum.

»Pubertät«, knurrte Manfred und versenkte sich erneut in die Zeitung.

»Wir müssen uns mehr um ihn kümmern«, sagte Mona.

»Das habe ich ja gerade versucht«, gab Manfred zurück.

Mona schenkte sich mechanisch Kaffee ein und trank

einen Schluck. Im gleichen Moment wurde ihr übel. Sie lief ins Badezimmer. Schwer atmend stützte sie sich aufs Waschbecken, benetzte Gesicht und Handgelenke mit kaltem Wasser. Nach einigen Minuten wurde es besser und sie ging langsam die Treppe hinunter.

Als sie ins Esszimmer zurückkehrte, saß Manfred immer noch am Tisch und las Zeitung.

»Ich verlasse dich«, sagte Mona ruhig.

Manfred ließ die Zeitung sinken und musterte sie kühl.

»Ach, ja?«

»Willst du nicht wissen, warum?«

Manfred überlegte kurz. »Eigentlich nicht. Wenn du zur Vernunft gekommen bist, sag mir Bescheid.«

Er verschwand wieder hinter der Zeitung.

Eigentlich müsste ich jetzt irgendwas nehmen und nach ihm werfen, dachte Mona, aber sie bemerkte, dass ihr jeder Impuls dazu fehlte.

Gregor reagierte reserviert auf ihre Mitteilung. Mona schob es auf seine Anspannung, die in den letzten Tagen merklich gewachsen war. Die Geldübergabe stand bevor, er machte sich Sorgen, dass etwas schief gehen könnte. Mona nahm sich vor, ihn nicht zusätzlich zu belasten, sondern, im Gegenteil, nach Kräften zu unterstützen.

»In drei Tagen ist es so weit«, sagte er. »Ich werde deine Hilfe brauchen.«

»Natürlich, ist doch klar«, lächelte sie.

In Wahrheit wünschte sie den Termin der Geldübergabe weit weg, denn danach würde Gregor zurückkehren zu seiner Frau und seinen Kindern.

Insgeheim hatte Mona gehofft, er würde ihr eines Tages eröffnen, dass er sich entschlossen habe, Helen zu verlassen. Aber darauf hatte sie bisher vergeblich gewartet.

»Wie soll es eigentlich weitergehen mit uns?«, fragte Mona zaghaft, als sie nachts im Bett lagen.
Das Fenster war weit geöffnet, draußen glitzerte der See im Mondlicht, nur manchmal wurde die Stille vom Quaken eines Frosches durchbrochen.
»Darüber mache ich mir im Moment keine Gedanken«, sagte Gregor ausweichend. »Die Dinge ergeben sich, das meiste geschieht doch, ohne dass wir etwas dazu tun.«
Er streichelte zärtlich, aber ein wenig abwesend ihren Rücken.
»Findest du?« Mona stützte sich auf die Ellbogen. »Ich denke, wenn man nichts tut, geschieht auch nichts. Wir sind doch nicht einfach Spielball des Schicksals, sondern handelnde Personen. Wir können die Dinge beeinflussen, oder nicht?«
»Liebes, nicht jetzt«, bat Gregor. »Ich möchte gern diese Geschichte zu Ende bringen, vorher habe ich einfach keinen Kopf für andere Probleme. Das verstehst du doch, oder?«
Mona küsste ihn. »Ja, natürlich, entschuldige. Ich bin ... ein bisschen durcheinander. Immerhin habe ich heute meinen Mann verlassen.«
»Mutige Entscheidung«, murmelte Gregor schlaftrunken, »hoffentlich hast du dir das gut überlegt.«
Mona starrte mit offenen Augen ins Dunkel.

Die Zwillinge waren mit Artur und seiner Freundin unterwegs; Kim hatte dem Ausflug zugestimmt, weil sie Artur nicht wieder gegen sich aufbringen wollte.

Wie immer, wenn sie nervös war, tigerte sie mit Caipi-Glas und Zigarette durch die Wohnung.

Zur Ablenkung warf sie eine »Ally McBeal«-Kassette mit mehreren Folgen ein.

Ein sehr netter Mann bemüht sich um Ally, aber sie weigert sich, mit ihm auszugehen, weil er dick ist. Ein leukämiekrankes Kind will den lieben Gott verklagen und engagiert Ally. Immer wieder fragt sich Ally, ob sie doch noch in Billy verliebt ist, der längst mit einer anderen verheiratet ist. Ihre Psychotherapeutin hat einen Lachsack, den sie einschaltet, wenn Ally in ihren Augen etwas Dämliches gesagt hat. Und sie empfiehlt Ally, sich eine Hymne auszusuchen, einen Song, den sie in ihrem Kopf abspielen lassen soll, wenn sie vor einer Herausforderung steht.

Eine Hymne! Genau das war es, was Kim brauchte.

Sie sprang auf und durchwühlte ihren Plattenschrank, in dem sich nur wenige CDs, dafür eine Menge alter Schallplatten befanden. Sie legte den Kopf schief, um die Titel zu lesen, dann zog sie eine davon raus.

»Macht kaputt, was euch kaputt macht!« Rio Reisers schnoddrige Stimme hallte durch die Wohnung; sie hatte die Musik so laut gestellt, dass die Scheiben klirrten.

Kim tanzte wild zu dem alten Song von »Ton, Steine, Scherben«.

Genau so war ihre Stimmung. Sie hatte genug davon, sich unterdrücken zu lassen. Sie hatte endlich begonnen, sich zu wehren! Gegen Franco, gegen die blonde Flughafenzicke, gegen die Kindergartenmafia, gegen die Behördentussis. Gegen Artur, gegen Mona, gegen …

Es klingelte. Sie achtete nicht darauf. Dann donnerte jemand gegen die Tür. Kim beschloss, den Störer zu ignorieren. Als die Schläge nicht aufhörten, bekam sie

Angst, jemand könnte die Polizei holen. Gegen die würde sie sich natürlich auch wehren, aber es wäre trotzdem besser, wenn sie gar nicht erst käme. Sie machte die Musik leiser und öffnete.

»Macht kaputt, was euch kaputt macht«, spottete Berger, »ist ja interessant!«

»Was machst du denn hier?«, fragte Kim entgeistert. Fast hätte sie Berger nicht erkannt. Er hatte abgenommen, trug die Haare ganz kurz und hatte keine Kippe im Mundwinkel hängen.

»Bis du krank?«, fragte sie als Nächstes.

»Nee, du?«

»Ich meine … weil du so dünn bist.« Eigentlich sah er ziemlich gut aus, aber das hätte Kim im Leben nicht laut gesagt.

»Also, was ist? Willst du dich beschweren oder was?« Ihr Tonfall wurde spitz.

»Beschweren? Gute Idee. Kann ich reinkommen?«

»Wenn's sein muss.« Kim drehte sich um und ging voraus in die Küche.

»Willste 'n Bier?«, fragte sie gnädig.

»Lieber Wasser. Oder Milch, wenn du hast.«

Ungläubig sah Kim ihn an, dann schenkte sie achselzuckend ein Glas Milch ein.

»Wie geht's denn so?«, fragte er freundlich grinsend.

»Willst du mich verarschen?« Kim starrte ihn misstrauisch an.

»He, spinnst du? Ich frag dich, wie's dir geht, und du wirst pampig! Soll ich wieder gehen?«

»'tschuldige«, murmelte Kim und steckte sich eine Zigarette in den Mund. Sie schob ihm das Päckchen zu. Er schob es zurück.

»Heißt das, du rauchst auch nicht mehr? Was ist denn los mit dir, ich mache mir echt Sorgen!«

»Das Leben ist ein Fluss. Die Dinge ändern sich«, sagte Berger gleichmütig.

»Bist du bei 'ner Sekte oder so was?«

»He, Kim, alte Schlampe, du hast mir gefehlt«, sagte Berger statt einer Antwort und seine Stimme wurde plötzlich weich. Er streckte die Hand aus und streichelte ihr übers Haar. So was hatte er noch nie gemacht. Erschrocken zog Kim den Kopf weg.

»Was machen die Miezen?«, erkundigte er sich.

»Sind mit Artur unterwegs.«

Bergers Gesicht verfinsterte sich. »Lässt der Arsch dich immer noch nicht in Ruhe?«

»He, der Arsch ist ihr Vater, auch wenn's mir anders lieber wäre. Und mich … lässt er so ziemlich in Ruhe, ja.«

»So ziemlich. Und wie sieht's mit 'nem Job aus?«, fragte er weiter.

»Ist das 'n Verhör oder was?«

»Sei doch nicht so zickig. Ich will einfach nur wissen, ob's euch gut geht.«

»Danke, hab was in Aussicht.«

»Klingt großartig«, sagte er und stand auf. »Also, ich muss dann wieder.«

Kim stand ebenfalls auf. »Sag mal, und was sollte das jetzt? Kein Wort über unseren Streit, keine Entschuldigung? Machen wir ab jetzt Partykonversation oder was?«

Berger, dessen ungewohntes Aussehen Kim immer noch verwirrte, kam um den Tisch herum, bis er genau vor ihr stand.

»Ich hab in letzter Zeit 'ne kleine Reise gemacht. Ich wollte nur rausfinden, ob du dich auch weiterbewegt hast. Ob sich unsere Wege irgendwann wieder kreuzen könnten.«

»Und?«
»Sieht nicht so aus.«
Kim funkelte ihn an. »Weißt du was? Von mir aus kannst du reisen, wohin du willst, das ist mir scheißegal. Hau einfach ab und lass dich nicht mehr bei mir blicken.«
Als Berger weg war, stellte Kim die Musik noch lauter als vorher.
Sie war wütend und traurig zugleich, und sie verstand sich allmählich selbst nicht mehr. Warum donnerte sie wie eine Abrissbirne durch ihr eigenes Leben und walzte alles nieder, was ihr wenigstens ein bisschen Sicherheit gegeben hatte? Sie begriff selbst nicht, woher diese Zerstörungswut kam. Sie spürte nur, dass sie eigentlich hoffte, jemand würde kommen und dafür sorgen, dass sie damit aufhörte.

Am Morgen nach ihrer ersten Liebesnacht war Shirin bei Helen eingezogen.
Dem Hauspersonal gegenüber hatte sie die Freundin als Wohnungssuchende ausgegeben, die vorübergehend im Gästezimmer logieren würde. Gregors Abwesenheit hatte sie mit einer längeren Dienstreise begründet. Wenn den Angestellten etwas merkwürdig erschien, so ließen sie es sich nicht anmerken.
Die Geldübergabe hatte sich erneut verzögert, weil Lehmbrock angeblich die Summe nicht zur Verfügung stellen konnte. Helen hatte, als er ihr diese Mitteilung machte, um ein Haar die Beherrschung verloren. Sie war aufgesprungen, hatte dabei ihren Stuhl umgeworfen und war verärgert in seinem Büro auf und ab gegangen. Lehmbrock hatte den Stuhl aufgehoben und schweigend an seinen Platz zurückgestellt.

»Erwin, Ihnen ist offenbar der Ernst der Lage nicht klar«, sagte Helen schließlich und unterbrach ihre Wanderung. »Gregor ist in den Händen von Entführern und ich habe Hinweise darauf, dass sie nicht zögern werden, ihn umzubringen, wenn wir nicht bald das Geld liefern. Ich finde Ihre Verschleppungstaktik in höchstem Maße verantwortungslos!«

Lehmbrock legte die Fingerspitzen seiner Hände aneinander, als müsse er sich sammeln.

»Warum haben Sie mich nicht früher eingeweiht?«

»Sie wussten es doch längst«, sagte Helen. »Ich wollte Sie nicht mit reinziehen.«

»Weiß die Polizei Bescheid?«

»Nein, und das soll auch so bleiben!«, sagte Helen bestimmt. »Ich muss mich da auf Sie verlassen können, Erwin.«

Lehmbrock nickte bedächtig. »Sie wissen, dass ich das für einen Fehler halte, nicht wahr?«

»Ich weiß. Aber ich bin nicht bereit, darüber zu diskutieren.«

Lehmbrock ging zu ihr und legte ihr die Hände auf die Schultern.

»Morgen Abend haben Sie das Geld, Helen. Viel Glück.«

»Was soll das heißen, die Miezen kommen nicht zurück?«

Kim presste den Hörer ans Ohr und brüllte ins Telefon.

»Sie wollen 'ne Weile bei uns bleiben«, erklärte Artur mit öliger Stimme, »reg dich doch nicht auf!«

»Du verfolgst und beobachtest mich, du drohst, mir die Kinder wegzunehmen, und ich soll mich nicht aufregen?«, schrie Kim und ihre Stimme schnappte beinahe über.

Artur blieb unbeeindruckt. »Von mir aus kannste dich auch aufregen, Schätzchen, ist mir egal. Die Miezen bleiben hier, so lange sie Lust haben.«

»Dann lass mich wenigstens kurz mit ihnen sprechen«, bat Kim.

Es knackte in der Leitung, Artur hatte aufgelegt.

Kim starrte auf den Hörer in ihrer Hand. Ihre Gedanken überschlugen sich. Was sollte sie tun? Zur Polizei gehen? Zum Jugendamt? Sie hatte das Sorgerecht; juristisch gesehen war das eine Entführung. Sie könnte Artur zwingen lassen, die Mädchen rauszugeben. Aber das würde eine Menge Staub aufwirbeln und Artur würde sich unter Garantie an ihr rächen. Sie konnte es sich einfach nicht leisten, den Kerl zum Feind zu haben.

Außerdem, dachte sie und wurde dabei ruhiger, sollte er doch mal sehen, was es bedeutet, Kinder zu haben. Nicht nur für ein paar Stunden, in denen sie sich gut benahmen, weil sie mit Süßigkeiten und Geschenken ruhig gestellt waren. Sondern tagtäglich, rund um die Uhr, mit schlechter Laune, nächtlichen Störungen, Bauchschmerzen und Heulerei. Vielleicht würde er dann endlich die Lust verlieren, und seine Tanja-Tussi auch. Kim hoffte, die Miezen würden sich so schlecht wie möglich benehmen.

Das Telefon klingelte. Sie riss den Hörer hoch.

»Artur?«

»Nein, ich bin's, Mona. Es ist so weit. Kannst du rauskommen?«

Das kleine Wohnzimmer im Haus am See wurde nur vom Lichtschein des Computerbildschirms und einer kleinen Lampe erhellt. Zu dritt saßen sie um den Tisch.

Eine eigentümliche Spannung lag im Raum. Zwölf Tage waren vergangen, seit Gregor sein Quartier bezogen hatte. Die letzten Verzögerungen waren entstanden, weil das Geld nicht rechtzeitig bereitgestellt worden war. Natürlich hätten richtige Entführer mehr Druck gemacht. Er aber hatte geduldig gewartet. Nun war seine Geduld belohnt worden.

Geld steht zur Verfügung, erwarte genaueste Instruktionen für Übergabe. H.W. lautete die Mail, die er heute erhalten hatte. Sein Plan war längst fertig.

Gregor hatte Notizpapier vor sich auf dem Tisch liegen und erklärte den Schwestern, wie die Geldübergabe funktionieren sollte und welche Aufgaben Kim und Mona zu erfüllen hätten. Kim stellte ein paar Zwischenfragen, während Mona die ganze Zeit schwieg.

»Was ist mit dir?«, wollte Gregor wissen, als er geendet hatte.

»Ich fühle mich nicht gut«, sagte Mona.

»Ach, was, mach dir keine Sorgen«, wollte Gregor sie beruhigen.

»Ich mach mir keine Sorgen. Mir ist einfach nur flau.«

Gregor sah irritiert aus. »Vielleicht hast du Hunger?«, rief er aus. »Das wird's sein. Ich habe einen Riesenhunger.«

Kim nickte. »Ich auch.«

»Ich hol uns was«, bot Mona an. »Ich brauch sowieso ein bisschen frische Luft.«

Sie nahm die Autoschlüssel und ging.

»Gott, ist mir heiß«, sagte Kim und hob ihr Haar im Nacken an. »Ich geh schwimmen.«

Auf dem Weg zur Terrassentür zog sie sich das leichte Sommerkleid über den Kopf und öffnete ihren Büstenhalter. Als sie draußen war, schlüpfte sie aus dem Slip und lief nackt auf den See zu. Gregor folgte ihr mit den Blicken und spürte, wie seine Anspannung sich in sexuelle Erregung verwandelte. Er stand auf und ging auf die Terrasse. Ein Stück von Kim entfernt ließ er seine Kleidung fallen und stürzte sich ebenfalls ins schwarzsilberne Wasser.

Mona hatte mit der üblichen, längeren Wartezeit gerechnet, aber an diesem Abend war die Pizzeria fast leer. Sie sah zu, wie der dunkel gelockte Italiener drei Pizzen zubereitete und in den Holzofen schob. Ihr war immer noch übel.

»Einen doppelten Fernet«, hörte sie sich zum Kellner sagen, der gleich darauf ein Glas vor ihr abstellte. Sie kippte die bittere Flüsigkeit in einem Zug hinunter und verspürte eine kleine Erleichterung.

Die Kartons trugen die Aufschrift »Il Vesuvio« und zeigten einen ausbrechenden Vulkan. Mona balancierte sie ins Auto und stellte sie auf dem Beifahrersitz ab.

Wenig später bog sie bereits wieder auf das Grundstück ein.

Mit den Pizzakartons im Arm betrat sie das Wohnzimmer; durch die Terrassentür öffnete sich der Blick nach draußen. Es dauerte einen Moment, bis Mona begriff, was sie sah.

Als Kim und Gregor ins Haus zurückkehrten, entdeckten sie die drei Pizzakartons auf dem Tisch, achtlos auf Gregors Notizen abgestellt. Von Mona keine Spur.

»Das war's dann wohl«, sagte Gregor und ließ sich, das Handtuch um die Hüften, auf einen Stuhl fallen.

Kim zog sich langsam an. Dann blieb sie unschlüssig

stehen und sah zu Gregor, der abwesend vor sich hin starrte.

Plötzlich fragte er: »Ein Stück Pizza? Wäre schade, wenn sie kalt wird.«

In diesem Moment schossen Kim die Tränen in die Augen. Verzweifelt warf sie sich aufs Sofa und hieb mit der Faust auf die Kissen.

»Warum geht immer alles schief?«, schrie sie. »Warum hab ich nicht einfach mal Glück, verdammt noch mal?«

»Du hast offenbar kein Talent dafür«, bemerkte Gregor. »Ich kenne niemanden, der sich immer wieder so zielstrebig in die Scheiße reitet wie du. Leider hast du mich in diesem Fall mit reingeritten.«

Mechanisch biss er in sein Pizzastück und schenkte mit der anderen Hand ein Glas Wein ein.

»Es tut mir Leid«, flüsterte Kim. »Ob Mona uns verpfeift?«

Gregor zuckte die Schultern. »Du kennst sie besser.«

Kim überlegte. Mona war nicht rachsüchtig, nicht impulsiv. Sie hatte aus Wut noch nie auch nur eine Tasse zerschlagen.

»Ich fürchte eher, sie tut sich was an«, sagte Kim.

Sie sprang auf und wählte Monas Handy-Nummer. Niemand meldete sich. Die Mailbox nicht aktiviert.

»Wir müssen irgendwas unternehmen!«, rief sie.

»Du hast Recht«, pflichtete Gregor ihr bei. »Du suchst nach Mona und ich überlege, wie wir die Sache morgen trotzdem über die Bühne kriegen.«

Kim sah ihn fassungslos an. Nein, dachte sie, wir sind uns nicht ähnlich. Ich bin nicht so ein egoistisches, skrupelloses Arschloch wie du.

Interessiert betrachtete Shirin das Album mit den Familienfotos, das Helen vor ihr aufgeschlagen hatte.

»Und wo ist das?«

»Mauritius. Unsere Hochzeitsreise.«

»Bist du da schon schwanger?«, Shirin beugte sich tiefer über das Foto.

»Ja, wir haben wirklich keine Zeit verloren«, lachte Helen. »Ich wollte unbedingt Kinder.« Sie hielt kurz inne. »Aber ich wollte keinen Mann dazu, fürchte ich.«

»Und das hast du in all den Jahren nicht gemerkt?«, fragte Shirin ungläubig.

Helen zuckte die Schultern.

»Meine Familie macht auch Druck«, erzählte Shirin. »Sie wollen unbedingt, dass ich heirate. Alle paar Wochen präsentiert mein Vater mir einen neuen Kandidaten.«

»Und was sind das für Typen?«, fragte Helen interessiert.

»Geschäftsfreunde. Kleine, dicke Männer mit Wurstfingern.«

Helen lachte.

Sie war hingerissen von Shirin. Nach wenigen Tagen hatte sie sich ihr näher gefühlt als Gregor in all den Jahren. Shirin war ein verwandtes Wesen, keines von einem anderen Stern. Helen fragte sich, wie sie es jemals wieder ohne sie aushalten sollte.

Sie sah auf die Uhr und seufzte.

»Ich muss los.«

Shirin stand mit ihr auf und brachte sie zur Tür. Mit einem dunkelblauen Bordcase verließ Helen das Haus, um von Erwin Lehmbrock sechs Millionen Franken in Empfang zu nehmen.

Shirin machte es sich vor dem Fernseher bequem und zappte durch die Kanäle. Schließlich blieb sie bei einer

Schmonzette mit Meg Ryan und Tom Hanks hängen. Zwischendurch seufzte sie gerührt, dann ärgerte sie sich wieder, dass Meg Ryan zu blöd war, um Tom Hanks Spielchen zu durchschauen.

Es klingelte. Shirin zuckte zusammen. Sollte sie öffnen? Darüber hatte sie mit Helen nicht gesprochen.

Sie ging zögernd zur Tür, wo inzwischen ein Video-Überwachungssystem installiert worden war. Auf dem Bildschirm sah sie eine Frau, die vor dem Eisentor stand und sich nervös umsah.

Shirin drückte auf den Knopf der Gegensprechanlage. »Ja, bitte?«

Die Frau beugte sich vor. »Guten Abend, entschuldigen Sie die Störung. Könnte ich mit Frau Westheim sprechen?«

»Darf ich fragen, um was es geht?«

»Es ist … eine private Angelegenheit.«

»Das müssen Sie bitte präzisieren«, forderte Shirin sie auf.

Die Frau zögerte einen Moment. »Ich … ich weiß, wo Gregor von Olsen sich aufhält.«

Shirin betätigte den Öffner.

Mitten in der Nacht kehrte Mona zurück. Sie betrat leise das Haus am See, das ruhig und dunkel dalag. Einen Moment fürchtete sie, Gregor könnte weg sein, aber sie fand ihn schlafend im Bett. Sie glitt neben ihm unter die Decke.

Er schreckte hoch. »Mona! Wo warst du bloß, ich habe mir furchtbare Sorgen gemacht!«

»Tut mir Leid.«

»Wieso ... bist du abgehauen?«

Mona richtete sich auf, stützte sich mit dem Ellenbogen auf und sah ihn ruhig an. »Mir war plötzlich nicht gut. Ich wollte ein bisschen allein sein.«

»Hör zu, Mona«, begann Gregor, »ich kann dir alles erklären. Reg dich bitte nicht auf!«

»Ich rege mich nicht auf.«

»Nein?«

»Wir sind nicht verheiratet, du hast mir keine Treue geschworen, du bist ein freier Mensch und kannst tun, was du möchtest.«

Gregor schwieg verblüfft.

»Und noch was«, fuhr Mona fort. »Ich kann verstehen, dass man Kim attraktiv findet.«

»Es macht dir nichts aus? Obwohl sie deine Schwester ist?«

»Ach, weißt du, ich musste immer mit Kim teilen, ich bin daran gewöhnt.«

Sie machte eine Pause, dann sagte sie: »Im Moment haben wir sowieso andere Sorgen, findest du nicht? Morgen ist schließlich der Tag, an dem deine Entführer dich freilassen!«

Sie lächelte.

Gregor zog Mona erleichtert in seine Arme und küsste sie.

»Schlaf schon mal«, flüsterte er, »ich muss noch mal kurz runter.«

Gleich darauf saß er vor seinem Laptop.

Kim schloss ihre Wohnung auf und schaltete das Licht an. Im selben Moment entfuhr ihr ein Schrei. In der Küche saß Artur, rauchte eine Zigarette und wartete.

»Spinnst du, mich so zu erschrecken? Wie bist du überhaupt reingekommen? Hast du doch noch einen Schlüssel? Und wieso hockst du im Dunkeln?«

»Das waren vier Fragen auf einmal«, grinste Artur, »mit welcher soll ich anfangen?«

»Ach, leck mich«, fauchte Kim, »sag, was du willst, und dann hau ab.«

»Ich wollte ein paar Sachen für die Miezen holen.«

»Um halb zwölf in der Nacht? Das glaubst du doch selbst nicht.«

Kim angelte nach der Zigarettenpackung. Ihre Hand zitterte, als sie das Feuerzeug entzündete.

»Und dann wollte ich dir ein Geschäft anbieten.«

»Na, bitte, da kommen wir der Sache doch schon näher.« Kim zog heftig an ihrer Zigarette und blies Artur den Rauch ins Gesicht.

»Also, was für 'n Geschäft?«

»Ganz einfach«, sagte Artur, »ich krieg die Hälfte von deinem Anteil, dafür lasse ich dir die Miezen.«

Kim klappte der Kiefer runter.

»Äh ... welcher Anteil ... ich meine, wovon redest du überhaupt?«

»Stell dich nicht blöd, ich meine den Anteil aus der Olsen-Sache. Diese angebliche Entführung. Da dürfte doch 'n ganz nettes Sümmchen für dich rausspringen.«

Kim starrte ihn fassungslos an. »Ich glaub es nicht ... ich glaub's einfach nicht ...«, stammelte sie. »Woher weißt du das schon wieder?«

»Ach, Schätzchen, du solltest wirklich langsam begriffen haben, dass ich alles erfahre, was ich wissen will. Also, wie sieht's aus?«

Kim bewegte den Kopf, als wollte sie einen bösen Traum abschütteln. Sie verschränkte die Arme und kniff die Augen zusammen.

»Und wenn ich nein sage?«

Artur ließ sich auf seinem Stuhl nach vorne fallen. Mit sanfter Stimme sagte er: »Da gibt's verschiedene Möglichkeiten. Ich könnte euch verpfeifen, dann gibt's überhaupt keine Kohle; dafür ein hübsches, kleines Strafverfahren wegen Vortäuschung einer Straftat. Das Jugendamt könnte auf die Idee kommen, eine vorbestrafte Mutter sei kein guter Umgang für ihre Kinder. Es könnte auf die Idee kommen, die Kinder seien besser bei ihrem Vater aufgehoben ...«

»Hör auf!«, schrie Kim.

Sie stand auf und stürmte ins Kinderzimmer. In Windeseile packte sie ein paar Kleidungsstücke, zwei Kuscheltiere und einige Spielsachen in eine Tüte, rannte zurück in die Küche, drückte Artur die Tüte in die Hand und sagte atemlos: »Ich ruf dich an, wenn ich das Geld habe. Du kriegst es, sobald du die Miezen zurückbringst.«

Sie holte tief Luft und brüllte: »Und jetzt raus hier! Raus, raus, raus!«

Artur verzog schmerzvoll das Gesicht.

Kim schob ihn aus der Wohnung. Um ein Haar wäre er mit Berger zusammengestoßen, der gerade die Treppe hoch kam. Die beiden Männer tauschten einen finsteren Blick, dann fiel Kims Wohnungstür krachend ins Schloss.

Mona hielt ihren Sohn eng umschlungen.

»Ich liebe dich, Tommy-Baby«, sagte sie mit erstickter Stimme.

»Ich dich auch, Monamami«, erwiderte Tom, »aber bitte, nenn mich nicht Baby, okay?«

»Entschuldige«, schniefte Mona.

Eine Lautsprecherdurchsage ertönte. »Die Fluggäste des Fluges LH 5840 nach London werden zum Flugsteig A 23 gebeten, die Gäste nach London, bitte.«

Mona seufzte.

»Jetzt übertreib's aber nicht«, sagte Tom mit verlegenem Lächeln, »in acht Wochen komme ich ja wieder.«

»Hör zu, Tommy, dein Vater und ich ...«

»Schon klar.« Toms Stimme klang unbeteiligt. »Ihr könnt mir ja schreiben, wenn einer von euch 'ne neue Adresse hat.«

»Wir reden über alles«, versicherte Mona, »ich versprech's dir!«

»Ja, ja, okay«, winkte er ab.

Er nahm sein Bordgepäck, warf ihr einen letzten Blick zu und ging durch die Sperre.

Der See wirkte wie ein zum Leben erwachtes Foto aus einem Tourismus-Prospekt.

Idyllisch eingebettet lag er zwischen sanften, grünen Hügeln; an seinen Ufern vergnügten sich Badegäste und Restaurantbesucher, die Wasseroberfläche war bevölkert von großen und kleinen Booten. Nichts deutete darauf hin, dass der See an diesem Vormittag Schauplatz einer komplizierten Transaktion werden würde.

Gregor hatte schlecht geschlafen. Gegen sieben, kurz nachdem Mona gegangen war, stand er auf und ging schwimmen. Als das Wasser seinen schlafwarmen Körper umspülte, dachte er daran, wie seine Sexgier um ein Haar alles ruiniert hätte. Er fragte sich, wofür er sich entscheiden würde, wenn er eines Tages zwischen Geld und Sex wählen müsste, und er war sich nicht schlüssig geworden.

In Gedanken ging er noch einmal seinen Plan durch. Eigentlich konnte nichts schief gehen. Helen hatte mitgeteilt, dass die Sekretärin des Entführten, Shirin Ranghezi, die Fähre um 11 Uhr besteigen würde, mit sechs Millionen Franken in einem wasserdicht verschlossenen Plastikkanister sowie einem eingeschalteten Handy. Während der Fahrt würde sie sich auf dem hinteren Teil des Decks aufhalten.

Ungefähr in der Mitte des Sees befand sich eine kleine Insel, die von hohem Schilf umgeben war; hier würde Gregor in seinem Boot warten. Wenn die Fähre in ungefähr dreihundert Metern Entfernung die Insel passierte, würde Gregor Shirin anrufen. Mit verstellter Stimme würde er sie auffordern, den Kanister über Bord zu werfen. Sobald das Geld im Wasser war, würde er mit seinem Schnellboot hinrasen und ihn sich greifen. Knapp dreißig Sekunden würde das Ganze dauern.

Am Ufer würde Mona das Geld in Empfang nehmen

und in Sicherheit bringen. Gregor vertraute darauf, dass sie nicht auf die Idee käme, nachzuprüfen, wie viel Geld es war. Kim würde ihn an einer Autobahnraststätte absetzen, von wo aus er Helen anrufen könnte.

Nach dem Frühstück schaltete Gregor sein Laptop ein und löschte sorgfältig den gesamten Briefwechsel der letzten zwei Wochen. Dann packte er seine Sachen und zog die Kleider an, die er am Tag der Entführung getragen hatte. Alles andere würde Mona verschwinden lassen.

Gregor spürte, dass sein Interesse an Mona nachließ. Er hatte sein Ziel erreicht.

Er hatte sie erweckt, ihre Leidenschaft entfacht, nun war der Reiz weg. Ihre Gefühlsschwankungen strengten ihn an. Sobald er das Geld in den Händen hielte, würde er sich elegant zurückziehen.

Gegen acht hatte Kim angerufen.

»Hast du was von Mona gehört? Ich habe vor Sorge kein Auge zugemacht.«

»Geschieht dir recht«, erwiderte Gregor, »warum bist du auch so unbeherrscht.«

»Wieso ich? Du hättest ja auch vernünftig sein können!«

»Du erwartest Vernunft von einem Mann?«

»Stimmt«, gab Kim spitz zurück, »das ist wirklich ein Fehler. Und, hast du dir was überlegt?«

»Ich schlage vor, du stehst auf, machst dich hübsch, und gehst zu Sixt, um ein Auto zu leihen. Damit kommst du hier raus, und zwar bis spätestens halb zwölf.«

»Heißt das ... sie ist wieder da?«

»Ja. Alles läuft wie geplant.«

Gregor vernahm einen tiefen Seufzer der Erleichterung.

Kim hatte kaum geschlafen. Zuerst hatte sie sich Sorgen um Mona gemacht. Dann war die Sorge vom Ärger verdrängt worden. Unablässig hatte sie an das Geld denken müssen, das ihr nun wahrscheinlich durch die Lappen gehen würde. Wütend auf sich selbst und auf Gregor hatte sie sich im Bett herumgeworfen.

Wie war sie nur auf die unselige Idee gekommen, Gregor zu einem Quickie im See zu verführen? Eigentlich hatte sie gar keine Lust mehr auf ihn, also war es nur der Kitzel gewesen, ertappt zu werden. Und das Gefühl von Macht über Gregor, der ihr nicht mal in dieser Situation widerstehen konnte. Lauter niedere Instinkte, dachte Kim überrascht. Ich bin eine Schlampe.

Sie warf einen kurzen Blick in den Spiegel und zog die Wohnungstür hinter sich zu. Auf dem Treppenabsatz begegnete ihr der Postbote.

»Einschreiben«, sagte er knapp und hielt ihr einen Brief hin.

Kims Laune sank. Das konnte nur Ärger bedeuten. Sie unterschrieb, riss den Umschlag auf und überflog das Schreiben.

»Sehr geehrte Frau Morath, hiermit teilen wir Ihnen mit, dass die Klage ... Aktenzeichen ... vom ... von ... wegen Körperverletzung und Sachbeschädigung ... fristgerecht zurückgezogen wurde.«

»Jaaa!« Kims Faust stieß in die Luft.

Sie lief auf die Straße und hielt Ausschau nach einem Taxi, das sie zum Autoverleih bringen sollte. Wenig später fuhr sie in einem geliehenen roten Twingo die Landstraße Richtung See entlang.

Als erstes würde sie sich ein Auto kaufen. Nie mehr S-Bahn fahren. Sie hasste es, zwischen all den schwitzenden, riechenden, Geräusche produzierenden Leuten eingeklemmt zu sein. Dann Fahrräder für die Miezen.

Klamotten. Eine ordentliche Stereoanlage und jede Menge CDs. Einen neuen Videorekorder mit endloser Vorprogrammierung, so dass sie auch mal länger weg sein könnte und trotzdem keine »Ally McBeal«-Folge verpasste. Und natürlich Urlaub. In irgendeinem sauteuren Robinson-Club, wo die Miezen jede Menge Spaß mit anderen Kindern hätten und sie einen Krimi nach dem anderen lesen könnte.

Eine neue Wohnung müsste auch her. Weg aus dem Mief, weg von Berger.

Nur um Anna Gerlach tat es ihr Leid. Aber die könnte sie ja besuchen.

Ein merkwürdiges Gefühl der Ruhe hatte Mona ergriffen. Das Chaos in ihrem Kopf hatte sich gelichtet, die Gedanken hatten sich geordnet wie Soldaten, die sich gehorsam in einer Reihe aufstellen.

Das Boot tuckerte mit geringer Geschwindigkeit voran; sie hatte selten Gebrauch gemacht von ihrem Patent und ließ sich deshalb Zeit. Es war fast windstill und schon ziemlich heiß, der See lag ganz ruhig. Hauptsächlich Motorboote und Ausflugsdampfer waren unterwegs; nur ein paar unbelehrbare Optimisten dümpelten mit ihren Segelbooten und Surfbrettern in der Flaute vor sich hin.

Sie näherte sich dem Ufer und hielt Ausschau nach dem Haus. Es lag so versteckt zwischen den Bäumen, dass sie es vom Wasser aus fast nicht sehen konnte; schließlich erkannte sie die große Weide, die sich über den Bootssteg beugte, und hielt darauf zu. Gregor näherte sich mit einer Tasche in der Hand; er entdeckte Mona und winkte. Sie winkte zurück.

Sie hatte den Steg erreicht, stellte den Motor ab und

ließ das Boot gegen den seitlich angebrachten Gummireifen treiben. Gregor fing das Schot auf und vertäute das Boot.

»Alles in Ordnung?«, fragte er aufgeräumt. Er fühlte sich seinem Ziel ganz nah.

Mona nickte, nahm die dargebotene Hand und ließ sich aus dem Boot helfen.

»Die Sachen stehen drin, neben der Haustür«, sagte Gregor, »vergiss nicht, sie mitzunehmen.«

»Keine Sorge«, beruhigte ihn Mona. »Ich vergesse nichts.«

Gregor nahm sie in die Arme, vielleicht noch zärtlicher als sonst, wegen des besonderen Moments.

»Ich danke dir, Mona«, flüsterte er an ihrem Ohr. »Ich weiß, du hast es aus Liebe getan. Ich werde dir das nie vergessen.«

Er küsste sie, sprang ins Boot und verstaute seine Tasche. Dann startete er den Motor und hielt Kurs auf die kleine Insel.

Mona blieb lange stehen und sah ihm nach.

Helens Wagen näherte sich der Anlegestelle für die Fähre. Sie saß am Steuer, nervös und verkrampft. Die Angst hatte wieder die Oberhand gewonnen. Shirin versuchte, sie zu beruhigen.

»Was soll denn schon passieren?«, fragte sie und legte ihre Hand auf Helens Arm. »Die wollen das Geld, keinen Ärger.«

»Wenn wir bloß wüssten, ob diese Frau die Wahrheit gesagt hat«, sinnierte Helen.

»Das werden wir bald wissen«, sagte Shirin beruhigend.

Helen nickte. »Immerhin hat er heute Morgen noch gelebt«, sprach sie sich selbst Mut zu.

Es war vereinbart worden, dass sie um halb neun per E-Mail eine Frage an Gregor stellte. Seine Antwort sollte ihr beweisen, dass er wohlauf wäre.

»Welches Lied singt mein Mann seinen Kindern zum Einschlafen vor?«, hatte Helen gefragt. Die Antwort war umgehend gekommen: »Lalelu, nur der Mann im Mond schaut zu, wie die kleinen Babys schlafen, drum schlaf auch du. Please do everything as we told you. Your husband will be alright. Good luck.«

Trotz des Ernstes der Lage hatte Helen lächeln müssen.

Sie hatten den Parkplatz erreicht, Helen schaltete den Motor aus und drehte sich zu Shirin. Die zwei Frauen umarmten und küssten sich leidenschaftlich.

Als sie sich voneinander gelöst hatten, stieg Shirin aus und nahm den mit Tausendfrankennoten prall gefüllten Kanister, der in einer großen Plastiktüte steckte, aus dem Kofferraum.

»Hast du das Handy?«, fragte Helen.

»Ja.«

»Ruf mich bitte an!«

»Okay.«

Helen begleitet Shirin zum Kartenschalter, löste ihr einen Fahrschein und sah zu, wie sie die Fähre betrat und auf das hintere Deck ging. Helen winkte ihr noch einmal zu und kehrte zum Wagen zurück. In einer Stunde würde sie Shirin auf der anderen Seite des Sees wieder abholen.

Gregor umrundete mit dem Boot einmal die ganze Insel, um sich vor unliebsamen Überraschungen zu schützen. Früher hatte hier eine Hippiekommune gehaust; inzwischen stand das Holzhaus leer, die Farbe bröckelte ab, der Garten verwilderte. So weit Gregor informiert war, kämpfte der Besitzer seit Jahren um die Genehmigung, das Haus zu einem alternativen Tagungszentrum umbauen zu dürfen, aber die Gemeinde mauerte. So schritt der Verfall ungestört voran.

Gregor ließ das Boot vorsichtig zwischen das Schilf gleiten; auf keinen Fall durften sich irgendwelche Schlingpflanzen in der Schraube verheddern. Endlich hatte er den optimalen Platz. Er setzte sich so hin, dass er schon von Weitem die Fähre sehen könnte, nahm das Fernglas, das Handy, eine Flasche Wasser und eine Tube Autan aus der Tasche. Im flachen Wasser zwischen den Pflanzen wimmelte es von Stechmücken; er war heilfroh, dass er an den Mückenschutz gedacht hatte.

Es war kurz nach elf. Noch eine halbe Stunde.

Er hatte lange überlegt, wie er mit dem Geld verfahren sollte, und glaubte, die beste Lösung gefunden zu haben. Mona würde den Kanister in einem abschließbaren Hartschalenkoffer in einem Zimmer des »Vier Jahreszeiten« deponieren. Morgen würde er Kim dorthin bestellen; natürlich würde er den Kanister vorher öffnen und das überzählige Geld herausnehmen. Er würde Kim ihren Anteil auszahlen und für den Rest seines Lebens ein gutes Gewissen haben. Natürlich würde er Mona die gleiche Summe anbieten und Mona würde ablehnen. Davon ging er zumindest aus.

Gregor räkelte sich in der Sonne, beobachtet die anderen Boote und hoffte, dass ihm keines in die Quere kommen würde. Sein Körper spannte sich an. Da drüben fuhr ein Boot der Wasserschutzpolizei. Er lehnte sich so weit zurück, dass er nicht gesehen werden konnte. Aus der Ferne musste es so aussehen, als sei das Boot leer.

Die Polizei überquerte gemächlich den See; es schien nicht so, als verfolgten die Beamten eine bestimmte Absicht. Nach ein paar Minuten waren sie außer Sichtweite.

Die Fähre legte ab. Außer Shirin hatten sich auf dem Deck noch die Teilnehmer einer fidelen Reisegruppe aus Sachsen eingefunden, die mit ihrer Begeisterung übers schöne Oberbayern nicht hinterm Berg hielten.

»Und ooch olles so scheen sauber, gehn Se mol uff 'ne Doilette hier, Se wern sich wundern, sooch ich Ihnen!«

Shirin drehte den Urlaubern den Rücken zu und starrte in die schaumige Spur, die das Schiff hinter sich ließ. Der Fahrtwind blies ihre langen Haare durcheinander; sie suchte in den Taschen ihrer Jacke nach einem Haargummi, dabei kontrollierte sie zum x-ten Mal, ob ihr Handy eingeschaltet war. Verdammt, was war das? Hier war kein Netz! Ihr Herz schlug schneller. Das durfte nicht wahr sein! Hatten diese Idioten, diese Entführer denn daran nicht gedacht?

»Unn wo gomm Sie her, scheene Frau?«, ertönte eine Stimme neben ihr.

Einer der fröhlichen Sachsen hatte sich neben ihr aufgebaut, unübersehbar mit der Absicht, ihr ein Gespräch aufzudrängen.

Sie bedachte ihn mit einem eisigen Blick. »Sorry, I don't speak German.«

Der Mann ließ sich nicht entmutigen.

»I don't speak German myself, I speak Saxo … äh … I mean … Saxian … a very nice dialect«, radebrechte er.

Shirin überlegte fieberhaft, wie sie den Kerl loskriegen könnte, ohne Aufsehen zu erregen.

»Is there a bar on the ferryboat?«, fragte sie und bemühte sich, freundlich zu lächeln. Der Sachse witterte Morgenluft.

»Oh yes, a bar, you come with me and drink?«

»No, honey, but you could go and get me a drink, okay?«

»Okay, okay!« Der Mann nickte eilfertig und verschwand.

Shirin warf einen Blick auf das Handy-Display. Noch immer kein Netz.

Zwanzig nach elf. Gregor richtete sich auf und blickte suchend durchs Fernglas. Da war die Fähre. Noch ein ganzes Stück entfernt, aber pünktlich und auf dem richtigen Kurs. Zufrieden nahm er einen Schluck Wasser aus der Flasche und wischte sich den Schweiß von der Stirn. Heute Abend würde er zur Feier seiner Befreiung den edelsten Wein öffnen, der in seinem Keller lagerte, einen 78er Château Lafitte.

Er hielt das Fernglas unverwandt auf die Fähre gerichtet und beobachtete Shirin, die aufgeregt auf das Telefon in ihrer Hand starrte. Gregor wusste, dass sie an dieser Stelle kein Netz hatte. Und er stellte mit einer gewissen Genugtuung fest, dass diese unvorhergesehene Wendung selbst die sonst so coole Shirin aus der Fassung gebracht hatte.

Helen folgte der Seestraße; sie hatte es nicht eilig, da die Fähre deutlich länger unterwegs sein würde als sie.

Sie dachte ununterbrochen an Shirin; selbst wenn sie an andere Dinge dachte, lag der Gedanke an ihre Geliebte wie eine Doppelbelichtung über allem. Sie dachte an die Lust, die sie durch Shirin entdeckt hatte. An das Glück, endlich gefunden zu haben, wonach sie sich gesehnt hatte.

Sex mit Gregor war wie eine Unterhaltung mit einem Menschen, der nicht ihre Sprache sprach. Sex mit Shirin war wie ein Gespräch ohne Worte. Jede Bewegung stimmte, jede Berührung war eine Wohltat. Nichts in ihrem Liebesspiel war hart, fordernd, aggressiv, alles war weich, sanft, fließend. Es fühlte sich an, als hätte sie nach langem Suchen ein Kleidungsstück gefunden, das ihr wie angegossen passte. Ein schimmerndes, hauchzartes Seidenkleid, das ihren Körper umspielte und umschmeichelte. Sie wollte dieses Kleid nie mehr ausziehen.

Sie vermied es, daran zu denken, was nach Gregors Rückkehr geschehen sollte. Sie wusste, dass es so nicht weitergehen könnte. Dass die Dinge sich ändern müssten. Dass sie Entscheidungen würde treffen müssen. Nur hatte sie keine Ahnung, welche.

Shirin starrte immer noch auf das Display. Die Minuten kamen ihr vor wie eine Ewigkeit; sie betete und fluchte leise vor sich hin. Da! Endlich! Das Symbol erschien, das Netz war wieder da. Sie atmete tief auf. Da entdeckte sie ihren Verehrer, der mit zwei Gläsern Sekt auf sie zusteuerte. Das Handy klingelte. Der Sachse hatte sie erreicht und streckte ihr triumphierend ein Glas entgegen.

»Bidde sehr, scheene Frau!«

»Hau ab, du Arsch!«, schrie Shirin und drückte den grünen Knopf ihres Handys.

Kim bog auf das Seegrundstück ein. Sie hatte das Autoradio eingeschaltet und begleitete lauthals Madonna: »Bye, bye, Miss American Pie ...«

Sie war in Hochstimmung. Das war i h r Tag, der Tag, nach dem alle Geldprobleme der Vergangenheit angehören würden. Eigentlich sollte sie die Kohle nicht einfach ausgeben, überlegte sie, sondern in ihre Zukunft investieren. Sie könnte einen Laden kaufen, irgendein Geschäft eröffnen. Am besten ein Bordell, dachte sie amüsiert; man soll immer das Angenehme mit dem Nützlichen verbinden.

Sie parkte den Twingo, öffnete die Fahrertür und brachte ihren Sitz in eine bequemere Position. Während sie rauchte und Cola aus der Dose trank, malte sie sich weitere Geschäftsideen aus. Als sie in Gedanken gerade einen Piercing- und Tattoo-Salon einrichtete, traf Mona ein. Sie stellte ihr Auto neben dem Twingo ab.

»Morgen, Schwesterherz«, begrüßte Kim sie aufgeräumt.

»Morgen«, erwiderte Mona und ging ins Haus. Gleich darauf kam sie mit Gregors Sachen wieder heraus. Sie verstaute alles im Kofferraum ihres Wagens, wo sich bereits der Koffer für das Geld befand. Dann sah sie auf die Uhr.

»Ich geh schon mal nach vorne«, sagte sie.

Kim machte das Radio aus und folgte ihr. Sie setzten sich nebeneinander auf den Steg. Schweigend sahen sie eine Weile über den See.

»Was ist 'n los?«, fragte Kim.

»Nichts.«

Mona bewegte die Füße im Wasser und verscheuchte einen Schwarm winziger Fische, die sich neugierig genähert hatten. Sie ließ sich Zeit, bevor sie sagte: »Du musst mir immer alles wegnehmen, was?«

Kim stöhnte auf. »Oh, Mann, kannst du nicht mal 'ne andere Platte auflegen? Ich hab echt die Schnauze voll von dieser blöden Meine-Schwester-nimmt-mir-immer-alles-weg-Nummer!«

»Wenn du so aggressiv bist, hast du ein schlechtes Gewissen. Das war früher schon so.«

»Willst du mir wirklich eine Eifersuchtsszene wegen Gregor machen?«, fragte Kim heftig.

Mona seufzte. »Nein. Du hattest übrigens Recht, es

gibt nur Sex zwischen Männern und Frauen. Keine Freundschaft. Und das, was wir für Liebe halten ...« Sie beendete den Satz nicht.

Kim zündete sich eine Zigarette an. »Was willst du denn? Du hattest eine geile Zeit mit ihm, er hat dir gezeigt, dass du nicht frigide bist. Dafür müsstest du ihm dankbar sein.«

»Klar, eigentlich sollte ich ihn dafür bezahlen«, sagte Mona bitter, »meine Therapeutin hat 'ne Menge Geld kassiert und war nicht halb so erfolgreich.«

»Wo wir schon beim Thema sind«, sagte Kim, »willst du jetzt eigentlich was von der Kohle oder nicht?«

»Ich glaube nicht«, erwiderte Mona und sah ins Wasser, wo der Fischschwarm sich langsam wieder näherte.

»Und was hast du so vor mit deinem Anteil?«

Kim zuckte die Schultern. »Urlaub, Auto, Klamotten, das Übliche eben. Oder ich mach 'nen Laden auf.«

»Was für einen Laden?«

»Weiß noch nicht. Hast du 'ne Idee?«

Monas Blick ging in die Ferne. »Ich wollte immer gern ein kleines Hotel haben, wo man abends gemütlich mit seinen Gästen zusammensitzt.«

»Im Ernst? Von so was träumst du?« Kim überlegte. »Komisch, eigentlich sehe ich dich viel mehr als Ladenbesitzerin und mich als Wirtin. Vielleicht träumen wir beide exakt vom Falschen.«

Mona nickte. »Das könnte der Grund sein.«

»Wofür?«

»Dafür, dass bei uns beiden alles schief läuft.«

»Beklag dich bloß nicht!«, sagte Kim drohend. »Du hast nun wirklich ein perfektes Leben.«

Mona hob die Hände und ließ sie mit resignierter Geste fallen. »Das ist es ja gerade. Vielleicht hab ich immer von was völlig anderem geträumt.«

»Du spinnst«, sagte Kim ungehalten. »Wir können gern tauschen. Du lebst mein Leben als allein erziehende Mutter ohne Geld und mit ständig wechselnden Sexpartnern. Und ich zieh in deine Villa, gehe jeden Tag shoppen und lass mich dafür einmal im Monat von Manfred vögeln.«

»Zu spät«, sagte Mona.

»Zu spät? Wieso?«

Gregor ließ das Fernglas sinken. Das Adrenalin schoss in seine Adern. Jetzt!

Er gab Gas, der Motor heulte auf. Der Bug stieg hoch. Um ein Haar wäre er ins Wasser gestürzt. Reflexartig nahm er das Gas zurück. Vorsichtig versuchte er es erneut, das Boot ruckte, hing aber fest. Gregor riss das Fernglas hoch. Der weiße Plastikkanister war deutlich zu sehen; dahinter entfernte sich die Fähre. Rundherum war alles voller Boote.

Kurz entschlossen stürzte Gregor sich ins Wasser. Er tauchte unter das Boot, öffnete widerwillig die Augen und kämpfte sich durch das Schilf. Endlich erreichte er die Schraube. Wie erwartet hatte sie sich verheddert. Er riss und zerrte an den glitschigen Pflanzen. Ein Messer! Warum hatte er nicht an ein Messer gedacht?

Er brauchte dringend Luft, seine Augen quollen ihm schon aus dem Kopf. Er riss ein letztes, verzweifeltes Mal.

Shirin blickte angestrengt aufs Wasser. Der Kanister schwankte heftig auf und ab und wurde schnell kleiner. Wieso passierte nichts? Warum kam kein Boot, um die sechs Millionen Franken an Bord zu nehmen? Was für ein Irrsinn, so viel Geld in einen See zu werfen, um es irgendjemandem zu überlassen. Den Erpressern, oder vielleicht auch nur dem Nächstbesten, der mit dem Boot vorbeifahren und danach greifen würde. Shirin stöhnte auf. Die ganze Zeit hatte sie den Gedanken verdrängt. Nun katapultierte er sich mit aller Macht in ihren Kopf: Warum, zum Teufel, hatte sie nicht einfach das Geld genommen und war verschwunden?

Erneut gab Gregor Gas. Mit einem Ruck riss sich das Boot los und schoss hinaus auf den See. Dreißig, neunundzwanzig, achtundzwanzig … zählte Gregor und starrte auf den winzigen, weißen Fleck vor ihm, bis seine Augen tränten.

Das Flugzeug rollte die Startbahn entlang, wurde schneller und erhob sich in den blauen Sommerhimmel. Mona sank aufatmend in ihren Sitz zurück.

Sie hatte es tatsächlich getan! Sie, Mona, die Mustergültige, hatte endlich gewagt, sich ein großes Stück vom Kuchen zu nehmen, rücksichtslos und unbescheiden. Und nun war sie unterwegs in ein anderes Leben; alles, was sie beschwert hatte, würde sie hinter sich lassen. Ein Gefühl des Triumphes überkam sie, gemischt mit einer kleinen Bangigkeit, die sie schnell wegschob.

Sie schloss die Augen und ließ die letzten Stunden in Gedanken Revue passieren.

Sie sah Gregor vor sich, wie er, die Hand am Steuer des Motorbootes, auf sie zugefahren kam. Seine Kleider klebten ihm am Körper, die Haare waren nass und strähnig.

»Hat's geklappt?«, rief Kim und tänzelte aufgeregt von einem Bein aufs andere.

Sein triumphierendes Lächeln war Antwort genug.

Er vertäute das Boot, warf seine Tasche auf den Steg und bückte sich. Mit einem großen, milchig-weißen Plastikkanister, dessen Inhalt sich dunkel abzeichnete, richtete er sich wieder auf. Für einen Moment hob er ihn in Siegerpose hoch über den Kopf.

Mona nahm den Kanister entgegen. Ihre Blicke trafen sich. »Bis morgen, Liebes«, flüsterte Gregor.

Sie nickte schweigend, verstaute den Kanister im Koffer und den Koffer im Auto. Dann fuhr sie ins Hotel Vier Jahreszeiten. Zimmer 419 war reserviert.

Mona betätigte das Zahlenschloss, öffnete den Koffer und nahm den Kanister heraus. Aus einer Stofftasche, die sich ebenfalls im Koffer befand, nahm sie eine Säge. In weniger als zwei Minuten hatte sie den Plastikbehälter der ganzen Länge nach aufgesägt. Sie kippte ihn um, und Bündel von Tausendfrankenscheinen fielen ihr entgegen. Sie begann zu zählen. Ihre Augen weiteten sich.

Sechs Millionen Franken!, hämmerte es in ihrem Kopf, als sie fertig war. Gregor hatte sie und Kim die ganze Zeit belogen. Er wollte Kim mit einem Bruchteil der Summe abspeisen und spekulierte vermutlich darauf, dass Mona auf ihren Anteil ganz verzichten würde. Aus Liebe!

Mona teilte die Geldscheine in zwei ungefähr gleich große Haufen und betrachtete sie. Dann teilte sie von Neuem, diesmal in einen etwas kleineren und einen etwas größeren Haufen. Unschlüssig stand sie auf und ging im Zimmer auf und ab, öffnete die Minibar, nahm ein Fläschen Wodka heraus, kippte den Inhalt.

Sie setzte sich aufs Bett, rieb sich das Gesicht und starrte unverwandt auf das Geld.

Schließlich sprang sie auf, bildete einen ziemlich kleinen und einen ziemlich großen Haufen und packte den größeren Haufen in einen gelben Postkarton, den sie auch mitgebracht hatte. Als er voll war, schrieb sie einige Zeilen auf einen Briefbogen, steckte ihn dazu, verschloss den Karton sorgfältig mit Klebeband und schrieb eine Adresse darauf.

Wenig später verließ sie das Hotel.

Kim und Gregor sprachen nicht viel während der Fahrt. Sie hingen ihren Gedanken nach und fühlten sich auf eigenartige Weise erschöpft. Bei keinem von ihnen hatte sich Euphorie eingestellt. Eher nüchtern konstatierte jeder für sich, dass sie am Ziel waren, und wie einfach es im Grunde gewesen war.

Als sie die Raststätte erreicht hatten, verabschiedete sich Gregor mit einem beiläufigen »Also, bis morgen«, und stieg aus. Jetzt, mit den am Körper getrockneten, schmutzigen Kleidern und dem verklebten Haar sah er tatsächlich aus wie jemand, der nach zwei Wochen aus der Hand von Kidnappern entkommen war.

»Hier.« Kim reichte ihm eine Telefonkarte durchs Fenster. Das gehörte zur Inszenierung. Das Handy hatten die Entführer ihm natürlich weggenommen, ebenso seinen Laptop.

»Also, dann«, sagte Kim, »bis morgen.«

Sie wendete und fuhr zurück auf die Autobahn.

Helen und Shirin fuhren gerade ins Firmenparkhaus ein, als Helens Handy klingelte. Sie zuckte zusammen, als hätte sie etwas gebissen.

»Geh doch ran«, sagte Shirin nervös.

Es kam ihr vor, als überlegte Helen, ob sie das Telefon einfach ausschalten sollte.

Endlich nahm sie das Gespräch an. »Hallo?«

Gregors Stimme war über die Freisprechanlage zu hören. »Helen, ich bin's.«

Shirin atmete erleichtert auf.

»Hallo, Gregor«, antwortete Helen ohne Emotion.

»Ich bin an der Raststätte Adelzhausen. Kannst du mich abholen?«

»Natürlich. Ich komme.«

Erstaunt beobachtete Shirin, wie ruhig Helen war. Auf diesen Moment hatte sie zwei Wochen gewartet und nun zeigte sie keine Regung. Kein »Oh, mein Gott, du lebst!«, kein Aufatmen, keine Tränen.

Helen hatte mitten im Parkhaus angehalten und den Motor ausgeschaltet. Sie sah abwesend vor sich hin, als habe sie erst in diesem Augenblick begriffen, was geschehen war.

Shirin sah sie fragend an. »Soll ich mitkommen?«

Helen schüttelte den Kopf. »Nein, lieber nicht. Ich …« Sie brach ab und startete mit einer heftigen Bewegung den Motor.

Shirin beugte sich zu ihr und küsste sie. Sie hatte kaum die Tür zugeworfen, als Helen Gas gab. Das Quietschen der Reifen hallte zwischen den Betonwänden wider.

Kim fuhr laut singend zurück in die Stadt. Sollte sie das Auto wirklich gleich zurückgeben? Sie könnte es doch genauso gut noch ein paar Tage behalten. So lange, bis sie sich eins gekauft hätte. Dieser Gedanke begeisterte sie. Jawohl, sie, Kim Morath, würde bald ein eigenes Auto besitzen!

Sie überlegte, wie es nun weitergehen würde. Als Erstes müsste sie Artur sagen, dass er morgen Abend sein Geld bekäme. Und dann würde sie eine Flasche Champagner austrinken, ganz alleine.

Sie fand keinen Parkplatz. Fast fünfzehn Minuten kurvte sie durch die Gegend, bis sie endlich eine Lücke entdeckte. Sie stellte den Twingo ab, kaufte im nächsten Supermarkt eine Flasche Dom Perignon und bog in ihre Straße ein.

Ein Rettungswagen mit Blaulicht und Sirene kam

ihr entgegen. Ihre Haustür war weit offen, einige Bewohner standen herum und sprachen aufgeregt miteinander.

Frau Gerlach, schoss es Kim durch den Kopf. Sie rannte los.

»Was ist los? Ist was mit Frau Gerlach?«, rief sie den Leuten zu, die sich zu ihr umdrehten. Erst jetzt sah sie das Polizeiauto.

Ein Polizist begleitete Kim in ihre Wohnung. Die Tür stand offen, auf dem Boden und an der Wand waren Blutspuren. Entsetzt starrte Kim auf die rotbraunen Flecken.

Wohnzimmer und Schlafzimmer waren verwüstet, Schubladen herausgezogen, Schranktüren geöffnet.

»Der Einbrecher muss durch Herrn Berger gestört worden sein. Es kam zu einer Schlägerei, in deren Verlauf der Einbrecher ein Messer gezogen und auf Ihren Nachbarn eingestochen hat.«

»Ist er schlimm verletzt?«, fragte Kim besorgt.

»Wir wissen es noch nicht. Er hat ziemlich viel Blut verloren, mehr kann ich Ihnen nicht sagen.«

»Hat man den Typen gefasst?«

»Nein, er ist entkommen.«

»Wieso bricht einer am helllichten Tag bei mir ein?«, fragte Kim ratlos. »Bei mir gibt es absolut nichts zu holen.«

»Das wüssten wir gern von Ihnen, Frau Morath«, sagte der Polizist freundlich, »zumal der Einbrecher offenbar einen Schlüssel hatte.«

Kim hatte das Gefühl, jemand habe ihr mit der Faust in den Magen geschlagen.

Helen löste sich aus Gregors Umarmung.

»Mein Gott, bist du schmutzig, haben sie dir nichts Frisches zum Anziehen gegeben?«, sagte sie empört.

Gregor lächelte. »Sei froh, dass ich lebe.«

Helen nickte. »Ich kann mir vorstellen, was du durchgemacht hast.«

»Viel schlimmer ist, was du durchgemacht hast«, sagte Gregor mitfühlend. »Das hat mich am meisten belastet: Mir vorzustellen, welche Angst du ausstehen musst. Das war schlimmer als alles andere.«

Helen sah ihn nachdenklich an. »Komm, lass uns nach Hause fahren.«

Sie öffnete die Beifahrertür, Gregor stieg ein.

Eine Weile schwiegen sie. Dann fragte Helen: »Möchtest du darüber sprechen?«

Gregor hatte einen gequälten Ausdruck im Gesicht. »Irgendwann vielleicht. Erst mal möchte ich am liebsten nicht mehr daran denken.«

Helen nickte verständnisvoll. »Ja, natürlich.«

Zu Hause kam Gregor sich vor, als sei er aus dem Krieg heimgekehrt. Köchin und Kinderfrau standen Spalier an der Haustür, seine Kinder flogen ihm in die Arme. Gerührt drückte er die kleinen Körper an sich.

»Du bist aber schmutzig«, sagte Tobi naserümpfend. »Warst du im Dschungel?«

»Hast du uns was mitgebracht von der Reise?«, fragte Jana.

»Leider nicht«, sagte Gregor bedauernd.

»Wohnt die Shirin jetzt nicht mehr hier?«, fragte das Kind weiter und Gregor sah Helen fragend an.

»Shirin war ein paar Tage hier, sie hat mich unterstützt.«

»Ja, natürlich. Das war sicher das Beste.«

»Du möchtest dich bestimmt frisch machen«, sagte Helen. »Wir können ja später reden.«

Gregor kam es vor, als sei er Monate weg gewesen. Staunend ging er durchs Haus; die Räume erschienen ihm riesig im Kontrast zu seinem Quartier am See. Wie gut, dass es vorbei war; die letzten Tage hatte er sich zunehmend unwohl gefühlt. In kleinen Räumen hielt er es nicht gut aus.

Nun musste er nur für eine Weile seine Rolle als traumatisiertes Entführungsopfer durchhalten, und bald schon würde sein Leben wieder so sein, wie er es schätzte. Jetzt war er sicher, dass die Anstrengung sich gelohnt hatte.

Kim saß an Bergers Bett und hielt seine Hand. Sie kämpfte mit den Tränen. So dünn und schwach wirkte er, ihr Freund. Vor ein paar Wochen war er noch ein dicklicher, gemütlicher Bär mit einer verstrubbelten Hippiefrisur gewesen. Nun war sein Gesicht fast kantig; die kurzen, grauen Haare verliehen ihm einen geradezu asketischen Ausdruck. Kim musste sich eingestehen, dass sie ihn schön fand.

Plötzlich schlug er die Augen auf.

»Kim, alte Schlampe«, flüsterte er schwach, »was machst du denn hier?« Er sah sich erstaunt um. »Wo bin ich überhaupt?«

Kim beugte sich vor. »Du bist im Krankenhaus.«

»Ach, du Scheiße. Wie ist das denn passiert?«

»Du erinnerst dich nicht?«, fragte Kim.

Berger ließ den Blick umherwandern und überlegte. »Klar«, sagte er dann mit festerer Stimme. »Dein Ex, dieses Arschloch, hat versucht, mich abzustechen.«

Kim holte tief Luft. »Hast du der Polizei was davon erzählt?«

»Polizei? Nee. Muss ich schon hinüber gewesen sein, als die gekommen sind.«

Kim beugte sich noch weiter vor und sah Berger beschwörend an.

»Hör zu, die Bullen werden hierher kommen und dich verhören. Du darfst ihnen auf keinen Fall sagen, dass du ihn erkannt hast!«

»Was?« Berger versuchte empört, sich aufzurichten. Mit schmerzverzerrtem Gesicht ließ er von seinem Vorhaben ab. »Und wieso nicht?«

»Weil er die Miezen hat ... und weil ich da in so 'ner Sache drinhänge ... und wenn die Polizei ihn schnappt, dann verpfeift er mich oder tut den Miezen was an...«, stammelte Kim konfus.

Berger schüttelte den Kopf. »Mann, Kim, warum hast du bloß so 'n Schiss vor dem Kerl?«

»Das fragst ausgerechnet du?« Kims Stimme klang schrill. »Du liegst hier zerlöchert wie 'n Emmentaler und fragst, wieso ich Angst habe?«

Eine Krankenschwester betrat das Zimmer.

»Er ist wach!«, rief sie über die Schulter in den Flur. »Tut mir Leid, Sie müssen jetzt gehen«, sagte sie zu Kim gewandt. »Ein Herr von der Polizei ist da.«

Gregor hatte geduscht und mit Genuss frische Kleidung aus seinem Schrank genommen. Er hatte am Bett der Kinder gesessen, »Lalelu« gesungen und mit ihnen gebetet. Elise hatte eine Seezunge zubereitet, Helen eine Flasche Champagner geöffnet und sämtliche Kerzen im Speisezimmer angezündet. Der Château Lafitte leuchtete rubinrot in seiner Karaffe; nach dem Dessert würden sie damit anstoßen. Die Welt war wieder in Ordnung.

»Ich werde dich nichts fragen«, sagte Helen, »du entscheidest einfach selbst, ob und wann du mir etwas erzählen willst.«

Gregor drückte ihre Hand. »Das ist sehr rücksichtsvoll, ich danke dir, Liebes.«

Er überlegte einen Moment und entschied dann, dass ein paar grausige Details seiner Gefangenschaft ihre Wirkung sicher nicht verfehlen würden. Das würde Helens Dankbarkeit über seine Rückkehr verstärken und ihr das Gefühl geben, sie habe das viele Geld nicht umsonst investiert.

»Das Schlimmste war die Ungewissheit«, begann er stockend. »Ich wusste nicht, wo ich bin. Ich wusste nicht, welcher Tag und welche Uhrzeit ist. Ich wusste nicht, wie lange das alles dauern würde.«

»Warst du gefesselt?«, fragte Helen entgegen ihrer eben geäußerten Absicht.

»Anfangs schon. Später ließen sie die Fesseln weg. Aus diesem Raum hätte ich ohnehin nicht entkommen können.«

Er machte eine Pause, als könne er die Erinnerung kaum ertragen. Helen sah ihn unverwandt an.

»Sie haben mich eigentlich ganz gut behandelt«, erzählte er weiter. »Ich bekam genügend zu essen und Bücher zum Lesen. Keine Zeitungen. Auch nichts zum Schreiben. Meinen Laptop haben sie mir weggenommen. Sie haben per E-Mail mit dir kommuniziert, nicht wahr?«

Helen nickte.

»Ja, das habe ich mitbekommen.« Er zögerte ein wenig, dann fragte er: »Wie viel … hast du bezahlt?«

»Sechs Millionen Schweizer Franken.«

Er gab sich den Anschein, von dieser Auskunft völlig erschlagen zu sein.

»So viel bin ich dir wert?«, hauchte er.

Helen antwortete nicht und schob den Dessertteller von sich. Sie hatte keinen Appetit.

Gregor griff nach der Rotweinkaraffe und schenkte die Gläser voll. Der Wein hatte eine besonders schöne Farbe. Er erhob sein Glas, wartete, bis Helen seinem Beispiel gefolgt war, und sagte: »Auf den Sieg der Liebe über das Geld.«

»Auf die Liebe zum Geld«, verbesserte Helen und nahm einen großen Schluck.

Sie setzte ihr Glas ab und tupfte sich den Mund mit der Serviette. Dann fragte sie: »Und wann bist du auf die Idee gekommen, dich selbst zu entführen?«

Kim ging über einen schlecht beleuchteten Weg aus Betonplatten auf das heruntergekommene Appartementhaus zu. Auf der freien Fläche vor dem Gebäude standen zwei Wäschespinnen, eine Teppichstange und ein paar armselige Spielgeräte. Sie stellte sich vor, wie dort tagsüber die Kinder herumlungerten. In einer solchen Umgebung würden ihre Miezen nicht bleiben, das schwor sie sich.

Auf dem Klingelbrett fand sie Arturs Namen; mit Filzstift hatte jemand »und Tanja« daneben geschrieben. Sie klingelte. Es dauerte eine Weile, dann hörte sie Tanjas Stimme: »Wer ist da?«

»Ich bin's«, sagte Kim. »Ich will zu den Kindern.«

Ein kurzes Summen ertönte, Kim drückte die Tür auf. Sie hatte vergessen, in welchem Stock die Wohnung war, deshalb ging sie zu Fuß. Im Treppenhaus lag überall Müll herum, der Putz bröckelte von den Wänden. An manchen Stellen prangten Graffitis; »Scheißhaus« hatte jemand gesprüht, und daneben »Fuck you, Mehmet«.

Vierter Stock. Tanja öffnete, bevor Kim ganz an der Tür war.

Die Wohnung war liebevoll eingerichtet und aufgeräumt. Ein bisschen spießig vielleicht, trotzdem ein wohltuender Kontrast zum restlichen Haus.

»Wo sind die Miezen?«

»Schlafen«, sagte Tanja und zeigte auf eine Tür.

Kim drückte die Klinke hinunter und spähte ins Zimmer. An der Wand stand ein Stockbett. Decken und Kissen waren mit bunter Kinderbettwäsche bezogen; zwei rotblonde Lockenschöpfe waren zu sehen.

»Ich nehm sie jetzt mit«, verkündete Kim und schaltete das Deckenlicht ein. »Pack schon mal ihre Sachen zusammen.«

Tanja machte das Licht schnell wieder aus. »Hey, was ist denn los?«, flüsterte sie, »den Mädels geht's gut, wieso willst du sie aus dem Schlaf reißen?«

Kim stemmte die Arme in die Hüften. »Weißt du, wo Artur heute Nachmittag war?«

Tanja schloss die Tür zum Kinderzimmer. In ihren Augen flackerte es.

»Keine Ahnung.«

Kim fixierte ihr Gegenüber. »Erzähl mir nichts. Natürlich weißt du's.«

»Ich gehör nicht zu den Weibern, die ihre Typen ständig nerven mit ›Wo warst du?‹, ›Was machst du?‹ und so. Ich hab Vertrauen zu Artur.«

»Falls es dich interessiert, Artur hat heute meinen Nachbarn fast platt gemacht!«, sagte Kim scharf.

»Dann war's Notwehr. So was macht er sonst nicht.«

»Dann hast du bisher Glück gehabt. Wo ist er überhaupt?«

»Nochmal kurz weg«, sagte Tanja unbestimmt. »Willste ... was trinken?«

»Lieber eine rauchen.«

In der Küche stellte Tanja zwei Gläser und einen Aschenbecher auf den Tisch. Es war eine typische Wir-sind-eine-junge-Familie-Küche von IKEA; billige Bistrostühle mit Plastikbespannung, Holzfurnier, buntes Geschirr. Am Kühlschrank pinnten Fotos, von Magnet-Smilies gehalten. Tanja schenkte Bier in die Gläser, verschloss die Flasche sorgfältig und stellte sie zurück.

»Echt süß, deine Mädchen«, sagte sie. »So was von brav.«

»Wieso lässt du dir eigentlich kein Kind von ihm machen?«, fragte Kim neugierig.

»Was geht denn dich das an?«

»Ich frag' ja nur.«

Tanja griff nach einer Zigarette und begann, damit herumzuspielen. »Er will nicht.«

Sieh mal an, dachte Kim. Hatte Artur nicht behauptet, Tanja wolle sich nicht die Figur ruinieren?

Plötzlich begann Tanja zu weinen. »Aber ich vertrag' die Pille nicht und er weigert sich, Pariser zu nehmen und jetzt ...« Sie wischte sich mit dem Handrücken durchs Gesicht.

»... ist es doch passiert«, kombinierte Kim. »Ach, du Scheiße. Weiß er's schon?«

Tanja schüttelte den Kopf.

Kim griff nach ihrer Hand und drückte sie kurz. »Das wird schon, wirst sehen. Artur ist kein so übler Vater.«

»Stimmt. Ich seh ja, wie er mit den Miezen ist. Meinst du, er freut sich irgendwann doch?«

»Bestimmt«, sagte Kim. Sie fand diese Neuigkeit ausgesprochen erfreulich.

Tanja lächelte sie unter Tränen an. »Danke. Du bist echt nett.«

Täusch dich nicht, dachte Kim und überlegte, was sie

jetzt tun sollte. Die Miezen einpacken und gehen, auf Artur warten und ihn zur Rede stellen, oder ihm morgen das Geld geben, in der Hoffnung, dass danach endlich Ruhe wäre? Womöglich hatte Berger Artur doch verpfiffen und die Polizei tauchte auf. Wer weiß, wozu Artur in Panik fähig wäre.

Noch während sie überlegte, fiel ihr Blick auf einen Korb mit schmutziger Wäsche, der halb verdeckt neben der Waschmaschine stand. Zwischen Jeans und bunten T-Shirts lag ein zusammengeknülltes graues Hemd mit merkwürdigen, dunklen Flecken. Kim war wie elektrisiert. Sie sah zu Tanja, die gedankenverloren an ihren Fingernägeln kaute.

»Sag mal, hast du nicht eben das Geräusch gehört?«, fragte Kim.

»Welches Geräusch?«

»Na, draußen auf dem Flur, so 'n komisches Kratzen.«

Tanja stand auf und ging hinaus. Kim stürzte zum Wäschekorb, packte das Hemd und stopfte es unter ihre Jacke.

Gregor starrte Helen entgeistert an. »Ich verstehe nicht.«

»Du verstehst mich sehr gut, Lieber«, sagte Helen kühl.

Gregor überschlug in Gedanken blitzartig seine Möglichkeiten. Er wusste nicht, wie viel Helen wusste. Womöglich bluffte sie. Er würde erst mal überhaupt nichts zugeben, sondern seine übliche Taktik für brenzlige Situationen anwenden: Gegenfragen.

»Wie kommst du denn nur darauf?«, fragte er, abgrundtiefes Erstaunen in der Stimme.

»Ich habe Informationen erhalten.«

»Von wem?

»Von einer gewissen Kim.«

»Ich kenne keine Kim«, erwiderte Gregor scheinbar gelassen.

»Vielleicht heißt sie auch nicht so, aber das spielt keine Rolle. Tatsache ist, dass sie eine ganz andere Version deiner Entführung erzählt hat.«

»Und was hat sie erzählt?«

»Das möchte ich dir nicht sagen. Ich möchte es von dir hören.«

Gregor lehnte sich zurück, nahm einen Schluck Rotwein und dachte nach. Er dürfte jetzt keinen Fehler machen, sonst wäre alles verloren.

»Ich muss schon sagen, Helen, ich bin ziemlich erschüttert. Zwei Wochen bin ich in den Händen von Kidnappern, bange um mein Leben, bange um dich und die Kinder, und dann kommt irgendein dahergelaufenes Flittchen, erzählt dir irgendwas, vermutlich, um ein gutes Geschäft zu machen, und du glaubst es?«

»Die Frau wollte kein Geld.«

»Ach, was weiß ich, was so eine für ein Motiv hat!«, sagte Gregor aufgebracht. »Vielleicht wollte sie sich rächen, vielleicht ist sie nur geltungssüchtig, vielleicht leidet sie unter Verfolgungswahn. Wenn du mir nicht mal sagst, was für eine Geschichte sie erzählt hat, kann ich darüber nur spekulieren.«

Helens Sicherheit schien nicht ins Wanken zu geraten.

»Die Frage ist doch«, sagte sie, »woher die Frau überhaupt wusste, dass du entführt worden bist.«

»Mein Gott«, rief Gregor aus, »sie kann die Freundin von einem der Gangster gewesen sein, sie kann durch Zufall etwas mitbekommen haben, da gibt es viele Möglichkeiten. Wer wusste denn alles davon?«

»Ich, Shirin und Lehmbrock. Naja, Elise und Frau Wellheim haben vielleicht was geahnt.«

»Sind schon fünf Leute. Und dann noch die beiden Entführer selbst, womöglich irgendwelche Komplizen ... wenn nur einer davon was ausgeplaudert hat, ist alles möglich.«

Plötzlich kam ihm ein Gedanke.

»Sag mal, wenn du der Überzeugung bist, ich hätte das Ganze inszeniert, wieso hast du dann sechs Millionen Franken bezahlt?« Ihm wurde flau. »Oder ... hast du sie etwa gar nicht gezahlt?«

Helen knetete ihre Hände. Plötzlich schien sie ihrer Sache nicht mehr ganz so sicher zu sein.

»Na ja, diese Frau hat erzählt, dass jemand hinter deinen Plan gekommen ist und dich bedroht hat.«

Gregor versuchte, zu verstehen. »Du meinst, jemand, der sich sozusagen nachträglich in die Sache eingeklinkt hat? Ein Trittbrettfahrer?«

»Ja, genau. Und der sei sehr entschlossen und würde dir oder uns etwas antun, wenn er kein Geld bekäme.«

Gregor schüttelte fassungslos den Kopf. »Dann war ich also doch in der Hand eines Verbrechers. Also, was denn nun?«

»Genau das würde ich gern herausfinden.«

Bevor Gregor antworten konnte, klingelte es an der Tür.

»Ich gehe schon«, sagte er, dankbar über den kleinen Aufschub.

»Warte, du kennst das Videosystem noch nicht!«

Auf dem Bildschirm war ein Mann mit einem Paket zu sehen.

»Kurierdienst«, rief er in die Sprechanlage.

»Können sie sich ausweisen?«, wollte Gregor wissen.

Der Mann bejahte und nestelte in seiner Tasche.

»Links über Ihnen; halten Sie den Ausweis vor die Kameralinse«, befahl Helen.

Der Mann sah sich verwirrt um, entdeckte die Kamera und reckte sich ihr entgegen.

Gregor drückte auf den Türöffner.

»Frau Helen Westheim?«

Helen nickte und unterschrieb. Gregor gab ihm ein Trinkgeld.

Helen nahm den gelben Karton entgegen. Sie blickte auf den Aufkleber. Kein Absender.

Sie riss die Klebestreifen ab und öffnete die Schachtel. Als erstes zog sie einen Brief heraus.

»Sehr verehrte Helen, die Wahrheit können Sie nur von Gregor erfahren. Ich denke, zwei Millionen ist kein zu hoher Preis. Ich wünsche Ihnen Glück. Kim.«

Helen ließ den Brief sinken, zog ihn aber weg, als Gregor danach greifen wollte. Dann drehte sie den Karton um. Bündel von Tausendfrankenscheinen purzelten auf den Boden.

Die Insel hatte sich nicht sehr verändert. Der Hafen war erweitert worden, ein paar Hotels waren neu, es gab mehr Tagestouristen, die auf geliehenen Fahrrädern über die staubigen Feldwege strampelten, aber die Atmosphäre war wie früher.

Vor achtzehn Jahren, gleich nach dem Abitur, war Mona zum ersten Mal hier gewesen. Sie hatte die Insel vom ersten Augenblick an geliebt. Immer hatte sie davon geträumt, zurückzukehren, und einmal hatte sie es getan, gemeinsam mit Manfred. Es war der schlimmste Urlaub ihrer Ehe gewesen. Ihr Mann hatte unaufhörlich gejammert, dass die Unterkunft zu primitiv sei, das Essen zu eintönig, die Sonne zu heiß. Es gab kaum Sehenswürdigkeiten, und die, die in einem dünnen, alternativen Reiseführer als solche angepriesen wurden, fand Manfred belanglos: eine alte, verfallene Villa, begehbare Tropfsteinhöhlen über dem Meer, eine Halbinsel mit einem Leuchtturm, eine Strandbude mit wunderbarem Blick.

Vielleicht hatte ihre Beziehung schon damals den ersten Riss bekommen. Mona hatte sich verletzt gefühlt durch Manfreds Ablehnung. Wenn er etwas, das ihr so zauberhaft erschien, hässlich und langweilig fand – wie könnte er dann der Richtige sein?

Gleich nach ihrer Ankunft nahm Mona sich ein Leihauto, einen Suzukijeep mit abnehmbarem Dach. Sie wuchtete ihre Koffer in den Wagen und fuhr zum Café »Le Matin«, das zum Glück noch existierte.

Mona hielt Ausschau nach der französischen Besitzerin, die seit über zwanzig Jahren hier lebte. Sie stand hinter der Theke und faltete Servietten.

»Bonjour, Louise, erinnern Sie sich noch an mich?«

Louise, eine Anfangsfünfzigerin mit zartem Porzellan-Teint, die außerhalb ihres Cafés nie ohne einen wagenradgroßen Hut anzutreffen war, hob den Kopf.

»Naturellement, du bist ... attends ... Mona! C'est juste?«

»Richtig!«, staunte Mona. »Dass Sie sogar meinen Namen noch wissen!«

»Warst du nicht vor ein paar Jahren mit deinem Mann hier, ich habe vergessen, wie er heißt? Hat ihm nicht nicht gefallen, n'est-ce pas?«

Mona nickte. »Dafür bin ich umso glücklicher, wieder da zu sein. Könnten Sie mir helfen, Louise? Ich brauche eine Unterkunft.«

»Wie lange willst du bleiben?«

Mona zuckte die Schultern. »Ich weiß es noch nicht. Ein paar Monate, vielleicht auch länger.«

Louise sah sie interessiert an und zog eine Augenbraue leicht nach oben.

»Ah, bon! Ich muss mich ein bisschen umhören. Hast du ein Telefon?«

Mona notierte ihre Handy-Nummer auf einem Zettel und bat darum, ihr Gepäck unterstellen zu dürfen.

Sie trank einen Milchkaffee und versuchte, die Schlagzeilen der Zeitung zu übersetzen. Leider war ihr Spanisch äußerst mangelhaft, aber das würde sich bestimmt bald ändern. Außerdem lebten auf der Insel eine Menge Engländer, Franzosen und Deutsche.

Sie verabschiedete sich von Louise und bummelte ein wenig durch den Ort. Die Hauptstraße war zu einer Fußgängerzone umgebaut worden; auf beiden Seiten reihten sich Lebensmittelläden, Souvenirshops und Boutiquen aneinander; davor hatten fliegende Händler ihre Waren aufgebaut. Die Stände quollen über von Silberschmuck, Halsketten und Leder-Accessoires. Überall tauchte die Eidechse als Motiv auf, eine Art Wahrzeichen der Insel.

Erleichtert stellte Mona fest, dass der wunderschöne, weiße Platz vor der Kirche unverändert war. Sie liebte diesen schlichten Ort, wo tagsüber Kinder spielten und in den Nächten Livemusik gemacht wurde. Zwei große Palmen säumten das Portal der Kirche. Mona hatte alte Schwarzweiß-Postkarten aus den fünfziger Jahren entdeckt, auf denen der Platz abgebildet war; zu ihrer Beruhigung sah er heute noch genauso aus, nur das Eselgespann fehlte.

Sie stieg in ihren Jeep und fuhr Richtung Westen. Der Himmel war wolkenlos, es war heiß. Bald bog sie von der asphaltierten Straße ab und fuhr einen von Natursteinmauern gesäumten Feldweg entlang, der typisch für die Insel war. Es war der Farbton dieser Steine, ein sattes Ocker, nach dem Mona sich gesehnt hatte. Zusammen mit dem Blau von Himmel und Meer setzte es sich zu ihrem Bild von der Insel zusammen. Nun war es zum Leben erwacht, wurde ergänzt vom Duft nach Thymian und Rosmarin, vom Wind, der durch die Olivenbäume strich, vom Rauschen der Brandung.

Mona atmete die warme, würzige Luft ein, folgte mit den Augen dem Flug einer Möwe, die sich mit einem sehnsüchtigen Schrei in den Himmel erhob, und fuhr den leicht ansteigenden Weg entlang, bis sie den höchsten Punkt auf dieser Seite der Insel erreicht hatte. Hier oben lebten die wenigen Reichen; sie genossen einen einmaligen Blick über die Landschaft und das Meer, bis hin zum Festland, das an manchen Tagen aus dem Dunst auftauchte.

Zum Spaß sah Mona nach, ob an einem der Häuser das Schild eines Maklers oder Verkäufers hing, aber sie konnte nichts entdecken. Sie verließ das Cap und steuerte den Jeep zum Meer. In dieser Richtung gab es eine der schönsten Strandbuden. Sie bestand aus einem alten Bus, der in einer Sandwehe stecken geblieben und zur Bar umgebaut worden war. Dort hatten sie auf ihrer Abiturreise immer gesessen, hatten Bier aus kleinen, braunen Flaschen getrunken und dem Sonnenuntergang zugesehen. Auch mit Manfred war sie ein paar Mal da gewesen. Der Besitzer des »Hippie-Bus«, ein Typ aus Krefeld, spielte Musik von den Stones, The Who, Cream und Bob Dylan; manchmal, wenn er melancholischer Stimmung war, auch die Fünfte von Beethoven. Wulle, so hieß er, musste inzwischen auf die Sechzig zugehen.

Tatsächlich, der Bus existierte noch! Mona stieß einen kleinen Freudenschrei aus. Er war so verrostet, dass man seine ursprüngliche Farbe nicht mehr erkennen konnte, aber auf seinem Dach wehte noch immer die Fahne mit der stilisierten Marihuana-Pflanze. Auf langen Holzbänken hockten Leute in Badekleidung und aßen, ein paar Hunde saßen hechelnd im Schatten, Kleinkinder spielten im Sand. Aus den Boxen dröhnte Louis Armstrongs »What a wonderful world«.

Mona ging zum Tresen, der über den Kühler des eingesunkenen Busses gebaut war. Ein drahtiges, junges Mädchen mit tiefbrauner Haut und dunklem Haar, in das Perlen geflochten waren, bediente. Weiter hinten im Bus bereitete eine alte Spanierin Sandwiches und Tapas zu.

»Ein Bier, bitte«, bestellte Mona.

Aus einem mit einem Generator betriebenen Kühlschrank holte das Mädchen eine der kleinen, beschlagenen Flaschen.

»Ist Wulle noch da?«, fragte Mona und die Bedienung sah auf.

»Warst wohl länger nicht mehr hier, was? Wulle ist krank. Die Bude steht zum Verkauf.«

»Tut mir Leid«, murmelte Mona mit aufrichtigem Bedauern. Immer wünschte sie, dass sich nichts veränderte. Dass alles so bliebe wie auf einer Schwarzweiß-Postkarte aus den fünfziger Jahren.

Sie trank in kleinen Schlucken das kalte Bier und lauschte der Musik.

Zwei junge Typen setzten sich mit ihrem Mittagessen neben sie auf die Bank. Ihre nackten Oberkörper waren braun gebrannt; der eine trug ein Kettchen mit einem Anhänger, der andere hatte eine Tätowierung auf dem Oberarm: »A prayer to the wild at heart« entzifferte Mona.

»Was bedeutet das?«, wollte sie wissen.

»Ein Gebet für die Lebenshungrigen«, übersetzte der Typ. »Der Satz geht aber noch weiter: ›… die in Käfigen gehalten werden‹. Ist von Tennessee Williams.«

»Schön! Wie bist du darauf gekommen?«

»Angelina Jolie.«

»Wer?«

»Meine Lieblingsschauspielerin. Hat das gleiche Tattoo.«

»Ach so.« Mona nickte. »Mona«, stellte sie sich vor und streckte die Hand aus. Befremdet nahm sie der junge Mann. Händeschütteln war in dieser Generation offenbar nicht mehr angesagt.

»Jeremy«, sagte er. Dann zeigte er auf seinen Freund:

»Nick. Also, eigentlich Niko.«

Nick sagte »hallo« und behielt seine Hand bei sich.

Die beiden waren mit einem Segelboot unterwegs und hatten für ein paar Tage im Hafen angelegt. Nick studierte Medizin, Jeremy Physik. Sie hatten vor, die ganzen Semesterferien im Mittelmeer herumzukreuzen.

»Und woher habt ihr das Geld?«, fragte Mona erstaunt.

»Kleine Internetfirma«, erklärte Jeremy lässig, »wir vertreiben Doktorarbeiten.«

»Wie bitte?«

»Naja, stell dir vor, du brauchst eine Doktorarbeit in Medizin, und hast keine Lust, eine zu schreiben. Dann kannst du bei uns eine kaufen. Oder du kaufst nur ein Thema und das statistische Material dazu und schreibst sie selbst. Das ist natürlich billiger.«

»Das Geld liegt heutzutage auf der Straße«, sagte Nick, »du brauchst nur die richtige Idee.«

»Mir ist der Spaß wichtiger als die Kohle«, sagte Jeremy. »Das Leben ist zu kurz, um Kompromisse zu machen.«

»Bist du nicht ein bisschen jung für solche Einsichten?«, fragte Mona lächelnd.

»Das kann man gar nicht früh genug kapieren«, gab Jeremy zurück und lächelte auch.

Sie sah ihn an, seine blaue Augen im braun gebrannten Gesicht, die verstrubbelten, salzverklebten Haare, das jungenhafte Lachen. Vielleicht sollte sie ihn fragen, ob er mit ihr um die Welt segeln wollte.

Sie tranken noch ein Bier zusammen, dann verabschiedeten sich die beiden.

»Unser Boot heißt ›Explorer‹, falls du mal vorbeischauen willst«, sagte Jeremy.

»Mal sehen«, sagte Mona. Dann sah sie weiter dem

Treiben am Strand zu. Am liebsten wäre sie für immer hier sitzen geblieben.

»Zimmer 419, bitte sehr, Herr von Olsen!« Der Concierge codierte eine Plastikkarte und händigte sie Gregor aus. »Wie ist das werte Befinden?«
»Danke sehr. Ich erwarte übrigens jemanden.«
»Die Dame ist bereits oben«, sagte der Angestellte.
Es kam Gregor so vor, als zwinkere er mit einem Auge. Aber vielleicht war es auch nur Einbildung, ein Trugbild seiner angegriffenen Nerven.
Der Rest des vergangenen Abends war sehr kühl verlaufen. Helen hatte sich geweigert, Auskunft über die Herkunft des Geldes und den Inhalt des Briefes zu geben.
»Es hat mich Millionen gekostet, herauszufinden, dass du ein Schuft bist. Eigentlich nicht viel, wenn man bedenkt, wie lange du das vor mir verbergen konntest.«
Damit hatte sie sich umgedreht und war in ihrem Schlafzimmer verschwunden. Seither hatte sie kein Wort mehr mit ihm gesprochen.
Gregor hatte unzählige Male Monas Handy angerufen, aber sie hatte sich nicht gemeldet. Auch bei Kim war niemand ans Telefon gegangen. Die ganze Nacht hatte er sich schlaflos herumgewälzt. Er hatte noch nicht begriffen, was genau passiert war, nur eines schien klar – die Sache war schief gelaufen. Und es konnte nur Kim sein, die dafür verantwortlich war.
Auch am Morgen war es ihm nicht gelungen, Helen ein Wort zu entlocken. Darauf hatte er beschlossen, »business as usual« zu machen, und war in die Firma gefahren.
Im Vorzimmer saß ein junger Mann, den er nicht

kannte. Gebräuntes Gesicht, geföhntes Haar, modischer Anzug, keine Krawatte.

»Guten Morgen«, grüßte Gregor überrascht, »darf ich fragen, wer Sie sind?«

»Bent Hopper«, stellte sich der Schönling vor und blieb lässig sitzen.

»Vertreten Sie Frau Ranghezi?«, erkundigte sich Gregor.

»Nicht direkt«, erwiderte Bent und lächelte.

Gregor stieß die Tür zu seinem Büro auf. An seinem Schreibtisch saß Shirin, vor sich den Ordner mit Akten. Sie sah auf.

»Gregor! Wie schön, Sie wohlbehalten wieder zu sehen! Setzen Sie sich doch. Kann ich Ihnen eine Tasse Tee anbieten?«

Verwirrt blieb Gregor stehen und wartete, dass Shirin seinen Platz räumte. Sie lehnte sich aber nur ein Stück zur Seite, griff nach der Teekanne und schenkte eine zweite Tasse ein.

Dann zeigte sie auf den Stuhl, auf dem sonst seine Gäste Platz nahmen.

»Ich verstehe nicht ganz …«, begann Gregor.

»Ach, Helen hat Sie noch nicht informiert?« Shirin schien überrascht. »Milch und Zucker?«

»Danke, Shirin«, sagte Gregor, dem nun ein Licht aufging. »Ich wusste immer, dass Sie es zu etwas bringen würden; ich wusste nur nicht, dass es mein Job sein würde.«

Damit machte er auf dem Absatz kehrt und verließ sein Büro. Er musste sich schwer beherrschen, dem arrogant grinsenden Bent Hopper nicht in die Fresse zu schlagen.

Während er den Hotelflur entlangging, fühlte Gregor die grässliche Demütigung erneut.

Er war gespannt, ob Mona mehr wusste. Wie, zum Teufel, war Kim an das Geld gekommen? Warum hatte sie Kontakt zu Helen aufgenommen? Und vor allem: Warum hatte sie einen Teil des Geldes zurückgegeben? Gregors Verwirrung steigerte sich, je länger er über diese Fragen nachdachte.

Zimmer 419, hier war es. Er klopfte kurz und öffnete die Tür.

Durch die geschlossenen Vorhänge drang nur wenig Licht. Jemand saß mit dem Rücken zu ihm auf dem Bett, den Kopf in die Hände gestützt, den Blick nach unten gerichtet.

»Mona?«

Die Gestalt richtete sich auf und drehte sich zu ihm um. Es war Kim.

»Kim!?«, rief Gregor empört aus, »du wagst es tatsächlich, hier aufzukreuzen?«

Mit schnellen Schritten lief er um das Bett herum, packte sie an den Schultern und zog sie zu sich herauf.

»Sag mal, was fällt dir ein? Was hattest du bei Helen zu suchen? Und wo ist das Geld?«

In diesem Moment fiel sein Blick auf den zersägten Plastikkanisters, der neben dem geöffnete Koffer auf dem Boden lagen. Darin lagen ein Tausendfrankenschein und eine Hand voll gelber, getrockneter Rosenblätter.

Gregor ließ sich neben Kim aufs Bett plumpsen. Schweigend reichte sie ihm einen Brief.

»Lieber Gregor, danke für alles. Für die Illusion, geliebt zu werden. Für den besten Sex meines Lebens. Für die Erkenntnis, dass es Freundschaft zwischen Männern und Frauen nicht gibt. Und dass es Momente gibt, in denen Geld tatsächlich wichtiger ist als Liebe. Leb wohl. Mona.«

Gregor las und hob langsam den Kopf. Er sah Kim an.

Über ihre Wangen liefen Tränen der Wut und der Enttäuschung.

»Ich bring' sie um, dieses Miststück«, sagte sie tonlos. »Ich bringe sie um!«, schrie sie dann und schlug verzweifelt mit den Fäusten auf Gregor ein.

Berger hatte der Polizei gegenüber nicht erwähnt, dass er wusste, wer ihm die schweren Stichverletzungen beigebracht hatte. Er hatte nicht genau verstanden, warum Kim ihn darum gebeten hatte, nur, dass es äußerst wichtig für sie war.

Als sie kam, sah sie blass und mitgenommen aus.

»Hey, was ist los?«, fragte er. »Ich bin hier der Arme, schon vergessen?«

»Nein, natürlich nicht. Wie lief die Vernehmung?«

Berger legte die rechte Hand aufs Herz. »Ich habe geschwiegen wie ein Grab.«

»Hat auch nichts genutzt. Ist alles schief gegangen.«

»Was ist schief gegangen?«

»Alles!«, rief Kim aus. »Mein ganzes Leben ist eine verdammte Katastrophe, und an allem ist Mona schuld!«

»Mona? Aber wieso denn?«

»Weil sie mich betrogen hat. Weil ich endlich einen Haufen Kohle hätte haben können, und sie hat es versaut!«

»Ich verstehe kein Wort«, sagte Berger.

Kim erzählte. Von Gregor, der inszenierten Entführung, dem verlorenen Geld, ihrem Besuch bei Tanja, dem blutbefleckten Hemd, Arturs Erpressung.

Berger glaubte, seinen Ohren nicht zu trauen. »Du hast bei einer fingierten Entführung mitgemacht? Bist du noch ganz dicht? Sowas geht doch nie gut!«

»Natürlich wäre es gut gegangen«, rief Kim wütend. »Es ist einzig und allein Monas Schuld, dass ich jetzt wieder ohne Geld dasitze.«

»Und was ist daran so schlimm?«, fragte Berger, »du hast es doch bisher auch geschafft.«

»Aber jetzt wartet Artur auf seinen Anteil vom Lösegeld und er hat die Miezen! Der kann ihnen sonst was antun! Oder er durchlöchert mich, wie er's mit dir gemacht hat!«

Berger brauchte ein bisschen, um all diese Neuigkeiten zu verdauen. Dann sagte er: »Also ... wenn das wirklich mein Blut ist auf dem Hemd, dann können wir ihn doch in den Knast bringen!«

Kim machte eine wegwerfende Bewegung. »Du kannst den Bullen doch nicht erst erzählen, du weißt nicht, wer der Typ war, und am Tag danach fällt's dir plötzlich ein. Das nimmt dir doch keiner ab.«

»Warum hast du das Hemd dann mitgenommen?«

»Ich habe gehofft, ich könnte Artur damit erpressen«, sagte sie kleinlaut. »Damit er mir nicht die Hälfte von der Kohle wieder wegnimmt. Da wusste ich noch nicht, dass das Lösegeld futsch ist.«

Berger stöhnte. »Du bist unverbesserlich, Kim.«

»Danke. Sag mir lieber, was ich tun soll!«

Mit ruhiger, fester Stimme sagte er: »Als erstes rufst du Artur an und bestellst ihn hierher. Er soll die Miezen mitbringen.«

Zu Kims Überraschung ließ Artur sich sofort darauf ein, ins Krankenhaus zu kommen. Da die Polizei bislang nicht bei ihm aufgetaucht war, vermutete er wohl, dass Berger ihm einen Deal vorschlagen wollte. Und für Deals war er immer zu haben.

»Hallo, Berger!«, schrien Lilli und Lola und stürmten

ins Krankenzimmer. Kim konnte sie gerade noch davon abhalten, sich auf den frisch operierten Berger zu stürzen.

In Cowboymanier schlenderte Artur hinterher, grinste verlegen und sagte: »Hey, Mann, tut mir echt Leid. Hab wohl 'n bisschen übertrieben. Siehst aber schon wieder gut aus.«

Jedes Mal, wenn er gewalttätig geworden war, zeigte er sich hinterher reumütig; Kim kannte das von früher. Leider wusste sie aus Erfahrung, dass die Reue nicht lange anhalten würde.

»Du bist einfach ein Arschloch, Artur«, sagte sie und unterdrückte das Zittern in ihrer Stimme.

»Halt dich raus, Schätzchen«, gab Artur zurück, »das ist 'ne Sache unter Männern. Wie wär's, wenn du mit den Mädels spazieren gehst?«

Zuerst wollte Kim protestieren, dann sah sie ein, dass diese Unterhaltung für die Kinder nicht geeignet wäre. Widerstrebend verließ sie das Zimmer, die quengelnden Zwillinge hinter sich herziehend.

»Also, was ist der Deal?« Artur kam ohne Umschweife zur Sache.

Berger musterte ihn von oben bis unten, als wollte er Maß nehmen. »Du weißt, dass du für diese Sache in den Knast gehörst.«

»Kann schon sein, Mann. Aber wenn ich die Lage richtig peile, gibt's keinen Zeugen für unsere kleine Auseinandersetzung. Und deine Aussage würde wohl keiner ernst nehmen. Du bist in Kim verknallt, ihr Ex geht dir auf den Sack und du hast die einmalige Chance, ihn in den Knast zu schicken. Die würden sich schlapp lachen bei Gericht.«

Berger blieb ganz ruhig. »Was wolltest du überhaupt in Kims Wohnung?«

»Geht dich zwar nichts an, aber ich hab ein kleines Geschäft mit Kim laufen. Wollte checken, ob alles korrekt läuft oder ob sie mich bescheißt. Schließlich kenn' ich sie. Tja, und da bist leider du dazwischen gekommen. Dumm gelaufen.«

Berger ließ sich Zeit mit einer Erwiderung. »Vermisst du eigentlich irgendwas?«, fragte er beiläufig.

»Was soll ich denn vermissen?«

»Ein graues Hemd mit Blutflecken, zum Beispiel.«

Artur warf ihm einen entsetzten Blick zu, riss sein Handy aus der Tasche und lief hinaus auf den Flur. Berger hörte ihn aufgeregt sprechen. Gleich darauf kam er zurück. Es war ihm anzusehen, dass er sich nur mühsam beherrschte.

»Okay, kapiert. Also, was willst du?«

»Ganz einfach«, sagte Berger, »du gibst Kim den Schlüssel zurück, tauchst in Zukunft nicht mehr unangemeldet auf, und wenn du die Miezen sehen willst, fragst du freundlich an, ob es passt. Und die Kohle aus der Olsen-Sache vergisst du. Alles klar?«

Jetzt lief Artur rot an. »Du hast wohl den Arsch offen ...« Er packte Berger an den Aufschlägen seines Pyjamas.

»Mach keinen Fehler«, ermahnte ihn Berger, und Artur ließ widerwillig los.

»Damit du klar siehst«, fuhr Berger fort, »das Ding ist schief gelaufen, Kim hat die Kohle nicht gekriegt.«

Artur schnaubte. »Hätte ich mir denken können. Die ist zu blöd, um ein Glas Wasser auszuschütten.«

Berger holte aus. In diesem Augenblick kamen Kim und die Mädchen zurück. Er ließ die Faust sinken.

»Und, seid ihr fertig?«, fragte Kim.

Berger holte tief Luft und biss die Zähne zusammen. »Fix und fertig«, knurrte er.

Mit dem Kopf deutete er auf Artur. »Dein Ex hat versprochen, sich in Zukunft wie ein Gentleman zu benehmen.«

»Da bin ich aber gespannt.« Kim bedachte Artur mit einem zweifelnden Blick und konnte es sich nicht verkneifen, noch einen draufzusetzen: »Ach, übrigens herzlichen Glückwunsch.«

»Was soll das?« Artur blickte finster.

»Ach, du weißt es noch nicht?«, sagte Kim mit gespieltem Erstaunen, »du wirst wieder Vater!«

Gregor hatte sich nicht vorstellen können, dass ein Mensch innerhalb so kurzer Zeit einen so rasanten Abstieg erleben könnte. Unnachsichtig hatte Helen ihre Vergeltungsaktion durchgezogen. Nachdem er aus dem Büro zurückgekommen war, hatte sie ihn aufgefordert, binnen vierundzwanzig Stunden aus dem gemeinsamen Haus auszuziehen. Sie hatte sämtliche Kreditkarten und Kontozugänge gesperrt, so dass ihm gerade noch ein paar tausend Mark auf seinem eigenen Konto blieben, die bei sparsamer Haushaltsführung für wenige Wochen reichen würden. Auch sein Auto hatte sie ihm weggenommen.

Nun hauste er wieder so, wie während seines Studiums: In einem Ein-Zimmer-Appartement mit einem klappbaren Bettsofa, einem Billy-Regal, zwei Stühlen und einem kleinen Tisch mit Hocker, der gerade in die winzige Küche passte. Er benutzte öffentliche Verkehrsmittel, wenn es sich nicht vermeiden ließ, ansonsten ging er zu Fuß.

Gregor hatte alles Mögliche angestellt, um Mona zu finden; bislang ohne Erfolg. Auch mit Manfred hatte er gesprochen. Der war am Telefon äußerst reserviert gewesen, hatte ihm aber immerhin mitgeteilt, Mona habe einen Brief hinterlassen, in dem stand, sie sei für eine Weile auf Reisen.

»Ich weiß ja nicht, in welcher Beziehung Sie zu meiner Frau stehen, und ich will es auch nicht wissen, aber ich vermute, Mona verspricht sich durch die räumliche Trennung irgendeine Form der Klärung.«

Es hatte so geklungen, als wisse Manfred sehr gut, in welcher Beziehung Gregor zu Mona stand oder gestanden hatte. Es hatte allerdings nicht so geklungen, als müsse sich Gregor Sorgen um Mona machen. Hätte sie die Absicht gehabt, sich etwas anzutun, hätte sie ihn wohl kaum um das Lösegeld gebracht und eine Million davon für sich abgezockt.

Gregor war von den Ereignissen so überrumpelt, dass er noch nicht einmal richtig wütend war; in manchen Augenblicken gelang es ihm sogar, die absurde Komik der Situation wahrzunehmen. Selbst mit der Seele eines Spielers ausgestattet, konnte er nicht umhin, Mona für ihr ausgeklügeltes Manöver Respekt zu zollen. Obwohl er ihr natürlich gern den Hals umgedreht hätte.

Nun fürchtete er, dass die Geschichte seiner Selbstentführung in die Medien gelangen könnte. Im Geiste sah er schon die Schlagzeilen, mit denen die Boulevardblätter sich auf die Story stürzen würden: »Gregor von Olsen als Betrüger enttarnt! Eigene Entführung vorgetäuscht, Ehefrau zwei Wochen in Todesangst!« Sicher würde er von Reportern belästigt werden; aus aktuellem Anlass würde man Diskussions-Sendungen mit Titeln wie »Wie viel Lüge verträgt die Liebe?« oder »Für Geld tue ich alles!« ins Programm heben, und eine geifernde Öffentlichkeit würde sich über ihn hermachen.

So versessen Gregor sonst darauf war, im Mittelpunkt

des Medieninteresses zu stehen, auf diese Form von Publicity würde er nur allzu gern verzichten. Denn wenn die Sache in die Öffentlichkeit käme, wäre es nur eine Frage der Zeit, bis die Staatsanwaltschaft ihre Ermittlungen aufnehmen würde. Und dann würde sein Abstieg sich unaufhaltsam fortsetzen, möglicherweise bis ins Gefängnis.

Der schiere Gedanke daran schnürte ihm die Luft ab.

Kim konnte nicht aufhören, an das Geld zu denken. Ihre Wut auf Mona wuchs immer mehr, wurde regelrecht zur Obsession. Sie schwor sich, ihren Anteil zurückzuholen.

Ihr erster Versuch, ihre Schwester zu finden, galt Manfred. Sie rief ihn an und verlangte, Mona zu sprechen.

»Sie ist verreist«, sagte er.

»Verreist?«, sie tat überrascht. »Wo ist sie denn?«

»Ich weiß es nicht«, sagte er nach kurzem Zögern. »Sie hat mich verlassen.«

Nun war Kim wirklich überrascht. Schnell sagte sie: »Das glaube ich nicht. Sie hängt so an dir, bestimmt tut es ihr schon Leid. Du musst sie unbedingt suchen!«

»Wie denn?«

»Ihre Kreditkartenabrechnung«, schlug Kim vor, »da steht doch immer drauf, wo was bezahlt wurde.«

»Gute Idee«, sagte Manfred, »aber Monas Post kommt nicht mehr nach Hause. Sie hat wohl ein Postfach genommen oder lässt sich die Post nachschicken.«

»Sowas kann man doch rauskriegen!«

»Schon mal was von Datenschutz gehört?«

Kim blieb hartnäckig. »Du könntest sie als vermisst melden. Dann sucht die Polizei sie für dich.«

»Kommt nicht in Frage«, erwiderte Manfred. »Wenn sie zur Vernunft gekommen ist, wird sie schon wieder auftauchen.«

Kim spürte, dass sie im Moment nicht weiterkommen würde.

»Wenn du was von ihr hörst, sag mir unbedingt Bescheid!«, bat sie.

Über eine Bekannte am Flughafen versuchte Kim herauszufinden, ob Mona mit dem Flugzeug abgehauen wäre, aber auch das brachte nichts. Monas Name tauchte auf keiner Passagierliste auf. Das war allerdings noch kein Beweis; vielleicht hatte sie ihr Ticket einfach unter falschem Namen gekauft und bar bezahlt.

Als Nächstes rief Kim ihre gemeinsamen Bekannten und die wenigen Verwandten an. Auch von ihnen wusste niemand etwas über Monas Aufenthaltsort. Zuletzt probierte sie, Monas neue Handynummer herauszufinden, da die alte offensichtlich nicht mehr existierte. Aber auch das führte zu nichts. Mona blieb verschwunden, und mit ihr das Geld.

In ihrer Ratlosigkeit nahm Kim Kontakt zu Gregor auf.

»Weißt du was Neues?«, fragte sie mutlos, aber Gregor verneinte und sagte gehetzt: »Du solltest dich besser nicht mehr bei mir melden, falls sie schon hinter uns her sind!«

»Wer ist hinter uns her?«, fragte Kim erschrocken.

»Na, die Polizei, wer sonst? Es könnte durchaus sein, dass sie schon ermitteln. Wie ich Helen kenne, lässt sie sich das Vergnügen, mich auf der Anklagebank zu sehen, nicht entgehen.«

Kim wurde flau. An diese Möglichkeit hatte sie nicht gedacht, nicht denken wollen.

»Du lässt mich doch aus der Sache raus?«, sagte sie flehend.

»Wenn ich kann«, erwiderte Gregor vage.

Kim fühlte sich nicht sehr beruhigt durch diese Antwort.

Gregor hielt die Ungewissheit kaum noch aus. Misstrauisch beobachtete er die Leute auf der Straße, fühlte sich verfolgt und beobachtet. Jeden Augenblick erwartete er, dass ihm jemand Handschellen anlegen und ihn verhaften würde. Ruhelos wanderte er durch die Stadt, saß in Bars und Cafés herum, wanderte weiter. Nachts lag er schlaflos im Bett und lauschte auf die Schritte im Treppenhaus.

Endlich entschloss er sich, diesem Zustand ein Ende zu machen. Sein Charme und seine Verführungskünste hatten ihn schließlich noch nie im Stich gelassen; er musste es einfach schaffen, Helen zu einer Versöhnung zu bewegen. Er beschloss, sie unangemeldet zu überrumpeln, um ihr nicht die Chance zu geben, ihn abzuweisen. Mehrere Tage feilte er in Gedanken an seiner Entschuldigungsrede, dann fühlte er sich stark genug für die Begegnung.

Am Abend fuhr er zu ihrem Haus und wartete in der Nähe, bis die Lichter in den Kinderzimmern ausgegangen waren. Als er gerade im Begriff war, sich dem Eingangstor zu nähern, sah er, wie Helen das Haus verließ und ins Auto stieg. Ohne nachzudenken folgte er ihr auf seiner Vespa, die er gebraucht erstanden hatte, als ihm das S-Bahn-Fahren unerträglich geworden war.

Helens Ziel war ein Mehrfamilienhaus in einer ruhigen Wohngegend, dessen Erdgeschossfenster erleuchtet waren. Gregor kannte das Haus nicht.

Die Haustür sprang mit einem Summen auf und Helen trat ein. Gregor stellte seine Vespa ab und schlich um das Haus herum.

Plötzlich schob jemand die Vorhänge zur Seite; mit einem Sprung brachte Gregor sich in Sicherheit. Hinter einem großen Topf voller Margeriten kauernd, beobachtete er, wie eine Gestalt die Terrassentür weit öffnete.

Gregor hielt den Atem an. Das war doch nicht möglich!

Es war Shirin, sie war nackt. Sie verharrte einen Moment, einen Fuß anmutig vor den anderen gestellt, wie ein Standbild. Das Mondlicht tauchte ihren Körper in weißliches Licht und verlieh der Szenerie etwas Unwirkliches. Sie bewegte kurz den Kopf in seine Richtung, Gregor drückte sich tiefer hinter den Margeritenbusch. Dann verschwand sie nach hinten.

Gregor schlich, von unwiderstehlicher Neugierde getrieben, auf die Terrasse. Die Vorhänge blähten sich im leichten Luftzug und gaben die Sicht ins Wohnzimmer frei, das von Kerzen schummrig erleuchtet war.

Auf einem Matratzenlager, zwischen Kissen und orientalischen Decken, bewegten sich die Körper der beiden Frauen. Gregor sah fasziniert zu. Verwundert nahm er wahr, dass diesem Liebesakt das Verzweifelte fehlte, das Kämpferische. Es war kein Machtkampf und kein Spiel um Dominanz und Unterwerfung; es war die Vereinigung zweier Liebender, zärtlich, innig und selbstvergessen.

Gregor spürte nicht die geringste sexuelle Erregung. Er fühlte nur eine von ganz innen kommende, tiefe Traurigkeit.

Beschämt wandte er sich ab.

Shirin genoss ihre neue Position. Zum ersten Mal hatte sie Macht.

Die Macht, Entscheidungen zu treffen. Die Macht, über das berufliche Schicksal anderer mitzubestimmen. Die Macht, jemanden nach ihrer Pfeife tanzen zu lassen.

Am faszinierendsten fand Shirin, wie sich das Verhalten der anderen Mitarbeiter verändert hatte. Die Typen aus dem mittleren Management, die sie bisher so herablassend behandelt hatten wie alle Sekretärinnen, waren plötzlich übertrieben freundlich zu ihr. Selbst die Vorstände demonstrierten ihr Wohlwollen, obwohl es ihnen höchst befremdlich vorkam, dass eine junge Frau, noch dazu eine Ausländerin, es so schnell so weit gebracht hatte. Gregors plötzliches Verschwinden, von Helen mit einem von ihm gewünschten Sabbatical erklärt, hatte die Gerüchteküche zum Brodeln gebracht. Nicht wenige Mitarbeiter ahnten, wie Shirins schneller Aufstieg damit zusammenhing.

Shirin wusste genau, wie viel sie Helen zu verdanken hatte, und sie zeigte sich ihr gegenüber dankbar. Je weiter sie allerdings auf der Karriereleiter nach oben stieg, desto stärker empfand sie die Abhängigkeit von ihrer Geliebten. Wenn sie eines Tages aufhören sollte, Helen zu lieben, wäre es mit ihrem Aufstieg wohl vorbei. Dieser Gedanke machte ihr Angst.

Sie hatte sich Bent Hopper als Assistenten ausgesucht, weil er als intelligent und motiviert galt. Aber auch, weil sie ihn anziehend fand.

Leider schien er nicht einmal zu merken, dass Shirin mit ihm flirtete. Anfangs hatte sie es für Taktik gehalten und gehofft, nach und nach würde er seine Zurückhaltung aufgeben. Aber sie hatte sich getäuscht.

Wann immer sich nun eine Gelegenheit bot, versuchte sie, ihn zu demütigen.

Eines Morgens stürmte sie ins Büro und rief: »Ist mein Tee schon fertig, Frau Hopper?«

»Guten Morgen, Shirin, Ihr Tee kommt sofort«, antwortete Bent. »Was darf ich fürs Mittagessen vormerken?«

»Ein Truthahnsandwich mit Tomaten. Aber ohne Zwiebeln. Wenn noch einmal Zwiebeln dabei sind, entmanne ich sie. Oder ist das nicht mehr nötig?«

»Das überlasse ich ihrer Einschätzung«, konterte Bent ungerührt.

»Wie haben Sie den gestrigen Abend verbracht«, erkundigte sich Shirin. »Probe im Kirchenchor?«

Bent lächelte wie eine Sphinx und goss den Tee ab.

Dass er auf ihre Provokationen nicht einging, reizte Shirin nur noch mehr. Sie war es nicht gewöhnt, abgewiesen zu werden.

Im Vorbeigehen unfasste sie ihn von hinten und zog seinen Kopf zu sich.

»Bist du eigentlich 'ne Schwuchtel oder warum gefalle ich dir nicht?«, fauchte sie und ärgerte sich im gleichen Moment über sich selbst.

Er schnellte herum, befeuchtete mit der Zunge seine Lippen und sah sie mit einem Blick an, als wollte er sie verspeisen.

»Ich werde den Teufel tun und die Gespielin des Chefs ficken«, flüsterte er. »Und glaub mir, nichts würde ich lieber tun!«

Shirin drehte sich auf dem Absatz um, verschwand in ihrem Büro und knallte die Tür hinter sich zu. Schockiert bemerkte sie ihre heftige Erregung.

Irgendwann begann Manfred, sich für den Mann zu interessieren, der es geschafft hatte, Monas Leidenschaft zu wecken. Bei der Suche nach einer abgestürzten Datei hatte er den Briefwechsel zwischen Mona und Gregor entdeckt. Er hatte die Briefe gelesen wie einen literarischen Text, wie die Liebesgeschichte zwischen zwei Menschen, die er nicht kannte. Sie hatten ihn merkwürdigerweise nicht verletzt, eher angerührt, und er hatte sich bei dem Gedanken ertappt, dass er die Frau, die solche Briefe schreiben konnte, gern kennen lernen würde.

Informationen über Gregor von Olsen aus dem Archiv seines Unternehmens zu beschaffen, war kein Problem. Mit einer Mappe voller Presseausschnitte und einigen Videobändern fuhr Manfred nach Hause.

Olsen war der klassische Aufsteiger. Seine Eltern waren früh gestorben und er hatte sich auf jede erdenkliche Art durchgebracht. Er hatte als Skilehrer und Model gearbeitet, eine Kneipe betrieben und eine Weile Kunst studiert. Dann schien er ernsthaftere Ambitionen entwickelt zu haben, denn in relativ kurzer Zeit absolvierte er erfolgreich ein Studium der Wirtschaftswissenschaften und machte sich als Unternehmensberater selbstständig.

Dann war er Helen Westheim begegnet, und diese Chance hatte sich der gut aussehende Bursche natürlich nicht entgehen lassen. Er heiratete die öffentlichkeitsscheue Millionenerbin, machte ihr in kürzester Zeit vier Kinder und genoss das Leben eines reichen Mannes.

So intensiv Manfred das Material studierte, am Schluss hatte er nur das Gefühl, dass ihm wesentliche Informationen zum Verständnis dieses Mannes fehlten. Er würde ihn kennen lernen müssen.

Gregor war einigermaßen überrascht von Manfreds Vorschlag. Da er aber nichts Besseres zu tun hatte und die vage Hoffnung hegte, etwas über Mona und den Verbleib des Geldes zu erfahren, stimmte er einem Treffen zu.

Manfred schlug seinen Fitness-Club vor, der in den Vormittagsstunden erfahrungsgemäß leer war. Aus Gründen, die vermutlich archaischen Ursprungs waren, wollte er seinen Rivalen in Unterhosen sehen, oder doch wenigstens im Sportdress.

Die beiden Männer trafen sich am Eingang des Clubs. Manfred fühlte sich sofort besser; er war mindestens einen halben Kopf größer und außerdem fand er, dass Gregor sehr mitgenommen aussah. Er meldete ihn als Gast an und bezahlte die fällige Gebühr. Die Männer betraten den Umkleideraum, nahmen zwei Spinde nebeneinander und zogen sich um, wobei plötzlich beide verlegen wurden und geflissentlich wegsahen. Erst, als sie sich in Jogginghosen und T-Shirt gegenüber standen, musterten sie sich verstohlen.

Zum Aufwärmen bestiegen sie die Fahrräder, Manfred stellte bei seinem unbemerkt die geringste Steigung ein.

»Sehr anständig von Ihnen, dass Sie gekommen sind«, begann er. »Sie können sich vielleicht denken, dass ich ... nun ja ... ein paar Fragen an Sie habe.«

»Schießen Sie los.«

»Ähm, wo haben Sie Mona eigentlich kennen gelernt?«

»Über ihre Schwester Kim«, erwiderte Gregor strampelnd. »Und dann haben wir uns bei der Filmpreisverleihung wieder getroffen.«

»Tatsächlich?« Manfred war überrascht. Er konnte sich nicht an ein solches Zusammentreffen erinnern.

»Frauen sind voller Überraschungen«, lächelte Gregor. »Sie gehen als treue Ehefrauen zum Nasepudern und kehren als potenzielle Ehebrecherinnen zurück.«

Manfred schwieg einen Moment. Ausgerechnet an diesem Abend.

»Und danach haben Sie begonnen, sich zu schreiben«, stellte er fest und trat noch etwas heftiger in die Pedale.

Jetzt war es an Gregor, überrascht zu sein. »Hat Mona Ihnen das erzählt?«

»Computer sind voller Überraschungen«, schlug Manfred zurück, »man sucht nach einer verschwundenen Datei und findet Liebesbriefe an seine Frau. Sehr schöne Briefe übrigens«, setzte er hinzu. »Ich kann verstehen, dass eine Frau darauf reinfällt.«

»Das klingt ziemlich … spitz«, sagte Gregor. »Ich möchte bemerken, dass meine Gefühle für Mona echt waren.«

»Oh, daran habe ich keinen Zweifel«, sagte Manfred und trat noch etwas heftiger zu.

»Wollen wir zum nächsten Gerät?«, schlug Gregor vor, dem die Anstrengung zu schaffen machte.

Sie legten sich nebeneinander auf zwei lederbezogene Bänke und stemmten Hanteln. Obwohl Gregor so viel zierlicher war als Manfred, hatte er erstaunlich viel Kraft in den Armen. Manfred tat sich schwer, mitzuhalten.

»Lassen Sie uns offen sein«, ging er die Sache frontal an, »meine Frau hat jahrlang kaum mit mir geschlafen, sie war völlig desinteressiert an Sex. Was, verdammt nochmal, haben Sie mit ihr angestellt?«

Gregor legte die Hanteln ab und setzte sich rittlings auf die Bank.

»Ich maße mir nicht an, zu beurteilen, was zwischen Ihnen beiden vorgefallen ist. Aber als ich Mona kennen lernte, war sie zutiefst unglücklich.«

Manfred brauchte einen Augenblick, um sich zu fassen. Dann fragte er: »Ging es nur um Sex oder war Mona in Sie verliebt?«

»Meiner Erfahrung nach können Frauen nur befriedigenden Sex erleben, wenn sie verliebt sind oder das zumindest glauben.«

»Sie sind Experte, was?«, fragte Manfred höhnisch.

Gregor blieb ernst. »Ehrlich gesagt, ich glaube, ja.«

Plötzlich wurde Manfred wütend. Bisher hatte er es vermieden, sich Mona und ihren Liebhaber beim Sex vorzustellen, jetzt überfiel ihn dieses Bild mit aller Macht. Ihre Bewegungen, ihr Stöhnen, ihre verzerrten Gesichter beim Orgasmus. Er spürte einen heftigen Schmerz in der Brustgegend und die unwiderstehliche Lust, seinem Rivalen eine Hantel in die Fresse zu schmettern.

Er biss die Zähne zusammen und atmete tief durch. Verstohlen beobachtete er Gregor. Der Mann war attraktiv, keine Frage, auch wenn er derzeit in keinem guten Zustand zu sein schien. Er war ziemlich mager, seine Wangenpartie war eingefallen, aber noch immer strahlten seine Bewegungen jenes elegante Selbstbewusstsein aus, das Manfred schon beim Studium der Videobänder bemerkt hatte.

»Alles in Ordnung?«, erkundigte sich Gregor.

Manfred nickte und verkniff sich die Beleidigung, die ihm auf der Zunge lag.

Die nächsten Geräte dienten zur Stärkung der Beinmuskulatur; Gregor hob die Beine gegen einen Widerstand nach oben, Manfred drückte sie nach unten.

»Wenn Sie so ein toller Hecht sind, warum ist Mona dann weggegangen?«, setzte er die Unterhaltung fort.

»Als Erstes ist sie ja mal von Ihnen weggegangen, nicht wahr?«, gab Gregor gepresst zurück. Er empfand es zunehmend als entwürdigend, eingespannt in ein Gerät, verschwitzt und nach Atem ringend, auf derartige Fragen zu antworten. Er begriff jetzt, warum Manfred ihn hierher bestellt hatte.

»Meine Frau hat Sie geliebt«, sagte Manfred plötzlich leise. »Das ist mir klar geworden, als ich ihre Briefe gelesen habe. Ich hoffe, Sie haben Mona nicht verletzt.«

Gregor antwortete nicht.

Die beiden Männer fühlten sich einander plötzlich auf sonderbare Weise nahe. Sie hatten dieselbe Frau geliebt und sie hatten sie beide verloren.

Vor dem Fitness-Center verabschiedeten sie sich mit Handschlag. Ein paar Tage danach traf ein Päckchen bei Manfred ein. Er öffnete es und zog ein Buch heraus. Es trug den Titel »In der Wand«; Autor: James Salter. Auf dem beiliegenden Kärtchen stand: »Lesen Sie's, und Sie werden vielleicht begreifen, was es bedeutet, ein Mann zu sein. G. v. O.«

Mit einem gewaltigen Ruck stieß der Bohrhammer durch die Wand. Innerhalb weniger Minuten waren mehrere faustgroße Löcher zu sehen. Berger packte den Vorschlaghammer und hieb zu. Die Wand brach, Brocken stürzten herab.
Lilli und Lola standen mit großen Augen da und sahen zu. Sie hatten die Finger in die Ohren gesteckt, waren aber nicht zu bewegen, den Ort des Geschehens zu verlassen. Kim schippte Steine und Mörtel in eine Schubkarre. Der Fußboden war mit Plastikfolie abgedeckt.
　Berger hielt inne. »Wie groß willst du's?«, fragte er.
　Kim machte eine Bewegung mit den Armen, die bedeutete, dass die Öffnung ruhig noch größer werden könnte.
　»Mit oder ohne Tür?«
　Kim überlegte kurz. »Ohne«, entschied sie.
　Berger lächelte und hämmerte weiter.
　»Gut so?« Er trat einen Schritt zurück und bewunderte sein Werk.
　Lilli und Lola liefen kreischend vor Freude durch die Öffnung, die Kims und Bergers Wohnung miteinander verband.
　»Sind wir jetzt 'ne Familie?«, fragte Lola.
　»Nee, eine Wohngemeinschaft«, klärte Lilli sie auf.

»Das ist fast so wie Familie, nur, dass die Leute nicht verheiratet sind.«

»Ist auch besser«, fand Lola, »verheiratete Leute streiten meistens.«

»Echt? Wieso?«

»Na, ist doch klar. Verheiratete Leute sind zusammen, weil sie m ü s s e n. Nicht-verheiratete, weil sie w o l l e n.«

An dem Tag, als Berger aus dem Krankenhaus entlassen wurde, war Kim plötzlich klar geworden, dass sich alles verändern würde.

Mit Lilli und Lola an der Hand betrat sie das Krankenhauszimmer. Berger stand am Fenster, ein kräftiger, aber schlanker Mann in Jeans und einem karierten Hemd, der sich verlegen mit der Hand über die graue Stoppelfrisur fuhr und dessen Augen auf eine Weise lächelten, die Kim noch nicht kannte. Es war, als hätte er sich herausgeschält aus seiner alten Haut, und plötzlich sah Kim, dass er mehr war als der gutmütige Bär, dem man seine Kinder anvertraute und sein Herz ausschüttete. Er war ein Mann. Ein attraktiver obendrein.

Kim spürte, wie sie unsicher wurde und nicht mehr wusste, wie sie sich verhalten sollte. War dieser Fremde da noch ihr alter Freund, mit dem sie herumalbern konnte, dem sie sich nahe fühlte wie einem Bruder und dessen Zuneigung sie als sicher voraussetzte?

»Hallo, Kim, alte Schlampe«, begrüßte Berger sie und kam lächelnd auf sie zu.

Er nahm sie in den Arm, und auch diese Umarmung fühlte sich neu an.

Die Miezen stürmten auf sie zu und schubsten Kim zur Seite, um Berger zu begrüßen.

»Bist du wieder zugenäht?«, erkundigte sich Lilli, und

Lola strich mit dem Finger zart über eine rötliche Narbe auf seinem Handrücken.

Arm in Arm verließen sie das Krankenhaus.

»Ist jetzt wieder alles gut zwischen dir und Berger?«, fragte Lola am selben Abend beim Gute-Nacht-Sagen.

Kim nickte. »Ich glaube schon.«

»Warum habt ihr euch gestritten?«, wollte Lilli wissen.

»Weil eure Mama eine ziemlich blöde Zicke sein kann.«

»Seit wann so selbstkritisch?«, hörte sie Berger sagen. Er lehnte an der Tür und grinste.

»Raus hier!«, flüsterte Kim, schob ihn auf den Flur und schloss die Kinderzimmertür.

Sie standen sich gegenüber, ganz dicht. Kim spürte eine sonderbare Verlegenheit und wollte sich gerade wegdrehen, da nahm Berger ihr Gesicht in die Hände und küsste sie. Kim war so verblüfft, dass sie es geschehen ließ. Er fuhr zart mit der Zungenspitze über ihre Lippen, saugte an ihrer Unterlippe, zeichnete mit den Fingern die Konturen ihres Mundes nach. Ohne nachzudenken schlang sie die Arme um ihn und presste sich an ihn. Seine Hände streichelten ihren Hals, ihre Schultern, ihren Rücken.

»Bis morgen«, hörte sie ihn flüstern, »danke für alles!«

Gleich darauf war er weg.

Gregor hatte sich überraschend bei Helen gemeldet und gefragt, ob er die Kinder sehen könne. Im ersten Moment wollte sie ihn abweisen, dann hatte sie jedoch zugestimmt und ihn für einen der kommenden Nachmittage bestellt.

Obwohl die Kinder klein waren und noch kein ausgeprägte Zeitgefühl kannten, spürte Helen die Irritation, die Gregors Verschwinden ausgelöst hatte. Jana, die Älteste, hatte das Sprechen fast völlig eingestellt; Philipp, der Zweitälteste, brauchte nachts wieder Windeln. Die beiden Kleinen weinten viel und schliefen unruhig.

Als Helen öffnete, erschrak sie über Gregors Aussehen. Seine Augen, die einzigartigen grünen Augen mit den bernsteinfarbenen Einsprengseln, lagen tief in den Höhlen und wirkten wie erloschen. Helen fühlte einen Anflug von Mitleid.

Gregor überreichte ihr einen Strauß aus weißen und orangefarbenen Blumen, eine Kombination, die sie besonders mochte, und versuchte, sie auf die Wange zu küssen. Sie wich ihm aus.

»Die Kinder sind im Garten. Ich habe ihnen gesagt, dass du derzeit auf Reisen bist. Möchtest du etwas trinken?«

»Helen, Liebes, sei nicht so geschäftsmäßig. Wir sind immer noch verheiratet«, sagte Gregor und ein Hauch seines früheren Lächelns blitzte auf.

»Noch«, sagte Helen scharf. »Also, Tee oder Kaffee?«

»Kaffee, bitte. Mit heißer Milch, wenn's geht.«

Helen bog ab Richtung Küche, Gregor ging auf die Terrasse. Er blieb stehen und beobachtete seine Kinder, die ihn noch nicht bemerkt hatten. Die zwei kleinen saßen im Sandkasten und matschten selbstvergessen mit Wasser und Sand, die beiden größeren stritten sich um eine Schaukel. Der Junge gab schließlich nach, was seine Schwester nicht davon abhielt, ihm zur Krönung ihres Triumphes noch einen Schlag auf den Kopf zu versetzen.

»So sind sie, die Weiber«, murmelte Gregor.

»Was hast du gesagt?« Hinter ihm tauchte Helen mit einem Tablett auf, das sie auf dem Gartentisch abstellte.

»Oh, nichts. Hast du nicht auch den Eindruck, dass die Frauen überall auf dem Vormarsch sind? Man hat als Mann gelegentlich das Gefühl, einer aussterbenden Rasse anzugehören.«

»Das ist nicht nur ein Gefühl, das ist erwiesen«, sagte Helen kühl. »Es gibt wissenschaftliche Prognosen, die davon ausgehen, dass die Evolution langfristig auf den Mann verzichten kann. Es wird noch ein bisschen dauern, aber irgendwann seid ihr fällig.«

Sie mischte Kaffee und Milch in einer großen Tasse, wie sie es oft für Gregor getan hatte. Gleich darauf bedauerte sie diese fürsorgliche Geste. Sie stellte den Zucker und einen Teller mit Keksen einfach daneben.

»Du entschuldigst. Ich habe zu tun.«

Gregor nickte und beobachtete weiter seine Kinder. Die ganze Zeit hatte er gedacht, sie würden ihm nicht fehlen. Jetzt wusste er, dass er sich etwas vorgemacht hatte. Eine unwiderstehliche Sehnsucht, die kleinen Körper an sich zu drücken, packte ihn. Achtlos stellte er die Kaffeetasse auf dem Tisch ab und lief über die Wiese. Die Kinder bemerkten ihn und kamen mit Freudengeschrei auf ihn zugelaufen.

Im ersten Stock stand Helen am Fenster und beobachtete die Szene. Ihr Gesicht war wie versteinert.

Ein paar Tage, nachdem sie die beiden Wohnungen miteinander verbunden hatten, nahm Berger Kim am Arm. »Komm mit, ich will dir was zeigen.«

Er führte sie auf die Straße und blieb mit ihr vor einem VW-Bus stehen.

»Na, und?« Kim ging um den Bus herum und entdeckte eine Aufschrift: »Tele-Media, Film- und Fernsehproduktion«. Sie sah Berger fragend an.

»Das ist ein Produktionsfahrzeug«, erklärte er, »damit werden Schauspieler zum Drehort gefahren. In diesem Jahr hat die ›Tele-Media‹ so viele große Drehs, dass sie mehr Fahrer brauchen, uns zum Beispiel. Wenn ein Auftrag kommt, entscheiden wir, wer von uns beiden fährt. Auf die Weise schafft einer Kohle ran und der andere ist bei den Miezen.«

Erwartungsvoll sah er Kim an.

»Wenn Mona nicht mit dem Geld abgehauen wäre, müssten wir jetzt gar nicht arbeiten!«, sagte sie finster.

Berger packte sie an den Schultern und sah ihr ernst ins Gesicht.

»Hör auf, Kim! Mit diesem Geld wärst du doch nicht glücklich geworden.«

»Hast du 'ne Ahnung«, sagte Kim heftig.

»Der Hass auf deine Schwester macht dich kaputt«, fuhr Berger fort. »Vergiss Mona, vergiss die Kohle. Das hier ist dein Leben!«

Kim biss sich auf die Lippen.

»Schon gut«, knurrte sie. »Schauspieler durch die Gegend fahren ist immerhin besser als Frühschicht im Café.«

Sie würde den Job machen müssen, sie hatte keine Wahl. Aber sie würde nicht aufgeben und Mona das Geld überlassen, egal, was Berger sagte.

Manchmal kam Kim sogar der Gedanke, dass sie die Liebe zu Berger erst würde leben können, wenn sie sich an Mona gerächt hätte.

Manfred versuchte zu ignorieren, dass seine Frau ihn verlassen hatte. Genau betrachtet war der Unterschied nicht so groß; sie hatten sich vorher selten gesehen, nun sahen sie sich eben gar nicht mehr.

Manchmal fragte er sich, wo Mona hingefahren war und wie lange sie wegbleiben würde. Das Alleinsein machte ihm nichts aus; die meiste Zeit verbrachte er ohnehin in der Firma, aber es war sonderbar, wenn der Mensch, mit dem man fünfzehn Jahre gelebt hatte, plötzlich verschwunden ist.

Er hatte sich ein Netz aus Tennisbekanntschaften, Geschäftsfreunden und wechselnden Frauen aufgebaut, mit denen er sich ablenkte. Sie sollten verhindern, dass er ins Grübeln käme. Seiner Überzeugung nach war Grübeln in solchen Situationen das Schädlichste überhaupt; es zog einen runter und führte zu nichts. Aktiv zu sein, sich abzulenken, das war es, was einem aus Krisen heraushalf.

So nahm er Kims Angebot, zusammen essen zu gehen, erfreut an. Über ein paar »familiäre Sachen« wolle sie mit ihm sprechen, hatte sie am Telefon gesagt. Sie verabredeten sich für den kommenden Abend.

Das »Bertellis« war ein typischer Edelitaliener, in dem die Führungskräfte der Medien- und Verlagsbranche ihre Spesenetats verfutterten. Manfred war dort ein häufiger Gast; entsprechend zuvorkommend wurde er behandelt.

»Und, wie geht's dir so?«, fragte er freundlich, und Kim erzählte von ihrem neuen Job.

Am ersten Tag hatte sie Inge Meysel gefahren, die ihr eines mit dem Schirm übergebraten hatte, als sie ihr die Jacke abnehmen wollte. Nach der Fahrt hatte sie ihr trotzdem zwanzig Mark Trinkgeld gegeben. Tags zuvor hatte sie die zwei jungen Teenie-Darsteller einer Daily Soap chauffiert, die so heftig geknutscht hatten, dass Kim fürchten musste, sie würden vor Erreichen des Drehortes zum Vollzug kommen. Obwohl sie immer nach hinten gezischt hatte, sie sollten sich gefälligst benehmen, hatten die beiden ungeniert weitergemacht.

Manfred lachte über ihre Erzählung. Kim fand, dass er durchaus noch etwas von dem jungenhaften Charme ausstrahlte, den Mona früher so an ihm gerühmt hatte. Wie viele beruflich erfolgreiche Männer verschwand er aber meistens hinter einer Fassade aus antrainierten Verhaltensweisen. Kim kannte das, die meisten ihrer früheren Kunden waren so gewesen.

»Warum ist Mona eigentlich abgehauen?«, fragte Kim irgendwann.

Manfred zuckte die Schultern. »Sie hatte eine Affäre. Jetzt braucht sie wohl ein bisschen Abstand.«

Kim nahm die Serviette vom Tisch und breitete sie auf ihrem Schoß aus. Der Kellner brachte die Vorspeise, Jakobsmuscheln auf Rucolasalat.

»Liebst du sie noch?«

Manfred blieb stumm. Die Frage war so überraschend für ihn, dass er erst mal nachdenken musste.

»Komisch, ich weiß es nicht«, sagte er schließlich. »Sie fehlt mir nicht, aber trotzdem vermisse ich sie. Verstehst du das?«

»Nein«, sagte Kim, »aber das macht nichts. Wer versteht euch Männer schon.«

Sie spießte eine Muschel auf die Gabel. »Wann hat sie angefangen, eure Krise?«

»Wir hatten keine Krise. Es war mehr ... eine Art schleichender Entfremdung.«

Kim nickte kauend. »Ach, ja, ich weiß. Gevögelt habt ihr schon seit Jahren nicht mehr.«

»Kim!«

Kim sah sich erschrocken um. Hatte jemand von den Nebentischen zugehört?

»'tschuldigung«, sagte sie.

Obwohl es Manfred peinlich war, musste er grinsen. Er hatte diese Direktheit an Kim immer gemocht. Es gab nur Momente, wo er etwas überrascht war darüber.

Er musste sich eingestehen, dass er Kim heute Abend extrem attraktiv fand; sie wirkte reifer und fraulicher als früher, hatte aber noch immer diese sinnliche Ausstrahlung.

Kim bemerkte, mit welchem Blick Manfred sie ansah.

»Mona ist ganz schön schwierig, stimmt's?«, sagte sie mitfühlend.

Manfred seufzte. »Ja, das ist sie.«

Schlimmer, dachte Kim, sie ist eine verdammte Lügnerin und Betrügerin, und wenn ich sie in die Finger kriege, kratze ich ihr die Augen aus.

»Aber sie ist auch eine tolle Frau«, fuhr sie fort. »Du solltest sie nicht einfach aufgeben.«

»Wahrscheinlich hast du Recht.«

»Hat sie sich denn mal gemeldet?« Kim versuchte, möglichst unbefangen zu klingen.

»Nein.«

»Und du hast keine Idee, wo sie sein könnte?«

»Warum interessiert dich das eigentlich so?«, fragte Manfred erstaunt, »ihr habt euch doch sowieso kaum gesehen.«

Kim holte tief Luft. »Mona ist meine Schwester. Ich liebe sie und ich mache mir Sorgen um sie. Ist das so schwer zu verstehen?«

Manfred betrachtete sie prüfend. »Soll ich dir was sagen, Schwägerin? Ich glaube dir kein Wort.«

Kim schaltete blitzschnell. Sie schlug die Augen nieder und spielte die Ertappte. Verlegen strich sie sich die

Haare aus dem Gesicht; es schien Manfred, als würde sie leicht erröten.

Er lächelte triumphierend. Sie spürte es also auch. Schon immer hatte er Kim anziehend gefunden; die Gerüchte über ihren ausschweifenden Lebenswandel hatten seine Phantasie nur noch zusätzlich angeregt. So lange Mona da gewesen war, hatte er sich diese Gedanken verboten, nun aber gab es keinen Grund mehr zur Zurückhaltung. Kims Fragen sollten ja wohl der Versuch sein, ihre Chancen bei ihm auszuloten. Warum sonst hätte sie ihn angerufen und um dieses Treffen gebeten?

Er beugte sich nach vorne und griff nach ihrer Hand. »Schon gut, du musst nichts erklären.«

Während des ganzen weiteren Abends fühlte er diese leichte, flirrende Spannung; er beobachtete, wie Kim redete und lachte, wie ihre Wangen sich röteten, ihre Augen glänzten.

Beim Verlassen des Lokals legte er den Arm um sie. Sie ließ es geschehen.

Er fuhr sie nach Hause und versuchte beim Abschied, sie zu küssen.

Sie lachte, wich aus. »Aber Manfred!«, sagte sie scheinbar empört.

Klar, dachte er, das muss sie sagen, das gehört zum Spiel.

»Sehen wir uns bald wieder?«, drängte er.

Kim lächelte kokett. »Wer weiß?«

Sie hauchte ihm einen flüchtigen Kuss auf die Wange und lief auf die Haustür zu.

»Danke für die Einladung!«, rief sie über die Schulter.

Kaum hatte sich die Haustür hinter ihr geschlossen, verfinsterte sich Kims Miene. Der Abend hatte ihr nichts gebracht außer der Gewissheit, dass ihre Wirkung auf Männer unverändert war. Das schmeichelte vielleicht ihrer Eitelkeit, sonst aber brachte es sie keinen Schritt weiter. Trotzdem musste sie das Spiel mitspielen; Manfred war ihre einzige Verbindung zu Mona.

Leise schlich sie in die Wohnung und glitt wenig später neben Berger ins Bett. Er wandte ihr den Rücken zu.

»Und, wie war's?«, hörte sie ihn brummen.

»Geht so. Der arme Kerl ist am Boden zerstört, weil Mona ihn verlassen hat.«

»Und du musst ihn jetzt trösten, oder was?«

»So ungefähr.«

»Naja, darin hast du ja reichlich Erfahrung.«

Es dauerte eine Sekunde, bis Kim begriff, was er meinte.

»Du glaubst also …«, begann sie entrüstet, aber er unterbrach sie. »Ich glaube gar nichts. Du wirst schon wissen, was du tust.«

Kim war kurz davor, einen Wutanfall zu kriegen. Dann wurde sie plötzlich von Rührung übermannt. Berger war tatsächlich eifersüchtig!

»Hör auf, du dummer Kerl«, sagte sie und schmiegte sich an ihn. »Dreh dich um.«

Widerstrebend folgte Berger ihrer Aufforderung, lag aber weiter steif und abweisend neben ihr. Sie streichelte und liebkoste ihn, bis er sich entspannte. Irgendwann begann er, ihre Zärtlichkeiten zu erwidern. Kim genoss es, seinen Körper zu spüren, der so groß und kräftig war und sie vor allem zu beschützen schien. Was für ein Glück, dass ihre Beziehung diese unerwartete Wendung genommen hatte!

Sie schlief mit dem Gedanken ein, dass sie nichts tun wollte, was dieses Glück gefährden könnte.

Mona verlor mehr und mehr ihr Zeitgefühl; ein typisches Inselphänomen. Sie ließ sich durch den Tag treiben, ohne Eile, ohne Ziel. Die Nächte waren lebendig, voller Geräusche und Gerüche, die nicht enden wollende Wärme vermittelte die Illusion, sich in einem großen, geschützten Raum zu befinden.

Sie hatte ein Schließfach in der Bank gemietet, wo sie ihr Geld aufbewahrte, und zog mit ihren Koffern von Unterkunft zu Unterkunft. Ein paar Tage hatte sie bei Louise gewohnt, bis französische Verwandtschaft gekommen war und sie vertrieben hatte. Dann hatte sie andere Leute kennen gelernt, war da und dort untergeschlüpft; oft wusste sie am Morgen nicht, wo sie am Abend schlafen würde. Und das Sonderbare war, sie genoss diesen Zustand.

Eines Abends bummelte sie am Hafen entlang und hielt Ausschau nach der »Explorer«. Sie betrachtete die Boote, die Seite an Seite im Hafenbecken lagen, angeberische Motorboote, Segeljachten jeder Größe, zwei schöne, alte Schiffe aus Holz. Eines davon sah aus wie ein Piratenschiff, aber es war nicht die »Explorer«. Die lag fast am Ende des Hafens, ein mittelgroßes, modernes Segelboot ohne besondere Auffälligkeiten. Niemand war an Deck und so wollte Mona schon umkehren, als sie jemanden ihren Namen rufen hörte.

Sie entdeckte Jeremy, der mit einem Eimer in der Hand auf sie zukam.

»Ich hab gerade frische Eiswürfel geholt, willst du was trinken?«, begrüßte er sie.

»Gern«, lächelte sie. Er ließ ihr den Vortritt und sie kletterte an Bord.

Sie setzten sich auf zwei Klappstühle, Jeremy servierte Campari-Orange.

»Auf die Liebe, das Geld und das Abenteuer!«

Mona hob ihr Glas. »Auf die Liebe, das Geld und das Abenteuer«, wiederholte sie lächelnd und trank einen Schluck. Dann fragte sie: »Wann fahrt ihr los?«

»Hat sich verzögert«, erklärte Jeremy. »Nick musste für ein paar Tage nach Hause.«

Mona war plötzlich verlegen. Es lag wohl daran, dass er ihr gefiel.

»Wohnst du eigentlich hier oder machst du nur Urlaub?«, erkundigte sich Jeremy.

»Das weiß ich selbst nicht so genau«, sagte sie. »Ich versuche gerade, mein Leben neu zu ordnen. Mal sehen, was sich so ergibt ...«

Jeremy zog einen kleinen, lederbezogenen Koffer unter dem Tisch hervor und klappte ihn auf.

»'ne Runde Backgammon?«

»Hab ich seit Jahren nicht gespielt.«

»Na, dann los!«

Mit schnellen Bewegungen verteilte er die Steine auf dem Spielfeld. Sie würfelten um den Anfang, Mona gewann.

Nach ein paar Zügen machte es ihr Spaß. Sie mochte das Leder und das Holz des Koffers und das Geräusch, das beim Verschieben der Steine auf dem Spielfeld entstand. Es gefiel ihr, dass sie auch ihre Erfahrung und ihre Geschicklichkeit einsetzen konnte.

»Ha, ich hab dich!«, rief Jeremy lachend und nahm einen ihrer Steine aus dem Spiel.

Mona würfelte und warf einen seiner Steine raus.

»Von wegen!«, gab sie zurück, »du hast mich noch lange nicht.«

Sie würfelte einen Fünferpasch und verteilte vier ihrer Steine so, dass Jeremy nur noch mit einer Vier und einer Sechs weiterspielen konnte.

»Du wehrst dich also«, stellte er fest. »Aber das wird

dir nichts nützen.« Er schüttelte seinen Würfelbecher lange und ausgiebig. Dann würfelte er eine Vier und eine Sechs.

»Das ist unmöglich!«, rief Mona aus.

»Nichts ist unmöglich«, sagte er und setzte seinen Stein, wobei er versehentlich ihre Hand berührte. Er hielt inne und sah sie an. Im nächsten Moment schob er das Tischchen zur Seite und beugte sich vor, um sie zu küssen.

Als Mona am nächsten Morgen zum Frühstück ins »Le Matin« kam, winkte ihr Louise aufgeregt zu. »Ich habe ein Haus für dich!«, verkündete sie aufgeregt.

Es gab Mona einen Stich. Einerseits freute sie sich, andererseits bedauerte sie es, ihr Nomadenleben aufzugeben.

»Es ist eine alte Finca«, erzählte Louise. »Nicht besonders groß. Ich weiß nicht, in welchem Zustand, ob man renovieren muss oder so. Lass uns hinfahren, d'accord?«

Auf der Fahrt überlegte Mona, ob sie Louise von Jeremy erzählen sollte. Von seiner Direktheit, seiner Zärtlichkeit. Von seinem Kompliment über ihren Busen, den schönsten, den er je bei einer Frau gesehen habe. Von seinem Gelächter, als sie beide fast aus der engen Koje gefallen wären.

Aber dann hätte sie ihr auch von früher erzählen müssen. Vom lustlosen Sex mit Manfred. Von Gregor, dem sie sich nur hingeben konnte, weil sie gedacht hatte, es sei Liebe. Von ihrer ständigen Angst, aufreizend zu wirken, und von ihrer ebenso großen Sehnsucht, begehrt zu werden.

Nur dann könnte Louise verstehen, warum diese

Nacht mit Jeremy etwas Besonderes gewesen war. Eine Nacht, in der es um den puren Spaß am Sex gegangen war, ohne Scham, ohne Reue. In der sie zum ersten Mal ihren Körper ansehen und zeigen konnte, ohne sich dabei schuldig zu fühlen.

Nein, dachte Mona, ich kann es ihr nicht erzählen.

Nach einigem Suchen erreichten sie ihr Ziel, ein romantisches Natursteinhäuschen mit einem kleinen Vorplatz, einem Brunnen und ein paar üppig wuchernden Pflanzen in großen Töpfen. Mona war begeistert.

»Wem gehört das?«, wollte sie wissen. »Ich kann mir gar nicht vorstellen, dass man da nicht selbst drin wohnen will.«

»Es gehört Wulle. Er würde bestimmt gern drin wohnen, aber er sitzt in ... wie sagt man noch? Prison.«

»Wulle? Im Gefängnis?«, fragte Mona entgeistert, »ich dachte, er sei krank?«

»Wer hat dir denn das erzählt?«

»Das Mädchen am Hippie-Bus.«

»Ah, Esmé, Wulles Tochter. Sie lügt, wenn sie den Mund aufmacht. Wulle ist nicht krank. Er hat komische Geschäfte mit Grundstücken gemacht und Leute beschissen. Jetzt ist er pleite, hat einen Haufen Schulden. Deshalb muss er sein Haus verkaufen.«

»Und den Hippie-Bus«, ergänzte Mona.

Innen war das Haus ziemlich runtergekommen und verstaubt, aber Mona sah sofort, dass man es sehr schön würde herrichten können.

»Wie viel will er haben?«

»Muss ich mit ihm verhandeln, n'est-ce pas?«

»Würdest du's nehmen?«, fragte Mona.

Louise sah sie forschend an. »Ich habe keine Ahnung, was du suchst auf dieser Insel. Aber wenn du das Gefühl hast, du könntest es finden, dann bleib.«

Helen spürte, dass Shirins Leidenschaft nachließ. Sie hatte den Verdacht, dass ihre Lust nur noch geheuchelt war. Eines Nachts aber schien ihr selbst das nicht mehr zu gelingen.

»Ich fühle mich nicht gut, wahrscheinlich kriege ich meine Tage«, entschuldigte sich Shirin und entzog sich Helens Umarmung. »Ich hole uns was zu trinken.«

Helen sah ihr nach, wie sie zur Tür ging. Von der ersten Sekunde an hatte sie gefürchtet, dass es so kommen würde. Sie hatte sich eingeredet, dass sie Shirin nur stark genug lieben müsse, um sie zu halten. Und nun spürte sie, dass es umgekehrt war.

»Übrigens«, sagte Shirin beim Zurückkommen, »was hältst du davon, wenn ich Bent nach London zu den Übernahmeverhandlungen mitnehme? Er macht sich wirklich gut, und ich glaube, wir sollten ihm mehr Kompetenzen geben.«

Helen sah sie lange an.

»Ja, natürlich«, sagte sie schließlich, »das solltest du unbedingt tun.«

Einige Tage später rief Helen bei Shirin im Büro an und bat um ein Treffen.

»Sie kommt«, sagte Shirin zu Bent und legte auf.

»Lass mich aus dem Spiel«, befahl er. »Sonst machst du alles noch schlimmer.«

Shirin sah der Begegnung unruhig entgegen und war fast erleichtert, als sie hörte, wie Helen das Vorzimmer betrat.

»Guten Abend, Frau Westheim«, grüßte Bent höflich und sprang auf, um ihr die Jacke abzunehmen.

»Nicht nötig, danke«, wehrte Helen ab und würdigte Bent keines Blickes. Sie ging durch bis in Shirins Büro und schloss die Tür hinter sich.

»Hallo Shirin.« Sie blieb an der Tür stehen.

Shirin stand auf, kam um den Tisch herum und begrüßte Helen mit zwei Wangenküssen.

»Hallo Helen, schön dich zu sehen.« Sie hörte den falschen Ton in ihrer Stimme, griff nach ihrer Jacke und die zwei Frauen verließen das Büro.

»Schönen Abend«, wünschte Bent.

Helen gab keine Antwort. »Er bewährt sich also?«, fragte sie auf dem Weg zum Fahrstuhl.

»Oh ja«, sagte Shirin lebhaft, »ich habe dir ja von London erzählt, er hatte wirklich einen tollen Auftritt.«

»Das meine ich nicht«, sagte Helen.

Die beiden Frauen betraten eine Bar und nahmen an einem kleinen Tisch Platz.

Helen beugte sich vor und nahm Shirins Hand.

»Warum belügst du mich? Ich spüre doch, was los ist.«

Shirin zog ihre Hand weg. »Was soll ich dir dann noch sagen?«

In Helens Gesicht zuckte es. »Nichts«, sagte sie tonlos. »Oder vielleicht, dass es trotzdem schön war mit uns. Dass es dir Leid tut, was weiß ich?«

»Es tut mir Leid«, murmelte Shirin.

Helen schwieg einen Moment, dann fragte sie: »Hältst du es für sinnvoll, weiter so eng mit Hopper zusammenzuarbeiten?«

»Was hat Bent denn damit zu tun?«, fuhr Shirin hoch.

»Schon wieder belügst du mich«, sagte Helen getroffen.

Shirin senkte schuldbewusst den Blick. Dann machte sie eine resignierte Bewegung, als sei nun sowieso alles egal.

»Er kann nichts dafür, Helen«, sagte sie heftig, »ich war es, ich wollte ihn unbedingt.« Sie hob den Kopf. »Woher weißt du überhaupt davon?«

Helen lachte kurz auf. »Intuition. Liebende haben sowas.«

Sie stand auf. »Danke für alles, Shirin. Wie sagt man in diesen Fällen? Auch wenn sie kurz war, es war die schönste Zeit meines Lebens.«

Langsam und mit hoch erhobenem Kopf verließ Helen das Lokal.

Auf der Straße hatte sie das Gefühl, ihre Beine könnten sie nicht mehr tragen. Sie suchte Halt an einer Hauswand und hielt Ausschau nach einem Taxi. Endlich hielt ein Wagen an, sie stieg ein und nannte ihre Adresse. Plötzlich änderte sie ihre Meinung.

»Nein, fahren Sie bitte in die Französische Straße 11.«

Gregor hatte sich angewöhnt, auf Klingeln nicht mehr zu reagieren. Meist waren es ohnehin Hausierer, Bettler oder die Zeugen Jehovas. Oder sein Vermieter, der sich darüber beschweren wollte, dass Gregor die Kehrwoche nicht einhielt. Aber dieses Klingeln klang anders, drängender.

Er ging zum Fenster und sah nach unten. Zu seiner Überraschung entdeckte er Helen.

Erschrocken sah er sich in der Wohnung um. Es sah Grauen erregend aus. Er dachte daran, einfach nicht zu öffnen. Andererseits, wenn etwas mit den Kindern wäre? Er ging zur Tür und drückte den Knopf der Sprechanlage.

»Hallo Helen.«

»Kann ich hochkommen?«, hörte er ihre Stimme. Sie klang belegt.

»Ist was passiert?«

»Bitte lass mich rein!«

»Hier sieht's furchtbar aus.«

»Ist mir völlig egal«, sagte sie, »bitte Gregor!«

Er drückte auf den Türöffner. Gleich darauf hörte er eilige Schritte auf der Treppe. Helen lief die drei Stockwerke nach oben und stürzte sich in seine Arme.

Es dauerte Minuten, bis sie aufhörte, zu zittern.

»Entschuldige«, sagte sie leise, »ich wusste einfach nicht, wohin. Ich gehe jetzt besser wieder.«

»Kommt nicht in Frage.«

Er legte den Arm um sie und führte sie in sein Wohn-Schlafzimmer.

Entgeistert sah Helen sich um.

»Ich hab dich gewarnt«, sagte er.

»Ist das alles meine Schuld?«, fragte Helen und machte eine Bewegung mit dem Arm, die sein ganzes Leben zu meinen schien.

»Ich denke nicht. Habe ich mir ja wohl selbst eingebrockt«, sagte er und lächelte.

Helen fühlte sich kurz getröstet von diesem Lächeln, das in eine andere Zeit gehörte.

»Nimm Platz«, sagte er und zeigte auf das Sofa.

Helen schob einen Stapel Zeitschriften zur Seite und setzte sich.

»Was zu trinken?«, bot er an.

»Ein Glas Wasser, wenn du hast«, bat sie schüchtern.

Er kehrte mit Gläsern und einer Flasche Mineralwasser einer Billigmarke zurück.

»Cheers«, sagte er und stieß mit ihr an, als handele es sich um einen der edlen Rotweine, die sie früher miteinander getrunken hatten.

Helen ließ das Glas sinken und sah Gregor mit verweinten Augen an.

»Was habe ich an mir, dass alle denken, mit mir könnten sie's machen? Bin ich ein Opfertyp?«

»Im Gegenteil. Du bist so stark.«

Helen stieß ein bitteres Lachen aus. »So stark, dass man mir einfach wehtun kann? Dass jeder meint, ich würde es schon aushalten?«

»Irgendwie schon«, bestätigte Gregor.

Langsam wich bei Helen die Traurigkeit dem Zorn. »Was hast du dir zum Beispiel gedacht bei dieser miesen Entführungsnummer? Was, verdammt nochmal, hast du geglaubt, wie ich mich fühle?« Sie funkelte ihn wütend an.

»Helen, es ging bloß um Geld. Ich wollte dir nicht wehtun.«

»Es ging überhaupt nicht bloß um Geld«, erwiderte Helen heftig, »weißt du, wie es sich anfühlt, um das Leben seines Mannes zu bangen? Sich vorzustellen, wie er vielleicht gequält wird oder womöglich getötet, wenn man nicht das Richtige tut?«

Gregor stand auf und ging im Zimmer hin und her, wobei er darauf achten musste, keine der vielen leeren Flaschen umzustoßen, die überall herumstanden. Mit dem Fuß schob er ein paar Kleidungsstücke beiseite, zwischendurch hob er ein Buch auf und legte es aufs Regal. Dann blieb er in einiger Entfernung von Helen stehen.

»Unser Leben war eine einzige ideologische Debatte. Da gab es keine Freude mehr, keinen Genuss. Ich wollte so nicht mehr leben. Wäre es dir lieber gewesen, ich hätte dich verlassen?«

»Allerdings!«, fauchte Helen, aber sie war nicht sicher, ob das stimmte.

»Ich wollte aber nicht weg von dir.«

»Natürlich nicht! Weil's dann vorbei gewesen wäre mit dem angenehmen Leben. Du hast mich doch nie geliebt, du liebst nur das Geld.«

»Und du liebst Frauen«, sagte Gregor ruhig. »Unsere Ehe war ein Zweckbündnis, das wussten wir beide. Trotzdem war es getragen von Respekt und Zuneigung, vielleicht war das, was zwischen uns gewachsen ist, sogar eine Form von Liebe. Das ist mehr, als zwischen den meisten Ehepartnern nach ein paar Jahren noch existiert.«

Helen schwieg.

»Außerdem haben wir Kinder«, fuhr Gregor fort. »Das allein wäre für mich ein Grund gewesen, mit dir zusammenzubleiben.«

Ihr Blick hatte sich an einem dunklen Fleck auf dem Boden festgesaugt, der wahrscheinlich von verschüttetem Wein herrührte.

»Wie hältst du es in diesem Schweinestall nur aus?«, fragte sie und sah ihm ins Gesicht.

Gregor zuckte die Schultern. »Selbstbestrafung, nehme ich an. Es hat was, ganz unten zu sein. Man hat nichts zu verlieren.«

Helen fühlte sich plötzlich schuldbewusst.

»Warum bist du gekommen?«, fragte Gregor.

»Shirin hat mich verlassen. Ich habe niemanden, keine Freundin, keinen Freund. Nur dich.«

In einer spontanen Aufwallung hatte Manfred beschlossen, sich in den Herbstferien um seinen Sohn zu kümmern.

Er holte Tommy am Flughafen ab und sie fuhren ins Gebirge. In einer kleinen Pension nahmen sie ein Zimmer und gingen früh zu Bett. Im Schein der Nachttischlampen lasen beide noch ein bisschen.

»Was liest du da?«, erkundigte sich Manfred nach einer Weile.

Tommy hielt sein Buch hoch, so dass Manfred den Umschlag sehen konnte.

»In der Wand« las er. »Komisch, das habe ich auch. Hab's aber noch nicht gelesen.«

»Solltest du aber«, sagte Tommy, »ist echt klasse. Es handelt von zwei verrückten Amerikanern, die unbedingt auf den Mont Blanc wollen. Erst denkt man, es geht nur ums Bergsteigen. Aber dann merkt man, dass es so eine Art ... Gleichnis ist.«

»Ein Gleichnis wofür?«, fragte Manfred interessiert. Noch nie hatte er eine solche Unterhaltung mit seinem Sohn geführt.

»Na, für das Leben. Viele Situationen sind doch so, als müsste man auf den Mont Blanc rauf, und man denkt, man schafft es nie.«

»Und irgendwie hängt man auch immer in der Wand«, ergänzte Manfred nachdenklich.

Gegen sieben am nächsten Morgen brachen sie zu ihrer Tour auf. Tommy hatte in England einen Kletterkurs absolviert und brannte darauf, sein neu erworbenes Können vorzuführen. Manfred, der früher ein begeisterter Bergsteiger gewesen war, musste ihn immer wieder bremsen.

»Früher sind wir ein paar Mal in den Bergen gewesen«, erinnerte sich Tommy, »warum haben wir damit eigentlich aufgehört?«

»Weil du mir erklärt hast, du hättest keine Lust mehr, wie ein Idiot durch die Gegend zu latschen.«

Tommy grinste. »Echt? Kann ich mich gar nicht mehr erinnern.«

Sie gingen eine ganze Weile schweigend.

Plötzlich fragte Tommy unvermittelt: »Wollt ihr euch eigentlich scheiden lassen?«

Manfred blieb überrascht stehen. »Meine Antwort auf diese Frage heißt nein. Aber ich weiß nicht, wie Mona darüber denkt.«

»Dann find's doch raus.«

Manfred spürte, welche Überwindung es seinen Sohn kostete, das Thema anzusprechen.

»Ich weiß nicht, wo sie ist, Tommy.«

»Ich weiß es. Aber ich soll's dir nicht sagen.«

Manfred war nicht besonders überrascht. Er wunderte sich nur, dass er nicht selbst darauf gekommen war. Natürlich wäre Mona niemals abgehauen, ohne Tommy zu sagen, wie er sie erreichen könnte.

»Ich glaube, Mona muss erst mal für sich rausfinden, was sie will«, sagte er betont ruhig, »dann werden wir sehen. Ich muss dir sicher nicht erklären, dass die Liebe eine ziemlich komplizierte Sache ist. Manchmal wissen auch die Erwachsenen nicht weiter.«

»Ihr wollt immer Vorbild für uns sein, und dann benehmt ihr euch, dass es echt peinlich ist«, brach es plötzlich aus Tommy heraus.

»Was meinst du damit?«

»Mona haut einfach ab und du versuchst nicht mal, sie zu finden. Ihr seid euch doch gegenseitig scheißegal. Was soll ich euch denn noch glauben?«

Manfred fühlte sich hilflos. Was sollte er dem Jungen sagen? Wie sollte er ihm erklären, was geschehen war? Er hatte keine Erfahrung damit, über seine Gefühle zu sprechen, schon gar nicht mit seinem Sohn, also zog er es vor, zu schweigen. Auch Tommy machte den Eindruck, als hätte er keine Lust mehr, die Unterhaltung fortzusetzen.

Sie waren über drei Stunden unterwegs, als sie am Einstieg zum Kopftörlgrat die erste Pause machten. Nebeneinander hockten sie sich auf einen Vorsprung, der gerade so breit war, dass sie beide Platz hatten. Vor ihnen erstreckte sich die Kette des Zahmen Kaisers sowie die Ausläufer der Chiemgauer Alpen.

»Da drüben, das ist das Totenkirchl«, erklärte Manfred und wies mit dem Finger auf eine Formation, die tatsächlich Ähnlichkeit mit einer Kirche hatte. »Da ist der Normalweg schon ein Dreier. Mit zwanzig bin ich mal durch die Westwand gestiegen. Die hat's in sich!«

Schweigend genossen sie den Blick. Manfred bemerkte zu seiner eigenen Verwunderung, wie glücklich er sich mit seinem Sohn zusammen fühlte. Er legte den Arm um Tommys Schultern und drückte ihn kurz an sich.

Sie aßen belegte Brote, teilten sich einen Schokoriegel und tranken Tee. Dann nahmen sie ihre Rucksäcke hoch und setzten ihren Weg fort.

Wind kam auf. Westwind, wie Manfred feststellte. Innerhalb einer Viertelstunde zogen dunkle Wolken auf.

»Wir sollten umkehren«, rief er.

Tommy, der vor ihm ging, drehte den Kopf. »Aber wir sind doch gleich oben, und auf der anderen Seite geht's schneller zurück. Wenn wir jetzt umdrehen, kommen wir genau in das Unwetter.«

Manfred musste zugeben, dass sein Sohn Recht hatte. Wenn sie den Grat erst einmal erreicht hätten, könnten sie den Abstieg über die einfache Gamshalt nehmen.

Er kniff die Augen gegen den Wind zusammen und legte den Kopf in den Nacken. Es war nicht mehr weit, aber der Fels vor ihnen türmte sich steil auf. Ein leises Donnergrollen war zu hören.

»Wenn wir da direkt raufgehen, sparen wir Zeit«, rief Tommy ihm zu und wies auf eine Rinne im Fels.

»Auf keinen Fall«, sagte Manfred entschieden. »Wir bleiben auf der Route.«

Im selben Moment donnerte es. Das Grollen war schon deutlich lauter; das Unwetter war schnell näher gekommen. Im nächsten Augenblick sah Manfred, wie sein Sohn begann, die steile Felsrinne hochzuklettern, die sie noch vom Grat trennte.

»Lass das, komm zurück!«, rief er, aber Tommy reagierte nicht. Verbissen klammerte er sich an die Wand, suchte nach Tritten, auf denen seine Füße Halt fanden. Nach fünfzig Metern hielt er inne. Manfred beobachtete, wie der Blick seines Sohnes zuerst nach oben, dann nach unten ging. Im selben Moment begriff er, dass Tommy festhing.

Für einen Moment schien das Bild einzufrieren. Dann löste sich vor seinem inneren Auge Tommys Körper vom Fels und stürzte langsam, wie in Zeitlupe, durch die Luft; tiefer und tiefer, trudelnd und mit den Armen rudernd, sich immer wieder um die eigene Achse drehend.

»Tommy!«, schrie Manfred, seine Stimme brach sich am Fels, warf ein vielfaches Echo zurück.

»Paps!«, hörte er Tommys Stimme wie aus weiter Ferne. »Hilf mir!«

Manfred kroch und kletterte so schnell er konnte, unter ihm löste sich Geröll und brachte ihn ins Rutschen. Er erreichte den Fuß der Rinne und sah über sich Tommy in der Wand hängen.

»Bleib ganz ruhig«, rief er ihm zu, »du musst nach rechts rausqueren, da sehe ich Griffe!«

»Ich schaffe es nicht!«, rief Tommy. Seine Stimme war Panik pur, die Wadenmuskulatur zitterte, seine Finger krampften sich in den Fels. Manfred kannte das Gefühl, wenn einen plötzlich alle Kraft verlässt und man weder vor noch zurück kann. Er wusste, dass er zu Tommy hoch musste, dass nur eine Berührung seine Starre lösen würde.

»Warte«, rief er, »ich bin gleich bei dir.«

Er warf seinen Rucksack ab und stürzte sich auf den Felsen. Er musste sich zwingen, besonnen zu klettern. Langsam näherte er sich seinem Sohn, der das Gesicht mit geschlossenen Augen gegen die Wand aus Stein gepresst hielt. Der Wind pfiff Manfred um die Ohren, das Gewitter kam immer näher, aber noch hatte er keinen Regentropfen gespürt.

Endlich hatte er Tommy erreicht und umfasste vorsichtig mit der Hand seinen Knöchel.

»Ganz ruhig, mein Junge. Ich sag dir jetzt genau, was du machen musst.«

Tommy nickte mit geschlossenen Augen.

»Schau nach rechts«, befahl Manfred. »Siehst du die kleine Nische? Da greifst du mit der rechten Hand hin, dann setzt du den linken Fuß ein Stück nach oben. Und jetzt die linke Hand nach oben, so ist es richtig.«

Wie unter Hypnose befolgte Tommy die Anweisungen seines Vaters, kletterte mehr oder weniger blind, nur auf die rettende Stimme horchend, zum Grat hinauf.

Gleich hinter ihm zog Manfred sich hoch und ließ sich neben ihn fallen. Er umarmte seinen Sohn und hielt ihn lange fest. Nur langsam hörte das Zittern in Tommys Körper auf.

Als sie sich von ihrem Schrecken erholt hatten, traten sie den Rückweg an. Es hatte zu regnen begonnen und kräftige Windböen erschwerten das Gehen.

Sie liefen einen langen, abschüssigen Weg hinab; Tommy ging ein Stück voraus. Plötzlich polterte zwischen ihnen ein Stein zu Boden.

»Deckung!«, schrie Manfred und drückte sich an die Felswand. Tommy, der Manfreds Ruf zwar gehört, aber nicht verstanden hatte, drehte sich um und blickte fragend zu seinem Vater. In diesem Moment sah Manfred, wie sich über ihnen noch mehr Geröll löste, vom Regen aus der Erde gewaschen.

»Steine!«, brüllte er und machte ein Zeichen mit der Hand.

Tommy zögerte den Bruchteil einer Sekunde zu lang. Von einem Gesteinsbrocken getroffen, stürzte er zu Boden.

Mona hatte Louise beauftragt, den Kauf für sie abzuwickeln. Die Finca war nicht billig gewesen, dafür waren Handwerker preiswert und Mona hatte zwei Männer engagiert, die das Haus nach ihren Vorstellungen renovieren sollten.

Der eine war ein brummiger, älterer Spanier, der nicht viel sprach und bei der Arbeit ununterbrochen kleine, filterlose Zigaretten rauchte. Sein jüngerer Kollege war Marokkaner, ein stolzer Bursche mit Rastalocken und glühenden, dunklen Augen. Hassan war der beste Maurer der Insel; er beherrschte alte Techniken aus seiner Heimat, von denen er hier gut lebte. Jeder, der etwas auf sich hielt, ließ sich von ihm eine Küche, einen Waschtisch oder ein Badezimmer mauern. Am berühmtesten waren seine Böden, raffiniert marmorierte Flächen in verschiedenen Farbtönen, die jedem Raum ein besonderes Flair verliehen.

Mona sah ihm gern dabei zu, wie er den Zement in großen Wannen anrührte, mit Farbpigmenten versah, an der richtigen Mischung herumtüftelte. Wie er Proben herstellte, sie trocknen ließ und die Wirkung überprüfte. Hassan war nicht einfach nur ein Handwerker, er war ein Künstler.

Anfangs hatte er kaum mit ihr gesprochen; Mona

wusste nicht, ob aus Schüchternheit oder weil er Frauen grundsätzlich nicht ernst nahm. Allmählich aber hatte er begonnen, ihr die einzelnen Arbeitsschritte zu erklären, sie kleine Handgriffe selbst ausführen zu lassen. Der Umgang mit Steinen, Sand und Mörtel und die körperliche Anstrengung taten Mona gut.

Es war ein gewaltiger Aufwand, alles heranzuschaffen, was benötigt wurde. Die Insel war klein, es gab hier nicht viel, aber Mona hatte genaue Vorstellungen, wie ihr Haus einmal aussehen sollte. Viele Male fuhr sie aufs Festland, durchstreifte Baustoffhandlungen und Einrichtungsläden, packte ihren Jeep voll und brachte alles auf die Insel.

Eines Abends, als sie nach einer solchen Einkaufstour am Haus eintraf, stand Hassans Moped noch da. Mona wunderte sich, es war schon nach acht.

Hassan kam heraus und half ihr beim Ausladen.

»Und, wie weit bist du gekommen?«, wollte Mona wissen.

Er öffnete die Tür zum Schlafzimmer.

»Voilà!«, sagte er und trat zur Seite, um den Blick freizugeben.

Der Boden war frisch gegossen, der Zement noch feucht. Mona erkannte die Spuren des Spatels, mit dem er verteilt worden war. An der Wand entlang und rund um die Stelle, an der das Bett stehen würde, hatte Hassan ein Mosaik aus Flusskieseln gelegt.

Mona war überrascht, das hatten sie nicht vereinbart. Sie betrachtete die Wirkung der Steine, stellte sich vor, wie das Zimmer eingerichtet aussehen würde, und wandte sich Hassan zu.

»Das ist toll«, sagte sie bewundernd. »Woher hattest du die Idee?«

Ein Lächeln huschte über sein Gesicht. »Aus Marrakesch. Es gibt dort einen Platz vor einer Moschee, der mit diesen Steinen ausgelegt ist. Mein Lieblingsplatz.«

Mona war plötzlich verlegen. »Danke«, sagte sie leise.

Sie verschlossen das Haus und gingen zu ihren Fahrzeugen.

»Merde«, sagte Hassan und zeigte auf den linken Vorderreifen von Monas Suzuki. Er war platt.

»Ich muss doch einen Ersatzreifen haben«, sagte sie und hob die Abdeckung der Ladefläche an. Ein Reifen kam zum Vorschein. Hassan löste die Schraube und wuchtete ihn hoch. Er war ebenfalls platt.

»Na, prima«, sagte Mona und verzog das Gesicht.

Hassan zeigte auf sein Moped. Er reichte ihr seinen Helm, Mona setzte sich hinter ihn. Sie holperte über die steinigen Feldwege; Mona klammerte sich an Hassan fest, um nicht herunterzufallen.

An der Bar des »Hippie-Bus« herrschte reges Treiben; viele junge Leute saßen oder standen beisammen, über dem Strand schwebte Musik, der Himmel verfärbte sich rosa. Genau wie früher, dachte Mona.

Hassan hatte sich angestellt, um Bier zu holen. Mona wartete in der Nähe.

Ihr Handy piepste. Sie nahm es aus der Tasche und las die kurze Mitteilung auf dem Display.

hatte unfall, bin im krankenhaus. kommst du? tommy

»Scheiße«, murmelte Mona erschrocken und wählte. Tommy meldete sich mit dünner Stimme.

»Baby, was ist passiert?«, rief Mona in den Hörer.

»Ich war mit Paps bergsteigen. Wir sind in einen Steinschlag gekommen und meine Schulter ist ziemlich kaputt. Ich bin heute operiert worden.«

Mona atmete auf. Das klang nicht lebensbedrohend.

Mitfühlend sagte sie: »Mein armer Schatz! Wie lange musst du im Krankenhaus bleiben?«

»Weiß nicht genau. Eine Woche, vielleicht auch länger.«

»Kümmert Papa sich um dich?«

»Der muss auf Geschäftsreise.« Tommy machte eine kleine Pause, dann sagte er flehend: »Kannst du nicht kommen, Monamami?«

Mona zögerte. Sie wäre am liebsten sofort zu ihm gefahren, aber eine Rückkehr nach Deutschland erschien ihr ausgeschlossen. Wer weiß, was dort auf sie wartete! Der tobende Gregor, ihre rachsüchtige Schwester, Helen, die ihr Geld zurück wollte, womöglich die Polizei. Mit einem Mal wurde ihr bewusst, in was für eine prekäre Situation sie sich selbst gebracht hatte. Ihr wurde ganz flau vor Angst.

»Ich glaube nicht, dass ich kommen kann«, sagte sie, »aber wenn du aus der Klinik raus bist, dann kommst du hierher und ich päpple dich wieder auf, okay?«

Tommy blieb still.

»Bist du noch da?«, rief Mona.

»Ja«, sagte er und im nächsten Moment war das Gespräch unterbrochen. Mona wusste, dass er aufgelegt hatte.

»Scheiße«, murmelte sie nochmal und steckte ihr Handy ein.

Sie fühlte sich furchtbar. Ich bin eine Rabenmutter, dachte sie. Eine beschissene, egoistische Rabenmutter auf dem Selbstverwirklichungstrip. Aber ich kann jetzt nicht zurück, es ist zu riskant.

Hassan hatte zwei der kleinen, braunen Flaschen erstanden, jetzt winkte er Mona und sie folgte ihm zu einer flachen Stelle in den Dünen, die umgeben war von Strandhafer und trockenem Gras.

Vor ihnen waren der Strand und das von innen erleuchtete Wrack des Busses. Fetzen von Musik wehten herüber. Auf dem Meer lag ein breiter, roter Lichtstreifen; rechts und links verschwamm er in der Dämmerung.

Hassan legte sich auf den Rücken und verschränkte die Arme unter dem Kopf. Auf seinem Gesicht lag ein rötlicher Schimmer. Sein T-Shirt war hochgerutscht und gab den Blick auf einen flachen, muskulösen Bauch frei. Die Haut an seinen Händen und Armen zeigte Spuren von Farbe und Zementstaub.

»Was ist los?«, fragte er.

»Nichts.«

Mona nahm eine der Flaschen und trank.

»Du bist eine traurige Frau«, sagte Hassan.

»Ich bin nicht traurig«, sagte sie. »Wie kommst du darauf?«

Er streckte die Hand aus und strich sanft über ihren Rücken. Es fühlte sich angenehm an.

Jetzt ist es auch schon egal, dachte Mona. Ich bin frei. Ich kann tun, was ich will.

Mit einer trotzigen Bewegung zog sie ihr Top über den Kopf und legte sich neben ihn.

Nicht lange nach ihrem gemeinsamen Abendessen meldete sich Manfred erneut bei Kim und lud sie ein, ihn zum Medienball zu begleiten.

Kim zögerte; sie fürchtete eine weitere Auseinandersetzung mit Berger, außerdem hatte Manfred offensichtlich keine Neuigkeiten von Mona. Andererseits war der Medienball eines der bedeutendsten gesellschaftlichen Ereignisse der Stadt, und Kim hatte sich seit Jahren gewünscht, einmal dabei sein zu können.

»Also, gut«, sagte sie, »aber ich habe kein Ballkleid.«

»Welche Konfektionsgröße hast du?«, fragte er.
»38.«
»Maße?«
»Wie bitte?«
»Na, deine Maße, du weißt schon, 90-60-90 oder so.«
»Warte einen Moment«, sagte Kim und zerrte ein Maßband aus der Schublade.
Gleich darauf sagte sie: »Woher weißt du das?«
»Was?«
»Na, 90-60-90. Stimmt genau.«
Sie prusteten beide los.
Das Kleid, ein Traum aus dunkelgrüner Wildseide, traf am nächsten Tag ein.

Am Abend des Balls führte Kim Berger das Kleid vor.
»Um Missverständnissen vorzubeugen«, sagte sie, »es ist nur geliehen.«
Berger reagierte trotzdem gereizt: »Und Manfred wird jetzt dein Hausfreund, oder was?«
»Spinn dich aus«, sagte Kim gelassen. »Er ist mein Schwager.«
»Er ist ein widerlicher, gelackter Flanellanzugarsch und ich wette darauf, dass er scharf auf dich ist.«
»Und wenn schon, davon kann ich mir auch nichts kaufen.«
»Früher konntest du«, gab Berger knapp zurück.
Kim biss sich auf die Lippen. »Aber heute ist nicht früher.«
Sie war verletzt. Sie verstand nicht, warum Berger ihr plötzlich misstraute.
Als spürte er, was in ihr vorging, sagte er: »Vielleicht gibt es ja einen anderen Grund, warum du gerade jetzt dein Herz für Manfred entdeckt hast.«

»Und welcher sollte das sein?«

Er blickte sie fast flehend an, als erhoffte er sich, sie würde ihm widersprechen.

»Vielleicht glaubst du, über ihn an Mona ranzukommen.«

Kim wollte es abstreiten, aber sie schaffte es nicht. Es wäre eine Lüge gewesen und sie konnte Berger nicht belügen. Gleichzeitig wurde sie wütend, weil sie sich in die Enge getrieben fühlte.

»Hör auf damit«, fauchte sie, »das ist meine Sache!«

Sie wollte aus dem Zimmer gehen, aber Berger hielt sie fest.

»Es ist auch meine Sache! Seit dieser Geschichte bist du wie besessen, du bist nicht mehr du selbst! Du kannst dein Leben nicht genießen, du kanst unser Glück nicht schätzen, weil du immer an deine verdammte Schwester denkst und an das verdammte Geld!«

Kim fühlte, dass er Recht hatte, und das machte sie noch wütender.

»Lass mich in Ruhe!«, schrie sie, riss sich von ihm los, raffte ihr Abendtäschchen und den Mantel und verließ wutschnaubend die Wohnung.

Als Kim an Manfreds Seite den Ballsaal betrat, vergaß sie ihren Zorn. Sie spürte die Blicke der Leute, genoss die Bewunderung. Manfred war stolz auf seine schöne Begleiterin, gleichzeitig machte er sich Sorgen, weil die Leute was Falsches denken könnten. Er stellte Kim überall als seine Schwägerin vor. Trotzdem wurde getuschelt.

Manfred und Kim setzten sich an einen Tisch, an dem außer ihnen einige hochrangige Medienleute platziert waren. Kim wurde einem bekannten Nachrichtenmoderator und einer Schauspielerin und ihrem Ehemann vorgestellt, außerdem einem stinkreichen Verlagsmenschen und dem Besitzer eines privaten Fernsehsenders.

»Spätestens nach dem zweiten Glas macht er dir das Angebot, eine Sendung zu moderieren«, wisperte Manfred ihr kurz darauf zu, »du kannst beruhigt ablehnen.«

Kim kicherte. Diese Welt war ihr so fremd, hoffentlich verzapfte sie keinen Blödsinn. Ihr Tischherr zur Linken war der Mann der Schauspielerin; ein vornehm wirkender Herr mit grauen Schläfen und einem gepflegten Schnauzbärtchen. Er erzählte, dass er eines Tages die Nase vom Anwaltsberuf voll gehabt und damit begonnen habe, Pferde zu züchten.

Kim interessierte sich für Pferde, als Kind war sie eine Weile geritten.

»Was für eine Rasse züchten Sie?«, erkundigte sie sich.

Er züchtete englische Vollblüter. Eingehend schilderte er Kim, wie er sein schönstes Pferd einem Zigeunerclan abgeschwatzt, und was für ein tolles Geschäft er dabei gemacht habe.

Kim tanzte mit Manfred. Sie war keine besonders gute Tänzerin, aber er führte sie geschickt. Als eine langsame Nummer kam, hielt er sie eng an sich gedrückt und sie spürte, dass er eine Erektion hatte.

Kim trank reichlich Champagner, genoss die begehrlichen Blicke der Männer und die neidischen der Frauen. Endlich war sie da angekommen, wohin sie sich immer gewünscht hatte: in der Welt der Reichen und Schönen. Und sie fragte sich, warum Mona auf all das freiwillig verzichtete.

Gegen zwei verabschiedeten sie sich. Kim gab allen am Tisch die Hand. Sie beobachtete, wie der Schnauzbart mit Blick auf sie anerkennend zu Manfred sagte: »Mein Kompliment!«

Im Auto war ihre gute Stimmung schlagartig dahin. Sie vermutete, dass Berger zu Hause auf sie wartete, um ihr neue Vorwürfe zu machen.

Als Manfred ihr an einer roten Ampel die Hand auf den Oberschenkel legte, erhob sie keinen Einspruch. Er beugte sich zu ihr und küsste sie. Sie erwiderte seinen Kuss, trotzig und voll kindischer Rachsucht. Im nächsten Moment spürte sie seine Hand auf ihrer Brust, und die Erregung, die das hervorrief, verstärkte die Mischung aus Schuldgefühlen und Zerstörungswut, die in ihr tobte.

Manfred lenkte den Wagen in eine Parkbucht und fiel fast über sie her. Im letzten Moment kam Kim zu sich.

»Nein«, flüsterte sie und schob ihn von sich, »ich will nicht.«

Manfred war schlagartig ernüchtert. Er rückte seine Krawatte zurecht und zog den Reißverschluss seiner Hose hoch, den Kim bereits geöffnet hatte.

»Scheint in der Familie zu liegen«, sagte er und startete den Motor.

Schweigend fuhr er sie bis vor ihre Haustür.

»Ach, übrigens«, sagte er, als sei nicht das Geringste vorgefallen, »Tommy hat sich beim Bergsteigen verletzt, er liegt im Rechts der Isar. Ich muss für ein paar Tage verreisen; würdest du ihn mal besuchen?«

»Ja, natürlich«, sagte Kim verwirrt. Sie blieb einen Moment sitzen, konnte Manfred aber nicht ansehen.

»Sei mir nicht böse«, sagte sie leise. »War trotzdem ein schöner Abend.«

Dann stieg sie schnell aus.

Berger saß im Wohnzimmer und sah fern. Er machte den Apparat aus und lächelte Kim an.

»Und, war's schön?«, fragte er, und in seiner Stimme

lag nicht der leiseste Vorwurf. »Tut mir Leid, dass ich mich vorhin so blöd benommen habe.« Er stand auf und kam mit ausgebreiteten Armen auf sie zu.

In diesem Moment brach Kim in Tränen aus. Sie warf sich in seine Arme und schluchzte hemmungslos.

»Schmeiß mich raus, ich ... ich hab dich nicht verdient! Ich bin eine Nutte, und ... es hat alles keinen Sinn ...«

Berger stand ganz still und hielt sie fest. »Du bist keine Nutte.«

Kim sah auf. »Aber ich hätte vor lauter Wut fast mit Manfred gevögelt!«, rief sie verzweifelt aus, »und du hattest Recht, ich denke die ganze Zeit an das verdammte Geld, ich bin wie zerfressen von diesem Gedanken, und wenn das nicht aufhört, werde ich dich verlieren, und dann mache ich lieber vorher selbst alles kaputt ...«

Berger zog sie aufs Sofa, setzte sich daneben und streichelte sie, bis sie sich beruhigt hatte.

»Hasst du mich jetzt?«, fragte sie kläglich.

»Nein.«

»Warum nicht?«

»Weil du für mich in so einem Moment ein kleines, von seiner Mutter verlassenes Kind bist, das um sich schlägt, um den eigenen Schmerz zu betäuben. Das kann ich nicht hassen.«

Überrascht sah Kim auf. »Wie kommst du denn auf so was?«

Berger zuckte als Antwort die Schultern.

»Hältst du mich für unzurechnungsfähig?«

»Das hättest du vielleicht gern«, sagte er grinsend, »aber da ist ja noch dein anderes, erwachsenes Ich, das dir sagt, wo's lang geht. Es reicht, wenn du öfter mal darauf hörst.«

Kim richtete sich auf und sah Berger ernst in die Augen.

»Du bist der merkwürdigste Kerl, der mir je begegnet ist, aber ich liebe dich so sehr, dass es mir selbst fast peinlich ist.« Sie lächelte verlegen. »Ich hätte nie geglaubt, dass ich ausgerechnet dir das mal sagen würde.«

Berger stand auf. »Bleib hier, ich bin gleich zurück.«

Er ging aus dem Zimmer und kam mit einem Päckchen wieder.

»Was ist das?«, fragte Kim.

»Mach's auf, dann weißt du's.«

Kim entfernte das Papier und hielt ein samtbezogenes Kästchen in der Hand. Sie ließ den Verschluss aufschnappen. Vor ihr lag ein Smaragdring.

»Du spinnst«, sagte sie.

»Da hast du völlig Recht«, gab Berger zurück. »Sonst würde ich wohl nicht auf den völlig wahnsinnigen Gedanken kommen, dich zu fragen, ob du mich heiraten willst.«

Eine hübsche, junge Krankenschwester betrat den Raum. Tommy setzte sich so gerade hin, wie es seine verletzte Schulter zuließ und lächelte scheu.

»Hallo, Tommy«, begrüßte sie ihn, »na, wie fühlst du dich heute?«

»Ganz okay«, gab Tommy zurück, obwohl er noch immer Schmerzen hatte.

»Wie ist das eigentlich passiert?«, fragte die Schwester, während sie sein Kissen aufschüttelte und das Laken glatt zog.

»Beim Bergsteigen. Wir sind in 'nen tierischen Sturm geraten und ich musste meinen Vater retten; der wäre fast abgestürzt. Dabei haben sich Felsbrocken aus der

Wand gelöst und sind runtergedonnert, direkt über unseren Köpfen. Ist ein totales Wunder, dass wir überlebt haben!«

»Wow!«, machte die Schwester, »dann bist du ja echt ein Held!«

»Naja, war nicht so wild. Ich hab ziemlich viel Bergerfahrung, so was passiert schon mal.«

»Was für Sportarten machst du sonst noch?« Die Schwester räumte das Frühstücksgeschirr auf ein Tablett und ordnete ein paar Gegenstände auf dem Nachttisch.

»Och, alles mögliche. Snowboarden, Skaten, Kickboxen, Wasserski, Gleitflug, Fallschirmspringen ...«

»... und demnächst den Pilotenschein«, ertönte eine Stimme an der Tür.

Mona war unbemerkt eingetreten und hatte amüsiert den Aufschneidereien ihres Sohnes gelauscht.

»Mami, was machst du denn hier?«

Die Schwester grüßte Mona, zwinkerte Tommy verschwörerisch zu und verließ das Zimmer.

Mona setzte sich auf die Bettkante. »Ich musste einfach mit eigenen Augen sehen, dass noch alles dran ist an dir! Ich bin heute morgen hergeflogen und fliege nachher gleich zurück. Sag bitte niemandem, dass ich hier war, hörst du?«

Tommy nickte. Er schmiegte sich in Monas Arme. »Ich bin so froh, dass du gekommen bist!«

»Mein armes Baby!«

Abrupt löste er sich von seiner Mutter. »Du sollst doch nicht immer Baby zu mir sagen!«

»Du meinst, die hübsche Schwester könnte es hören?«

»Welche hübsche Schwester?«, fragte Tommy. Eine leichte Röte überzog sein Gesicht.

»Schon gut«, lächelte Mona, »du wirst mal einer von denen, die eine Frau ins Bett quatschen können!«

»Ist doch cool!«, sagte Tommy und strich über seine Kinnpartie, wo bereits die ersten Barthaare zu sehen waren.

Er wird erwachsen, dachte Mona. Ich werde ihn bald loslassen müssen, und das wird gut sein für ihn. Er soll seinen eigenen Weg finden können, ohne Schuldgefühle einer Mutter gegenüber, die versucht, ihn festzuhalten, weil sie selbst nie festgehalten wurde.

»Ich habe dir was mitgebracht«, sagte Mona und zog ein in Papier eingeschlagenes Buch aus der Tasche. »Es ist ein Fotoband mit Bildern von der Insel. Wenn du wieder gesund bist, kommst du mich besuchen, okay?«

Tommys Miene verfinsterte sich. »Was soll ich da?«

»Dich erholen«, sagte Mona, verwundert über seine ablehnende Haltung. »Die Insel wird dir gefallen; ich zeige dir alles und wir verbringen ein paar schöne Tage miteinander.«

»Willst du da jetzt eigentlich bleiben?«

Mona hob die Hände und ließ sie fallen. »Ach, Tommy, ich weiß es noch nicht. Im Moment tut es mir unheimlich gut, dort zu sein. Darüber, was später sein wird, mache ich mir jetzt noch keine Gedanken.«

»Und … was ist mit Papa und dir?«

Mona entschloss sich, offen zu ihrem Sohn zu sein.

»Wir haben uns auseinander gelebt in den letzten Jahren, und im Moment ist es besser, wenn wir getrennt sind. Aber ich weiß, dass man nicht einfach weglaufen kann.«

»Aber genau das hast du gemacht, oder?«

Mona nickte. »Ja. Aber manchmal braucht man Abstand, um etwas wieder klar sehen zu können.«

Tommy schwieg. Er nahm das Fotobuch in die Hand und begann, darin zu blättern.

Kim war noch immer reichlich verwirrt von den Ereignissen der vergangenen Nacht. Zu Beginn hatte es für sie so ausgesehen, als wären Berger und sie am Ende. In Gedanken hatte Kim den Durchgang zwischen ihren Wohnungen schon wieder zugemauert und sich auf ihr altes Leben als allein erziehende Mutter eingestellt.

Und am Ende der Nacht war alles ganz anders gewesen.

Nachdem Berger ihr den Ring überreicht hatte, war es ruhig gewesen im Raum, nur von draußen drang das Zwitschern der ersten Vögel herein und vereinzelte Autogeräusche. Sie sahen beide mitgenommen aus; Bergers Gesicht war müde und eingefallen, Kims Make-up vom Weinen verschmiert, ihre Augen verquollen. Kurz dachte sie daran, wie sie sich ihre Verlobung immer vorgestellt hatte: so ähnlich wie in manchem Filmen, mit Champagner, Kerzenschein und sich als strahlender Schönheit. Sie versuchte, sich zu erinnern, wie der Bräutigam in dieser Phantasie ausgesehen hatte und ihr fiel auf, dass er kein Gesicht hatte, dass sie sich niemals hatte vorstellen können, wie der Mann sein würde, der es mit ihr aushalten könnte.

»Du spinnst«, wiederholte sie. »Hast du immer noch nicht gemerkt, dass ich eine Zumutung bin?«

»Klar habe ich das gemerkt. Aber man kann sich nun mal nicht aussuchen, wen man liebt.«

Dieser Satz hatte lange in ihr nachgeklungen.

Man kann sich nicht aussuchen, wen man liebt.

Genau so ist es. Man liebt einfach, gegen jede Vernunft, gegen jede Regel, manchmal sogar gegen besseres Wissen. Und man liebt einen Menschen nicht w e g e n bestimmter Eigenschaften, sondern t r o t z gewisser Eigenschaften.

Sie liebte Berger, obwohl er eigenwillig und stur war,

ständig an ihr herumkritisierte und ihr nicht im Entferntesten das Leben bieten konnte und wollte, das sie sich erträumt hatte. Und Berger liebte sie, obwohl sie unberechenbar, sprunghaft, unreif und chaotisch war.

Die Erkenntnis, dass jemand sie lieben konnte, obwohl sie so war wie sie war, rief ein nie gekanntes Gefühl der Erleichterung und des Glücks in ihr hervor.

Sie verbrachte die Stunden bis zum Aufstehen zwischen wachen und schlafen, lauschte auf Bergers Atem und dachte nach. Sie fasste den Vorsatz, den Gedanken an das Geld endgültig aus ihrem Kopf zu verbannen und nicht mehr daran zu denken, was Mona ihr angetan hatte. Sie wollte aufhören, mit der Vergangenheit zu hadern, wollte ihren Blick nach vorne richten.

Am Morgen teilte sie Berger diesen Entschluss mit.

»Versprochen?«, fragte er.

Sie hob drei Finger und schwor.

Nun war sie auf dem Weg ins Krankenhaus zu Tommy. Wenn seine Mutter es nicht mal jetzt für nötig hielt, aus ihrem Versteck zu kommen, um ihr krankes Kind zu besuchen, musste sie das eben tun.

Am liebsten hätte sie ihre Schwester ganz aus ihrem Denken und Fühlen verbannt, aber das war ihr in all den Jahren nicht gelungen. Auch wenn sie sich monatelang nicht gesehen hatten, auch wenn Kim das Gefühl hatte, meilenweit von ihr entfernt zu sein, immer wieder hatte Mona sich in ihre Gedanken gedrängt. Das Band zwischen ihnen hatte etwas krakenartiges; immer wenn Kim glaubte, es endgültig durchtrennt zu haben, wuchs es von Neuem und fesselte sie weiter aneinander.

»Mona ist die einzige Verbindung mit deiner Vergangenheit«, hatte Berger gesagt, »du kannst sie nicht loswerden, du musst dich mit ihr versöhnen.«

»Wahrscheinlich hast du Recht«, hatte Kim zugegeben. Sie hatte versucht, sich vorzustellen, wie diese große, starke Liebe zu Berger den Hass auf Mona einfach verdampfen lassen würde wie die Sonne das Wasser in einer Pfütze.

Das Krankenhaus kam in Sicht. Kim bremste ab und hielt Ausschau nach einer Parklücke. Langsam fuhr sie an einer Reihe wartender Taxis vorbei; aus den Augenwinkeln sah sie eine Frau, die gerade in den vordersten Wagen stieg. Sie stutzte, sah genauer hin. Das war doch nicht möglich!

Es war Mona. Elegant wie immer, das Haar etwas länger als im Sommer, die Haut sonnengebräunt.

Kim kurbelte das Fenster herunter. »Mona!«

Mona blickte hastig in ihre Richtung und schloss schnell die Tür; das Taxi fuhr los und reihte sich in den fließenden Verkehr ein. Ohne nachzudenken, vom schieren Jagdinstinkt getrieben, riss Kim das Steuer herum und folgte ihm.

Vergessen waren alle guten Vorsätze. Kim hatte nur den einen Gedanken: Sie wollte Mona zu fassen kriegen. Wollte ihr die Wut ins Gesicht schreien, wollte sie zwingen, ihr das Geld zu geben.

Es herrschte lebhafter Verkehr; Kim hatte Mühe, dem Wagen zu folgen. Ohne Rücksicht auf umspringende Ampeln und hupende Autofahrer heftete sie sich an seine Stoßstange und versuchte, den Abstand nicht größer werden zu lassen. An der Isar entlang verlief eine gesonderte Taxi- und Busspur; Kim zögerte nur eine Sekunde, dann scherte sie aus und setzte dem entkommenden Taxi nach. Wenn jetzt die Bullen auftauchen, bin ich geliefert, dachte sie und sah nervös in den Rückspiegel.

Ihr Handy klingelte. Mit einer Hand am Steuer nahm sie das Gespräch an. Es war Günther, der Produktionsleiter von Tele-Media.

»Wo steckst du, Kim?«, wollte er wissen.

»Auf der Wiedenmayer«, gab sie zurück.

»Kannst du bitte in den Bayerischen Hof fahren und Mario Adorf zum Set bringen?«

Kim überlegte fieberhaft. Wenn sie sich weigerte, waren sie und Berger ihren Job los. Wenn sie allerdings Mona erwischte, würden sie den Job vielleicht gar nicht mehr brauchen. Das war aber durchaus nicht sicher; Kim sah das Taxi in ziemlicher Entfernung vor sich; durch den Anruf war sie abgelenkt worden und hatte ihr Tempo gedrosselt.

»Das geht nicht, Günther«, sagte sie, »ich hab eine Panne.«

»Mist«, hörte sie ihn sagen, »was ist es denn?«

»Keine Ahnung, ich kriege ihn nicht mehr an.«

Sie öffnete das Fenster, damit die Außengeräusche ihr eigenes Fahrgeräusch übertönten.

»Okay, ich schicke Joe zum Set«, sagte Günther. »Soll jemand kommen und dir helfen?«

»Nicht nötig«, sagte Kim, »Berger ist schon unterwegs.«

Erleichtert drückte sie den Aus-Knopf und warf das Telefon auf den Beifahrersitz.

Vor sich sah sie, wie Monas Taxi über eine Ampel fuhr, die auf Gelb und gleich danach auf Rot umschaltete.

»Verdammt«, fluchte Kim. Das Auto entschwand ihren Blicken.

Nach einer Ewigkeit sprang die Ampel auf Grün. Kim fuhr an, so schnell sie konnte. Eigentlich konnte Mona nur auf dem Weg zu Flughafen sein, dachte sie und fuhr auf Verdacht weiter in die Richtung.

Erst am Flughafen sah sie ihre Schwester wieder. Sie stieg gerade aus dem Taxi und verschwand gleich darauf im Terminal. Kim sah weit und breit keinen Parkplatz. Kurz entschlossen schaltete sie die Warnblinkanlage ein, ließ den Bus in der zweiten Reihe stehen und stieg aus. Sie rannte in die Abfertigungshalle und sah sich suchend um. Keine Mona.

Auf der Anzeigentafel studierte sie die abgehenden Flüge. Wohin könnte Mona fliegen wollen? Paderborn, Hamburg, Frankfurt, Prag, Stockholm, Lissabon ... zu keiner dieser Städte hatte Mona die geringste Beziehung.

Kims Blick wanderte weiter, blieb an Barcelona hängen. Spanien. In ihrem Kopf ratterten die Gedanken. War Mona nicht mal auf dieser Insel gewesen, wo es ihr so gut gefallen hatte? Und wohin flüchtet man, wenn man die Taschen voller Geld und den Wunsch nach einem neuen Leben hat? Natürlich! Dass sie darauf nicht schon früher gekommen war!

Gate 24. Kim spurtete los. Im gleichen Moment wurde ihr klar, dass sie ohne Ticket nicht durch die Sicherheitsschleuse kommen würde. Sie blieb stehen, sah sich nach einem Ausweg um. Das Café.

Sie klopfte an den Personaleingang.

»Jasmin!«, rief sie.

Eine junge Frau mit dunklem Haar und Kellnerinnenhäubchen, die hinter dem Tresen arbeitete, wurde aufmerksam. Es war nicht ihre frühere Kollegin, Kim kannte sie nicht.

»Ist Jasmin da?«

Die Frau machte ein Zeichen, dass sie nichts verstehen könnte und kam zur Tür, für die man eine Chipkarte benötigte. Sie öffnete sie einen Spalt.

»Ja bitte?«

»Ist Jasmin da?«, wiederholte Kim.

»Nein.«

»Und Franco?«

»Auch nicht. Wer sind Sie, was wollen Sie?«

»Ich habe früher hier gearbeitet, wollte Jasmin überraschen. Ach, da ist ja Franco!«, rief Kim aus und schlüpfte schnell durch die Tür. Sie drückte sich hinter dem Tresen vorbei und schon war sie im Abflugbereich.

Die Kellnerin, die nirgendwo ihren Chef erblickte, sah ihr perplex nach.

Kim verfiel wieder in Laufschritt. Vor ihr lag Gate 24. In der Schlange zum Einsteigen entdeckte sie Mona.

Sie näherte sich so, dass Mona sie nicht sah. Als sie direkt hinter ihr stand, packte sie ihre Schwester mit festem Griff am Arm und zog sie aus der Schlange.

»Hallo, Schwesterherz, was für eine freudige Überraschung.«

»Was willst du?«, fragte Mona. Unter ihrer Bräune war sie blass geworden.

»Dir den Hals umdrehen, wenn du es genau wissen willst«, zischte Kim. »Oder das Geld, das mir zusteht. Kannst es dir aussuchen.«

Mona deutete warnend auf die Leute in der Warteschlange. Kim lockerte ihren Griff nicht, während sie ein paar Meter zur Seite gingen, wo niemand sie hören konnte.

Sie riss an Monas Arm. »Also, was ist mit dem Geld?«

Mona zog die Augenbrauen hoch. »Glaubst du, ich fahre ständig mit dem Geld durch die Gegend? Das liegt sicher in einem Safe.«

»Und was ist mit meinem Anteil?«

»Frag doch Gregor. Mit dem hast du deinen Anteil ausgehandelt, nicht mit mir.«

In Kims Gesicht zuckte es. Sie erhob die freie Hand, wollte zuschlagen, besann sich im letzten Moment eines Besseren und packte Mona am Aufschlag ihrer Jacke.

»Warum tust du das? Was habe ich dir getan?«

Mona lachte verächtlich auf. »Das fragst du noch? Mein halbes Leben habe ich damit zugebracht, mich um dich zu kümmern, und zum Dank dafür hast du mir immer alles weggenommen. Jetzt bin ich mal dran, ganz einfach.«

»Das Geld hätte für uns alle gereicht!«

»Vielleicht wollte ich nicht, dass du etwas bekommst«, sagte Mona mit boshaftem Lächeln. »Aus pädagogischen Gründen, sozusagen.«

Der Warteraum war inzwischen leer, die Passagiere waren alle durch die Sperre gegangen. Mit einem schnellen Blick vergewisserte sich Mona, dass der Weg frei war.

Sie riss sich los und lief zum Durchgang, wo eine Stewardess die Bordkarten kontrollierte. Kim wollte Mona folgen, wurde aber von der Stewardess aufgehalten.

»Ihre Bordkarte, bitte.«

»Ich fliege nicht mit, ich muss nur kurz mit meiner Schwester sprechen«, erklärte Kim ungeduldig.

»Tut mir Leid, wir schließen den Flug.«

Sie verstellte Kim den Weg.

Mona warf einen triumphierenden Blick über ihre Schulter und verschwand in der Röhre, die zum Flugzeug führte.

»Du verdammtes Miststück!«, schrie Kim ihr nach, »das wirst du mir büßen!«

Helen fühlte sich, als spiele sie eine Rolle in einem Theaterstück. Es war die Rolle einer Frau, die jeden Tag aufsteht, ihre Kinder versorgt, den Haushalt organisiert und ihre Verpflichtungen in der Firma wahrnimmt. Sie spielte diese Rolle perfekt, aber sie fühlte ständig einen dumpfen Schmerz, der wie Mehltau über ihrem Leben lag.

Sie war zurückgekehrt zu den unförmigen Sackkleidern, die ihre Weiblichkeit vor der Welt verbargen. Sie hatte aufgehört, sich zu schminken, und verwendete kein Parfüm mehr. Sie wollte vergessen, dass sie einen Körper hatte. Es war, als wollte sie sich wieder unsichtbar machen, verschwinden in den Falten eines grauen Gewandes, ohne Farbe, ohne Duft, ohne Leben.

Sie hatte Shirin und Bent kurz nacheinander diskret aus der Firma entfernt. Shirin hatte ihr einen hasserfüllten Brief geschrieben, den sie ohne jede Regung gelesen und danach weggeworfen hatte. Die Schreiberin dieses Briefes war nicht die Frau, die sie geliebt hatte. Das Bild dieser Frau war unzerstörbar. Es war in ihr eingeschlossen und würde dort für immer bleiben.

Eine Zeit lang hatte sie Shirin durch einen Privatdetektiv beobachten lassen. Sie war wie besessen davon gewesen, über jeden Schritt unterrichtet zu sein, den ihre ehemalige Geliebte unternahm. Bald aber hatte sie gemerkt, dass dieses Wissen ihre Qualen nur verstärkte, weil es ihr eine ständige Nähe zu Shirin vorgaukelte.

Nun beschränkte sie sich darauf, in ihren Erinnerungen zu leben, sich immer wieder das Gesicht, den Körper, die Stimme und das Lachen Shirins ins Gedächtnis zu rufen. Sie fürchtete, die Bilder könnten allmählich verblassen. Und gleichzeitig wünschte sie es sehnlichst, damit der Schmerz endlich nachließe.

In der ganzen Zeit hatte sie kaum einen Gedanken an die fingierte Entführung verschwendet; sie hatte nicht einmal das Bedürfnis verspürt, sich an Gregor zu rächen. Indem sie ihm seinen Job, seine Wohnung und alle Annehmlichkeiten entzogen hatte, war für sie die Gerechtigkeit wieder hergestellt. Sie hatte nicht einmal in Erwägung gezogen, die Staatsanwaltschaft einzuschalten und Anzeige gegen ihren Mann zu erstatten.

Auch um das Geld, das die geheimnisvolle Unbekannte an sich gebracht hatte, machte sie sich kaum Gedanken. Sie hatte sich kurz gefragt, warum die Frau ihr den größeren Teil der Summe zurückgeschickt hatte, anstatt mit dem ganzen Betrag abzuhauen; eigentlich konnte es sich nicht um eine gewöhnliche Kriminelle handeln, dazu war dieses Verhalten zu untypisch. Aber Helen war der Frage bisher nicht nachgegangen; zu sehr war sie mit ihrer Liebe zu Shirin und ihrem Kummer beschäftigt gewesen.

Eines Nachmittags klingelte es. Helen öffnete selbst. Vor der Tür stand eine junge Frau mit zwei kleinen Mädchen, offensichtlich Zwillingen. Helen stutzte. Sie hatte die Frau schon einmal gesehen, erinnerte sich aber nicht, bei welcher Gelegenheit.

»Ja, bitte?«

Die Frau lächelte gewinnend. »Mein Name ist Kim Morath, ich nehme an, Sie wissen noch, wer ich bin. Ich habe Ihnen etwas Wichtiges zu sagen, kann ich reinkommen?«

Helen überlegte. Kim? Auch der Name sagte ihr etwas. Hieß nicht die Frau so, die über die Hintergründe der Entführung Bescheid wusste? Dann musste es dieselbe sein, die auch im Besitz des Geldes war. Verwirrt trat Helen einen Schritt zur Seite und ließ die Besucherin mit den Kindern ein.

Als Kim sich im Wohnzimmer hinsetzte, fiel Helen schlagartig ein, wer sie war. Bei ihrem ersten Besuch hatte sie auf dem gleichen Sessel gesessen.

Helen öffnete die Terrassentür. »Seht mal, Kinder, da geht's in den Garten. Dort drüben ist eine Schaukel und eine Wippe gibt's auch.«

Die Miezen sahen fragend zu Kim, die ihnen zunickte. Die Kinder stoben davon.

Helen drehte sich um. »Wollen Sie mich wieder erpressen?«, fragte sie kühl.

Kim wehrte ab. »Um Gottes Willen, im Gegenteil. Ich möchte mich entschuldigen. Und ich möchte ... Ihnen etwas zurückgeben.«

»Ach, ja?«

Kim holte tief Luft. »Die Sache ist etwas komplizierter. Haben Sie einen Moment Geduld?«

Helen nickte und Kim begann zu erzählen.

Sie ließ nichts aus, erzählte von der ersten Nacht mit Gregor, von seiner Affäre mit Mona, von den Einzelheiten der angeblichen Entführung, von Monas Betrug.

Die Geschichte klang in Helens Ohren so haarsträubend, dass sie gar nicht anders konnte, als ruhig zuzuhören und zu versuchen, ihre Gefühle unter Kontrolle zu halten.

Als Kim geendet hatte, sah Helen sie prüfend an.

»Ich frage mich, warum Sie mir das alles erzählen. Sie belasten damit nicht nur Ihre Schwester, sondern auch sich selbst. Ihnen muss doch klar sein, dass ich Sie auf der Stelle der Polizei ausliefern könnte.«

Kim nickte. »Das ist mir klar. Aber ich möchte Ihnen einen Vorschlag machen.«

»Lassen Sie mich raten«, sagte Helen spöttisch, »Sie sagen mir, wo Ihre Schwester mit dem Geld ist, und im Gegenzug verzichte ich auf eine Anzeige.«

»Genau.«

»Und warum sollte ich mich darauf einlassen? Ich könnte genauso gut gleich die Polizei einschalten, die würde Ihre Schwester schon finden. Dann hätte ich mein Geld wieder und Sie beide würden ihre gerechte Strafe erhalten.«

Kim senkte den Blick. »Ich könnte verstehen, wenn

Sie das tun würden. Trotzdem möchte ich Sie bitten, es nicht zu tun.«

Sie zeigte mit dem Finger nach draußen, wo Lilli und Lola an den Spielgeräten herumturnten.

»Wenn ich ins Gefängnis muss, nehmen Sie den beiden ihre Mutter. Ich bin allein erziehend, habe als Kellnerin gearbeitet und als Gelegenheitshure, um sie durchzufüttern. Helen, Sie wissen nicht, wie es ist, wenn man arm ist. Ich wollte meinen Mädchen diese Erfahrung ersparen. Deshalb habe ich damals versucht, Sie mit den Fotos zu erpressen, deshalb habe ich bei der Entführung mitgemacht. Ich wollte endlich raus aus dem Schlamassel, meinen Kindern zuliebe! Aber ich habe eingesehen, dass das der falsche Weg ist. Ich bedaure zutiefst, was wir Ihnen angetan haben. Und ich möchte, dass Sie wenigstens Ihr Geld zurückbekommen.«

»Warum wollen Sie das?«, fragte Helen. »Ich bin doch reich.«

»Weil ich etwas wieder gutmachen möchte. Es geht nicht nur um Geld, es geht auch um Gerechtigkeit.«

Helen war sehr nachdenklich geworden. Sie ging im Wohnzimmer auf und ab, warf hin und wieder einen Blick in den Garten und versuchte, ihre Gedanken zu ordnen.

»Warum verraten Sie Ihre Schwester?«, wollte sie wissen. »Sie könnten sie davon überzeugen, das Geld zurückzugeben, ohne dass ich ihren Aufenthaltsort erfahren muss.«

»Das geht nicht. Wir haben uns über der Geschichte total verkracht.«

»Und jetzt wollen Sie sich an ihr rächen?«

Kim schüttelte heftig ihren Kopf. »Oh, nein, um Rache geht es mir überhaupt nicht! Ich glaube, dass meine

Schwester mit diesem Geld nicht glücklich werden kann. Ich will ihr helfen.«

Helen fragte nicht weiter. Ihr konnte es gleichgültig sein, welche Motive Kim bewegten. Sie musste lediglich entscheiden, ob sie das Angebot annehmen wollte oder nicht.

Sie blieb vor Kim stehen. »Ich muss darüber nachdenken. Ich melde mich bei Ihnen.«

Kim schrieb ihre Telefonnummer auf und ließ den Zettel auf dem Tisch liegen.

»Ich habe mein Leben in ihre Hand gelegt, Helen«, sagte sie in flehendem Tonfall. »Bitte zerstören Sie es nicht.«

Helen lachte bitter. »Was aus meinem Leben durch die angebliche Entführung geworden ist, hat auch niemanden interessiert. Sie verlangen eine Menge von mir, das muss Ihnen klar sein.«

Kim reichte ihr die Hand. »Ich weiß, Helen. Ich kann Ihnen nicht sagen, wie Leid mir alles tut.«

Mona fühlte eine wilde Genugtuung, nachdem sie Kim hatte abblitzen lassen. Endlich war es ihr gelungen, sich nicht mehr als die ewig Vernünftige zu verhalten, die nichts im Sinn hat als das Wohl ihrer kleinen Schwester. Endlich war s i e mal die Schlampe, die Böse, die Egoistische. Und weil es sich so großartig anfühlte, bedauerte Mona umso mehr, dass sie sich so lange von Kim in diese Rolle hatte drängen lassen.

Einen kurzen Moment machte sie sich Sorgen darüber, was Kim mit ihrer Drohung gemeint haben könnte. Aber bei genauerem Nachdenken fand sie, dass ihre Schwester ihr eigentlich nichts anhaben konnte. Zur Polizei konnte sie nicht gehen, weil sie sich damit selbst in Schwierigkeiten bringen würde. Und eine andere Möglichkeit, ihr das Geld abzunehmen, sah Mona nicht. Kim würde ihr schon keinen bezahlten Killer schicken!

Zum ersten Mal kam Mona nach ihrem Kurztrip nun zurück auf »ihre« Insel und sie war selbst überrascht, wie sehr sie sich dort zu Hause fühlte. Sie hatte eine Leichtigkeit entwickelt, die sie noch nie an sich erlebt hatte; sie fühlte sich ausgeglichen und lebendig. Ein völlig neues Körpergefühl hatte von ihr Besitz ergriffen, ihr Schamgefühl und ihre Ängste waren wie fortgeblasen.

Sie hatte begonnen, ihren Körper zu mögen, und zum ersten Mal in ihrem Leben wagte sie es, sich oben ohne an den Strand zu legen. Sie trug winzige Sommerkleider und Tops ohne BH, was sie noch nicht mal in ihrer Teeniezeit getan hatte. Sie spürte sich selbst bei jedem Schritt, bei jeder Bewegung, und es fühlte sich herrlich an. Und sie hatte die Lust für sich entdeckt. Sie hatte erfahren, dass sie nahezu jeden Mann haben konnte, der ihr gefiel, dass sie keine frigide Frau war, für die Sex eine lästige Pflicht war oder eine heilige Handlung.

Für Mona war klar, dass sie auf der Insel bleiben wollte. Nun stellte sich allerdings immer drängender die Frage, womit sie sich beschäftigen sollte. Das Nichtstun ging ihr auf die Nerven, zum ersten Mal seit Jahren verspürte sie den Wunsch, etwas zu tun. Lange genug hatte sie damit zugebracht, die Leere ihres Lebens mit Einkaufen zu überdecken. Damit sollte jetzt Schluss sein.

Ihr Traum vom Hotel war schnell ausgeträumt gewesen. Derzeit wurden keine neuen Hotels genehmigt und es stand auch keines zum Verkauf.

Weil ihre Finca so schön geworden war, hatte sie daran gedacht, alte Häuser aufzukaufen, zu renovieren und weiterzuverkaufen, aber Louise hatte ihr abgeraten. Fast der gesamte Immobilienmarkt der Insel befand sich in der Hand eines korrupten Maklers, dem man besser keine Konkurrenz machte. Ihre nächste Idee war, ein Geschäft zu eröffnen, aber auch davon war sie wieder abgekommen.

Und so traf sie eines Tages die Entscheidung, den Hippie-Bus zu übernehmen. Die Bude warf nicht übermäßig viel Gewinn ab, deshalb hatten professionelle Investoren abgewinkt. Für Mona aber würde es reichen; seit sie hier war, brauchte sie kaum Geld.

Viele Male war sie an der Strandbude gewesen, hatte

Stunden auf den harten Bänken verbracht, hatte mit Leuten gelacht und diskutiert. Sie fühlte sich dort wie in einem Wohnzimmer unter freiem Himmel. Nie war man allein, konnte ins Grübeln geraten oder plötzlich aus der Welt fallen. Man bekam alles mit, was auf der Insel passierte; wer angekommen und abgefahren war, welche Prominenten ihren Urlaub hier verbrachten, welche Paare sich gefunden und wieder verloren hatten. Der Hippie-Bus war wie der Dorfplatz der Insel, und Mona stellte es sich schön vor, im Mittelpunkt dieser fortwährenden Kommunikation zu stehen.

Louise, die mit Leib und Seele Wirtin war, reagierte begeistert, als Mona ins Café kam, um ihren Entschluss mitzuteilen.

»Endlich eine vernünftige Idee«, sagte sie. »Wenn ich nicht das ›Le Matin‹ hätte, würde ich es sofort selbst machen.«

Mona küsste sie auf die Wangen. »Also, dann beauftrage ich dich hiermit wieder mit den Verhandlungen.«

»Fünfzehn Prozent?«, fragte Louise in geschäftlichem Ton.

»Fünfzehn Prozent«, bestätigte Mona. »Wie bei der Finca.«

»D'accord.« Die Frauen gaben sich die Hand, sahen sich einen Moment lang ernst an und fingen dann zu lachen an.

»Anstoßen!«, befahl Louise, holte eine Flasche Cava-Sekt aus dem Kühlschrank und füllte zwei Gläser.

Nachdem sie getrunken hatten, sagte Mona: »Du hast mich schon ein paar Mal gefragt, was mich auf die Insel getrieben hat, und eigentlich würde ich es dir gern erzählen. Aber immer, wenn ich daran denke, kommt es mir so banal vor.«

»Alle Geschichten sind banal«, sagte Louise. »Es geht

immer um dieselben Dinge; um Liebe und Leidenschaft, um Verrat und Verzeihen, um Krankheit und Tod. Jeder von uns hat das Gefühl, als Einziger zu erleben, was er erlebt. Niemand liebt so wie wir, niemand leidet so wie wir, niemand ist so glücklich oder unglücklich wie wir. Vraiment ridicule, l'homme.«

Mona betrachtete sie nachdenklich. »Warum bist du eigentlich hierher gekommen? Was hast du erlebt?«

Louise zog die Augenbrauen hoch.

»Oh, auch so eine banale Geschichte wie deine vermutlich. Eine große Liebe, eine große Untreue. Irgendwann war ich allein mit Marlène.«

»Marlène?«

»Meine Tochter. Hab ich dir nicht von ihr erzählt?«

Mona schüttelte den Kopf.

»Marlène war fünf, als mein Mann mich verließ. An den Wochenenden holte er sie zu sich und seiner neuen Frau. Einmal haben sie einen Ausflug gemacht, aufs Land. Sie saßen in einem Gasthof, es war Sommer. Sie waren mit sich beschäftigt, frisch verliebt eben. Plötzlich war Marlène verschwunden. Man hat sie stundenlang gesucht. Schließlich fand man sie in einer Jauchegrube. Ertrunken.«

Mona starrte Louise entsetzt an. Dann brach sie in Tränen aus. Schluchzend umarmte sie ihre Freundin, die ihr tröstend übers Haar strich und sie mit leisen Lauten beruhigte.

Lange Zeit standen sie so da. Irgendwann hob Mona den Kopf und fragte: »Wie kann man das überleben?«

»Man kann alles überleben«, sagte Louise. »Der Sinn des Lebens ist nicht, dass wir glücklich sind. Der Sinn des Lebens ist, dass wir leben. Mehr nicht.«

Helen drückte zum wiederholten Mal auf den Klingelknopf, aber niemand antwortete. Sie suchte auf dem Klingelbrett und entdeckte einen Namen, unter dem »Hausmeister« zu lesen war. Sie läutete.

Eine unfreundliche Männerstimme schnarrte: »Ja, bitte?«

»Mein Name ist Helen Westheim, ich möchte zu meinem Mann, Herrn von Olsen. Er antwortet nicht.«

»Dann wird er halt nicht da sein«, antwortete die Stimme.

»Wir sind aber verabredet. Hätten Sie vielleicht einen Schlüssel für seine Wohnung?«

»Erster Stock«, schnarrte die Stimme und der Türöffner summte.

Helen betrat das Haus und stieg in den ersten Stock, wo ein schmuddeliger Mann in Filzpantoffeln und abgetragener Hausjacke auf sie wartete.

»Können Sie sich ausweisen?«, fragte der Mann.

Helen war zu verblüfft, um zu widersprechen. Sie zog ihren Personalausweis aus der Handtasche.

»Westheim«, las der Hausmeister. »Und Sie wollen zu Herrn von Olsen.«

»Ja, ich bin seine Frau«, sagte Helen, ungeduldig über seine Begriffsstutzigkeit.

»Und an was soll ich das erkennen? Sie heißen anders, Sie wohnen nicht hier. Ich kann doch nicht jedem die Tür aufmachen.«

Jetzt verlor Helen, was selten war, die Beherrschung. Sie funkelte den Mann zornig an und sagte mit schneidender Stimme: »Sie werden mir jetzt die Tür zu seiner Wohnung öffnen, verstanden? Wenn ihm irgendetwas zugestoßen ist und Ihre Schwerfälligkeit weiteren Schaden anrichtet, werde ich Sie zur Verantwortung ziehen!«

»Von mir aus«, brummte der Mann. Er griff nach einem Schlüsselbund, der neben der Tür hing. Schweigend gingen sie in den dritten Stock. Als der Hausmeister die Tür aufgeschlossen hatte, machte er einen Schritt zurück.

»Kommen Sie ruhig mit rein«, forderte Helen ihn sarkastisch auf, »damit Sie sehen, dass ich nicht die Wohnung ausräume.«

»Schon in Ordnung.« Er machte kehrt und schlurfte die Treppe wieder runter.

»Gregor?«, rief Helen und betrat das Appartement. Sie drückte die Tür hinter sich zu und ging den Flur entlang. Plötzlich vernahm sie ein leises Stöhnen. Erschrocken blieb sie stehen.

»Gregor, wo bist du?«, rief sie. Keine Antwort.

Sie warf einen Blick ins Bad und in die Küche. Beide Räume waren unaufgeräumt und verschmutzt, aber es war niemand darin.

Sie fand ihn im Zimmer. Er lag quer über dem ausgeklappten Schlafsofa, der Boden war übersät mit leeren und halb leeren Flaschen, die zum Teil umgekippt waren. Die Luft war abgestanden, es roch nach Alkohol. Helen stieg über den Unrat am Boden hinweg und öffnete ein Fenster. Straßenlärm drang herein.

Sie kniete sich auf den Boden vor Gregor, der den Kopf ein wenig gedreht hatte und sie aus geröteten Augen ansah. Er hatte sich mehrere Tage nicht rasiert und der Zustand des Zimmers und seiner Kleidung legte den Schluss nahe, dass er sich auch nicht gewaschen oder umgezogen hatte. Es sah aus, als habe er tagelang in dieser Position gelegen und nichts anderes getan als getrunken.

Helen musste die Tränen unterdrücken.

Sie kannte niemanden, der mehr Wert auf gepflegtes Aussehen und gute Kleidung legte als Gregor. Sie kannte seinen Sinn für Ästhetik, seine Liebe zu stilvollen Möbeln und einer angenehmen Umgebung. Noch vor wenigen Monaten hätte er eine Wohnung wie diese nicht einmal betreten, und nun lebte er in diesem Schmutz und Chaos und setzte offenbar alles daran, so weit wie nur irgend möglich zu verwahrlosen.

Mit einem Mal begriff sie, warum er das tat. Es war eine selbst auferlegte Buße für das, was er ihr angetan hatte. Es war seine Art, zu bereuen.

Sie hob die Hand und strich zart über sein Gesicht.

»Es reicht, Gregor«, sagte sie.

»Bitte geh«, bat Gregor, »ich will nicht, dass du mich in diesem Elend siehst.«

»Zu spät«, sagte Helen. »Reiß dich zusammen und steh auf. Ich möchte mit dir reden.«

Ihr Tonfall war so entschieden, dass Gregor nicht zu widersprechen wagte.

Mühsam bewegte er sich in eine aufrechte Position.

»Ich habe Durst«, murmelte er.

Helen holte eine Wasserflasche aus der Küche und reichte sie ihm. Er trank gierig.

»Hör zu«, begann sie. »Ich hatte Besuch von Kim.«

»Ich kenne keine Kim«, murmelte Gregor mechanisch.

»Lass den Blödsinn, natürlich kennst du sie. Ich habe die ganze Geschichte von ihr erfahren, es hat keinen Sinn, dass du es abstreitest.« Sie machte eine kurze Pause. Dann sagte sie: »Ich will, dass du etwas für mich tust.«

Gregor sah überrascht auf. »Ich?«

»Ja, du. Ich denke, du hast eine Menge wieder gutzumachen. Du kannst gleich damit anfangen.«

Die Infusionsschläuche in Bergers Arm zitterten, so sehr schluchzte Kim, die neben ihm auf dem Krankenhausbett saß und seine Hand hielt.

»Nun übertreib mal nicht«, sagte er beruhigend, »ist doch alles halb so wild. Ich habe einfach zu schnell abgenommen, da kommt mein Kreislauf eben nicht mit.«

Berger war umgefallen, einfach so. Er war aus dem VW-Bus gestiegen, hatte Senta Berger die Tür geöffnet, einen Scherz über ihren gemeinsamen Nachnamen gemacht und war aus den Latschen gekippt. Der Notarzt hatte ihn ins Krankenhaus gebracht, und da wollten sie ihn jetzt ein paar Tage behalten. Zur Beobachtung, wie es hieß.

Bergers Zusammenbruch erschien Kim wie eine Strafe. Wenn man schlimme Dinge tut, passieren schlimme Dinge; daran hatte sie schon als Kind fest geglaubt. Natürlich wusste sie inzwischen, dass schlimme Dinge auch passieren, wenn man überhaupt nichts tut, und dass die meisten bösen Taten ungesühnt bleiben. Aber sie konnte nicht anders, sie fühlte sich schuldig.

Hatte sie Berger nicht versprochen, ihre Jagd auf Mona aufzugeben und das Geld zu vergessen? Stattdessen hatte sie Mona verfolgt und bedroht, hatte ihr Rache geschworen und diese Drohung bereits in die Tat umgesetzt.

Nach der Abfuhr, die sie am Flughafen kassiert hatte, war ein so abgrundtiefer Hass in ihr aufgeflammt, dass es nur noch einen Gedanken in ihrem Kopf gegeben hatte: Rache.

Wenn s i e das Geld nicht haben konnte, sollte auch Mona es nicht haben.

Ihr Auftritt bei Helen hatte offensichtlich überzeugend gewirkt; jedenfalls hatte Helen angerufen und ihr mitgeteilt, dass sie keine Anzeige erstatten würde. Dafür hatte Kim ihr den Namen der Insel verraten, auf der Mona sich aufhielt. Dass sie tatsächlich dort war, wusste Kim von Tommy, den sie inzwischen besucht hatte.

Neben seinem Bett hatte ein hübscher Fotoband gelegen; Kim hatte nicht lange gebraucht, bis sie die Information aus ihm rausgekitzelt hatte.

Und wie als Antwort auf Kims Wortbruch und ihren niederträchtigen Racheplan war Berger nun krank geworden.

Die Telemedia hatte auf einer gründlichen Untersuchung bestanden, da ansonsten die Sicherheit der Fahrgäste gefährdet sei. Ohne ärztliche Bescheinigung würde er den Fahrerjob nicht mehr machen können. Widerwillig hatte er zugestimmt, alles Nötige über sich ergehen zu lassen.

»Ich dachte eigentlich, mein Bedarf an Krankenhaus sei gedeckt«, schimpfte er, und Kim war froh, dass er schon wieder die Energie zum Schimpfen hatte.

In den ersten Stunden nach dem Kollaps hatte er ausgesehen wie ein Todkranker, und dabei hatte er immer so stark gewirkt, so unerschütterlich. Ein Mann wie ein Baum. So einer fällt nicht einfach ohne Vorwarnung um.

Kim spürte, wie sehr Bergers Zusammenbruch sie erschütterte. Es kam ihr vor, als schwanke der Boden unter ihren Füßen, als gebe es keine Sicherheit mehr, keine Gewissheit.

Eine Schwester kam herein, um die Infusion zu kontrollieren und Blut abzunehmen. Kim sah weg, sie konnte den Anblick von Spritzen nicht ertragen.

»Wie lange muss er hier bleiben?«, fragte sie.

Die Schwester zuckte die Schultern. »Fragen Sie das den Doktor.«

Sie füllte das Blut in vier verschiedene Röhrchen, beschriftete sie und nahm sie mit.

»Wahnsinn, was die einem abzapfen«, sagte Berger kopfschüttelnd. »Als wär' ich ein verdammter Cola-Automat.«

Kim beugte sich ganz nah zu ihm und sah ihm in die Augen.

»Versprich mir, dass du schnell gesund wirst, okay? Ich brauche dich, die Miezen brauchen dich.«

»Du brauchst mich?«, sagte Berger mit liebevollem Spott. »Du, Kim Morath, die nichts und niemanden auf der Welt braucht, außer Nudeln, Zigaretten und ihre wöchentliche Dosis ›Ally McBeal‹?«

»Caipi-für-Arme hast du vergessen.«

»Richtig. Und 'n bisschen Sex hie und da.«

Kim schluckte.

»Nicht Sex«, flüsterte sie. »Liebe.«

Berger zog sie an sich und Kim legte ihre Wange an seine.

Mona trug ein ärmelloses, knallrotes Stretch-Kleid, stand mit nackten Füßen im Sand und sah voller Stolz auf die vielen gut gelaunten Gäste, die zu ihrem Eröffnungs-Cocktail gekommen waren.

Sie hatte eine Kassette mit 70er-Jahre Musik aufgenommen, die nostalgische Stimmung verbreitete und an die Anfänge des Hippie-Bus erinnerte. In einer Aufwallung von Sentimentalität hatte Wulle ihr seine Sammlung von Fotos aus all den Jahren überlassen, die Mona an der Außenwand des Busses zu einer Ausstellung arrangiert hatte. Neugierig suchten die Stammgäste, ob sie sich irgendwo entdecken konnten; immer wieder gab es begeisterte Ausrufe und Gelächter.

Viele Leute kamen, um Mona Glück zu wünschen. Immer wieder hörte sie, wie froh sie waren, dass ihre Lieblingsbude weiter existierte.

Conchita, die alte Spanierin, spießte Oliven auf kleine Schinken-Käse-Türme, Esmé lehnte am Eingang und schäkerte mit einer Gruppe junger Einheimischer.

Louise verschwand wie immer halb unter ihrem Strohhut, hielt ein Glas Sangria in der Hand und sah aus wie eine englische Adelige aus dem letzten Jahrhundert.

Einen Steinwurf entfernt unterhielt sich Hassan mit zwei blonden Touristinnen; zwischendurch winkte er Mona zu.

Es herrschte eine so friedliche und heitere Stimmung, dass Mona sich ganz warm und aufgehoben fühlte.

Aber am Schönsten fand sie, dass Tommy da war.

Pünktlich zu ihrer Eröffnung war er aus dem Krankenhaus entlassen und noch für eine weitere Woche krankgeschrieben worden. Von sich aus hatte er bei ihr angerufen und verkündet: »Also, ich komm' dann.«

Mona platzte fast vor Stolz auf ihren hübschen Sohn. Als er nachmittags mit dem Schiff angekommen war, hatte sie ihn als erstes ins »Le Matin« geschleppt.

»Was für ein Schätzchen«, hatte Louise geflüstert und ihr zugezwinkert. Mit lauter Stimme hatte sie gesagt: »Tut mir wirklich Leid für dich, Mona, aber dieser Junge lässt dich ziemlich alt aussehen. Er wirkt so erwachsen!«

Mona hatte die Augen verdreht, Tommy war rot geworden.

Er trug den linken Arm in einer Schlinge, hauptsächlich wohl wegen der Wirkung auf andere, weniger aus medizinischer Notwendigkeit.

Jetzt stand er an den Tresen gelehnt und schäkerte mit

einem Mädchen, das sicher schon zwanzig war, aber durchaus interessiert wirkte. Mona seufzte unhörbar.

Die Sonne senkte sich, der Rauch von Zigaretten und einzelnen Joints kräuselte sich blau im schwächer werdenden Licht. Die Musik wurde ruhiger; wenn Monas Timing klappte, würde in den Minuten des Sonnenuntergangs Edith Piafs »Non, je ne regrette rien« ertönen.

Mona spürte, dass dieser Tag ein Neubeginn war und gleichzeitig ein Abschied. Das Lied passte genau dazu.

Sie schenkte sich ein Glas Sangria ein und ging ein paar Schritte weg vom Bus Richtung Meer. Dort wehte ein leichter Wind, zwei Möwen zogen in der Luft ihre Kreise, die Wellen rollten mit leisem Rauschen ans Ufer.

Sie setzte sich auf einen Felsen und sah zu, wie die Sonne das Meer berührte, ein letztes Mal auflöderte und im Wasser versank.

»Non, rien de rien, non, je ne regrette rien …« sang Edith Piaf zweistimmig, und als Mona sich erstaunt umdrehte, stand Louise hinter ihr und sang leise mit.

Sie hielt ihren Hut fest, lächelte Mona an und sagte: »Bonne chance, ma chère. Du wirst es schon schaffen.«

Mona stand auf, um sie zu umarmen. In diesem Augenblick sah sie ihn.

Ein schlanker, elegant gekleideter Mann kam im Abendlicht auf sie zu. Mona erstarrte. Sie kniff die Augen zusammen und vergewisserte sich, dass es keine Täuschung war. Nein, es bestand kein Zweifel.

Gregor hatte sie erreicht, küsste sie auf beide Wangen und sagte: »Hallo, Mona.«

»Was machst du denn hier?«, presste sie heraus.

»Urlaub, was sonst?«, gab Gregor lässig zurück.

Er ließ seinen Blick über den Strand im Abendlicht schweifen, über die gut gelaunten Menschen rund um den Bus, die spärlich bekleideten Mädchen, die teilweise verwegen aussehenden Typen, die Kinder, die ausgelassen mit den Hunden im Sand tollten.

»Schön hier«, sagte er anerkennend. »Keine schlechte Wahl.«

Mona schwieg. Sie bekam kein Wort heraus.

»Ich freue mich, dass es dir gut geht«, sagte er und sah sie mit einem Blick an, den sie nicht deuten konnte. Meinte er es ernst oder war das blanker Sarkasmus?

Solange Louise neben ihnen stand, konnten sie nicht sprechen, und für Smalltalk hatte sie keine Energie. Deshalb schwieg sie weiter.

»Also, dann, man sieht sich«, sagte er und hob die Hand zum Gruß. Er nickte Louise zu und ging den Weg zurück, den er gekommen war.

»Wer ist das?«, fragte Louise.

»Ein flüchtiger Bekannter«, sagte Mona.

»Du bist blass«, stellte Louise besorgt fest.

Berger hatte sich erholt und war aus der Klinik heimgekehrt.

Zur Feier seiner Genesung hatte Kim eine kombinierte Nudel- und »Ally McBeal«-Party anberaumt. Auch Anna Gerlach war diesmal mit von der Partie. Sie schien noch gebückter zu gehen als sonst und wurde schnell müde.

»Manchmal denke ich, jetzt ist es aber genug mit dem Leben«, sagte sie.

»Sie wollen doch nicht etwa sterben?«, fragte Kim erschrocken.

»Warum nicht? Dann komme ich endlich zu meinem Kurt. Das ganze Leben warte ich schon darauf.«

Kim und Berger schwiegen betroffen.

Kim hatte Berger eines Nachts die Geschichte von Kurt erzählt, und ganz gegen seine Gewohnheit hatte er keine spöttischen Bemerkungen gemacht. Er hatte still zugehört und am Ende gefragt: »Was wäre wohl aus dieser großen Liebe geworden, wenn die beiden ihr Leben miteinander verbracht hätten?«

Kim nickte. »Darüber habe ich auch schon nachgedacht.«

»Ich fürchte, die Liebe ist am größten, wenn sie unerfüllt bleibt«, sagte Berger.

»Aber wenn das stimmt, könnten wir uns gleich die Kugel geben«, sagte Kim.

»Im Gegenteil!«, widersprach Berger. »Es ist doch eine viel größere Leistung, die Liebe zu leben und vielleicht zu scheitern, als einer ungelebten Liebe nachzutrauern.«

An dieses Gespräch musste Kim denken, als sie sah, wie die zerbrechliche alte Frau sich setzte.

Als alle um den Tisch versammelt waren, wurde Kim von dieser seltsamen Rührung erfasst, die sie von sich kannte. Nur hatte sie diesmal das unbestimmte Gefühl, etwas würde nicht so bleiben in diesem Kreis, der ihre Familie geworden war.

Nach dem Essen, das durch einen selbst kreierten Nachtisch von Lilli und Lola gekrönt wurde, setzten sie sich vor den Fernseher. Kim ging zum Regal mit den »Ally McBeal«-Kassetten, schloss die Augen und fuhr mit dem Zeigefinger die Reihe entlang.

»Die da!«, sagte sie und zog eine Kassette heraus.

Sie startete den Rekorder. Lilli und Lola sahen gebannt auf die Mattscheibe; ausnahmsweise durften sie die Lieblingsserie ihrer Mutter mit ansehen.

In dieser Folge ging es um einen berühmten Maler, der von seinem Sohn entmündigt worden war, und um die

Erlaubnis kämpft, eine vierzig Jahre jüngere Studentin zu heiraten. Sie sei nur hinter seinem Geld her, behauptet der Sohn. Es sei Liebe, behauptet die Studentin. Es gehe um sein verdammtes Recht zu heiraten, sagt der alte Mann.

Die Kollegen in der Kanzlei sind ziemlich ratlos, bis Ally irgendwann hinter das Geheimnis kommt: Die ganze Heiratsgeschichte dient nur als Vorwand, um die Entmündigung aufzuheben. Der Maler will eine Galerie eröffnen, in der die Bilder, die er von seiner verstorbenen Frau gemalt hat, ausgestellt werden. Sein Sohn will die Galerie verhindern, weil er glaubt, diese Bilder würden den Ruf des Künstlers beschädigen.

»Habt ihr's verstanden?«, fragte Kim, als die Folge vorbei war. Die Miezen nickten.

»Warum durfte der Mann die Frau denn nicht heiraten?«, fragte Kim weiter.

»Weil er zu alt für sie ist«, sagte Lola.

»Weil er sie in Wirklichkeit nicht liebt«, widersprach Lilli. »Man soll nur jemanden heiraten, den man wirklich liebt.«

»Da fällt mir was ein«, sagte Berger und ging aus dem Zimmer.

Gleich darauf kam er mit einem Päckchen zurück und ging vor Kim, die zwischen ihren Töchtern auf dem Sofa saß, auf die Knie.

»Ich habe mir lange überlegt, womit ich dir eine Freude machen kann«, sagte er.

»Jetzt bin ich aber gespannt!«, grinste Kim.

Berger gab ihr das Päckchen. »Das ist die erste Folge der nächsten ›Ally McBeal‹-Staffel, die in Deutschland noch niemand gesehen hat. Du wirst die Allererste sein.«

»Oh.« Staunend nahm Kim das Geschenk in Empfang. »Woher hast du die?«

»Arbeite ich bei einer Fernsehfirma oder nicht?«, sagte Berger lächelnd.

Kim umarmte ihn. Sie fuhr ihm mit der Hand durch die Stoppelhaare. »Willst du nicht wieder aufstehen? Kniende Männer irritieren mich.«

»Nein«, erwiderte Berger und sein Gesicht wurde ernst. »Du bist mir noch eine Antwort schuldig. Aber ich sag's dir gleich: Ein drittes Mal frage ich dich nicht.«

Er holte tief Luft, sah Kim in die Augen und sagte feierlich: »Kim Morath, du schönste, liebenswerteste und durchgeknallteste aller Frauen, willst du mich jetzt endlich heiraten?«

Lilli und Lola rissen die Augen auf. Anna Gerlach lächelte.

Kim ließ fünf Sekunden verstreichen. Dann lachte sie auf, warf Berger die Arme um den Hals und rief: »Also gut, überredet!«

Sie feierten eine spontane Verlobungsparty mit Sekt, Musik und Konfetti, das die Miezen aus einem ihrer geheimen Lager zutage förderten. Erst als sowohl Frau Gerlach als auch die Mädchen vor Müdigkeit nicht mehr konnten, stellte Kim die Musik ab und schickte alle ins Bett.

»Wenn ihr verheiratet seid, kriegen wir dann auch ein Baby?«, erkundigte sich Lilli beim Gute-Nacht-Kuss.

»Oh«, machte Kim, »muss das wirklich sein?«

»Ja«, rief Lilli, »einen Bruder!«

»Nein«, widersprach Lola, »eine Schwester!«

»Also gut, dann eben Zwillinge!«, riefen beide gleichzeitig und kugelten sich vor Lachen.

»Einspruch!«, stöhnte Kim und warf ein Kissen nach Berger, der grinsend an der Tür stand.

Als Berger und sie allein waren, schauten sie sich die brandneue »Ally McBeal«-Folge an, in der Ally zu Anfang durchnässt, ramponiert und geistesabwesend in die Kanzlei kommt und ihrem Kollegen John gesteht, dass sie gerade Sex mit einem wildfremden Typen in der Autowaschanlage hatte.

Kim kicherte, schmiegte sich an Berger und sagte: »Ein Glück, dass diese Zeiten vorbei sind.«

Mona fand die ganze Nacht keinen Schlaf, Gregor hatte sie völlig aus der Fassung gebracht.

Es war naiv gewesen, anzunehmen, dass er sich kampflos geschlagen geben würde. Mit ihrem dreisten Betrug hatte sie ihm einen Tiefschlag versetzt; das ließ sich kein Mann ungestraft gefallen, am wenigsten Gregor.

Sie versuchte, sich vorzustellen, was er unternehmen könnte.

Natürlich könnte er das Geld einfach zurückverlangen. Wenn sie sich weigerte, wie bei Kim, stünde er vor dem gleichen Problem wie ihre Schwester: Er würde niemanden um Unterstützung bitten können, weil es sich um Geld aus einer Straftat handelte.

Er könnte ihr mit körperlicher Gewalt drohen, aber das passte einfach nicht zu ihm. Vielleicht wollte er versuchen, sie zu erpressen. Aber womit? Blieb nur eine Möglichkeit: Er könnte versuchen, sich wieder bei ihr einzuschmeicheln; ihr vorgaukeln, er sei gekommen, um sie wiederzusehen.

Inzwischen war es hell geworden, die Morgensonne schimmerte durch die Lamellen der Fensterläden. Mona stand auf und schlich zum Gästezimmer.

Tommy lag auf dem Rücken, den operierten Arm auf dem Kissen, den gesunden quer über der Brust. Sie hörte ihn atmen, sah seine langen Wimpern, die auf dem

Jochbein auflagen. »Was für ein Schätzchen«, hörte sie Louise sagen. Dieser Junge war wirklich ein Schatz, das Wertvollste, was sie besaß. Sie würde ihm ein paar wunderschöne Tage bereiten und wenigstens ein wenig von dem wieder gutmachen, was sie in den letzten Monaten versäumt hatte.

Sie ging in die Küche und setzte Teewasser auf. Mechanisch räumte sie ein bisschen in der Küche hin und her, deckte den Frühstückstisch und gab sich Mühe, nicht mehr an Gregor zu denken.

Als das Telefon klingelte, zuckte sie zusammen.

»Einen schönen guten Morgen, Mona«, hörte sie Gregors Stimme.

»Wie kommst du an meine Nummer?«, fragte sie überrascht.

»Du bist ziemlich bekannt auf der Insel«, erklärte er freundlich.

»Also, was willst du?«, fragte sie kalt.

»Mona, Liebste, warum bist du so harsch?«

»Spar dir die Liebste«, sagte sie. »Woher weißt du überhaupt, dass ich hier bin?«

»Du kennst doch Kim.«

Es war nicht schwer für Mona, zu erraten, woher Kim die Information hatte, immerhin war sie ihr vor dem Krankenhaus über den Weg gelaufen. Sie konnte sich vorstellen, wie Kim den armen Tommy unter Druck gesetzt hatte.

»Ich möchte dich sehen, mit dir reden ... wir haben eine ganze Menge zu besprechen, findest du nicht?«, hörte sie Gregor sagen.

»Ich wüsste nicht, was«, gab Mona zurück und legte auf.

Sie würde sich auf nichts einlassen. Bei ihr hatte er ausgespielt.

»Wer war das?«, fragte Tommy und gähnte. Er stand, nur mit der Unterhose bekleidet, in der Tür.

»Willst du dir nicht was anziehen?«, sagte Mona.

Als bemerkte er jetzt erst, dass er fast nackt war, sah Tommy an sich runter.

»Okay«, murmelte er und kehrte wenig später mit einem T-Shirt bekleidet zurück.

»Hat Papa sich gemeldet?«, fragte er und schenkte sich Tee ein.

»Warum sollte er?«, erwiderte Mona, »du weißt doch, dass wir keinen Kontakt haben.«

»Könnte ja sein, dass er erfahren will, ob ich gut angekommen bin«, sagte Tommy spitz.

Mona schämte sich. »Tut mir Leid.«

»Ich hab dir übrigens ein Geschenk mitgebracht«, sagte Tommy, sprang auf und kramte in seinem Rucksack. Er gab ihr ein schweres Päckchen, das er offensichtlich selbst eingepackt hatte. Mona öffnete es, ein kinderkopfgroßer Stein kam zum Vorschein. Sie drehte und wendete ihn hin und her, um zu entdecken, was es mit ihm auf sich haben könnte. Fragend sah sie ihren Sohn an.

»Der hätte mich um ein Haar erledigt«, sagte Tommy, »falls er mir auf den Kopf gefallen wäre statt auf die Schulter. Er muss ein Glücksbringer sein.«

Mona war irritiert.

»Du meinst ... wenn ein großes Unglück durch ein kleines verhindert wird, ist das auch eine Form von Glück?«, versuchte sie, seinen Gedanken zu verstehen.

»Ja, genau.«

»Muss ich mal drüber nachdenken«, sagte Mona und lächelte ihren Sohn liebevoll an.

Kims Handy klingelte. Sie stürzte den Rest ihres Kaffees hinunter und meldete sich.

»Guten Morgen, Kim«, tönte es gut gelaunt aus dem Hörer, »wie sieht's aus?«

»Alles klar, Günther, kann losgehen.«

»Gut, dann fährst du bitte als Erstes in den Bayerischen Hof, da warten Verona und Dirk. Wenn du am Set bist, meldest du dich.«

»Okay.« Kim drückte den Aus-Knopf.

Verona Feldbusch und Dirk Bach – was für ein Paar! Bei ihnen bestand zumindest nicht die Gefahr, dass sie die Fahrt zu einer schnellen Nummer nutzen würden; Dirk war schwul und Verona kannte Sex bestimmt nur aus dem Fernsehen.

Kim ging ins Schlafzimmer, wo Berger im Bett lag. Beim Aufstehen war ihm übel geworden; sah so aus, als hätte er sich bei der gestrigen Nudelparty den Magen verdorben.

»Wie fühlst du dich, Alter?«, fragte Kim.

Berger hob den Kopf, sein Gesicht war fahl. »Geht so. Fahr nicht wieder wie 'ne gesengte Sau.«

Kim lächelte. »Trink den Tee, okay? Ich melde mich von unterwegs.«

Berger hob kurz die Hand. »Wird schon wieder.«

Als Berger aufwachte, sah er auf die Uhr. Fast zwei Stunden hatte er geschlafen. Er fühlte sich matt. Die Übelkeit hatte nachgelassen, trotzdem hatte er das Gefühl, er wäre zu schwach, um aufzustehen. Er griff nach der Tasse neben dem Bett und trank den kalt gewordenen Kamillentee.

Das hätte er sich noch vor ein paar Monaten nicht träumen lassen, dass Kim ihm eines Tages Kamillentee kochen würde! Und schon gar nicht, dass aus dieser

Kratzbürste mal seine Frau werden würde. Bald wären sie eine richtige Familie, zusammen mit Lilli und Lola. Auch das hatte Berger sich in seinem Leben bisher nicht vorstellen können.

Seine eigene Familie hätte es fast geschafft, ihn kaputt zu machen. Die kühle, ehrgeizige Mutter, der kraftlose Vater, der sich gegen die übertriebenen Ansprüche seiner Frau in den Alkohol geflüchtet hatte. Und er, das einzige Kind, das alle Hoffnungen erfüllen, allen Erwartungen gerecht werden sollte.

Berger hatte, um zu überleben, nur die Chance gesehen, sich diesen Erwartungen zu verweigern. Und eines Tages hatte er erkannt, dass er nichts anderes tat als sein Vater: Vor dem Leben davonzulaufen. Nur dass sein Vater soff und er kiffte.

Das war der Beginn seiner Reise gewesen, von der er Kim damals erzählt hatte. Einer Reise nach innen, die alles verändert hatte.

Er stand auf, um ins Bad zu gehen. Ein leichter Schwindel befiel ihn. Er pinkelte, dann stellte er sich auf die Waage. Wieder ein Kilo verloren. In die Freude mischte sich leichte Besorgnis. Bald passte ihm keine Hose mehr.

Mona und Tommy machten die Einkäufe für den Hippie-Bus. Palettenweise schleppten sie Getränke ins Auto, kauften Schinken, Käse, Eier und Brot.

Mona ertappte sich dabei, wie sie ständig Ausschau nach Gregor hielt. Es machte sie zunehmend nervös, ihn auf der Insel zu wissen, und sie wünschte, er würde aus ihrem Leben verschwinden.

Sie bemühte sich, besonders aufmerksam und liebevoll zu Tommy zu sein.

»Hast du Hunger?«, fragte sie ihn mehrmals. »Oder willst du vielleicht ein Eis?«

Wenig später sagte sie: »Da drüben gibt's schöne T-Shirts, brauchst du nicht welche?«

Tommy war einsilbig, etwas schien ihn zu beschäftigen.

Als sie alle Einkäufe im Jeep verstaut hatten und auf dem Weg zum Bus waren, fragte er plötzlich: »Hast du eigentlich einen Freund?«

Mona war verblüfft. »Wie kommst du darauf?«

»Gestern Abend kam so ein Typ an den Strand, du hast nur kurz mit ihm gesprochen, aber ich hab gesehen, wie aufgeregt du warst.«

»Ach, der, das ist nur ein Bekannter aus Deutschland.«

»Bist du von zu Hause weg, weil du jemand anderen liebst?«

»Es gab da jemanden«, räumte Mona zögernd ein, »aber das ist vorbei. Es hatte nichts mit Papa und mir zu tun.«

»Ich glaube, das sagen die Leute immer, wenn sie eine Affäre haben.« Tommys Stimme klang bitter.

Sie hatten den Strand erreicht und räumten die Einkäufe aus dem Wagen in den Bus, wo Esmé heute bediente.

»Puuh, was für eine Hitze!«, stöhnte Mona, »lass uns schwimmen gehen.«

Sie lief hinunter zum Wasser und zog ihr Kleid über den Kopf. Darunter trug sie nur ihr Bikinihöschen.

Entsetzt starrte Tommy auf ihren entblößten Busen. »Bist du dafür nicht ein bisschen alt?«

Beschämt bedeckte Mona ihre Brüste mit den Händen.

»Du bist gemein! Schau dich doch mal um, wer hier

alles halb nackt rumliegt. Da kann ich es mir ja wohl noch lange leisten!«

Tommy setzte sich mit finsterem Gesichtsausdruck in den Sand; aus Protest ließ er seine Shorts und sein T-Shirt an.

»Willst du nicht schwimmen?«, fragte Mona.

»Geht nicht.« Er zeigte auf seine Schulter.

Sie schwiegen. Tommy zeichnete Figuren in den Sand, Mona sah aufs Meer.

Eine Gruppe junger Spanier, mit denen Mona nachts manchmal durch die Kneipen zog, kam den Strand entlang geschlendert. Sie winkten und johlten, einer von ihnen kam, um Mona zu begrüßen. Er küsste sie auf die Wangen und fragte lachend: »Hola, Mona! How are you? Did you like the goodmoodpills?«

Lachend lief er zurück zu seiner Gruppe.

»Goodmoodpills?« Tommys Augen weiteten sich. »Du nimmst Drogen?«

»Ach, was«, wehrte Mona ab. »Die Dinger sind völlig harmlos.«

»Harmlos? Und Saufen ist wohl auch harmlos, oder? Wahrscheinlich kiffst du auch noch und ...«

»Koks! Du hast Koks vergessen!« Mona richtete sich auf und sagte: »Hör zu, Tommy, ich bin erwachsen. Ich muss mir nicht von meinem halbwüchsigen Sohn sagen lassen, was ich zu tun und zu lassen habe, okay?«

Tommy sprang auf. »Erwachsen nennst du das? Du spinnst doch!«

Er drehte sich um und lief weg, am Wasser entlang.

»Tommy!«, rief sie ihm nach, aber er reagierte nicht.

Mona blieb traurig zurück. Sie hatte sich so auf diese Tage mit ihm gefreut und nun lief alles schief.

Manchmal stand Manfred vor Monas Schrank und betrachtete die Kleider, die sie zurückgelassen hatte. Er versuchte sich zu erinnern, bei welcher Gelegenheit sie welches Stück getragen hatte. Hier, dieses schwarze Kleid, hatte sie das nicht bei der Filmpreisverleihung angehabt? Er sah sie vor sich, wie sie die Treppe herunterkam; er hatte sie so schön gefunden an diesem Abend. Seine Liebe war mit einer Heftigkeit in ihm aufgeflammt, die ihn für einen Moment alle Verletzungen hatte vergessen lassen. Jetzt war dasselbe Gefühl wieder da.

Dann fiel ihm ein, dass Mona an diesem Abend Gregor getroffen hatte. Er strich mit der Hand über den Stoff des Kleides, der sich kalt und leblos anfühlte. Mit einem Knall schloss er die Schranktür.

Das große, einsame Haus, in dem jeder Gegenstand von Mona ausgesucht und arrangiert war, quälte ihn. Ihr Geist war so präsent, dass ihre körperliche Abwesenheit umso deutlicher spürbar wurde. Manfred ertappte sich manchmal dabei, wie er, ein Whiskey-Glas in der Hand, durch die Zimmer wanderte und vor sich hin murmelte.

Seine Versuche, sich mit anderen Frauen abzulenken, waren gescheitert, nicht nur Kim hatte ihm eine Abfuhr erteilt. Und irgendwie fühlte er, dass eine neue Frau nicht der richtige Weg wäre, Mona zu vergessen. Er begann sogar, sich zu fragen, ob er sie überhaupt vergessen wollte.

Mona fühlte sich von Gregor verfolgt. Ständig tauchte er irgendwo auf und verschwand wieder. Oft sah sie ihn mit Leuten reden oder mit dem Handy telefonieren. Manchmal winkte er ihr zu, aber sie konnte nicht reagieren, weil Tommy dabei war und sie weitere Fragen fürchtete.

Sie begriff nicht, was Gregor hier suchte, was er von ihr wollte. Er hatte keinen Versuch mehr gemacht, mit ihr Kontakt aufzunehmen, aber er verließ die Insel auch nicht. Es machte sie wahnsinnig, nicht zu wissen, was dieses Spiel zu bedeuten hatte.

Sie war inzwischen so nervös, dass Tommy irgendwann wütend sagte: »Ich wär' besser nicht gekommen. Ich stör' dich doch nur.«

»Das stimmt nicht«, beteuerte sie, »ich bin total froh, dass du da bist.«

Sie überlegte, womit sie ihm eine Freude machen könnte.

»Hättest du Lust auf eine Fahrt im Motorboot?«, fragte sie munter. »Ich hab einen Freund, der mit uns rausfahren würde.«

»Das wär' natürlich super«, sagte Tommy.

Seine Stimmung verbesserte sich schlagartig, Monas Anspannung hingegen wurde immer größer.

Sie musste vorher noch einige Behördengänge machen, und damit Tommy sich in der Zwischenzeit nicht langweilte, mietete sie ein Mofa für ihn. Um vier waren sie am Hafen mit Xavier, dem Besitzer des Motorbootes, verabredet.

Als Mona nach fast zwei Stunden aus dem Rathaus in die Sonne trat, musste sie blinzeln. Das helle Licht blendete sie und so bemerkte sie Gregor nicht sofort, der wenige Meter neben ihr auf einer Steinbank saß.

»Hallo Mona.«

Sie zuckte zusammen.

»Was schleichst du eigentlich ständig um mich herum?«, fragte sie aufgebracht. »Sag endlich, was du willst, und dann hau ab!«

Gregor streckte die Hand aus, und widerwillig ging Mona zu ihm und setzte sich. Sie verschränkte die Arme vor der Brust und sah ihn nicht an. Ihr Magen war verkrampft, wie damals, bei ihrem ersten Treffen. Seine Nähe brachte sie völlig durcheinander, sie konnte sich auf nichts mehr konzentrieren.

Gregor legte den Arm um sie und zog sie ein Stück zu sich heran.

»Mona, Liebes, ich musste dich unbedingt sehen. Es ist so viel passiert, so viele Missverständnisse, so viel Schmerz und Verletzung ... lass uns darüber reden. Vielleicht können wir manches wieder gutmachen.«

Mona schloss kurz die Augen. Ihr war flau, sie hatte den ganzen Tag nichts gegessen. Gregors Stimme klang so zärtlich, so beruhigend. Wie gern hätte sie ihm geglaubt.

»Ich will nicht über uns reden«, sagte sie, »das ist vorbei.«

»Das glaube ich nicht. Wären wir sonst hier, an diesem wunderbaren Ort?«

Oh ja, dachte Mona bitter, wie oft habe ich mich mit dir auf eine einsame Insel gewünscht. Damals aber gab es für dich nur die Entführung, das Lösegeld, dein Luxusleben.

»Wie geht es Helen und deinen Kindern?«, fragte sie.

»Bestens, danke«, sagte Gregor mit undurchdringlicher Miene.

Er stand auf. »Lass uns ein paar Schritte gehen.«

Wieder folgte ihm Mona, als hätte sie keinen eigenen Willen. Und wieder dachte sie an ihr erstes Treffen am See. Eine tiefe Wehmut überkam sie, eine Sehnsucht nach etwas, das in weiter Ferne lag.

Sie erwartete, dass er anfangen würde, über das Geld zu sprechen, dass er es zurückverlangen, ihr Vorwürfe machen würde. Aber er sagte nichts.

Mona wurde unsicher. Vielleicht war er doch ihretwegen gekommen?

Sie ließen das Dorf hinter sich, gingen ein Stück die Straße entlang und gelangten auf die von Natursteinmauern eingefassten Felder. In der Ferne glitzerte das Meer, weit und breit war niemand zu sehen. Ein paar Ziegen lagerten unter Johannisbrotbäumen, ein müde kläffender Hund verteidigte sein ärmliches Zuhause. Der Weg wurde sandig, sie erreichten die Dünen. Mona zog ihre Sandalen aus und ging barfuß weiter. Plötzlich war Ruhe zwischen ihnen entstanden, eine Art schweigende Übereinkunft darüber, dass mit Worten nicht gutzumachen wäre, was zwischen ihnen vorgefallen war.

Gleichzeitig wuchs eine eigentümliche, körperliche Spannung zwischen ihnen. Sie waren weit weg von allem, in einer anderen Welt, wie bei ihren Zusammenkünften am See. Mona fühlte sich wie zurückkatapultiert in die Vergangenheit; plötzlich hatte sie alles vergessen, was dazwischen passiert war.

Gregor legte den Arm um ihre Schulter, sie glaubte, seinen Herzschlag zu spüren. Er zog sie an sich und im nächsten Moment sanken sie in den Sand.

Als Mona den Hafen erreichte, war es nach fünf. Verzweifelt suchte sie nach Tommy, der nirgendwo zu sehen war. Dass sie ihm diesen Ausflug verdorben hatte, würde er ihr nie verzeihen. Und sie selbst würde sich nie verzeihen, dass sie schwach geworden war.

Sie fühlte sich, als hätte Gregor sie hypnotisiert, als wäre ihr Verstand ausgeschaltet gewesen. Sie hatten sich im heißen Sand geliebt, wild und leidenschaftlich wie nie zuvor. Als sie sich voneinander gelöst hatten, nass geschwitzt und vom Sand regelrecht paniert, hatte Gregor gesagt: »Ich wusste doch, dass es nicht vorbei ist.«

In diesem Moment hatte Mona begriffen, dass er wieder nur eines seiner Spiele ausprobierte; dass er nur hatte herausfinden wollen, ob er noch Macht über sie hätte. Sie hatte ihm ins Gesicht schlagen wollen, und gleichzeitig hatte sie noch immer Lust auf ihn verspürt.

Sie lief im Hafen hin und her, unter ihren Kleidern klebte der Sand auf ihrer Haut, ihr Gesicht brannte.

Endlich fand sie Xavier auf dem Boot. Missmutig zeigte er auf seine Uhr.

»Zu spät, jetzt fahr ich nicht mehr raus.«

»Tut mir Leid«, entschuldigte sich Mona, »ich zahl dir die Wartezeit. Hast du meinen Jungen gesehen?«

Xavier schüttelte den Kopf, er kannte Tommy nicht.

Mona raste nach Hause, in der Hoffnung, ihn dort zu finden. Aber auch in der Finca war Tommy nicht. Er blieb die ganze Nacht verschwunden, Mona wurde fast verrückt vor Sorge.

Am nächsten Morgen stand sie früh auf. Sie hoffte, ihn bei einer Gruppe von Jugendlichen zu finden, die manchmal nicht weit vom Hippie-Bus am Strand übernachteten. Kurz nach neun kam sie bei der Bude an.

Sie konnte nicht glauben, was sie sah: Die Holzläden, die den Bus nachts verschlossen, waren weggerissen, der Kühler zerbeult. Die Regalbretter hingen teilweise lose in ihren Halterungen, am Boden lagen zerbrochene Flaschen.

Mona musste sich setzen. Das war doch nicht möglich, das musste ein böser Traum sein. Sie griff mechanisch nach einer der heil gebliebenen Flaschen, schraubte sie auf und nahm einen kräftigen Schluck Brandy.

Wer konnte das gewesen sein? Sie hatte doch keine Feinde hier. Alle hatten sich gefreut, dass sie den Bus gerettet hatte. Die Einzige, die sich manchmal merkwürdig verhalten hatte, war Esmé. Sie hatte nie viel gesprochen, war manchmal bockig oder unfreundlich gewesen. Aber Mona konnte sich einfach nicht vorstellen, dass sie zu einem solchen Zerstörungswerk fähig wäre.

Sie fuhr sich mit beiden Händen durchs Haar und zog kräftig die Nase hoch.

Nein, sie würde jetzt nicht heulen. Sie würde sich ganz genau ansehen, was kaputt war und was sie besorgen müsste, um es zu reparieren. Sie würde nicht aufgeben, auf gar keinen Fall.

Als Erstes mussten die Scherben entfernt werden. Sie nahm eine Mülltüte, kniete sich auf den Boden und begann, das zerbrochene Glas einzusammeln. Auf einem Zettel notierte sie, welche Spirituosen sie ersetzen müsste. Trinkgläser. Geschirr. Wenigstens die Kaffeemaschine war noch ganz.

Plötzlich hörte sie hinter sich ein Geräusch. Sie fuhr herum.

Da stand Tommy, mit nacktem Oberkörper, das Gesicht verdreckt, die Haare verstrubbelt, ohne seine Armschlinge. Er schluchzte.

»Tommy!«

Mona lief um die Theke herum und nahm ihren Sohn in die Arme.

»Was ist los? Ist dir was passiert?«

»Mami«, schluchzte er. »Es tut mir so Leid.«

»Was?«, fragte Mona verständnislos. »Dass du heute Nacht weggeblieben bist?«

Er schüttelte den Kopf.

Plötzlich spannte sich sein Körper. Mit verzerrtem Gesicht schrie er: »Du hängst auf dieser Scheißinsel rum, du hast nichts anderes im Kopf als deine Bude, ständig ist dieser komische Typ in deiner Nähe, nur für mich hast du keine Zeit, weil dir nämlich alles andere wichtiger ist!«

Mona schossen die Tränen in die Augen.

»Du warst es«, flüsterte sie heiser.

Ihr Magen krampfte sich zusammen, der Brandy brannte wie Feuer.

Fassungslos starrte sie auf ihren Sohn, auf die kaputte Bude und die Scherben im Sand.

Manfred öffnete Kim in Jeans und T-Shirt, als wollte er das Ungezwungene des Treffens betonen. Er bat sie ins Wohnzimmer und entschuldigte sich für einen Moment. Kim hatte lange überlegt, ob sie die Einladung annehmen sollte, dann hatte sie sich dafür entschieden.

Sie schlenderte durch die Zimmer, betrachtete die Möbel, die Bilder und Fotos, mit denen Mona sich umgeben hatte.

Die Atmosphäre im Haus war so ganz und gar von ihrer Schwester geprägt, dass es Kim schwer fiel, zu glauben, Mona könnte nicht im nächsten Moment den Raum betreten.

Eine Palme ließ kraftlos die Blätter hängen; Kim griff nach der Gießkanne und holte Wasser am Waschbecken der Gästetoilette. Schließlich ließ sie sich aufs Sofa plumpsen.

Manfred kam mit zwei Tellern voller Häppchen; Langusten, Hummer, Räucherfisch und Kaviar türmten sich auf kleinen Weißbrotscheiben, die in Form von Blüten, Herzen und Dreiecken zurechtgeschnitten waren.

»Und jetzt der Cocktail«, kündigte er an. »Pirinha oder Piroschka?«

Kim entschied sich für die Originalversion, den Caipirinha, und Manfred mixte Zuckerrohrschnaps mit Limettensaft, braunem Zucker und gestoßenem Eis.

Sie stießen an.

»Es tut mir Leid wegen neulich«, sagte Manfred. »Ich muss mich bei dir entschuldigen.« Er wirkte schuldbewusst wie ein Kind, das beim Abschreiben erwischt worden ist.

»Schon okay«, lächelte Kim, »ich hab mich auch nicht gerade toll benommen.«

»Frieden?«

»Frieden.«

Sie tranken gleichzeitig. Manfred stellte sein Glas ab; er wirkte erleichtert.

»Ich habe mich übrigens verlobt«, sagte Kim.

»Oh, wer ist der Glückliche?«

»Meine Kinderfrau.«

Manfred sah sie verständnislos an.

Kim lachte. »Naja, der Typ, der früher auf die Miezen aufgepasst hat.«

»Ach, so«, sagte Manfred. »Da fällt mir ein, ich hab was für dich.«

Er ging aus dem Zimmer und kehrte mit zwei abgestoßenen Fotoalben zurück.

»Die hat euer Vater hinterlassen. Kinderfotos von dir und Mona.«

Zögernd griff Kim nach einem der Bücher und schlug es auf.

»Kim und Mona, 1968–70« stand in der energischen Schrift ihrer Mutter auf dem Deckblatt.

»Das andere geht sogar bis '75«, sagte Manfred. Sorgfältig blätterte er eine Seite nach der anderen um und Kim sah sich als Baby auf dem Arm ihrer Mutter, als Krabbelkind im Laufstall, zusammen mit Mona beim Plantschen im Garten, an der Hand der Mutter am ersten Kindergartentag, an der Hand des Vaters am ersten Schultag. Da war ihre Mutter schon weg gewesen.

Auf späteren Bildern sah man sie und Mona fast immer zusammen; es schien, als hätten sie Halt aneinander gesucht.

»Dass wir uns mal so nahe waren, hatte ich vergessen«, sagte Kim. Sie fühlte eine plötzliche Beklemmung.

»Warum habt ihr euch in den letzten Jahren so selten gesehen?«, wollte Manfred wissen.

Kim suchte nach den richtigen Worten. »Ich mochte ihre Art zu leben nicht. Ihre ewige Einkauferei hat mich genervt; ich hatte andere Sorgen, als mir zu überlegen, wie ich das Geld unter die Leute bringe. Vielleicht war ich auch ... ich weiß nicht ...«

»Neidisch?«

Kim war verlegen. »Ja, wahrscheinlich.«

»›Shoppen statt poppen‹ hast du das mal genannt«, sagte Manfred und lächelte, »ich weiß noch, wie sauer Mona darüber war.«

»Weil's gestimmt hat«, grinste Kim, »oder etwa nicht?«

»Leider ja.« Manfred legte Kim die beiden Fotoalben in den Arm. »Hier, nimm sie mit. Wer weiß, wann Mona sich wieder dafür interessiert.«

»Eigentlich bist du doch kein so übler Kerl«, sagte Kim treuherzig. »Wieso hat es nicht geklappt mit euch?«

Manfred atmete tief durch. »Das würde ich auch gern wissen.«

»Warum versuchst du nicht, mit ihr zu reden?«

»Wahrscheinlich ist sie glücklicher ohne mich.«

»Ich frage mich, was sie auf dieser komischen Insel macht«, sagte Kim kopfschüttelnd.

»Vielleicht hat sie ein Hotel eröffnet, war das nicht immer ihr Traum?«

»Stimmt«, bestätigte Kim, »davon hat sie mir auch erzählt.«

Sie erinnerte sich an den Morgen am See, als sie auf Gregor und das Lösegeld gewartet hatten. Da musste Mona ihren Plan schon fix und fertig im Kopf gehabt haben und hatte Kim noch scheinheilig gefragt, was sie mit ihrem Anteil vorhabe.

Aber nun hatte sie ihr einen Strich durch die Rechnung gemacht!

»Wer weiß«, sagte Kim zufrieden lächelnd, »vielleicht kommt deine Frau ja schneller zurück, als du denkst.«

Mona winkte dem Schiff nach, auf dem Tommy davonfuhr.

Noch immer stand sie unter dem Eindruck seiner Verzweiflungstat. Hinter Tommys scheinbar unbeteiligter Attitüde steckte ein tief verunsichertes Kind, das fürchtete, alles zu verlieren, was ihm Halt gegeben hatte. Das hatte Mona verstanden.

In einem langen, nächtlichen Gespräch hatte sie versucht, ihm zu erklären, dass er dabei sei, erwachsen zu werden. Dass er bald selbst Verantwortung für sein Leben übernehmen müsse.

»Warum willst du plötzlich nicht mehr meine Mama sein?«, hatte er ratlos gefragt und Mona einen Stich versetzt, der wehtat.

Trotzdem sagte sie sachlich: »Ich bin deine Mama, und ich werde es immer bleiben, auch wenn du fünfzig bist. Aber ich kann dir nicht versprechen, dass Papa und ich zusammenbleiben, nur weil du es dir wünschst.«

Tommy schien in seinen Gedanken zu versinken. Dann sah er auf und sagte: »Ich hab nicht gewusst, wie wenig ihr Erwachsenen durchblickt. Ich dachte immer, ihr wisst alles, aber das stimmt gar nicht.«

Wie Recht du hast, dachte Mona.

»Ich bin da, wenn du mich brauchst«, hatte sie ihm zugeflüstert, als sie ihn zum Abschied umarmte. »Tom«, hatte sie hinzugefügt. Es war das erste Mal, dass sie ihn so genannt hatte.

Unauffällig hatte Mona beim Einsteigen ins Schiff kontrolliert, ob Gregor mit an Bord ging, aber sie hatte ihn nicht entdeckt. Sie hoffte, dass er die Insel bereits verlassen hatte.

Als sie bei der Finca eintraf, wusste sie, dass sie vergeblich gehofft hatte.

Ein Wagen, der auf den ersten Blick als Leihauto erkennbar war, parkte vor dem Haus. Die Fahrertür war geöffnet, Mona sah Gregor, der lässig auf dem Sitz lag, die Beine auf der Ablage, und telefonierte.

Er beendete das Gespräch, lächelte Mona an und stieg aus. Unter dem Arm trug er eine lederne Aktenmappe.

Zur Begrüßung küsste er sie wie immer auf die Wangen.

»Wie wär's, wenn du mir dein Haus zeigst und mich auf einen Kaffee einlädst?«

Mona war inzwischen klar geworden, dass Gregor nicht auf die Insel gekommen war, weil die Sehnsucht ihn dazu getrieben hatte. Es sah sehr danach aus, als würde er nun zum geschäftlichen Teil übergehen.

»Komm rein«, forderte sie ihn ohne ein Lächeln auf.

»Sehr hübsch«, sagte Gregor anerkennend, als er sich im Inneren der Finca umsah. »Du hast einen exzellenten Geschmack, das könnte dir bei der weiteren Gestaltung deiner Zukunft von Nutzen sein.«

»Was soll das heißen?«

»Nun, dir ist ja sicher klar, dass du das Geld nicht behalten kannst, das du dir unrechtmäßig angeeignet hast.«

»Unrechtmäßig angeeignet«, wiederholte Mona höhnisch. »Und was hast du getan?«

»Das steht nicht zur Diskussion. Helen hat mich beauftragt, das Geld von dir zurückzuholen. Hier ist die Vollmacht.«

Er legte ein Blatt Papier auf den Tisch.

»Ich habe in den letzten Tagen ein bisschen recherchiert. Du hast dieses Haus erworben und renoviert, desgleichen das Strandlokal »Hippie-Bus«. Die Gesamtkosten für die beiden Objekte belaufen sich nach meinen Informationen auf 57 bis 58 Millionen Peseten. Zählt man ein bisschen was für Lebenshaltungskosten dazu, hast du also rund 60 Millionen Peseten ausgegeben. Das entspricht 540 Tausend Schweizer Franken. Demnach müssten von der Beute noch rund anderthalb Millionen Schweizer Franken in bar vorhanden sein. Dieses Geld händigst du mir bitte sofort aus. Für die Immobilien unterschreibst du eine Verzichtserklärung.«

Mona war fassungslos. Gestern hatte sie sich mit diesem Mann keuchend vor Lust im Sand gewälzt und heute ruinierte er kalt lächelnd ihr Leben. Wie hatte sie dem Kerl jemals ein Wort glauben können!

»Und wenn ich mich weigere?«

»Dann erstattet Helen Anzeige. Unser Anwalt hat bereits einen Text aufgesetzt, der erklärt, wie du an das Geld gekommen bist. Und der ist wasserdicht, das kannst du mir glauben.«

Mona fühlte sich plötzlich kraftlos. Sie wollte Widerstand leisten, wusste aber nicht wie. Es war vorbei, sie hatte verloren.

»Ach, übrigens«, sagte Gregor lächelnd, »Helen ist eine sehr großzügige Person. Sie gewährt dir Wohnrecht in der Finca bis zum Ende des Jahres.«

»Ich vermute, dafür soll ich ihr auch noch dankbar sein.«

»Dazu hast du allen Grund, nicht wahr?«

Mona musste sich widerwillig eingestehen, dass er Recht hatte. Helen hatte sich bislang tatsächlich generös verhalten. Eigentlich war es nur verwunderlich, dass sie nicht schon früher versucht hatte, ihr Geld zurückzubekommen.

Ihr kam ein Gedanke. »Sag mal, wem habe ich das eigentlich alles zu verdanken?«

»Schwestern schickt der liebe Gott«, sagte Gregor und lachte.

Es war einer dieser Momente, wie man sie manchmal im Kino erlebt: Man sitzt geschützt im Dunkeln, mitten im Geschehen, und ist doch weit weg davon. Den Figuren auf der Leinwand stößt etwas Schreckliches zu und man weiß genau, dass es nicht wahr ist. Dass diese Dinge auch im Leben nur anderen passieren, nie einem selbst.

Bis sie einem passieren.

»Akute myeloische Leukämie« hatte Doktor Büchner gesagt, »Blastenreduktion« und »Induktionstherapie«. Er hatte noch eine ganze Menge mehr gesagt; Worte, die so kompliziert waren, dass Kim sie nicht verstanden hatte. Und Worte, die ganz einfach waren, wie »Die Fünf-Jahres-Überlebensrate liegt bei 60 bis 70 Prozent«.

Kim hörte aus allem, was der Arzt sagte, nur eine Botschaft heraus: Es ist möglich, dass Berger sterben muss.

Er hatte wieder einen Schwächeanfall erlitten und war ins Krankenhaus gekommen. Die Untersuchungen hatten sich hingezogen; schließlich hatte man eine Rückenmarkspunktion gemacht. »Nur zur Sicherheit«, hatte der Arzt gesagt, und Kim hatte versucht, sich sicher zu fühlen. Berger war all die Tage sehr ruhig gewesen. Zu ruhig, wie Kim fand.

Im Nachhinein kam es ihr vor, als hätte er etwas geahnt. Es erschien ihr logisch, dass der Körper Signale ans Unterbewusstsein sendet, und die Menschen viel früher spüren, wie es um sie steht, als sie es wissen können.

Nach seiner niederschmetternden Mitteilung stand Dr. Büchner auf, gab Berger und Kim die Hand und posaunte ein aufmunterndes »Das schaffen wir schon« in den Raum. Dann ging er.

Kim liefen die Tränen übers Gesicht, aber sie gab keinen Laut von sich. Berger streichelte ihre Hand und starrte abwesend auf die Bettdecke vor sich.

Es war, als müssten beide einen langen Weg zurücklegen, um wieder zueinander zu kommen. Minuten vergingen, bis sie aus ihrer Erstarrung erwachten. Berger versuchte ein Lächeln, Kim lächelte unter Tränen zurück.

»Typisch Mann«, schniefte sie, »erst heiraten wollen, und dann abhauen.«

»Niemand haut hier ab«, sagte Berger.

Kim sah sich plötzlich als kleines Mädchen, wie sie auf der Straße nach der Hand ihrer Mutter greift, sich umdreht, aber nicht ihre Mutter sieht, sondern eine fremde Frau. Kim hatte panisch angefangen zu schreien; sie war überzeugt gewesen, die Mutter wäre für immer weggegangen, dabei stand sie ein paar Meter entfernt vor einer Auslage.

Nach diesem Vorfall war Kim jede Nacht aufgewacht und hatte so lange geweint, bis ihre Mutter sie zu sich ins Bett nahm. Manchmal war die Mutter wütend geworden und hatte geschimpft, aber Kims Angst vor dem Alleinsein war stärker gewesen als ihre Angst vor Strafe. Morgens hatte ihre Mutter sich bei ihr entschuldigt und sie mit Zärtlichkeit überschüttet.

Und eines Morgens war sie weg gewesen. Für immer.

Kim erinnerte sich daran, wie sie das ganze Haus nach ihr abgesucht hatte. Wie sie Bilder gemalt und Geschenke gebastelt hatte, die ihre Mutter beim Nachhausekommen finden sollte. Wie sie nur noch im Bett der Mutter einschlafen konnte und jede Nacht viele Male weinend aufgewacht war. Dieses Gefühl der Leere, des grenzenlosen Verlassenseins hatte sie nie mehr vergessen.

Jetzt, in diesem Moment, war es wieder da.

Sie spürte, wie ein unkontrollierbares, inneres Zittern sie befiel. Sie hatte das Gefühl, ihr Herz pumpe doppelt so schnell wie sonst und jemand drücke ihr die Luft ab. Sie wollte aufstehen und herumgehen, um sich zu beruhigen, aber sie schaffte es nicht. Wie erstarrt verharrte sie in der gleichen Position.

Berger sah sie aufmerksam an. »Was ist mit dir, Kim?«

»Nichts«, presste sie hervor, »es geht gleich wieder.« Aus ihrem Gesicht war alle Farbe gewichen.

Berger lehnte sich zur Seite und drückte auf den Knopf, der die Schwester alarmierte. Er konnte Kim gerade noch auffangen, bevor sie vom Bett rutschte.

Zufrieden sah Gregor zu, wie die Insel immer kleiner wurde und langsam im Dunst verschwand. Als das Schiff auf dem offenen Meer war, ging er unter Deck.

Er hatte seine Mission erfüllt. In seinem Koffer war das Geld, das Mona aus ihrem Schließfach geholt und ihm schweigend ausgehändigt hatte. Sie hatte Verzichtserklärungen für die Finca und ihr Strandlokal unterschrieben; die offizielle Umschreibung des Besitzes auf Helen würde von den Anwälten erledigt werden.

»Der Bus ist übrigens beschädigt«, hatte Mona ihm nicht ohne eine gewisse Genugtuung mitgeteilt, »heute Nacht haben irgendwelche Besoffenen dort gewütet.«

»Aber du bist doch versichert?«

»Gegen Brand, Sturmschäden und Diebstahl. Nicht gegen Vandalismus.«

»Wie groß ist der Schaden?«

Mona zuckte die Schultern. »100 oder 150 Tausend Peseten.«

Gregor hatte großmütig abgewunken. Ein solcher Betrag fiel nicht ins Gewicht.

Die Begegnung mit seiner ehemaligen Geliebten hatte Gregor nicht unberührt gelassen. Mona war noch immer eine faszinierende Frau, und seit ihrer Trennung schien sie freier und selbstbewusster geworden zu sein. Der Sex mit ihr war so aufregend gewesen wie nie; fast wie mit Kim, dachte Gregor überrascht.

Vor seiner Fahrt auf die Insel hatte er sich gefragt, ob er es noch einmal schaffen würde, sie zu verführen. Er hatte sehr daran gezweifelt. Umso erstaunter war er, wie einfach es gewesen war.

Für den Rückflug hatte er First Class gebucht. Er genoss das Gefühl, wieder über Geld zu verfügen. Über viel Geld, denn Helen hatte ihn für die Reise großzügig ausgestattet. Er bestellte Champagner und Rotwein und genoss sein Mittagessen, Riesengarnelen auf Basmatireis.

Er war zuversichtlich, dass Helen sich ihm gegenüber erkenntlich zeigen würde.

Sein Ziel war es auf jeden Fall, den früheren Zustand wieder herzustellen. Er wollte wieder in ihrem Haus leben, umsorgt von Dienstboten, in der Nähe seiner Kinder. Er würde sich eine Tätigkeit suchen, die ihn nicht zu sehr beanspruchte, so dass er sein angenehmes Leben wieder aufnehmen könnte. Hoffentlich hatte sein Golfhandicap sich nicht verschlechtert.

Helen wartete am Flughafen. Das erste Mal seit Wochen hatte sie einen Hauch Make-up und Lippenstift aufgelegt. Die Entscheidung, sich das Geld zurückzuholen, hatte sie zu ihrer eigenen Überraschung aus ihrer Depression gerissen.

Ihr Leben musste weitergehen, sie hatte die Kinder, die Firma und sie hatte Gregor. Ihr war klar geworden, dass ihr Arrangement mit Gregor eine Menge Vorteile hatte, auch wenn die Leidenschaft darin keine Rolle spielte. Aber sie war ohnehin zu dem Schluss gekommen, dass es vielleicht besser wäre, der Leidenschaft keinen Raum zu geben. Lust und Schmerz standen ihrer Erfahrung nach in keinem vernünftigen Verhältnis zueinander, und Helen hatte ihr ganzes Leben lang ökonomisch gedacht.

Sie hatte versucht, sich Mona vorzustellen. Wie sie aus Leidenschaft für Gregor sein falsches Spiel mitgespielt hatte. Wie sie gemerkt hatte, dass sie selbst die Betrogene war. Und sich an ihm gerächt hatte. Helen konnte nicht anders, sie empfand Sympathie für die Unbekannte.

Mona war eigenartig leicht zumute. Ihr war alles wieder genommen worden, was sie besessen hatte, und in gewisser Weise fühlte sie sich frei.

Sie dachte an Nick und Jeremy. Die beiden hatten so unbeschwert gewirkt, so voller Pläne, und Mona hatte sie beneidet. Hatte sie nicht einen kurzen Augenblick daran gedacht, mit Jeremy um die Welt zu segeln? Jetzt könnte sie es tun. Jetzt könnte sie alles tun.

Sie wanderte viel über die Insel und sah sich an, was sie noch nicht kannte. Sie wollte diesen Ort ganz in sich aufnehmen, für den Fall, dass sie ihn verlassen würde.

Sie konnte sich aber auch vorstellen, hier zu bleiben. Gregor hatte sie auf eine Idee gebracht: Immer mehr Leute kauften sich Häuser auf der Insel; Leute mit viel Geld und wenig Geschmack. Sie könnte ihre Dienste als Innenarchitektin anbieten.

Mona wollte sich Zeit lassen für ihre Entscheidung. Sie hatte noch für ein paar Wochen Wohnrecht in der Finca.

Was danach sein würde, war völlig offen. Nichts erschien Mona mehr unmöglich. Das Leben war ein Spiel. Mal gewann man, mal verlor man, und von einer Sekunde zur nächsten konnte alles anders sein.

Louise kam eines Nachmittags überraschend zu Besuch, holte ein Päckchen Spielkarten aus ihrem Korb und sagte: »Ich habe das Gefühl, du brauchst ein bisschen Unterstützung.«

Mona war verblüfft. »Woher weißt du das?«

Louise lächelte geheimnisvoll. »Intuition, ma chère.«

Sie mischte den Packen, ließ Mona sieben Karten ziehen und legte sie in der Form eines spitzen Hausdachs aus.

»Diese Formation heißt ›Zauberspruch der Zigeuner‹«,

erklärte sie, »die oberste Karte symbolisiert dein Ich, die nächste, was dich deckt, diese, was dich schreckt, was dich treibt, was dir bleibt, was dir die Zukunft bringt, was dich zu Boden zwingt.«

Mona fühlte sich merkwürdig berührt. Das waren genau die Fragen, auf die sie gern eine Antwort gehabt hätte. Schade, dass sie nicht an Kartenlegen und Weissagung glaubte. Trotzdem drehte sie die oberste Karte um, als Louise sie dazu aufforderte.

»Die Kaiserin«, stellte Louise fest. »Diese Karte steht für das, was du bist und was du sein könntest. Sie bedeutet Kreativität, Mütterlichkeit, Natur. Die Botschaft ist: ›Jede Geburt bedeutet Schmerz und Blut für ein neues Leben. Die Kraft der Liebe vereint die Gegensätze und lässt Neues entstehen.‹«

Mona hörte schweigend zu. Louise bedeutete ihr, die zweite Karte umzudrehen.

»Das Rad des Schicksals. Dazu lese ich dir etwas vor.«

Sie zog ein kleines Büchlein aus dem Korb und blätterte in den Seiten.

»Der Mensch ist an das Schicksalsrad gebunden, bis ihm seine von Gott gegebene Freiheit, zu wählen, bewusst wird. Dann erkennt er die paradoxe Natur der Kraft, die ihn gebunden und ihm Macht gegeben hat, die Bande zu brechen, falls er sich für die Schmerzen entscheidet, die ein solcher Kampf mit sich bringt, und er zugleich die Gefahren der Freiheit akzeptiert, denen er auf dem spiralförmigen Weg begegnen wird, der von dem gebrochenene Rad nach oben führt.«

»Uff«, lachte Mona, »was bedeutet das?«

»Dass jeder ein Schicksal hat, aber auch die Freiheit, zu wählen.«

Louise deutete die weiteren Karten. Mona begriff, dass es darum ging, sich auf die Aussagen zu konzentrieren, die etwas in einem berührten. Man musste seine eigenen Schlüsse aus dem ziehen, was die Karten darstellten.

Die sechste Karte sollte ihr zeigen, was die Zukunft bringen würde. Mona drehte sie um und erschrak. Die Karte hieß »Der Tod«.

Louise lächelte. »Keine Angst. Das heißt nicht, dass jemand stirbt. Es bedeutet, dass du dich von Dingen oder Menschen trennen musst, damit etwas Neues beginnen kann.«

»Stimmt«, murmelte Mona. Es war nicht zu leugnen, dass diese Aussage auf ihre Situation zutraf.

Louise las weiter: »Manchmal wirkt etwas wie ein großer Schritt und verändert gar nichts. Und manchmal bedeutet ein scheinbar kleiner Schritt den Beginn von etwas völlig Neuem.« Sie klappte das Büchlein zu und reichte es Mona.

»Für dich«, sagte sie. »War gar nicht leicht, eine deutsche Ausgabe zu finden.«

Mona umarmte sie. »Danke.«

Und plötzlich fühlte sie die Zuversicht, dass sie das Richtige tun würde.

Kim hatte sich verändert, seit Berger krank war. Sie hatte damit aufgehört, ständig an sich zu denken, an ihre Wünsche und Ansprüche.

Erleichtert stellte sie jeden Morgen fest, dass er noch da war. Dankbar nahm sie zur Kenntnis, wenn es ihm besser ging. Und wenn es ihm schlechter ging, tröstete sie sich damit, dass es vorübergehend sein würde. Sie hatte der Krankheit den Kampf angesagt.

Anfangs hatte sie versucht, die Diagnose zu ignorieren. Als das nicht mehr gelang, war die Wut gekommen. Sie hatte getobt, geheult und geflucht. Sie hatte versucht, mit Gott zu handeln: »Wenn du Berger gesund machst, höre ich mit dem Rauchen auf. Ich gehe nie mehr mit einem anderen Typen ins Bett. Und ich schreie die Miezen nicht mehr an, ehrlich!«

Aber Gott hatte sich an ihrem Angebot nicht interessiert gezeigt.

Bergers Zustand hatte sich verschlechtert und er hatte wieder einige Tage in der Klinik zubringen müssen. Irgendwann ging es besser und sie schöpften wieder Hoffnung. Inzwischen hatten sie sich an das ständige Auf und Ab gewöhnt, obwohl Berger den zunehmenden Verlust seiner Kraft nur schwer verwand.

»Nicht mal eine verdammte Bierkiste kriege ich mehr

die Treppe hoch, ohne aus den Latschen zu kippen«, schimpfte er, worauf Kim ihn spöttisch tröstete: »Solange du deine Milchtüten noch tragen kannst, ist doch alles in Ordnung.«

Sie ließ keine Wehleidigkeit zu, weder bei ihm noch bei sich selbst. Sie hatte sich sämtliche Informationen über die Krankheit besorgt und begleitete Berger zu den Untersuchungen. Dort löcherte sie Doktor Büchner mit Fragen, bis es Berger peinlich wurde.

»Lass doch, der Doc wird schon wissen, was er tut«, versuchte er sie zu bremsen.

»Aber du solltest auch wissen, was er tut«, beharrte Kim, »schließlich geht's um deine Gesundheit.«

Sie sagte nicht »um dein Leben«. Denn dass dieses Leben in Gefahr sein könnte, diesen Gedanken hatte sie sich verboten. Für sie war Berger krank, und wer krank ist, kann gesund werden. Sterben war etwas für andere.

Manchmal fiel es Berger schwer, sich von Kims Optimismus anstecken zu lassen.

Seine Haut war übersät mit blauen Flecken und nach der Chemotherapie hatte er einen Teil seiner Kopfhaare verloren. Den Rest hatte er abrasiert.

Ein paar Tage später waren Lilli und Lola zu ihm ans Sofa getreten, wo er die meiste Zeit lag. Sie versteckten etwas hinter dem Rücken und traten verlegen von einem Bein aufs andere.

»Na, Miezen, was ist los? Habt ihr was ausgefressen?«

»Nee, wir haben ein Geschenk für dich.«

»Für mich? Ich hab doch gar nicht Geburtstag«, zeigte Berger sich überrascht. »Also, her damit, was ist es denn?«

Die Mädchen überreichten ihm ein mit reichlich

Tesafilm und einer schiefen Schleife verpacktes Päckchen. Er öffnete es und hatte Mühe, seine Rührung zu verbergen.

Die Miezen hatten bunte Kappen für ihn gehäkelt, eine für jeden Tag. Die für sonntags war geringelt.

»Damit du nicht am Kopf frierst ...«, begann Lilli.

»... jetzt, wo's bald Winter wird«, ergänzte Lola.

Berger zog die Mädchen an sich und küsste sie.

»Ich danke euch, das ist das schönste Geschenk, das ich seit langem gekriegt habe!«

Schweigsam und in sich gekehrt verbrachte Berger die Tage auf dem Sofa und beobachtete die Zwillinge, die alleine oder mit ihren Freunden durch die Wohnung tobten. Die Räume waren erfüllt von fröhlichen Kinderstimmen und er schien froh zu sein über den Lärm.

Kim machte sich eine Menge Gedanken. Sie wollte Berger nicht belasten, aber er spürte, dass sie etwas quälte.

»Was ist los mit dir?«, wollte er wissen, als sie eines Abends zusammen auf dem Sofa lagen und Kim abwesend vor sich hin starrte.

»Nichts ist los«, versuchte sie abzuwiegeln, aber Berger ließ nicht locker.

»Du bist eine schlechte Schauspielerin«, stellte er fest.

Kim seufzte. »Nervensäge.«

»Wenn ich keine Nervensäge wäre, wäre nie was aus uns geworden.«

»Vielleicht ... wäre das besser«, sagte Kim. »Vielleicht wärst du dann noch gesund.«

»Wie bitte?« Berger sah sie ungläubig an. »Wie kommst du denn auf so was?«

Kim setzte sich in den Schneidersitz und stützte den Kopf auf die Hände.

»Ich habe gelesen, dass ... Krebs durch seelische Erschütterungen ausgelöst werden kann, und zwar auch durch positive Ereignisse wie zum Beispiel ... heftiges Verliebtsein.«

Berger versuchte zu verstehen. »Du meinst, wenn ich mich nicht in dich verliebt hätte, wäre ich nicht krank geworden?«

»Naja, mit Sicherheit kann man das natürlich nicht sagen, aber es gibt Untersuchungen, die zumindest einen zeitlichen Zusammenhang zwischen solchen Ereignissen und dem Ausbruch der Krankheit feststellen.«

Jetzt, wo sie die These ausgesprochen hatte, über die sie seit Tagen nachgrübelte, erschien sie ihr noch absurder als beim Lesen. War es nicht widersinnig, dass die Liebe derartige Zerstörungen anrichten sollte? Sie wollte nicht daran glauben, und doch sprach einiges dafür.

Berger wurde wütend.

»Wer denkt sich bloß solchen Schwachsinn aus«, schimpfte er. »Dass Krebs durch einen Schock ausgelöst werden kann, lass ich mir gerade noch eingehen; durch einen Todesfall, eine Scheidung, irgendwas Schreckliches. Aber dass ich krank geworden sein soll, weil die Frau, die ich liebe, mich endlich zurückliebt, das ist wohl das Dümmste, was ich je gehört habe!«

»So dumm ist das nicht«, sagte Kim, »das Immunsystem unterscheidet einfach nicht nach negativem oder positivem Stress. Wenn man sehr verliebt ist, scheint das genauso anstrengend zu sein, wie wenn man sehr unglücklich ist.«

»Kann alles sein«, sagte Berger ungehalten, »aber ich will davon nichts wissen. Und ich will dir noch was sagen«, fuhr er mit sanfter Stimme fort, »auch wenn es stimmen sollte und ich an dieser Scheißkrankheit sterbe, hat es sich gelohnt. Jeder einzelne Tag mit dir war es wert.«

Kim sah ihn an und schwieg. Sie wollte nicht über den Tod sprechen. Es kam ihr so vor, als könnte sie ihn durch ihr Schweigen bannen. So lange sie den Tod nicht in ihre Gedanken ließe, so lange könnte er ihnen nichts anhaben.

Kim war aber auch auf eine Information gestoßen, die ihr Hoffnung gab:

Ein medizinisches Forschungsinstitut in New York führte eine Testreihe durch, bei der ein neues Medikament gegen die akute myeloische Leukämie getestet wurde, das aus den Stammzellen des Rückenmarks gewonnen worden war. Es wurden noch Teilnehmer gesucht. Es gab nur ein kleines Problem: Die Teilnahme an diesem Experiment kostete hunderttausend Dollar.

Die Saison war zu Ende, die Insel bereitete sich auf ihren Winterschlaf vor.

Die letzten Touristen und ein paar Stammgäste von der Insel saßen rund um den Hippie-Bus, der notdürftig repariert und mit Holzbrettern verschlossen und vernagelt war.

Am Tag zuvor hatte Mona den Notarvertrag unterschrieben; der Bus gehörte ihr nicht mehr. Aber sie wollte dieses Kapitel ihres Lebens nicht ohne eine kleine Abschiedszeremonie beenden. Sie hatte auf eigene Rechnung Getränke gekauft und ein paar Sitzgelegenheiten improvisiert. Aus einem mitgebrachten Ghettoblaster tönte Musik.

Es wurde Abend, das Meer war silbrig kühl, der Himmel hatte eine blassblaue Farbe. Am Horizont lagen zarte Schleierwolken übereinander, die sich langsam rosa färbten.

Staunend hatte Mona beobachtet, wie die Farben der Insel sich mit dem Nahen des Winters veränderten, wie die untergehende Sonne violett aufflammte, als kämpfe sie mit letzter Kraft gegen ihr Verschwinden.

Mona drehte die Musik lauter. Als die Sonne das Meer berührte, erklangen die ersten Töne ihres Lieblings-Beatles-Songs.

»Yesterday, all my trouble seemed so far away ...«

Leider kannten fast alle den Text und grölten ihn ergriffen mit. Als der schaurige Chor geendet hatte, war die Sonne verschwunden.

Mona drehte sich um und sah jemanden auf den Bus zukommen.

»Auch das noch«, murmelte sie.

»Was willst du denn hier?«, fragte sie laut.

»Was trinken«, sagte Kim, stellte ihre Reisetasche ab und setzte sich in den Sand.

Mona reichte ihr ein Glas Wein. Eigentlich hatte sie gedacht, dass nach Gregors Besuch alles vorbei wäre, aber offenbar hatte sie sich getäuscht.

Es wurde dunkel, der Wind frischte auf. Die Leute wünschten Mona alles Gute und zerstreuten sich. Mona packte Flaschen und Gläser in einen Wäschekorb und machte Kim ein Zeichen, ihr zum Wagen zu folgen.

Kim nahm ihre Tasche und den Kassettenrekorder und stellte beides in den Kofferraum. Als hätte sie nur auf den Moment gewartet, in dem sie endlich allein waren, sagte sie: »Ich brauche deine Hilfe.«

Mona setzte den Wäschekorb ab, sah ihr Schwester ungläubig an und brach in höhnisches Gelächter aus.

»Du brauchst meine Hilfe?« Sie sprach jedes Wort einzeln aus, um die Ungeheuerlichkeit dieses Ansinnens zu betonen. »Du kannst froh sein, wenn ich dich nicht von der Klippe werfe.«

»Findest du nicht, dass wir quitt sind?«

»Ganz und gar nicht.«

Kim zog die Jacke enger um sich. »Können wir irgendwo in Ruhe reden?«

»Es wird sich wohl nicht vermeiden lassen«, gab Mona zurück.

Als sie die Finca erreicht hatten, warf Mona die Fahrertür des Jeeps zu und ging mit energischen Schritten ins Haus. Kim folgte ihr.

»Schön hier«, sagte sie. Die Verlegenheit war ihr anzumerken.

»Ich kann bis zum Jahresende drinbleiben«, sagte Mona, »Helen scheint von uns allen den anständigsten Charakter zu haben.«

Kim sah sich weiter um. »Sie hat dir wirklich … alles weggenommen?«

»Na, klar, was denkst du denn?«

»Ich hatte gehofft …«, begann Kim, brach aber ab.

»Was hast du gehofft?«, fragte Mona wütend. »Du hast schließlich dafür gesorgt, dass es so gekommen ist.«

Kim senkte den Blick. »Ich würde was drum geben, wenn ich es nicht getan hätte.«

»Wie soll ich das nun wieder verstehen?«, fragte Mona ungehalten. »Du sprichst wirklich in Rätseln.«

Sie zwang sich zur Ruhe. Wenn Kim die weite Reise gemacht hatte, obwohl sie wusste, dass es hier nichts für sie zu holen gab, musste es einen Grund geben. Einen triftigen Grund.

»Hast du Hunger?«, fragte sie etwas ruhiger.

»Ein bisschen.«

Mona machte sich in der Küche zu schaffen. Sie stellte ein Sandwich und einen Obstteller vor Kim auf den Tisch. Dann öffnete sie eine Flasche Rotwein und füllte zwei Gläser. Ihres trank sie in einem Zug halb leer.

»Also, was ist los?«

»Ich brauche Geld, ganz dringend.«

»Zu spät«, sagte Mona mit beißendem Spott.

»Aber dir gehört euer Haus in Deutschland. Du könntest eine Hypothek aufnehmen und mir was leihen!«

»Sag mal, tickst du noch richtig?« Mona sah sie an, als wäre sie nun völlig verrückt geworden.

»Es geht doch gar nicht um mich!«, rief Kim.

»Es geht nicht um dich? Das wäre das erste Mal.«

»Verdammt, Mona, du bist mit der Kohle abgehauen«, brauste Kim auf, »du hast mich sitzen lassen, du hast sogar eine falsche Spur gelegt, die zu mir führt, was willst du eigentlich?«

»Und du hast mit Gregor gevögelt, obwohl du wusstest, was er mir bedeutet. Und dann hast du mich verraten. Ich bin dir nichts schuldig.«

Kim schob den Teller mit dem Sandwich zur Seite und griff nach dem Weinglas.

»Aber du bist die Einzige, die mir helfen kann«, sagte sie verzweifelt.

»Das hab ich mein halbes Leben getan, damit ist Schluss.«

»Jetzt hör mir doch erstmal zu!«, schrie Kim verzweifelt. »Vielleicht gibt es ja außer dir noch andere Menschen auf der Welt, die Probleme haben.«

Mona schwieg.

Kim erzählte ihr von Berger, von der Krankheit, von den Untersuchungen, den Krankenhausaufenthalten, von ihrer Hoffnung und ihrer Verzweiflung. Sie beschrieb ihre Liebe zu Berger und wie viel er den Miezen bedeutet. Dass sie alles tun würde, um sein Leben zu retten. Und schließlich berichtete sie von der Testreihe in New York, von der einzigen Chance, die sie hätten.

Mona hörte ihr zu. Vor ihren Augen verwandelte sich Kim zurück in das Kind, das sie gewesen war. Mona erinnerte sich, wie oft sie Angst um ihre Schwester gehabt hatte, weil sie sich überschätzt hatte und Dinge tat, die viel zu gefährlich waren. Immer hatte sie den Impuls gehabt, die Kleine zu schützen. Irgendwann wollte sie nicht mehr verantwortlich sein, hatte versucht, Kim ihren eigenen Weg gehen zu lassen. Und hatte es doch nicht ertragen. Sie war die große Schwester, sie würde es immer bleiben, und vielleicht war es sinnlos, sich dagegen wehren zu wollen.

Als Kim geendet hatte, blieb Mona einen Moment stumm sitzen und starrte vor sich hin. Dann stand sie auf, ging um den Tisch herum und nahm ihre Schwester in die Arme.

»Verzeih mir, Kimmie«, sagte sie.

Kim schluchzte auf. »Verzeih du mir.«

Mona streichelte ihre weinende Schwester und sprach tröstend auf sie ein.

Aller Groll war von ihr abgefallen, die Wut verflogen. Nichts war mehr wichtig. Nicht Gregor, nicht das Geld, nicht die Intrige, in die sie alle verwickelt gewesen waren.

Als Kim sich beruhigt hatte, stand Mona auf. »Komm, ich will dir was zeigen.«

Sie nahm ihre Jacke und den Autoschlüssel. Kim zog ihren warmen Pullover an.

»Wo willst du denn plötzlich hin?«

»Komm einfach mit.«

Mona steuerte den Jeep ans andere Ende der Insel, wo der Fels sich fünfzig Meter übers Meer erhob. Der Vollmond ließ das Wasser glitzern.

Kim hielt den Atem an. Vor ihnen auf dem Felsplateau standen Hunderte von halbmeterhohen Steinfiguren, sorgsam aufgeschichtet aus den Steinen der Insel, und warfen im weißlichen Licht ihre Schatten.

»Die Armee der Trauernden«, sagte Mona, »ein spanischer Adliger hat sie vor ungefähr zweihundert Jahren erschaffen. Er hat seine ganze Familie bei einem Unglück verloren und kam hierher, um zu sterben. Er hat diese Figuren gebaut, in monatelanger Arbeit. Dann hat er sich ins Meer gestürzt.«

Kim war wie gebannt. Der Ort hatte etwas Magisches, war traurig und tröstlich zugleich. Die Figuren schienen bereit, allen Kummer und Schmerz in sich aufzunehmen. Sie konnte sich vorstellen, wie der Mann seine Trauer in die Steine eingearbeitet hatte, Stück für Stück, viele Tage und Nächte lang. Und irgendwann war er so leicht gewesen, dass er dachte, er könne fliegen. Ja, so musste es gewesen sein.

»Schön, nicht?«, hörte sie Monas Stimme. »Die Menschen kommen hierher, wenn sie traurig sind. Ich war am Anfang oft hier. Es hat mir geholfen, ich habe mich gefühlt, als könnte ich hier etwas abladen.«

Sie wanderten umher, berührten hier und da eine der Figuren und versuchten zu schätzen, wie viele es waren.

»Man sagt, dass es mal tausend waren. Einige sind über die Jahre kaputt gegangen, aber erstaunlich viele haben überlebt«, sagte Mona.

Sie kehrten zum Auto zurück und stiegen ein. Mona nahm ein zerdrücktes Päckchen Zigaretten aus dem Handschuhfach.

»Rauchst du noch?«

»Manchmal«, antwortete Kim und griff nach der Zigarette, die Mona ihr anbot.

Schweigend rauchten sie und sahen über die steinerne Armee hinweg aufs Meer und weiter in die Ferne, wo kaum wahrnehmbar die Lichter des Festlandes glitzerten.

»Weißt du, an wen ich in letzter Zeit oft denken muss?«, fragte Kim. »An Mama. Komisch, nicht?«

»Gar nicht komisch«, erwiderte Mona. »Ich schäme mich manchmal, wie oft ich an sie denke und wie selten an unseren Vater. Wie unser Leben wohl verlaufen wäre, wenn sie nicht abgehauen wäre?«

»Ich glaube, wir machen alle den gleichen Fehler«, sagte Kim, »wir suchen nach etwas, von dem wir glauben, dass es uns glücklich macht. Die ganze Zeit reden wir uns ein, wenn wir dies oder das hätten, wären wir endlich glücklich.«

»Und warum ist das ein Fehler?«

»Weil die Fähigkeit zum Glücklichsein in einem ist. Oder eben nicht.«

Das Krankenhauszimmer war mit Luftballons und Blumen geschmückt. Rechts und links vom Bett hatten sich Lilli und Lola in ihren schönsten Kleidern postiert. Berger trug einen schwarzen Anzug, der ihm ein ganzes Stück zu weit war. Kim trug ein weißes Minikleid und hatte eine Blume im Haar. In einem eigens herangeschafften Sessel saß Frau Gerlach, am Fenster standen Mona und Manfred. Aus einem Kassettenrekorder klang der Hochzeitmarsch von Mendelssohn-Bartholdy.

Die Tür ging auf und der Krankenhauspfarrer betrat in Begleitung von Dr. Büchner den Raum.

»Guten Morgen, allerseits«, tönte Dr. Büchner gut gelaunt, »was für eine prächtige Hochzeitsgesellschaft! Ich darf Ihnen Pfarrer Lenz vorstellen, der die Trauung vornehmen wird.«

Der Pfarrer war ein sympathischer, etwas korpulenter Herr mit einer Nickelbrille und verschmitzten Augen. Er schüttelte allen Anwesenden die Hand, besonders freundlich begrüßte er Kim und Berger. Die beiden hatten überlegt, ob sie den kirchlichen Segen überhaupt wollten. Schließlich hatte Berger entschieden: »Man soll nehmen, was man kriegen kann. Ein bisschen Unterstützung von oben kann nicht schaden!«

Nun saß er am Fußende des Bettes, neben ihm Kim, die seine Hand umklammert hielt. Sie dachte an den Moment, in dem er erfahren hatte, dass Mona ihnen das Geld geben würde. Zuerst hatte er eine Weile geschwiegen. Dann hatte er gesagt: »Mein Englisch ist lausig.« Und gleich darauf: »Ich fahr da nur hin, wenn wir vorher heiraten.«

»Aber ... wieso?«, hatte Kim überrascht gefragt.

»Ich will den Ärzten sagen: ›Do a good job, guys, my wife is waiting in the hotel, and I want to show her New York City!‹«

Sie hatten beide über seinen Akzent gelacht, sich umarmt und lange festgehalten.

»Ich wollte schon immer auf meiner Hochzeitsreise nach New York«, hatte Berger geflüstert.

Mona hatte sich bereit erklärt, die Miezen zu versorgen, so lange sie weg wären. Es könnten zwei, vielleicht auch drei Wochen werden. Sie war gemeinsam mit Kim von der Insel zurückgekommen und wohnte seither bei ihr.

Pfarrer Lenz hatte seine Vorbereitungen getroffen und erhob die rechte Hand. Die Anwesenden verstummten.

»Wir haben uns heute hier versammelt, um die Hochzeit von Kim Morath und Sven Berger zu feiern ...«, begann er und hielt eine nachdenkliche Predigt voller Gedanken über den Sinn von Liebe und Freundschaft. Über die Frage, was Menschen glücklich macht. Und darüber, wie man sich damit abfinden kann, dass unsere Existenz endlich ist.

»Unser Leben ist ein Wunder. Dass wir existieren, haben wir der Tatsache zu verdanken, dass alle Generationen vor uns überlebt und sich fortgepflanzt haben, bis zurück zu den Wirbel- und Kriechtieren, denen wir letztlich entstammen. Darin liegt der göttliche Schöpfungswille, der eigentliche Zweck unseres Daseins. Sein Sinn hingegen liegt anderswo. Es genügt nicht, einfach da zu sein. Wir müssen die Zeit nutzen, die uns auf Erden vergönnt ist. Wir müssen etwas schaffen, etwas bewirken, Spuren hinterlassen. Das ist es, was uns glücklich macht. Dann erst haben wir unsere Aufgabe erfüllt und können beruhigt gehen. Zu lieben bedeutet, Spuren zu hinterlassen.«

Kim dachte während der Predigt an all die kindischen Vorstellungen vom Glück, die sie sich früher gemacht hatte. Mona dachte an die Worte von Louise: »Der Sinn des Lebens besteht darin, dass wir leben, mehr nicht.« Vielleicht musste man so denken, wenn man etwas so Furchtbares erlebt hatte wie sie.

»Und nun möchte ich die Eheleute bitten, zu mir zu treten«, forderte Pfarrer Lenz Kim und Berger auf.

Die beiden erhoben sich und gingen einen Schritt nach vorne.

Der Pfarrer sah Kim an. »Möchtest du, Kim Morath, den hier anwesenden Sven Berger zum Manne nehmen, ihn lieben und ehren in guten wie in schlechten Zeiten, so antworte mit ›Ja, ich will‹.«

Kim bekam einen trockenen Hals. Sie schluckte, dann lächelte sie und sagte: »Ja, ich will.«

»Und möchtest du, Sven Berger, die hier anwesende Kim Morath zur Frau nehmen, sie lieben und ehren in guten wie in schlechten Zeiten, so antworte ebenfalls mit ›Ja, ich will‹.«

Kim sah, dass Bergers Augen feucht schimmerten, als er sich ihr zuwandte und mit fester Stimme sagte: »Und wie ich das will!«

Die unerwartete Abweichung vom Protokoll führte zu Heiterkeit bei den Anwesenden, selbst Pfarrer Lenz konnte ein Lächeln nicht unterdrücken. Jovial sagte er: »Na, das wollen wir dann mal gelten lassen. Sie dürfen die Braut küssen.«

Kim und Berger näherten ihre Gesichter einander an, schlossen die Augen und küssten sich.

In die Stille hinein ertönte Lillis flüsternde Stimme: »Jetzt kriegen wir sicher bald ein Baby!«

Pfarrer Lenz wartete einen Moment, dann sagte er würdevoll: »Hiermit erkläre ich Sie zu Mann und Frau.«

Die folgenden Tage waren angefüllt mit Reisevorbereitungen. Berger hatte die Klinik verlassen und war nach Hause zurückgekehrt. Wie jedes Mal hatten die Miezen hoffnungsvoll gefragt: »Bist du jetzt wieder gesund?«, und Berger hatte geantwortet: »Noch nicht ganz, aber es geht mir schon besser.«

Kim hatte schnell hinzugefügt: »Und wenn wir aus Amerika zurück sind, wird er bald ganz gesund!«

Sie war angespannt und erschöpft. Wochenlang hatte sie alles organisiert, was für New York nötig war, hatte Untersuchungsergebnisse angefordert, kopiert und verschickt, hatte telefoniert und Faxe versendet. Sie hatte alles gelesen, was sie über den Stand der amerikanischen Leukämie-Forschung finden konnte, hatte mit Dr. Büchner und anderen Ärzten aus der Klinik gesprochen, hatte die Flüge gebucht und ein preiswertes Hotel in der Nähe des Medical Center ausfindig gemacht, wo sie wohnen würde.

»Bin gespannt, was sie mir für ein Zeug reinpumpen«, überlegte Berger. »Vielleicht krieg ich Halluzinationen. Oder mir wächst ein Buckel. Oder ein Fell.«

»Oder ein Riesenpimmel«, sagte Kim, um ihn aufzumuntern.

»Hey, ich habe Angst, begreifst du das nicht?«

Kim umarmte ihn. »Und wie ich das begreife«, flüsterte sie.

»Erinnerst du dich an diese Folge von ›Ally McBeal‹, in der ein leukämiekranker Junge Gott verklagen will?«, fragte Berger.

Kim nickte.

»Ich verstehe ihn. Manchmal könnte ich schreien vor Wut über diese verdammte Ungerechtigkeit. Warum ich? Warum nicht irgendein Arschloch?«

Kim hielt ihn umarmt, so fest sie konnte.

»Und dann denke ich wieder, vielleicht ist Sterben gar nicht so schlimm«, fuhr er fort. »Ich weiß, dass du nicht darüber reden willst, aber in meiner Situation macht man sich hin und wieder 'n paar Gedanken.«

Diesmal versuchte Kim nicht, dem Thema auszuweichen. Sie hatte längst den Glauben daran verloren, dass man den Tod besiegen könnte, indem man ihn verleugnete.

»Du kannst über alles mit mir reden«, sagte sie.

»Ich fand's schön, was der Pfarrer über das Wunder des Lebens gesagt hat. Wie unglaublich es ist, dass es uns überhaupt gibt. Wie viel größer die Wahrscheinlichkeit gewesen wäre, dass es uns n i c h t gibt. Dieser Gedanke macht mir Mut. Vielleicht schaffe ich es ja auch ein zweites Mal, gegen alle Wahrscheinlichkeit.«

»Das Blöde ist, dass immer erst was Schreckliches passieren muss, bevor man was kapiert«, sagte Kim.

»Ich weiß noch, wie ich dich das erste Mal gesehen habe«, erinnerte sich Berger. »Du hast draußen auf der Treppe gehockt, die Miezen haben gebrüllt und du wirktest so verloren, dass man dich am liebsten im Fundbüro abgegeben hätte.«

»Was hast du damals eigentlich gedacht?«, wollte Kim wissen.

»Dass du die schärfste Maus bist, die mir jemals untergekommen ist.«

Kim knuffte ihn. »Im Ernst jetzt.«

»Ich mein's ernst! Naja, und dass ich dir einen Kakao kochen und dich in eine Decke einwickeln will. Du warst dann allerdings so pampig, dass ich das schnell wieder vergessen habe.«

»Dafür hast du den Miezen Kakao gekocht«, erinnerte sich Kim.

»Bei mir war's Liebe auf den ersten Blick, wenn es das ist, was du wissen wolltest«, sagte Berger.

Kim schmiegte ihr Gesicht in seine Handfläche. »Ja, das ist es, was ich wissen wollte.«

Sie setzte sich gerade hin und sah Berger an.

»Wenn du wieder gesund bist, fahre ich mit dir auf Monas Insel, okay? Ich muss dir dort unbedingt etwas zeigen!«

»Versprochen?«

»Versprochen.«

Ein paar Tage nach der Hochzeit rief Manfred bei Mona an.

»Ich hab gehört, dass du noch da bist. Ich möchte dich gern zum Essen einladen.«

»Wohin?«, fragte Mona aus alter Gewohnheit und erwartete, er würde das »Bertellis« oder ein anderes seiner Stammlokale nennen.
»Ich möchte für dich kochen«, sagte Manfred.
»Du?«, fragte Mona überrascht, »seit wann kochst du?«
»Seit meine Frau mich verlassen hat.«

Am nächsten Abend klingelte Mona an ihrer eigenen Haustür, obwohl sie einen Schlüssel hatte. Sie kam nicht auf die Idee, ihn zu benutzen.
Manfred öffnete. Er hielt ein Küchenmesser in der Hand, sein Haar stand wirr vom Kopf ab.
»Schön, dass du gekommen bist«, sagte er lächelnd.
»Danke für die Einladung«, erwiderte Mona verlegen. Mit einem Blick auf das Küchenmesser sagte sie: »Meines Wissens neigst du nicht dazu, Frauen zu zerstückeln und im Garten zu vergraben.«
Manfred grinste. »Man kann nie wissen! Ich habe schließlich auch keine Ahnung, was in dir so vorgeht.«
»Die Frage ist, ob wir überhaupt viel Ahnung voneinander haben«, sagte Mona.
Sie folgte Manfred in die Küche. »Was gibt's denn?«
»Parmaschinken mit Rucola, Cocktailtomaten und Balsamico-Dressing. Danach Tagliatelle mit Trüffelöl und Walnüssen. Zum Nachtisch Schokoladenmousse mit Pfirsichen.«
»Du spinnst«, sagte Mona trocken. »Das hast du vom Italiener kommen lassen.«
Aber ein Blick über das Chaos in der Küche bewies ihr, dass Manfred das Menü tatsächlich eigenhändig zubereitet hatte.
»Ich decke den Tisch«, sagte Mona und öffnete den Geschirrschrank.

Plötzlich musste sie daran denken, wie sie sich früher im Esszimmer schweigend gegenübergesessen hatten, meilenweit voneinander entfernt, zwischen ihnen arktische Kälte.

»Ist es dir recht, wenn wir in der Küche bleiben? Ich finde es gemütlicher.«

Sie räumte den Küchentisch frei und deckte das Geschirr auf.

»Wo hast du die Servietten?«, fragte sie und genoss plötzlich das Gefühl, Gast im eigenen Haus zu sein.

»Dort drüben«, antwortete Manfred und zeigte auf eine Schublade. »Ich habe einen Bardolino aufgemacht, magst du schon einen Schluck?«

Beim Essen erzählte Manfred von den neuesten Entwicklungen in seiner Firma und Mona stellte überrascht fest, dass es ihr Spaß machte, ihm zuzuhören. Später fragte er nach ihren Erlebnissen auf der Insel und hörte aufmerksam zu, als sie erzählte.

Nach dem Essen schlug er vor, ins Wohnzimmer zu gehen. »Ich hab ein Feuer gemacht, lass uns nachsehen, ob's noch brennt.«

Sie nahmen ihre Weingläser und wechselten aufs Sofa. Manfred legte Holz nach und fachte die Glut neu an. Mona sah sich im Wohnzimmer um.

»Du hast nichts verändert«, stellte sie fest.

»Warum sollte ich? Ich mag es so, wie es ist«, erwiderte er.

Und ich mag es nicht mehr, dachte Mona überrascht. Die Einrichtung schien ihr überladen. Sie stellte sich den schlichten Wohnraum der Finca vor, der viel mehr ihrem inneren Zustand entsprach als diese durchgestylte Angebervilla.

Manfred hatte Musik aufgelegt und ließ sich neben ihr auf dem Sofa nieder.

Mona blieb schweigend sitzen. Plötzlich lehnte sie für einen winzigen Moment ihren Kopf an seine Schulter, dann stand sie auf und zog die Strickjacke aus. Ihre nackten Arme und Schultern kamen zum Vorschein, das Feuer schien den roten Stoff ihres Kleides zum Glühen zu bringen. Sie sah Manfred unverwandt an, dann zog sie mit einem Ruck das Kleid über den Kopf.

»Was tust du da?«, fragte Manfred entgeistert.

Mona antwortete nicht. Sie beugte sich über ihn und begann, sein Hemd aufzuknöpfen. Seine Hände berührten ihre Haut, zaghaft zuerst, als wollte er sich vergewissern, dass es ihr ernst war, dann immer entschiedener.

»Willst du ins Schlafzimmer?«, flüsterte Manfred.

Mona schüttelte heftig den Kopf.

Spät in der Nacht zog Mona sich leise an, deckte den schlafenden Manfred zu und setzte sich mit Papier und Füller an den Küchentisch.

»Lieber Manfred«, schrieb sie, »es ist so verdammt schwer, die Liebe gegen den Alltag zu verteidigen. Ich musste dich verlassen, um herauszufinden, dass es nicht die Liebe war, die ich verloren hatte, sondern meine Fähigkeit, die Freiheit auszuhalten. Ich kann nicht mehr in diesem Haus leben, an diesem Esstisch essen, in unserem Schlafzimmer schlafen. Ich kann nicht mehr zurück in unser altes Leben. Sobald Kim mich nicht mehr braucht, gehe ich wieder auf die Insel. Ich wünsche mir, dass du kommst. Nicht als mein Ehemann, sondern als mein Geliebter. Mona«

Kim wachte auf, weil Berger sich unruhig hin- und herwälzte und im Schlaf sprach. Sie fuhr hoch und berührte ihn am Arm.

»Was ist los, geht's dir nicht gut?«

Berger gab keine Antwort, er stöhnte und murmelte unverständliches Zeug. Kim machte die Nachttischlampe an und erschrak. Sein Gesicht war schweißbedeckt, seine Lippen blass. Er gab keine Antwort, obwohl sie ihn an der Schulter rüttelte und laut rief.

Sie sah auf die Uhr. Zehn nach drei. In weniger als neun Stunden ging ihr Flug nach New York.

»Scheiße«, fluchte sie verzweifelt und lief zum Telefon, um im Krankenhaus anzurufen.

»Wir schicken einen Wagen«, versprach der Dienst habende Arzt, nachdem Kim Bergers Zustand beschrieben hatte.

Kim lief zurück zum Bett und befühlte Bergers Stirn.

»Durst«, wimmerte er jetzt. Kim war erleichtert, dass sie etwas tun konnte; sie lief in die Küche, um ein Glas Wasser zu holen.

Berger trank gierig, dabei lief ihm die Hälfte wieder aus dem Mund. Plötzlich schlug er die Augen auf und schien ziemlich klar.

»Kim«, flüsterte er, »Kim, alte Schlampe. Ich ... liebe dich.«

Sein Kopf sank zurück ins Kissen, er atmete etwas leichter.

Es klingelte an der Tür. Kim streifte sich eilig etwas über und öffnete.

Zwei Sanitäter mit einer Trage liefen in die Wohnung, Kim zeigte ihnen den Weg. Sie riss die Tür zu Monas Zimmer auf. »Mona, aufwachen! Ich muss mit Berger ins Krankenhaus!«

Mona richtete sich schlaftrunken auf und blinzelte ins Licht.

»Was ist los?«

»Berger geht's schlecht, ich muss mit ihm ins Krankenhaus«, wiederholte Kim, und endlich begriff Mona. Sie stand auf und zog ihren Morgenmantel an.

»Schau nach den Miezen«, bat Kim.

Mona ging in die Küche und setzte Teewasser auf. Schlafen konnte sie bestimmt nicht mehr.

Eine Tür ging auf, tapsende Schritte näherten sich. Im nächsten Moment schoben sich die verstrubbelten Köpfe der Zwillinge durch die Tür.

»Was war das für ein Krach? Wo ist Mama?«, piepsten zwei verschlafene Stimmen.

»Kommt her, ihr Süßen«, sagte Mona und streckte die Arme aus.

Lilli und Lola kamen angelaufen und setzten sich auf Monas Knie.

»Mama ist mit Berger in die Klinik gefahren, es ging ihm plötzlich nicht gut.«

»Und was ist mit Amerika?«, fragte Lilli aufgeregt.

»Berger muss nach Amerika, sonst wird er nicht gesund!«

»Jeden Tag fliegen Flugzeuge nach Amerika«, sagte Mona beruhigend. »Wenn er morgen nicht fliegen kann, fliegt er eben später.«

»Und diese Heilung, die sie da in Amerika machen, hilft die auch später noch?«, wollte Lola jetzt wissen.

»Da bin ich sicher«, sagte Mona und unterdrückte die Angst, die in ihr aufstieg.

»Wisst ihr was«, schlug sie vor, »wir kuscheln uns jetzt alle zusammen ins Mama-Berger-Bett und schlafen wieder.«

»Okay«, stimmten die Mädchen zu und tapsten ins Schlafzimmer. Mona holte ihr Bettzeug und legte sich zwischen sie.

Lilli presste ihr Kuscheltier an sich, Lola hatte den

Daumen im Mund. »Wird Berger ganf beftimmt wieder gefund?«, hakte sie nochmal nach.

»Ich hoffe es«, sagte Mona. »Jetzt schlafen wir erstmal. Mama kommt bald wieder. Es wird alles gut.«

Als Mona gegen neun die Wohnungstür für Kim öffnete, wusste sie, dass sie sich geirrt hatte. Nichts würde mehr gut werden. Nie mehr.

Eine kalte Wintersonne schien durch den Dunst, der über dem Meer lag. Die Insel zeichnete sich schemenhaft ab. Gemächlich pflügte die Fähre durch das leicht bewegte Wasser, das die gleiche milchig blaue Farbe hatte wie der Himmel. Die meisten Fahrgäste hielten sich wegen der kühlen Temperatur im Inneren des Schiffes auf. Nur zwei Frauen und zwei kleine Mädchen standen an Deck, in dicken Jacken, mit Mützen auf dem Kopf. Sie klammerten sich an die eiserne Reling, als das Boot Fahrt aufnahm und die Gischt hochspritzte.

Nach vierzigminütiger Fahrt hatten sie die Insel erreicht. Die wenigen Fahrgäste, fast alles Einheimische mit Einkaufstüten und Paketen, verließen das Boot. Mona, Kim und die Mädchen stiegen zuletzt aus. Mona zog einen Koffer und trug eine Reisetasche. Lilli und Lola hatten beide einen Kinderkoffer in der Hand. Kim hielt eine große Stofftasche umklammert.

Schweigend bewegte sich die kleine Prozession durch den Hafen bis zum Parkplatz, wo Monas Jeep wartete. Der Wagen sprang sofort an, trotz der Zeit, die er in der feuchten, salzigen Luft gestanden hatte.

Das Innere der Finca war klamm. Es dauerte eine Weile, bis Mona die Gasheizung in Gang gebracht hatte und die Räume sich erwärmten.

Lilli und Lola packten aus und richteten sich im Gästezimmer ein. Ihren Puppen bauten sie ein Lager unter dem Nachttisch.

»Du musst nicht traurig sein«, erklärte Lilli ihrer Puppe. »Wir haben Berger mitgebracht.«

»Ich weiß nicht, ob es ihm hier gefallen wird«, überlegte Lola.

Lilli antwortete nicht, sie wiegte ihre Puppe im Arm.

Nach einer Weile sagte Lola: »Mama macht mir Angst. Sie ist so traurig. Ich glaube, sie will auch sterben.«

»Dann sind wir ganz allein«, stellte Lilli fest.

»Nein, wir haben ja noch uns.«

Die Mädchen bemerkten nicht, dass Kim an der angelehnten Tür stand und lauschte. Leise zog sie sich zurück, ging ins Schlafzimmer und legte sich aufs Bett.

So hatte sie die meiste Zeit verbracht, seit Berger an jenem Morgen ins Koma gefallen und wenige Stunden später gestorben war: Sie lag im Bett, die Beine angewinkelt, die Arme um den Körper geschlungen und starrte mit offenen Augen ins Leere. Zwischendurch wurde sie von Weinkrämpfen geschüttelt, dann fiel sie wieder zurück in ihre Starre. Mona hatte dafür gesorgt, dass sie Beruhigungsmittel bekam. Sie war keinen Moment von ihrer Seite gewichen, hatte die Miezen getröstet, ihnen stundenlang vorgelesen und mit ihnen über den Tod gesprochen.

Sie war überrascht, wie gefasst die kleinen Mädchen waren. Sie trösteten sich damit, dass Berger nicht mehr leiden musste. Dass er nicht mehr im Krankenhaus liegen und schmerzhafte Behandlungen ertragen musste. Dass er im Himmel auf allerhand interessante Leute stoßen würde; auf Prinzessin Diana zum Beispiel, und auf ihren Großvater, den sie selbst nur einmal gesehen hatten, als sie noch zu klein gewesen waren, um sich daran zu erinnern.

Der Tod schien für Sechsjährige unfassbar zu sein. Mona merkte es daran, dass Lola irgendwann, nach allen Gesprächen und Erklärungen, fragte: »Und wann kommt Berger wieder zurück?«

Als Mona erklärte, Berger komme nie mehr zurück, weinten die Kinder zum ersten Mal. Erst da hatten sie wohl verstanden, was geschehen war.

Bei der Trauerfeier hatten sie ganz ruhig zwischen Kim und Mona gesessen und sich an den Händen gehalten. Pfarrer Lenz hatte die Trauerrede gehalten.

Mona empfand, dass seine Predigt bei der Hochzeit wie eine Einleitung für das gewesen war, was er nun sagte. Vom Kreis des Lebens sprach er, der sich geschlossen habe. Von der Kraft der Liebe, die den Tod überdauere. Von den Spuren, die eine solche Liebe auf der Erde zurücklasse.

Als sie aus der Kirche traten, war ihnen ein junges Paar entgegengekommen, das einen Kinderwagen schob. Nach ein paar Schritten hatte Mona erkannt, dass der Mann Artur war, Lillis und Lolas Vater. Er war auf Kim zugegangen, hatte sie in den Arm genommen und gesagt: »Tut mir echt Leid, Schätzchen, dein Typ war schwer in Ordnung.«

Auch Tanja hatte Kim umarmt. Gemeinsam hatten sie in den Kinderwagen gesehen und gelächelt.

Kim hatte bestimmt, dass Berger nicht beerdigt wurde.

»Er hätte die Vorstellung gehasst, von den Würmern gefressen zu werden«, hatte sie erklärt und eine Feuerbestattung bestellt.

Und nun waren sie hierher gekommen, um Kims letztes Versprechen an Berger zu erfüllen.

Während Kim schlief und die Kinder spielten, fuhr Mona ins Dorf, um ein paar Einkäufe zu machen. Als sie zurückkam, war es bereits dunkel. Sie stellte überall Kerzen auf, deckte den Tisch und kochte das Abendessen.

»Nudeln mit Broccoli und Pinienkernen«, murmelte Kim, als sie an den Tisch kam. »Bergers Lieblingsgericht.«

»Deshalb«, sagte Mona und lächelte.

Nach dem Essen saßen sie zusammen und sprachen von Berger; alle erzählten von Erlebnissen mit ihm, an die sie sich besonders gern erinnerten. Erst schien es Kim, dass sie es nicht ertragen könnte, von ihm zu sprechen, doch dann war sie froh darüber und erzählte lächelnd von ihrer allerersten Begegnung mit Berger im Treppenhaus.

Um Viertel nach elf sah Mona auf die Uhr.

»Noch eine Dreiviertelstunde«, sagte sie und lächelte wehmütig. Um zwölf war das Jahr zu Ende. Morgen früh würde sie die Finca für immer verlassen.

»Wollen wir?«, fragte sie, und Kim nickte.

»Zieht euch warm an«, forderte sie die Mädchen auf. »Und nehmt die Geschenke mit.«

Die Armee der Trauernden schien sie schon zu erwarten. Das schräg fallende Mondlicht zeichnete jeder Figur einen langen Schatten. Merkwürdig geformte Wolkengebilde wurden vom Wind über den Himmel getrieben.

Sie gingen durch die steinernen Reihen hindurch bis zur Klippe. Die beiden Frauen hielten die Kinder an der Hand, Mona trug den Kassettenrekorder, Kim die Stofftasche. An dieser Stelle bildeten einige Figuren einen Halbkreis, die offene Seite dem Meer zugewandt.

»Seine Familie«, sagte Mona zu Kim und deutete auf die Gruppe aus Stein, »alle, die er bei dem Unglück verloren hat.«

Lilli und Lola sprangen zwischen den Steinfiguren umher.

»Das bist du, Mama«, sagte Lilli und zeigte auf eine der Figuren. »Und das Mona.«

Lilli zeigte auf zwei andere Figuren. »Das ist Berger. Und das Frau Gerlach.«

»Und der hier ist Opa«, fuhr Lola fort. »Und der hier …«

»… Onkel Manfred«, entschied Lilli.

»Und da drüben steht Tommy.«

Eine Figur war noch übrig.

»Und wer ist das?«, wollte Kim wissen.

»Vielleicht … Papa?«, sagte Lilli.

»Oder die verschwundene Oma«, schlug Lola vor.

Mona stellte den Rekorder auf den Boden und schaltete ihn ein. Ruhige Gitarrenakkorde erklangen und wurden vom Wind davongetragen. Eine elegische Stimme sang von einem einfachen Jungen, der loszieht, seine Lebensträume in der Ferne zu verwirklichen. »… it was my fate from birth, to make my mark upon the earth … sailing to Philadelphia …«

»Ob er so weit kommen wird?«, fragte Kim mit traurigem Lächeln und nahm die Urne aus der Stofftasche. Sie schraubte den Verschluss auf.

Mona befeuchtete einen Zeigefinger und hielt ihn in die Luft.

»Okay«, sagte sie.

Die Kirchturmuhr des Dorfes begann Mitternacht zu schlagen, aus weiter Ferne kam der Ton zu ihnen.

»Jetzt?«, fragte Lilli und Kim nickte.

Die beiden Mädchen nahmen ihre Geschenke aus der

Tasche. Lilli hatte ein Bild gemalt, wo sie alle drauf waren, Lola hatte aus buntem Papier einen Vogel gebastelt, einen »Seelenvogel«, wie sie erklärte.

Kim drückte einen Kuss auf das Gefäß, bevor sie es öffnete.

»Leb wohl«, sagte sie. »Komm zurück zu uns, als Wind, als Regen, als Erinnerung. Wir lieben dich.«

Die Asche wurde von einem Windstoß erfasst und weggetragen, gefolgt von einer bunten Kinderzeichnung und einem Seelenvogel aus Papier, die noch lange in der Luft tanzten.